suhrkamp tas

Wie soll man »herrlich« sein in einem Land, in dem Korruption und Unterdrückung herrschen, in dem nur überlebt, wer sich einem restriktiven Regime unterwirft? Wie soll man diese Erfahrung überwinden, wenn darüber nicht gesprochen wird, auch nicht nach der Emigration und nicht einmal mit der eigenen Tochter? »Was sehen sie, wenn sie mit ihren Sowjetaugen durch die Gardinen in den Hof einer ostdeutschen Stadt schauen?«, fragt sich Nina, wenn sie an ihre Mutter Tatjana und deren Freundin Lena denkt, die Mitte der neunziger Jahre die Ukraine verließen, in Jena strandeten und dort noch einmal von vorne begannen. Lenas Tochter Edi hat längst aufgehört zu fragen, sie will mit ihrer Herkunft nichts zu tun haben. Bis Lenas fünfzigster Geburtstag die vier Frauen wieder zusammenbringt und sie erkennen müssen, dass sie alle eine Geschichte teilen.

»Schöner kann man vom Schmerz um Verlorenes nicht erzählen.« *Deutschlandfunk Kultur*

Sasha Marianna Salzmann ist Theaterautor*in, Essayist*in und Dramaturg*in. Für ihre Theaterstücke, die international aufgeführt werden, hat sie verschiedene Preise erhalten, u.a. den Kunstpreis Berlin 2020. Ihr Debütroman *Außer sich* wurde 2017 mit dem Literaturpreis der Jürgen Ponto-Stiftung und dem Mara-Cassens-Preis ausgezeichnet, stand auf der Shortlist des Deutschen Buchpreises und ist in sechzehn Sprachen übersetzt. Für *Im Menschen muss alles herrlich sein*, ebenfalls für den Deutschen Buchpreis nominiert, erhielt Sasha Marianna Salzmann 2022 den Preis der Literaturhäuser.

Sasha Marianna Salzmann

IM MENSCHEN MUSS ALLES HERRLICH SEIN

Roman

Suhrkamp

Die Autor*in dankt dem deutschen Literaturfonds e.V.
für die Unterstützung der Arbeit an diesem Roman.

Erste Auflage 2022
suhrkamp taschenbuch 5274
© Suhrkamp Verlag AG, Berlin, 2021
Umschlaggestaltung: Nurten Zeren, Berlin
unter Verwendung einer Illustration von Natalia Barashkova/istock
Druck und Bindung: CPI books GmbH, Leck
Printed in Germany
978-3-518-47274-3

www.suhrkamp.de

IM MENSCHEN
MUSS ALLES
HERRLICH SEIN

Jede erfundene Geschichte handelt von einer wahren Begebenheit. Und um glaubwürdig zu sein, muss ich falschliegen.

STEINEHÜPFEN

[Tante Lena _Tochter Edi]

Natürlich wollte ich wissen, was passiert ist. Was überhaupt passiert ist, bevor Edi im Hof zusammengeschlagen wurde. Sie lag auf der Wiese, ihre Haare ganz bleich und schmutzig. Meine Mutter kniete neben ihr, Tante Lena brüllte die beiden zusammen. Alle drei gestikulierten, als vertrieben sie Geister. Als sie mich sahen, fingen sie an zu weinen, eine nach der anderen, wie eine Matroschka: aus den Tränen der einen wurden die Tränen der Nächsten und so weiter. Zuerst legte meine Mutter los, dann stimmten die anderen mit ein, ein Kanon an Jammerlauten, ich konnte das, was sie von sich gaben, überhaupt nicht auseinanderhalten.

Gut, warum meine Mutter nach der langen Funkstille feuchte Augen bekam, als sie mich da stehen sah, ist mir klar, aber die beiden anderen hatten wohl was miteinander auszufechten. Mutter und Tochter, die eine lag auf dem Boden, als wäre sie ein Schatten, den die andere warf. Und andersrum schien die eine aus den Füßen der anderen hochzuwachsen wie ein Strauch mit gebrochenen Zweigen. Tante Lena hatte einen grünen Hosenanzug an, der um ihren Körper schlackerte, ich hätte sie fast nicht erkannt. Ich habe die Strampler ihrer Tochter getragen, ich habe an ihrem Küchentisch für Klassenarbeiten und Prüfungen gepaukt, ich habe mitten in der Nacht an ihrer Tür geklingelt, wenn ich es zu Hause nicht mehr ausgehalten habe, aber das ist lange her, und einen Moment lang war ich mir nicht sicher, ob es tatsächlich Lena war, die ihr auf dem Boden zusammengekrümmtes Kind anblaffte: »Warum treibst du dich hier draußen herum, was machst du nur?«

Edi sah ramponiert, aber nicht betrunken aus, sie behauptete allerdings im vollen Ernst, im Hof zwischen den Plattenbauten eine Giraffe gesehen zu haben. Die soll hier herumspaziert sein, mit der Schnauze ins Gras gepickt und in die Fenster der anliegenden Häuser gelinst haben. Das ist vielleicht der Osten hier, aber Giraffen haben wir, soweit ich weiß, keine, so ein Vieh gibt es hier nicht.

Edi war lange nicht hier gewesen, das merkte man an ihren Haaren, und an den Klamotten, an denen vor allem. Ich hatte mit ihr ohnehin wenig zu tun gehabt, auch als sie noch bei ihren Eltern wohnte, obwohl ich an deren Küchentisch Hausaufgaben machte. Ich war zu jung für sie, außerdem kam sie nie herein, um sich ein Brot zu machen oder einen Tee, wenn ich da war. Die Tür zu ihrem Zimmer hatte einen milchigen Glaseinsatz, durch den ich sehen konnte, wie sie das Licht an- und ausknipste, grundlos, am Tag oder am Abend, an und aus, an und aus. Irgendwann war das Glas zerbrochen, da ragten nur noch ein paar Zacken aus dem Rahmen, niemand sagte etwas dazu, ich fragte nicht nach, und bald gab es ein Ersatzglas, als sei nie etwas vorgefallen. Edi war damals ziemlich unauffällig, schwarze Haare, schwarze Jeans, schwarzes Shirt. Würde ich sie heute auf der Straße treffen, würde ich an ihr vorbeilaufen, so bunt gekleidet ist sie mittlerweile. Ich erkannte sie nur, weil ihre Mutter neben ihr stand und sie anbrüllte. Und weil es meine Mutter war, die versuchte, den Streit zu schlichten. Wieder und wieder ging ein Reigen an Beschuldigungen los, Tante Lena fauchte meine Mutter an: »Warum verheimlichst du mir – weißt du nicht –?«, und meine Mutter zurück: »Es geht niemanden etwas an, wenn ich sterbe.«

Blöder Zeitpunkt für mich, in das Gespräch einzusteigen, sie war noch mitten im Satz, als ihre Augen an mir hängenblieben, und dann wurde sie plötzlich ganz steif, als habe die Zeit einen Sprung gekriegt. Zack. Sie sieht mich an, ich sehe sie an.

Sie hat graue Haare bekommen, irgendetwas wirkte ganz gequetscht in ihr, auch wenn sie versuchte, schick auszusehen. Sie färbt sich die Haare, seit einer Weile schon, die waren am Anfang des Abends bestimmt noch ordentlich frisiert gewesen, aber jetzt waren die Strähnen zerzaust, und man sah den silbernen Ansatz. Ihre Tränensäcke wölbten sich vor, aber das konnte auch daran liegen, dass ich über ihr stand, aus dieser Perspektive sieht jeder schräg aus. Sie wirkte klein, an ihrem Scheitel vorbei sah ich auf ihre Hände, in dem Netz der Linien war Dreck, vermutlich hatte sie versucht, Edi auf die Beine zu stellen.

Ich war nicht überrascht, dass sie in der Stadt war, Onkel Lew hatte mir zugesteckt, dass sie zur Fete in die Jüdische Gemeinde kommen würde, das heißt, eigentlich kam er ganz offiziell, um es mir mitzuteilen und eine Versöhnung einzufordern, eine ganz feierliche Familienzusammenführung, er kam im frischen Hemd, seine Nasenflügel blähten sich, er hatte die besten Absichten, aber ich musste ihn enttäuschen. Als er sah, dass seine Versuche nichts brachten, wollte er mir ein schlechtes Gewissen machen, mit der eigenen Mutter breche man nicht, man habe sie zu lieben, ganz egal, was ist, aber ich denke, ich muss sie weder lieben noch nicht lieben, sie ist meine Mutter, und mehr ist dazu nicht zu sagen. Die Sache ist, wie sie ist.

Ich war einfach so an dem Abend draußen gewesen, schaute mir die Abendspaziergänger an, nichts Besonderes. Der Geruch der Straßen verändert sich in der Dämmerung, wird säuerlicher, ich mag das, aber an dem Abend roch ich verbrannten Zucker, hörte Schreie und dachte, ich sehe mal nach.

Im ersten Moment war ich froh, dass es nicht meine Mutter war, die da vermöbelt im Gras lag, dann merkte ich, dass ich nicht mehr fühlte als das. Lebe. Lass mich in Ruhe.

Vor kurzem schien es hier noch ein kleines Feuer gegeben zu haben, wir standen neben einem Haufen von verbranntem Papier, gewellte, zusammengeschnürte Bündel, überzogen mit Ruß, ganz schön eigentlich, ich glaube, es roch nach Cola, nach bitterem Karamell, der Geruch kitzelte in der Nase, Tante Lena kriegte einen Niesanfall. Wer auch immer hier zwischen den Häusern ein kleines Picknick hatte veranstalten wollen, war entweder vertrieben worden oder hatte schnell aufbrechen müssen, und was Edi damit zu tun hatte und warum die halbe Mischpoche der Jüdischen Gemeinde im zweiten Stock aus den Fenstern hing und zu uns heruntergaffte, war nicht aus den Frauen herauszukriegen. Sie weinten, wollten sich aber trotzdem keine Blöße geben. Sozialistische Manieren: Wenn man Gefühle hat, zeigt man der ganzen Welt, wie sehr man verletzt ist, aber versucht, sich zu beherrschen.

Wir standen umrahmt von Balkonen, an deren Geländer die immer gleiche Fahne flatterte, als würden ihre Besitzer vergessen, wo sie sich befänden, wenn sie nicht das Stück Stoff draußen im Wind wehen ließen. Das ist vor allem deshalb witzig, weil bei vielen der Bewohner, zumindest bei denen, die ich kenne, die Fahne am Gitter nichts mit dem Wappen auf dem Umschlag ihrer Pässe zu tun hat.

Keine der drei wollte zurück auf die Party, im Hof liegen lassen konnte man sie auch nicht, die eine dreckig, gebleicht, verbeult, die andere mit verheultem Gesicht und dann noch meine Mutter, mit ihren zerzausten Haaren, die gerade behauptet hatte, dass es niemanden was anginge, wenn sie stirbt. Ich fragte sie, ob sie sich bei mir frischmachen wollen. Es schien mir richtig, ihnen anzubieten, sich an meinem Küchentisch auszuruhen. Wir gingen eilig, wortlos, als hätten wir Angst, dass uns jemand folgt, ich hörte das Gummigeräusch meiner Sohlen auf dem Asphalt.

Zu Hause stürzte Tante Lena gleich zum Spülbecken, hielt einen Lappen unters kalte Wasser und legte ihn Edi auf die Stirn. Ich drückte den Knopf des Wasserkochers und ignorierte die Blicke meiner Mutter, die Art und Weise, wie sie mein Sofa mit geweiteten Augen musterte, in jeder Ritze hängenblieb, als versuche sie, sich alles einzuprägen. Sie war zum ersten Mal hier, sie sah sogar die offenen Chipstüten auf dem Boden liebevoll an. Ich ignorierte die Stimme in meinem Kopf, die zischte, die Wohnung sei dreckig, klein und dunkel. Die einzige freie Wand war behängt mit einem riesigen *Path-of-Exile*-Poster, auf dem der Himmel düster war und das Blut spritzte. Es roch nach der Barbecue-Soße der Chicken Wings, die neben meiner Tastatur lagen, die Vorhänge waren zugezogen, der Computer lief, auf dem Bildschirm knallten sich Völker ab, das Rauschen des Lüfters füllte mir die Lunge.

Wir sagten eine Weile nichts. Dass Mamas Hände zittrig waren, sah ich an der Oberfläche des Tees, der Wellen schlug, als hüpften winzige Steine darüber, aber sie hatte ein ruhiges Gesicht und ganz große Augen, als glaube sie nicht, dass sie mich sieht. Und ich glaubte ihr auch nicht. Dass sie mich sieht.

Man kann den Menschen nicht vorwerfen, dass sie keine Helden sind, hatte sie zu mir in unserem letzten Streit gesagt, oder vielleicht war es nicht der letzte gewesen, unsere Streitereien hatten keinen Anfang und kein Ende, es war eine nicht abreißende Kette an Verletzungen. Es waren noch nicht mal Beschuldigungen, es war einfach nur Lärm. Warum sie aber – wenn es so war, dass man den Menschen nicht vorwerfen durfte, dass sie nicht besser sind, als sie sind – von mir erwartete, eine zu sein, die ich nicht sein kann, wollte sie mir nicht beantworten. Sie wollte mir gar nichts beantworten. Oder konnte es nicht. Und sie hatte keine Fragen an mich, auch jetzt nicht.

Sie saß da mit ihren silbernen Rotbuchenhaaren, die gebleichte Edi und ihre smaragdgrüne Mutter daneben, alle drei wiegten die Köpfe, ganz leicht, man konnte es fast nicht sehen, es wirkte, als würden Wellen durch ihre Schultern laufen, als würde ihnen Strom den Hals hochfließen. Über die Oberfläche des abkühlenden Tees hüpften nach wie vor Steinchen, mal schneller, mal langsamer, je nach Größe, noch ein Sprung und versenkt.

Wir gaben uns Mühe, redeten ein bisschen, fragten die Koordinaten unserer Tage ab, ganz vorsichtige Worte, ungelenke Tanzschritte, aber insgesamt okay.

I

Abdrücke froher Gesichter in meinen Handflächen.
Die Frauen und Männer der Siebziger erhellen
wie tote Planeten die sommerliche Luft.

Serhij Zhadan, *Antenne*
aus dem Ukrainischen von Claudia Dathe

DIE SIEBZIGER: LENA

Aus der Nähe sah die Wand grün aus, aber Lena wusste, wenn sie nur einen Schritt zurückträte, würde sie die Streifen und Muster der Tapete erkennen, da waren schwarze Striche, wie Blumenstängel, die über Kreuz vom Boden bis hoch zur Decke liefen, aber sie schaute nicht hoch. Ihre Mutter hatte sie am Ohr gezogen und genau hier abgestellt. Sie sah auf einen grünen Fleck, da war sonst nichts, und von dem Nichts schmerzten ihre Augen. Ihr war langweilig, und sie musste pinkeln, vor allem war ihr langweilig, sie wäre aber lieber geplatzt, als auch nur ein Wort zu sagen. Sie würde nicht in die Hosen machen, dafür war sie schon zu alt, sie ging ja fast schon in die Schule, und sie würde nicht heulen, den Gefallen würde sie ihrer Mutter nicht tun. Außerdem wusste sie, dass ihr Vater bald nach Hause kommen würde, er würde sie erlösen. Er würde die Mutter anschreien, weil sie Lena angeschrien hatte, sie würde ihm alles beichten, und während die Eltern zankten, hätte sie einen freien Abend, könnte vielleicht rausgehen zu Jurij oder wenn nicht, dann in dem Buch blättern, das ihr der Vater mitgebracht hatte. Sie konnte lesen, davon war sie überzeugt. Sie erkannte zwar nicht alle Buchstaben auf dem Papier, aber wenn ihr Vater sie fragte, was da stehe, bohrte sie ihren Schneidezahn in die Zunge, kniff die Augen zusammen und hatte fast immer recht. Und ihr Vater würde sie nie anlügen, er war schließlich Lehrer. Bald würde sie auch in die Schule gehen, und dann könnte sie ihren Namen schreiben und den der anderen Kinder vorlesen und dann noch die Tiergattungen und die ganzen Vögel, von denen sie wusste, man unterscheidet sie an dem Zickzack am Rand der Flügel und am Bogen ihres Schnabels, und vielleicht ein paar Worte mehr. Sie freute sich auf die Schule, endlich wäre es nicht mehr so langweilig, und sie müsste nicht so viel Zeit allein verbringen, weil ihre Mutter immer in der Chemiefabrik Leute anwies, durch die Gänge zu rennen, und ihr Vater von Klassenzimmer zu Klassenzimmer stolperte – vielleicht könnte sie mehr bei ihm sein, wenn sie eingeschult würde, das könnte doch sein.

Lena biss sich auf die Unterlippe, weil sie merkte, dass ihr warme Flüssigkeit in die Hose tröpfelte, ihre Faust krampfte. Sie hatte eine Tasse zerbrochen, aber nicht mit Absicht, das wusste die Mutter doch. Lena hatte sie in die Hände genommen, weil sie schön gewesen war wie sonst nichts in der Zweizimmerwohnung und auch weil es gefährlich war, sie zu berühren, ihr durfte auf keinen Fall etwas passieren. Sie war aus dünnem, kaltem Porzellan mit einem geschwungenen Henkel in der Form von Papas Ohren – unten ausgebeult, nach oben hin spitz – und hatte ein blaues Netzmuster, das von sechszackigen goldenen Schleifen durchbrochen war, die wie Fischschuppen glänzten. Unten und oben waren die Ränder fein bemalt, als sei die Tasse mit einem goldenen Faden zusammengenäht worden, und es war Lena absolut klar, dass nie jemand aus dieser Tasse trinken würde. Sie stand da als Dekor, neben einer Faun-Figur, die Lena nie anfassen wollte, weil ihre Finger danach staubig waren und weil sie Angst vor ihr hatte mit ihren behaarten Ziegenbeinen und den Hufen statt Füßen. Lena war sich nicht sicher, ob es diese Tiere wirklich gab und ob sie ihnen im Wald begegnen könnte. Ob sie alle gebogene Flöten hatten, in die sie bliesen, um Kinder wie sie anzulocken, ob ihnen gekrümmte Hörner neben den Ohren wuchsen, mit denen sie die Kinder dann aufspießten. Lena versuchte die Figur nicht anzusehen, wenn sie an der Anrichte vorbeiging. Aber die Tasse musste sie ab und zu in den Händen halten. Sie war filigran und schimmerte wie Mamas Schmuck, an den sie erst recht nicht rankam, weil die Schatulle ganz oben im Schrank stand, und überhaupt durfte sie sich dafür nicht interessieren, meinte ihre Mutter. Die Tasse zerbrach, sie wusste nicht wie, ihre Hände waren gar nicht glitschig gewesen, Lena erinnerte sich nur an die Schreie – an den eigenen zuerst, dann an den ihrer Mutter und an den Schmerz am Ohr, und jetzt die Tapete, die sie seit Stunden, Tagen, seit einer Ewigkeit anstarrte.

Weil sie sich so verkrampfte, um nicht in die Hosen zu machen, hatte sie nicht gehört, wie ihr Vater nach Hause gekommen war. Jetzt drangen Satzfetzen aus der Küche durch den Flur zu ihr herüber.

»Sie hat das Leningrader Porzellan …«

»Das ist nicht pädagogisch …«

»Ich pfeife auf deine Pädagogik …«

»Ich bin Lehrer …«

»Und ich Mutter …«

Ihr Vater versagte. Lena biss sich noch fester auf die Lippen und hob den Kopf. Sie hatte nicht gemerkt, wie er ihr auf die Brust gesunken war. Sie schaute geradeaus auf die Tapete vor ihr und versuchte, an ihre Großmutter zu denken. Mamas Mama hätte sie mit Sicherheit aus dieser Lage befreit, sie war nicht so weich und warm wie ihr Vater, sie widersprach oft und hatte eine laute und klare Stimme, genau wie ihre Tochter. Manchmal, wenn die beiden miteinander sprachen, klangen die Sätze wie Peitschenhiebe. Und jetzt peitschte die Mutter in Richtung des Vaters, und er wurde leiser und leiser, so dass Lena ihn gar nicht mehr hören konnte, obwohl sie doch direkt vor der Wand stand.

Die Großmutter würde bald kommen und sie abholen, der Sommer stand bevor, und das hieß Sotschi und Strand und das nach modrigem Holz riechende Haus am Stadtrand und die Haselnussbäume, deren Zweige Lena schütteln würde. Und einmal, mindestens einmal, würde sie selbst reinklettern, und ihre Großmutter würde erst die Fäuste in die Hüften stemmen und nach ihr rufen, und dann würde sie Lena aus den Zweigen schütteln wie eine Nuss. Einen ganzen Sommer lang weg von Mama. Aber nicht jetzt, die Großmutter würde noch lange nicht kommen. Es könnte noch Tage dauern oder Wochen, in Lenas Hose brannte es.

Der Vater redete auf sie ein, sein Gesicht war ganz nah an ihrem Ohr, sie konnte seine Wärme spüren, aber rührte sich nicht vom Fleck, trotz nasser Hose und nasser Wangen sagte sie kein Wort und schob seine Hand von ihrer Schulter. Erst als er sich neben sie hockte und fragte, ob sie mit ihm am Wochenende, nur sie und er, zu zweit, ins neueröffnete Maschinenbaumuseum gehen wolle, wo es alle möglichen Dampferzeuger und Gasturbinen geben würde, atmete Lena tief aus. Sie schielte zu ihm hinüber. Sein Kinn war wieder stoppelig geworden, heute Morgen, als er rausgegangen war, hatte sein Gesicht geglänzt und nach Gurkenwasser gerochen, aber jetzt war es mit schwarzen Punkten übersät und miefte nach Bahnstaub. Die Haare auf seiner Stirn waren verklebt, er lächelte und fuhr mit seinen Händen erst über ihre Augen, dann über seine eigenen. Unter der mit feinen Falten durchzogenen Haut liefen dicke Adern von den Fingerknöcheln bis zum Handgelenk, Lena liebte es, wie sie auf- und abtauchten, und vor allem liebte sie das Gewimmel der kleinen, runden, dunkelbraunen Punkte, mit denen die Handrücken übersät waren, die gefielen ihr am besten. Auf der einen Hand ihres Vaters bildeten sie ein vogelschwarm-ähnliches Muster, das sich auch über die Finger ausbreitete, und wenn Lenas Vater sie ins Museum mit den Gemälden mitnahm und auf die Bilder zeigte, dann sah sie lieber auf die Muttermale als auf die Wände, darauf, wie sie je nach Bewegung zusammenliefen und wieder auseinanderströmten. Sie waren lebendig und viel interessanter als die eingerahmten, ernst dreinschauenden Menschen und pastellfarbenen Landschaften, die weit weg schienen, aber Vaters Hände waren nah, und manchmal griff Lena nach ihnen. Manchmal war sie auch einfach nur zufrieden, wenn sie wie ein Pendel neben ihrer Wange schwangen.

Ohnehin war das Museum mit den Bildern immer nur ein Vorwand, aus der Wohnung zu verschwinden, spazieren zu gehen, den Kopf in den Nacken zu legen, den Himmel anzustarren, etwas anderes zu riechen als den im Einmach-glas gärenden Kwas auf dem Fensterbrett in der Küche, aber ein Technisches Museum mit allerlei Maschinen änderte na-türlich alles. Das war kein Vorwand, das war ein echtes Ziel. Ihr Vater erzählte gerade, dass dort vielleicht sogar ein altes Flugzeug stehe, aber Lena konnte ihm nicht mehr zuhören, sie lief, während er noch mitten im Satz war, an ihm vorbei ins Bad und riss die Tür hinter sich zu.

Als sie endlich auf der Toilettenschüssel saß und mit den Füßen wackelte, die vor Entspannung kribbelten, stellte sie sich glänzende Gewinde vor und riesige Bohrer, Fräsen und Sägen, die sie nicht aus ihrer eigenen Stadt kannte, aber schon mal in Sotschi gesehen hatte, wo es überall Berge von Sägemehl gab, zwischen denen sie mit Artjom und Lika her-umtobte. Sie hatten beide lange schwarze Haare, aber von dem Mehl, das in den Strähnen klebte, wirkten sie fast so hell wie die von Lena. Sie schüttelten sich, die streunenden Hunde aus der Siedlung nachahmend, während sie versuchten, auf dem Haufen zu balancieren, und schrien auf, weil der Holzstaub ihnen in die Augen flog. Das sich am Straßenrand türmende gehäckselte Holz fraß sich in alles hinein – in die Kopfhaut, in die Zunge, in die Socken. In Sotschi durfte Lena allein mit ihren Freunden herumlaufen, zumindest in der Haselnusssiedlung, wo ihre Großmutter wohnte.

Die Großmutter jagte Lena abends vor dem Schlafengehen durch die Zimmer und versuchte, die letzten Sägemehlreste aus ihr herauszuschütteln, Lena schrie vor Vergnügen, zog ihre Unterhose aus und wirbelte sie über ihrem Kopf. Die Oma fing sie ein und hob sie in die Höhe, schimpfte über den gelbweißen Staub auf dem Boden und über die Späne, die Lena im ganzen Haus verteilte, und drückte sie dabei fest an sich.

Großmutters Hände waren rau auf Lenas nackter Haut, weil in Sotschi alles von der Hitze rau wurde. Und von den Haselnüssen. Lenas Hände begannen zu jucken, wenn sie die Blätter von den braungereiften Kugeln abreißen musste, bevor sie sie in einen der Säcke warf. Die Säcke waren fast so groß wie Lena selbst, die spitzgezackten Blätter, die sich wie Trichter um die Nussschalen schlossen, waren nicht einfach abzupellen, aber das Kribbeln in den Fingerkuppen machte ihr nichts aus, weil sie wusste, dass am Ende eines solchen Tages die Großmutter mit ihr an die Promenade am Wasser gehen würde, von der aus weißglänzende Wege zu Cafés mit blauen und buntkarierten Sonnenschirmen führten, unter denen Leute in Feiertagskleidung saßen. Was es zu feiern gab, war Lena nicht klar, sie tranken eine Limonade und lasen in der Zeitung und richteten ab und zu ihre Gürtel und

Sonnenhüte, ohne ihre Tischnachbarn zu beachten, manche rauchten, manche starrten an den Hoteldächern vorbei in den Himmel. Bis zum Abend nahmen sie ihre Sonnenbrillen nicht ab, und manchmal glänzten ihre Gestelle auch noch im Laternenlicht auf. Sie schienen nie arbeiten, nie Haselnüsse ernten zu müssen, es nirgendwohin eilig zu haben, sie saßen mit durchgedrücktem Rücken da oder gingen betont träumerisch spazieren.

Lena lachte über ihre seltsame Langsamkeit, wenn sie an ihnen vorbeilief, um an den Zuckerwattestand zu kommen oder zum Karussell, aber meistens wollte sie gar nicht in den Sattel von einem der bemalten Plastiktiere auf der Drehscheibe, sondern reckte die Arme nach der Zuckerwatte, hielt dann den dünnen Stängel für ihre Großmutter, bis die sich die Hosen über die Waden hochgerollt hatte, und krempelte dann ihre eigenen hoch bis zum Knie. Sie stopften ihre Sandalen in die Tasche und stapften barfuß die Treppe hinunter, die bis an den Sand führte. Sie standen mit den Füßen im Wasser, Lena hob jeden Zeh einzeln und spürte das Kitzeln in den Zwischenräumen, und erst wenn sie aufgegessen hatten, tauchten sie die klebrigen Finger in das Schwarze Meer.

Einige dieser seltsam langsamen Urlauber entdeckte Lena schon im Zug, wenn die Großmutter sie abholte, damit sie den Sommer gemeinsam verbrachten. Weil das Rauschen der Räder auf den Schienen bei ihr ein Kribbeln in den Beinen und Armen auslöste, kletterte sie immer wieder hinauf in die obere Schlafkoje und hinunter auf die Bank, während die Großmutter für Bettwäsche beim Schaffner anstand. Wie eine Ameise kroch sie auf allen vieren über die noch nicht bezogenen Matratzen und schielte aus dem Fenster, ob man vielleicht schon Bäume sehen konnte oder immer noch die Fabrikklötze, in deren Schornsteinen die krummen Schwa-

den stecken geblieben zu sein schienen, als wären sie eingefroren. Die Großmutter hatte ihr eine Flasche gezuckerte
Milch versprochen, wenn sie keinen Lärm machte, aber der
Verkäufer war noch nicht mit seinem Bauchladen durch die
Gänge gekommen, und die Großmutter war auch noch nicht
wieder da. Sie hörte das Klirren der Teegläser im Nachbar-
abteil, sie hörte Leute lachen. Mit den Fingern strich sie über
das an der Wand befestigte Gepäcknetz wie über die Saiten
eines Musikinstruments, betastete die Fahrscheine, die die
Großmutter in die Ablage geklemmt hatte, und starrte auf
die langen Streifen Farbe, die Gorlowka hinterließ.

Einige der Fahrgäste trugen bereits auf der Reise gebügelte
Dreiteiler und weich fallende Kleider. Vor der Abteiltür, die
die Großmutter offen gelassen hatte, beugte sich eine Frau
im eierschalenfarbenen Kostüm aus dem heruntergeschobe-
nen Fenster, Lena konnte ihr Gesicht nicht sehen, roch aber
den Nelkenduft ihrer Zigarette und stellte sich die roten Lippen dazu vor, breit wie bei einem Frosch, und dornenähn-
liche Wimpern. Die Frau blieb am Fenster stehen, bis sich
die Großmutter mit einem Bündel Laken und Bezügen an
ihr vorbeidrückte, und als sich die Frau umdrehte, um ein
wenig Platz zu machen, waren ihre Lippen wie eine Pflaume
im Gesicht, schmal und trocken und dunkellila, sie war an-
gemalt, wie Lenas Mutter es niemals tun würde, aber diese
Frau fuhr in den Urlaub, was Lenas Mutter auch nie tat, zumindest hatte Lena das nie gesehen, sie wusste nur, dass ihre
Mutter manchmal auch am Wochenende in das Chemiewerk
ging. Vielleicht hatte sie sich auch mal so geschminkt, bevor sie Vorsitzende geworden war. Aber richtig in die Feri-
en fuhr auch Lena nicht, sie fuhr, um zu arbeiten, um ihrer
Großmutter zu helfen, die Haselnussbäume zu schütteln, das
machte sie stolz.

Zweimal die Woche postierten sich Großmutter und Enkelin an einer Bushaltestelle auf der anderen Seite der Haselnusssiedlung, die nicht von Schildern markiert war, sondern von einem Schwarm Menschen – Frauen mit Kindern und Säcken voller Waren, in den meisten wahrscheinlich Nüsse, mutmaßte Lena, zumindest Erzeugnisse aus den eigenen kleinen Gärten, schwer sahen sie alle aus. Sie war mit ihren fünf Jahren immer noch nicht viel höher als die Schnallen der Gürtel, an denen die Frauen ihre Lederbrieftaschen befestigt hatten, also war es ihre Aufgabe, sich an ihren Hüften vorbei als Erste in den Bus zu drängen und einen Sitzplatz zu ergattern, am besten einen am Fenster, durch das die Großmutter ihr dann den Sack mit den Haselnüssen reichte. Es war schwer, ihn durch den Rahmen zu ziehen, aber er war bis jetzt noch nie gerissen, wovor Lena am meisten Angst hatte. Die ganze Arbeit wäre dann umsonst gewesen, das ganze Pflücken und Aufsammeln, die juckenden Finger, die Nüsse würden auf den Boden regnen, der Bus ohne sie abfahren. Der Platz reichte eh nicht für alle, das Gefährt sah aus, als sei nur die eine Hälfte von ihm losgefahren, die zweite war am Bahnhof geblieben, höchstens fünfzehn Leute hatten in dem Fahrzeug Platz. Die restlichen mussten zwischen den Sitzen stehen oder auf den nächsten Minibus warten, was bedeutete, dass sie später auf den Markt kämen und keine schattigen Plätze für ihre Stände mehr übrig waren. Ihr Gemüse würde verdorren und ihre Haut geröstet.

Die Gesichter der Frauen an der Haltestelle sahen schon morgens von der Sonne zerkratzt aus, einzelne Strähnen hatten sich aus den Zöpfen gelöst, ihre Schenkel verströmten den Geruch von Sauerrahm. Von unten sah es so aus, als würden die Frauen Grimassen schneiden, wenn sie ans Ende der Straße starrten, das irgendwo weit hinten im Staub lag. Lena bildete sich ein, den Bus immer früher als andere kommen zu sehen – wie sonst ließe sich erklären, dass sie immer als Erste den Fuß auf das Trittbrett stellen konnte, wenn er endlich vor ihnen hielt? Sobald der Sack mit den Nüssen eingeladen war und ihre Großmutter neben ihr Platz genommen hatte, rutschte sie auf ihrem Sitz hin und her und freute sich auf den Abend, wenn die Menschen sich die Hälse heiser geschrien, die Lederbrieftaschen gefüllt und die Säcke geleert hatten, wenn sie die Wachstuchdecken wieder zusammenrollen, die Haare mit der feuchten Handfläche glätten und in das Gummi oder unter das Tuch zwängen würden. Der ganze Markt lag dann im Schatten und kühlte ab, zwischen den Gängen lag zertretenes Obst, und ein paar runzelige Kartoffeln rollten hin und her. Dann legte die Großmutter Lena einen Rubel in die Hand und packte ihre Sachen zusammen. Lenas selbstverdientes Geld. Pro Fahrt eine ganze Münze mit eingeprägten Zeichen und bärtigem Männerprofil, und damit lud sie ihre Großmutter zum Essen ein. Mit knurrendem Magen und dem leeren Jutesack in der Hand machten sie sich direkt vom Markt ins Stadtzentrum auf, immer zu derselben Kantine im Erdgeschoss eines in die Höhe schießenden Gebäudes, in der Lena das Geldstück auf den Tresen legte und nach einem Teller Pelmeni verlangte, den sie vor die Großmutter stellte. Die Sahne dazu kippten sie nicht auf den Berg Teigtaschen, sondern tranken sie direkt aus dem Becher, weil sie so das heiße Fleisch zwischen ihren Backenzähnen und ihre Zunge kühlten.

Manchmal feierten die Nachbarn einen Geburtstag oder eine Hochzeit mit einem Essen mitten in der Siedlung, und der Tisch, auf dem sie das gegrillte und gebratene Fleisch ausbreiteten, war so lang, dass alle Kinder aus der Nachbarschaft

Platz darunter hatten. Die Großmutter erklärte ihr, dass die Menschen singen, bevor sie die Tiere essen, weil es das Essen heilig mache, und es wirke besonders gut, wenn man dabei die Augen geschlossen hielt und den Kopf neigte. Lena sang nicht mit, aber sie schaute auf die murmelnden Münder in den für einen Moment lang verschlossen und ernst wirkenden Gesichtern und verspürte den Wunsch, auch etwas zu tun, also küsste sie den Zipfel der Tischdecke. Ihre Großmutter nahm sie nie mit in die Kirche, aber bekreuzigte sich oft, was Lena weder ihre Mutter noch irgendwen anderen bei sich zu Hause in Gorlowka hatte tun sehen. Manchmal ahmte sie die Bewegung nach, ohne zu wissen, in welche Richtung sie die Finger zuerst führen sollte, und es endete in einem unkoordinierten Tanz der Hände, für den Lika und Artjom sie auslachten.

Einmal versuchte sie, vor dem Essen richtig die Hände zu falten und den Kopf zum Beten zu neigen, als sie mit Likas Eltern und der Mutter von Artjom in die Berge fuhr. Die Erwachsenen hatten Decken direkt am Fluss ausgebreitet, entkorkten Flaschen und spießten die Beine des Grills in den Sand. Lena schielte zu ihren Freunden und bewegte die Lippen mit, als alle für das Essen dankten, und als der Schaschlik aufgegessen war, dankten sie noch einmal.

Lika und Artjom waren etwas größer und schneller als sie, liefen den Hügel hoch in den Wald hinein und drückten Lena Äste in die Hand, mit denen sie sich vor den Ottern schützen sollte. Man müsse auf das Gras vor ihnen schlagen, nicht auf die Schlangen selbst, sagte Lika. Und wenn sie nicht kommen, kannst du dich auf den Stock aufstützen und wandern wie ein echter Pionier, sagte Artjom.

Jeden Sommer, den sie in Sotschi verbrachte, rechnete Lena damit, auf bissige und giftige Tiere zu treffen, die sie abwehren müsste, oder auf Gnome wie in den Büchern, die ihr zu Hause vorgelesen wurden, die sie in unterirdische feuchte Höhlen ziehen würden, oder auf echte, große Faune mit dichtbehaarten muffelnden Ziegenbeinen, mit Flöte oder ohne, aber bereit, mit ihren geschwungenen Hörnern die verirrten Kinder aufzuspießen. Sie schaute aufmerksam, ob im Gras Abdrücke von menschenfußgroßen Hufen zu sehen waren, und hatte für alle Fälle meistens auch einen Stein dabei, bereit, ihn zwischen die weit auseinanderstehenden Augen des Fauns zu werfen. Sie war nie einem Tier in der Wildnis begegnet, noch nicht einmal einem Fuchs, aber sie forderte die Waldgeister heraus, indem sie vor dunklen Hecken länger stehen blieb als nötig und ihr Gesicht nah an die Zweige hielt, um vielleicht etwas anderes zu riechen als Blätter und Gräser. Vielleicht modriges Haar. Und manchmal, ganz selten, sah sie Leuchtkäfer über dem Gestrüpp aufblitzen und dachte dann, dass es die funkelnden Augen von viel größeren Wesen seien, traute sich aber nicht, den Arm nach ihnen auszustrecken, und starrte nur vorsichtig zurück.

Bis sie die Turbine eines Flugzeugs gleich in der Eingangshalle des Museums erblickte, dachte sie an nichts anderes als an Artjoms und Likas schwarze Mähnen und ob sie wohl wieder gewachsen waren und ob sie vielleicht in diesem Sommer endlich schwimmen lernen würde, vielleicht in dem Fluss in den Bergen, der ihr noch lieber war als der Stadtstrand. Sie hatte neulich einen Film gesehen, in dem ein grünleuchtendes Menschtier mit Flossen an den Beinen und aufgestelltem Kamm auf dem Kopf, das sowohl eine Lunge als auch Kiemen besaß, in der Bucht eines warmen Landes die Netze der Fischer zerschnitt, Boote versenkte und bedrohlich nah ans Ufer kam. Ihr war flaches, überschaubares Gewässer lieber.

Aber dann sah sie die verzerrte Spiegelung ihres Vaters im Stahlgehäuse des Triebwerks und musste vor Aufregung niesen. Sie vergaß den Amphibienmenschen und Artjom und Lika. Die Kraftmaschinen füllten die riesigen Hallen des Museums, ihr Vater schritt voran, als hätte er es eilig, sie hörte ihm kaum zu, sie sah solche großen Propeller zum ersten Mal und wollte sich nicht beeilen. Sie umkreiste in jedem der riesigen Ausstellungsräume die Exponate mehrmals, versteckte sich, als der Vater nach ihr rief, und ließ sich nicht an die Hand nehmen. Der Generator eines halb nachgestellten Kraftwerkes hypnotisierte sie so sehr, dass sie noch nicht mal mit der Aussicht auf ein Eis aus dem Gebäude zu locken war. Erst als der Vater verkündete, ohne sie zu gehen, lief Lena ihm hinterher und wurde, sobald sie durch den Ausgang getreten waren und der Zauber der Maschinen nachließ, misstrauisch bei der Einladung auf einen Spaziergang zur Eisdiele, denn wenn der Vater ihr vor dem Mittagessen Süßes versprach, konnte es nichts Gutes bedeuten. Überhaupt war er den ganzen Vormittag seltsam gewesen, seine Hände waren schweißig, er redete viel, und das tat er nur, wenn etwas nicht in Ordnung war, dann floss es nur so aus ihm heraus. Sonst konnte er abendelang ohne ein Wort am Fenster sitzen und zu den weißen, gefleckten Bäumen auf der anderen Straßenseite hinüberstarren, als würde dort etwas passieren, was er nicht verpassen durfte. Nun redete er und redete, wischte sich die Spucke mit dem Handrücken aus den Mundwinkeln und erzählte irgendetwas darüber, dass man das Schulgebäude nicht in denselben Schuhen betrat, mit denen man gekommen war, weshalb man ein Paar zum Wechseln in einem Beutel mittrug, der am Ranzen baumelte. Und dass es für sie eine Uniform geben würde und an Feiertagen dürfe sie eine weiße Schürze tragen, aber an den anderen Tagen eine schwarze. Dass sie irgendwann ein Pionier sein würde und danach eine Komsomolzin, aber das erst später, vorher sei sie ein Kind des Oktobers, sie kriege ein Abzeichen mit roten Zacken, sie dürfe sich dann um die Gemeinschaft verdient machen, Pflanzen in den Unterrichtsräumen gießen, zum Beispiel, denn das ist das, was Oktoberkinder gerne tun, nämlich für das Kollektiv arbeiten. Er mahnte, dass es Regeln für ein Oktoberkind gebe, die wichtigsten seien Fleiß, die Liebe zur Schule und die Achtung vor Älteren, und es gebe noch viel mehr, das würde sie alles bald lernen, es würde alles großen Spaß machen, denn sie würde mit vielen anderen Kindern lesen, rechnen, malen und singen, und das alles heiße, dass sie diesen Sommer nicht nach Sotschi fahren würde, da standen sie schon mit der Waffel in der Hand vor dem Kiosk, und Lena hatte die halbe Kugel Eis in sich hineingesaugt. Ihr wurde schlagartig kalt und dann sehr heiß, sie vergaß zu schlucken.

»Du musst dich auf die Schule vorbereiten, ich werde mit dir den Sommer über lernen«, beendete der Vater seinen Monolog.

»Und Großmutter? Sehe ich sie jetzt nie wieder?«, flüsterte Lena. Ihre Gedanken überschlugen sich, Haselnussbäume ArtjomundLikasHaareundZahnlückenderMarktderStrand dieZuckerwattediealbernenFlaniereranderPromenadevon Sotschi.

»Oma kommt zu uns«, versprach der Vater, »sie kommt nach Gorlowka und bleibt. Sie gibt ihren Garten in Obhut, damit sie bei dir sein kann. Sie freut sich auch. Wir machen ihr die Pritsche im Wohnzimmer fertig, sie kocht für dich mittags, du hast jetzt viel mehr von ihr.«

»Die Haselnüsse werden doch nicht wachsen ohne Großmutter!« Lena fuchtelte mit den Armen, das Eis fiel auf ihre offenen Schuhe und sickerte zwischen die Zehen. Sie wollte auch schreien: Aber Artjom und Lika werden ohne mich schwimmen lernen! Sie werden das grüne Menschtier mit Kiemen und Lunge in den Wellen auftauchen sehen! Sie werden den Faun im Wald ohne mich treffen! Hier in Gorlowka gibt es nur fette schwarze Kater, die einem von rechts nach links über den Weg laufen und Unglück bringen! Aber alles, was sie herausbrachte, war: »Von welchem Geld soll ich jetzt die Großmutter auf Pelmeni einladen?«

»Pelmeni?« Ihr Vater zog die Augenbrauen hoch, als höre er das Wort zum ersten Mal. »Welches Geld?«

Es war sinnlos, mit ihm zu reden. Gab es in Gorlowka überhaupt einen Ort für Pelmeni, oder blieb sie jetzt für immer in der stinkenden Küche gefangen, wo der Kwas auf der Fensterbank gärte, und musste Nudeln mit geriebenem Käse essen? Und was sollte das heißen, Oma schläft auf der Pritsche, wenn schon Lena auf der ausziehbaren Couch im Wohnzimmer schlief? Wenn man das Sitzpolster auszog, reichte es genau bis zu den Beinen des Esstisches in der Mitte des Raums, auf der anderen Seite blieb ein schmaler Gang bis zur Anrichte mit der Faun-Figur und dem Leningrader Porzellan hinter Glastüren. Sollte die Großmutter vielleicht auf dem Schrank schlafen? Da standen doch die verzierten Vasen und irgendwelche Kisten, von denen Lena nur die Kanten erahnte. In Sotschi hatte sie ein eigenes Zimmer, und man konnte in den muffligen Schränken Verstecken spielen. Hier in Gorlowka platzten die Schubladen wie überreife Früchte, wenn man nur die Hand nach ihrem Griff ausstreckte, und auf dem Boden des Kleiderschranks der Eltern standen Koffer, die Lena nicht anrühren durfte. Die Großmutter würde auf Lena schlafen müssen und sie mit ihrem sehnigen Körper erdrücken, sie würde in der Küche auf dem Stuhl sitzend, den Kopf auf die Tischplatte gelegt, dösen, sie würde im Vorraum der Wohnung auf einer mit staubigen Teppichen behängten Truhe kauern. Lena entschied sich, nicht zu weinen, weil sie ahnte, dass die Sache mit der Schule ernster war als bis jetzt angenommen. Wenn der Vater beschlossen hatte, den Sommer und das ganze Leben zu verderben, war sie von Verrätern umgeben, und es war besser, ab jetzt aufmerksam zu sein.

Mit einem Stofftaschentuch, das er aus seiner Jacketttasche zog, wischte ihr der Vater die klebrige Masse zwischen den Zehen heraus und fragte sie, ob sie ein neues Eis wolle, aber Lena war wie erstarrt und außerdem beleidigt, dass er so tat, als wäre alles wie immer. Warum drehte sich die Welt weiter, und all diese Menschen gingen mit denselben sorglosen Gesichtern an ihr vorbei? Verstanden sie nicht, dass jetzt etwas anfing und gleichzeitig zu Ende ging, verstanden sie nicht, dass die Dinge schlimm werden würden?

Auf allen Fotos der Einschulungszeremonie schaute Lena grimmig. Hunderte von Schülerinnen standen auf der Treppe der Schule in Reihen und hielten sich aneinander fest, sie lächelten ihren Eltern zu, ohne die Hand des Nachbarkindes loszulassen und zu winken. Die Haut ihrer Handinnenflächen war kalt und glitschig, und Lena versuchte, nicht nach links und rechts zu schauen. Die weiße Schürze war um ihre Hüften und den Po zu eng gebunden, aber sie hatte sich nicht darüber beschwert, sie konzentrierte sich auf das leichte Jucken an den Stellen, an denen das Band drückte, und kniff die Augen zusammen. Man hatte ihr die Haare kürzer geschnitten, so dass sie keine ordentlichen Zöpfe mehr binden konnte, das hatte zu einem Streit zwischen Oma und Mutter geführt, Oma war für Haareabschneiden

gewesen, und wie so oft hatte sie gewonnen. Seit die Großmutter bei ihnen eingezogen war, saß sie viel auf der für sie
herangeschafften Pritsche und kratzte sich die Handrücken
mit den abgekauten Nägeln auf. Mit den wunden Stellen
fuhr sie sich dann übers Gesicht wie eine Katze, die sich
wäscht, eine Angewohnheit, die Lena nie an ihr in Sotschi
beobachtet hatte.

Lena hatte ihren Großvater nie kennengelernt, und die
wenigen Male, als sie nach ihm gefragt hatte, war von den
Erwachsenen nichts herauszubekommen gewesen, sie hatten
abgelenkt, sagten Dinge, die nicht zu verstehen waren. Großmutter gab es schon immer ohne Großvater, so war es Lena
gewohnt, doch jetzt, in Gorlowka, schien sie irgendwie un-
vollständig, wie sie sich durch die engen Räume bewegte. Als
würde ihr permanent etwas fehlen, oder jemand. Als suche
sie etwas, was sie eben noch in den Händen gehalten hatte.
Auch war neu, dass man es ihr nicht recht machen konnte.
Immer war es ihr zu stickig in der Wohnung, aber riss man
das Fenster auf, war es ihr zu laut. Lena sollte nicht durch die
Wohnung trampeln, das würde die Nachbarn aufscheuchen,
schlich sie an der Großmutter vorbei, sollte sie »wie ein normaler Mensch gehen«. Jeden Abend stand die Großmutter
am Herd, führte zischende Selbstgespräche und fuhr immer
und immer wieder mit dem Kochlöffel den Topfrand entlang.
Der sich ausbreitende Geruch des Essens und ihr Gezische
machten die Räume noch kleiner, die Decke schien plötzlich
viel niedriger, Lena wachte manchmal in der Nacht auf und
überprüfte, ob sie in der Dunkelheit näher gekommen war,
ganz heimlich, so dass es keiner merkte. Darum glaubte Lena
auch, dass ihre Mutter absichtlich erst von der Arbeit nach
Hause kam, wenn sich alle schon zum Schlafengehen wu-
schen. Aber auch dann wurde gezankt.

Ein »Schon so früh zurück?« reichte oft aus oder ein »Ach, du wohnst auch hier?«. Worüber genau gestritten wurde, konnte Lena nicht ausmachen, nur dass die Stimmen erst leise waren und rau und dann abrupt lauter wurden, als hätte man eine Tür, hinter der ein Chor sang, aufgerissen. Lena sah das als einen weiteren Beweis dafür, dass Schule einem nichts Gutes brachte. An der hitzigen Diskussion um ihren Haarschnitt hatte sie sich nicht beteiligt, ohnehin hatte sie keiner gefragt. Großmutter und Mutter keiften sich über ihren Kopf hinweg an, was für das Kind das Beste wäre, während dicke Büschel Haar auf ihre Hausschuhe fielen. Die ausgelegten Zeitungsblätter unter ihrem Stuhl waren verknittert und vergilbt, der gesamte Küchenboden war damit ausgelegt worden, er sah plötzlich aus wie eine helle geröstete Brotkruste, die einen kitzeln würde, wenn man mit nackten Füßen darüberliefe.

Bevor sie zum Schulgebäude aufgebrochen waren, hatte man ihr einen Blumenstrauß in die Hand gedrückt, die weißen Strümpfe bis zum Knie hochgezogen und sie angewiesen, in die Kamera zu lächeln. Sie verzog keine Miene, griff folgsam nach der Hand der Großmutter, als der Vater die Kamera wieder beiseitegelegt hatte, und stieg ohne ein Wort in den Bus, den sie von nun an jeden Tag nehmen würde.

Tapp, tapp, tapp, tapp, kommentierten ihre breitmauligen Schuhe den Gang zum Schulgebäude, Lena zählte die Schritte, versuchte, sie zu verlangsamen. Sie schaute nur einmal auf, als sie an der Büste eines Mannes mit Ziegenbart vorbeigingen, von dem sie wusste, dass er Lenin hieß, Wladimir Iljitsch genaugenommen, und dass man seinen Namen stolz, also gehaucht, auszusprechen hatte. Sie gab sich Mühe, genau das zu tun, als sie gleich in der ersten Unterrichtsstunde gefragt wurde, nach wem die Schule, auf die sie jetzt ging, benannt sei. Sie erhob sich, stellte sich seitlich neben das Pult und versuchte, mit der eingeübten triumphierenden Intonation den Namen *Wladimir Iljitsch Lenin!* herauszuhauchen. Die Mitschüler kicherten, eine Pause entstand. Die Lehrerin fragte noch einmal, jetzt aber ein blondes Mädchen in der ersten Reihe, das aufsprang wie eine Matratzenfeder, sich ebenfalls neben ihren Tisch stellte und feierlich verkündete: »Jurij Gagarin!« Dann drehte sie ihr Halbmondprofil zur Klasse, damit alle ihr selbstzufriedenes Lächeln zumindest zur Hälfte betrachten konnten. Die Lehrerin nickte und befahl beiden, sich wieder zu setzen. Lena fühlte sich taub vor Scham und beschloss, in den kommenden zehn Jahren, die sie auf diese Schule gehen würde, nie wieder den Mund aufzumachen. Nie wieder.

Obwohl Lena in der Schule oft genug »Wir sind aktive Dinger / Denn wir sind Oktoberkinder / Oktoberkind, vergiss nicht – / Bald bist du Pionier!« mit den anderen aus der Klasse anstimmen musste, war für sie Pionier eigentlich nur der Name des Fotoapparats, den ihre Eltern zu Hause oben auf dem Schrank aufbewahrten und den sie bis jetzt nur zu ihrer Einschulung herausgeholt hatten. Sie verstand die Tragweite des Übergangs vom Oktoberkind zum Pionier erst, als ihre Mutter zu Beginn der dritten Klasse verkündete, dass sie ab dem nächsten Sommer in ein Lager fahren werde, wo sie in der Natur herumtoben könne und gleichzeitig lernen werde, Teil einer Gemeinschaft zu sein, eines Kollektivs. Und die Großmutter würde für die Zeit nach Sotschi zurückkehren, zur Ernte und um nach dem Rechten zu schauen, sie käme wieder, wenn das Schuljahr beginnen würde. Großmutters Nachbarin, die den Garten bestellte und von den Erträgen der Haselnussbäume lebte, sei dabei, zu ihren Kindern in das anliegende Dorf zu ziehen, die hatte es mit dem Rücken, und überhaupt taten ihr alle Knochen weh, die Großmutter müsse zurück und eine Nachfolgerin finden, außerdem vermisse sie ihr Haus und den Garten.

Lenas Mutter seufzte. »Wenn es nach Mama ginge, würde sie gleich dortbleiben. Die hasst es hier, hasst es, bei mir zu sein, und unsere Wohnung auch. Wir müssen ihr danke sagen, dass sie uns trotzdem die Böden schrubbt und das Huhn in den Topf wirft. Hoffentlich dankst du ihr, wenn du einmal groß bist, dich wird sie hören. Meine Worte gehen durch sie hindurch. Sie jammert, sie will in Sotschi mal wieder in eine Kirche gehen. Ich sage ihr, das kann sie doch auch hier machen. Dann setzt sie sich trotzig in eine Ecke, schmollt und ist beleidigt vom Leben.«

Vor Lenas Augen tanzten zwei schwarze Mähnen, die sich wie Hunde schüttelten, Münder mit löchriger Milchzahnpartie tauchten auf, dünne, von der Sonne und vom Staub wie Bronze gefärbte Arme flogen durch die Luft – Artjom und Lika tobten im Sägemehl, während sie danebenstand und ihnen zuschaute, viel älter, unendlich groß, gewaschen und elend. Sie bohrte die Fingerkuppen in die Handflächen und fragte, so ruhig sie konnte, warum sie nicht mit der Großmutter zusammen nach Sotschi reisen durfte, da brauste ihre Mutter schon auf, noch bevor sie zu Ende gesprochen hatte: »Du hast ja keine Ahnung, was es mich gekostet hat, dich in das Lager *Kleiner Adler* reinzubekommen! Da kommen sonst nur die Kinder von Parteikadern hin!«

Dementsprechend hasste sie die Zeremonie, als man ihr das Pionierhalstuch aushändigte. Bei der feierlichen Versammlung, als die Klassengemeinschaft gefragt wurde, wer sich besonders bei der Bewältigung der zugeteilten Aufgaben und beim Lernen hervorgetan hatte und als Erste das Tuch umgebunden bekommen sollte, tat sie so, als überhöre sie ihren Namen, und wurde von ihrem Nachbarn Wassili angeschubst, erst dann ging sie nach vorne. Wassili war einer der Letzten, denen die Ehre erwiesen wurde, er schaute etwas hohl drein und versuchte zu lächeln, und Lena lächelte zurück, weil sie fand, dass er witzig aussah mit dem Rot um den Hals und dem Rot seiner Haare, fast hübsch.

Als das Schulkomitee die Pioniere in unterschiedliche Arbeitsgruppen einteilte, war sie froh, dass sie mit ihm gemeinsam für die Altpapiersammlung zuständig war, obwohl sie den Geruch, der von seinem Hemdkragen aufstieg, nicht mochte und die weißen Schuppen auf den Schultern auch nicht, aber sie waren nun mal seit der ersten Klasse zusammen, sie hatte sich an ihn gewöhnt. Sie hatte ihm oft mit den Hausaufgaben geholfen, und einmal hatte sie ihre Hand auf seine gelegt, als er mit gesenktem Kopf und gelbem Schleim in den Augenwinkeln aus dem Einzelgespräch mit dem Schulkomitee zurückgekommen war, das ihn wegen seiner ungenügenden Noten gerügt hatte. »Lenin hat uns zu anderem Betragen ermutigt!«, sollen sie gesagt haben.

Mit dem Auftrag, Altpapier zu sammeln, musste man ernsthaft umgehen, die Klassenlehrerin wachte streng über die abzuliefernden Mengen. Lenas Vater hatte geschmunzelt, als sie das energische Gesicht seiner Kollegin nachahmte – wie sie die Brille richtete, die Lippen aufeinanderpresste, das Kinn nach vorne streckte und die Pioniere anwies, gewissenhaft zu sein, der Staat brauche wiederverwertbares Material. Seinen Kommentar hatte sie nicht richtig verstanden: »Ein jeder Schüler schuldet der Sowjetunion jährlich fünfzehn Kilogramm Altpapier und mindestens zwei Mitschüler, die das Pensum nicht erreicht haben!«, und dann lachte er auf, als hätte er sich verschluckt, und Lenas Mutter stimmte mit ein, nur die Großmutter schüttelte den Kopf und widmete sich wieder dem dampfenden Topf auf dem Herd.

Witz oder nicht – Lena und Wassili liefen die Hauseingänge ab, schnappten sich jedes Papierfitzelchen, das in den Ecken liegen geblieben war, klingelten an Wohnungstüren, erbaten alte Zeitungen und Zeitschriften und versprachen, dass mit der Spende die Wälder der geliebten Heimat gerettet würden, sie stachelten sich gegenseitig an, versuchten sich zu überbieten.

Es bereitete Lena viel mehr Vergnügen, als mit ihrem Vater einmal im Monat Besorgungen zu machen, wofür sie frühmorgens, noch früher als für die Schule, geweckt wurde. War es kalt, zogen sie mehrere Pullover übereinander, und Lena bekam ein Tuch unter der Mütze umgebunden, so dass sie statt Großmutters Stimme nur noch ein Rauschen hörte. Ihr Vater bewegte sich umständlich in den dunklen Straßen, das Knirschen des Schnees glaubte sie noch in ihrem Kiefer zu spüren, und die Kälte drang trotz der zusätzlichen Gummigaloschen in die Filzstiefel. Sie musste dicht hinter ihrem Vater gehen, um seine Silhouette in der Dunkelheit nicht aus den Augen zu verlieren. Die orangen Kegel der Laternen beleuchteten immer nur einen kleinen Kreis auf dem Asphalt, kaum Licht und keine Wärme ging von ihnen aus, Lena und ihr Vater tippelten durch sie hindurch und schauten beide zu Boden, um nicht auszurutschen. Ihr Vater rammte seine Füße in den Boden, als habe er Dornen an den Sohlen, deshalb war er langsam, und Lena lief immer wieder in ihn hinein.

Irgendwann zwang sie der säuerliche Geruch von Schweiß und frischem Fleisch, hochzuschielen. Ihr Vater stellte sich in die eine Schlange vor dem Lebensmittelgeschäft, sie in die Parallelschlange, einmal zwinkerte er ihr noch zu, dann taten sie, als würden sie sich nicht kennen. Manchmal bekamen beide die ihnen zustehende Ration Schweinebauch oder -haxe, manchmal bekam nur Lena etwas. Wenn keiner von ihnen Glück hatte und die Verkäuferin vor der sich zum Knäuel zusammendrängenden Menschenmenge die Arme verschränkte und die leeren Kühlregale für sich sprechen ließ, nahmen sie einen vollbesetzten Bus zu einem anderen Geschäft, wo ihr Vater mit der Ladenbesitzerin tuschelte. Diese knetete meist ihre großen Hände unter der gelb geblümten Schürze, und es klang, als würde sie mit den Fingern durch Sand fahren. Danach trugen Lena und ihr Vater Fleisch, Wurst und Butter nach Hause, und Lena schmiss sich, sobald sie die Galoschen und die Filzstiefel abgestreift hatte, wieder aufs Bett, erschöpft von der Kälte und der Anspannung. Sie träumte von den wärmeren Monaten, in Sotschi oder nicht, es musste nur dringend wieder besser werden, denn jetzt froren ihr die Zehen zusammen. Und wenn sie im Juni tatsächlich in ein Pionierlager fahren musste, war das vielleicht nicht die schlechteste aller Möglichkeiten, denn dann müsste sie zumindest nicht mehr für Lebensmittel anstehen, dort würde einem das Essen dreimal am Tag serviert werden, es wäre endlich Sommer, und das hieß auch, man konnte ans Wasser.

Lena wollte sich eigentlich freuen, aber als der Juni anbrach, bekam sie ein Ziehen im Bauch.

»Es sind sechs Betten im Abteil, du hast die Nummer 37, die Plätze sind im Uhrzeigersinn nummeriert. Zeig mir, wie herum die Uhr sich dreht.«

Lena zeichnete mit den Fingern einen Halbkreis in die Luft und faltete die Hände wieder vor dem Bauch, der sich wölbte und von innen spannte. Er machte Gurgelgeräusche, seit die Großmutter am Vortag Lenas Hemden und kurze Hosen gefaltet und in den Koffer gelegt und immer wieder betont hatte, man dürfe auf gar keinen Fall vergessen, täglich die Socken zu wechseln. Lena roch ihren buttrigen Atem und dachte daran, dass niemand, den sie kannte, dort mit ihr sein würde. Nicht auf dem Weg dorthin, nicht im Ferienlager. Das Dort war viele Stunden von zu Hause entfernt, erst nahmen die Pioniere einen Zug über Nacht, dann einen Bus in den Wald, und die Pionierführer würden aufpassen, dass sie am richtigen Bahnhof aus- und umstieg. Sechs Wochen lang würde sie nach niemandem, den sie kannte, rufen können. Und ihr Vater sagte – wie immer – nichts dazu. Mal saß er auf dem Hocker, mal auf dem Stuhl daneben, dann irrte er ziellos durch die Wohnung. Lena hob immer wieder den Kopf, wenn er vorbeistreifte, aber er beachtete weder sie noch den am Boden liegenden Koffer, aufgerissen, wie ein Mund, der stumm AAAAAHHHH! schreit.

Immerhin brachten er und ihre Mutter sie am nächsten Tag zusammen zum Bahnsteig, auch wenn sie sich die meiste Zeit anschwiegen. Die Pionierführer benutzten zwischen ihren raukehligen Befehlen auch Trillerpfeifen, um die Schar der Kinder zu den richtigen Waggons und Abteilen zu dirigieren. »Gepäck unter die Sitze! Für die auf den oberen Liegen ist die Ablage über ihnen bestimmt! Nicht drängeln! Nicht schubsen! Aufpassen, habe ich gesagt! Nicht mit den Fingern an die Fensterscheibe patzen!« Die Würstchenkette der Schlafwaggons zog sich endlos über die Gleise. Lena blickte so lange zu Boden, bis sie über die Trittstufen hoch in den Waggon gehievt wurde, und ging dann nicht zum Fenster, um den am Perron stehenden Eltern zu winken. Der ganze Wagen stank nach alten Galoschen, und das Abteil hatte nichts gemein mit der Schlafkoje, in der sie mit ihrer Großmutter immer nach Sotschi gereist war. Gezuckerte Milch würde es hier bestimmt auch nicht geben, und niemand würde ihr zur Beruhigung die Hand aufs Ohr legen und sie an sich drücken. Ihr Bauch jaulte auf und krampfte sich zusammen.

Die anderen fünf Betten waren noch nicht belegt, und Lena hoffte inständig, dass einfach niemand kommen würde. Vielleicht schliefe sie ein und würde erst wieder aufwachen, wenn die unendlichen sechs Wochen vorüber wären. Sie würde wieder aussteigen und nach Hause laufen, sich unter dem Hauskleid ihrer Großmutter verstecken, nichts mehr. Aber das Abteil füllte sich rasch, die Hinterteile der anderen fünf Kinder schoben sich eines nach dem anderen an ihrem Gesicht vorbei, sie schnatterten, als würden sie sich schon seit einer Ewigkeit kennen, und in Lenas Kopf begann ein Summen, das in ein Rattern überging, als sie am nächsten Tag in die bereitstehenden Busse umstiegen. Sie wollte keine Freundinnen finden, hatte auf der ganzen Fahrt niemanden angesprochen und war froh, als die Busse am Fuß eines Hügels ihre Fracht zerkaut ausspuckten.

Die Reisebegleiterin scheuchte die Pioniere samt ihrem Gepäck in flottem Tempo die Anhöhe hinauf, ordnete sie in Reih und Glied und begann ihre Ansprache. Dass nur denjenigen mit den besten Noten und mit besonderen Auszeichnungen die Ehre erwiesen würde, hier kostbare Sommerwochen verbringen zu dürfen, widersprach zwar der Behauptung ihrer Mutter, nicht Lenas Erfolge in der Schule, sondern nur ihre guten Beziehungen hätten den Aufenthalt in dem Lager der Bessergestellten möglich gemacht, aber es erklärte zumindest, warum Wassili nicht hatte mitkommen dürfen. Lena starrte durch die Ringe des blauen Metalltorbogens auf die Gebäude und das Lagergelände *Kleiner Adler*. Das Tor sah aus wie eine Konstruktion, die man vor vielen Jahren vergessen hatte abzubauen, das übriggebliebene Klettergerüst eines Spielplatzes vielleicht, und hinter der Abgrenzung begann gleich der Wald. Man konnte nicht sehen, ob der Zaun das gesamte Gelände umfasste, sein welliges Gitter verlor sich im durchbrochenen Grün der Wacholderbüsche und Bäume, und Lena bildete sich ein, von weit her das Plätschern eines Sees zu hören – vielleicht würde sie ja hier endlich schwimmen lernen. Vielleicht gäbe es hier in dem See solche Amphibienmenschen mit glänzenden Schuppen statt Haut, die mit aufgestelltem Kamm aus dem Wasser kamen und die Kinder mit sich fortzogen.

Die *Allee der Helden*, ein schmaler betonierter Pfad, der vom Torbogen in das Ferienlager hineinführte, war gesäumt mit den Büsten junger Männer. Die meisten hatten kurzgeschorene Haare, einige von ihnen trugen Schirmmützen, nur wenige ein Pionierhalstuch aus Stein. Sie standen auf Betonsockeln, die so hoch waren wie die Kinder selbst, Dutzende Augenpaare schauten zu ihnen hoch. Die Gruppenleiterin richtete ihr senffarbenes Kleid, das nach der langen Reise aussah wie zertretenes Laub, zupfte an ihrem Dutt und zeigte mit der Hand auf die eine und die andere Statue, um zu fragen, ob jemand wüsste, wie der junge Mensch hier hieß. Sie blieb stehen vor der Hauptattraktion, einem Jungen mit hoher Stirn und quadratischem Haaransatz, der fast schon auf seinem Hinterkopf lag. Er trug eine schiffchenähnliche Feldmütze leicht schräg auf dem Scheitel und schaute sehr, sehr ernst, fast wütend. Sein Halstuch saß eng über dem zugeknöpften obersten Hemdknopf, und hätte die Büste einen kompletten Oberkörper gehabt, hätte sie bestimmt eine Lederjacke getragen, mutmaßte Lena. Sie hatte dieses Gesicht mit den strichartigen Brauen und den weit aufgerissenen Augen schon mal gesehen, aber es fiel ihr nicht ein, wo, und sie bemühte sich auch nicht, den richtigen Namen zu finden. Die Gruppenleiterin hatte ohnehin keine Geduld mit den Reinrufern und erklärte selbst, wer Pawel Morosow war, nämlich ein Pionier-Held, einer, der dem Kulakentum getrotzt und mit seinem Leben dafür bezahlt hatte.

»Wer von euch weiß, wer Kulaken sind?«

»Feinde! Feinde!«

»Ja, richtig. Aber warum?«

»Weil sie uns verraten haben.«

»Ja, und wie?«

Lena wusste, dass Kulaken Bauern gewesen waren, die Land besessen hatten, und dass Besitz zu haben verboten war, aber sie hörte jetzt zum ersten Mal, dass Kinder ihre Eltern bei der Kolchose meldeten, wenn sie Korn oder Vieh horteten, und dass Pawlik Morosow so einer gewesen war. Er hatte seinen Vater, der Getreidevorräte versteckt hatte, beim Dorfobersten angezeigt und wurde gemeinsam mit seinem kleinen Bruder dafür von seinem Großvater im Wald beim Beerensammeln erstochen. Lena blieb noch kurz vor Pawliks abgeschnittenem Rumpf stehen, als die Pioniere schon die Allee weitergeeilt waren, schaute in seine lidlosen Augen und nieste.

In der Nacht hing seine hohe Stirn über Lenas Matratzenende, und immer wenn sie zu ihm hinschielte, nieste Pawlik, ohne zu blinzeln, über sie hinweg – hatschuuu –, sie kriegte vor Angst Schluckauf, in ihrem Bauch fing es wieder an zu gurgeln und zu ziehen. In den Nachbarbetten hörte sie die Mädchen tuscheln und versuchte zu verstehen, was sie sich erzählten, weil sie hoffte, dass ihr Gemurmel sie beruhigen würde, so dass sie nicht mehr die zwischen den Preiselbeersträuchern aufblitzende Messerklinge sehen musste, aber auch den anderen ging der Pionier-Held offenbar nicht aus dem Kopf. Sie flüsterten, dass Pawlik und sein Bruder nicht nur erstochen, sondern mit großen Messern zerteilt und danach gefressen worden waren, denn das sei es, was Kulaken tun: Sie töten ihre Kinder und fressen sie. Sie hätten einen unersättlichen Hunger und wollten nicht mit der Gemeinschaft teilen, und darum waren Wagen gekommen und hätten sie weggeschafft, und als man ihre Kinder in Heime brachte, zeigte sich, dass sie genauso von Raffgier besessen waren wie ihre Eltern, sie rissen sich gegenseitig das Fleisch von den Knochen und fraßen es, sie legten ihre jüngeren Geschwister in den Schnee, warteten, bis sie erfroren waren, und kochten ihre Überreste. Nur wenige waren Ausnahmen, Ausnahmen wie Pawlik Morosow.

Lena blieb die ganze Nacht über wach und beobachtete die sich hebenden und senkenden Körper der anderen Pioniere, deren Decken wie graue Erde in dem dunklen Saal wirkten, die über gekrümmte Körper geschüttet worden war. Die freistehenden Einzelbetten hatten große weißlackierte Rahmengestelle mit Füßen auf Rollen, die Matratzen waren weich wie Weißbrot und hatten einen Hängebauch. Sie standen in größeren Abständen zueinander, ihre Schatten berührten sich nicht. Manche Mädchen schnaubten im Schlaf, Lenas Bettnachbarin zirpte bis in den Morgen wie eine Heuschrecke.

Lena fuhr sich mit beiden Händen zur Beruhigung über die Oberarme, auf und ab, auf und ab, als versuche sie, die Gänsehaut zu glätten. Beim ersten Weckruf sprang sie auf, war die Erste im Waschraum, die Erste auf dem Vorplatz, stand vor einer saubergefegten Feuerstelle auf dem Appellplatz und wartete, bis alle anderen nachkamen und die Trompete an ihrem Ohr ihr auch noch den letzten Gedanken aus dem Kopf blies. Das Hemd hing dem Pionier, der so heftig zum Aufstehen getrötet hatte, schlaff von den Schultern und war umständlich in den Hosenbund gestopft, er kam Lena vor wie ein halb aufgepumpter Ballon, der in Schüben Luft entließ. Hinter ihm auf einer riesigen Tafel mit der Überschrift TAGESABLAUF war zu lesen:

1. Aufstehen   8:00
2. Gymnastik   8:00–8:15
3. Aufräumen der Schlafräume und Toiletten   8:15–8:45
4. Appell und Hissen der Flagge   8:45–9:00
5. Frühstück   9:00–9:30
6. Freie Zeit   9:30–9:45
7. Pflege des Geländes 9:45–10:00

Die folgenden Punkte verdeckte die leuchtend rote Fahne mit den goldenen Fransen, die von der Trompete hing, aber ab 10. konnte Lena wieder weiterlesen: Freie Zeit, dann 11. Mittagessen, 12. Nachmittagsschlaf, 13. Zwischenmahlzeit, 14. Gruppenkurse, 15. Freie Zeit, 16. Abendessen, 17. Gemeinsame Aktivitäten, 18. Abendappell und Einholen der Flagge, 19. Abendtoilette 20. Schlaf.

Die betonierten Wege, die über das in den Wald geschlagene Gelände führten, standen wie gestreckte dicke Finger von der Handfläche des Appellplatzes ab. Sie stachen mit ihren Fingerspitzen in einstöckige Holzbaracken mit angebauten Verschlägen, manche führten weiter zu den Gemüsebeeten und den dahinterliegenden Feldern, einer wies auf den vor Hitze zitternden Plastiküberzug des Gewächshauses weiter abseits. Lena lief über die Wege und las die Hinweisschilder auf den Gebäuden in Buchstaben so groß wie ihr ganzer Körper: FÜR MÄDCHEN, FÜR JUNGEN, BIBLIOTHEK. Zwischen der länglichen Bühne, von der aus sie bei ihrer Ankunft begrüßt worden waren, und dem Platz für sportliche Betätigung mit Laufbahn, Fußballfeld, Barren und Ringen war ein Transparent aufgespannt mit der Losung: WIR SIND IM MÄRCHENLAND. Über dem Appellplatz selbst stand auf einer Plakatwand: KINDER – DAS LAGER GEHÖRT EUCH!, gleich daneben die Anordnung, das Areal nicht zu verlassen. Der Speisesaal war nach zwei Seiten komplett verglast, und auf der gesamten linken Fensterfront klebten riesige Buchstaben: W E N N I C H E S S E B I N I C H T A U B U N D S T U M M.

Die Sitzordnung bei den Mahlzeiten war nach durchnummerierten Mannschaften geregelt, gefaltete Papierschilder am Kopfende der langen Tische sorgten dafür, dass man sich nicht zu Älteren oder Jüngeren setzte. Lena beobachtete, wie die Mädchen ihrer Gruppe sich unter dem Tisch gegenseitig gegen die Kniescheiben und Schienbeine traten und an den Haaren zogen, sobald die Pionierführer, die pausenlos durch die Reihen patrouillierten, sich entfernten. Das Mädchen, das ihr am Tisch gegenübersaß, kratzte mit dem Löffel über die Innenseite ihres Messingtellers und schaute ihr dabei in die Augen – Lena kam es vor wie eine Warnung. Sie stellte sich vor, unsichtbar zu sein, und dachte an den Strand. Wenn es hier einen See gäbe oder womöglich sogar einen Fluss, dann wäre alles nicht so schlimm.

OHNE AUFSEHER NICHT BETRETEN las Lena vom Schild an der offen stehenden Tür zum Gewächshaus ab und schlich sich weiter heran. Sie war einer Gruppe Älterer gefolgt, um zu sehen, wohin sie die Schwingeimer trugen, außerdem wollte sie schon seit ihrer Ankunft die Nase in die mit einer flimmernden Haut überzogene Holzkonstruktion stecken, von wo ein intensiver Geruch nach reifen Tomaten aufs Gelände drang. Die feuchte, dicke Luft hing vor der aufgerissenen Tür wie ein Teppich und war weich wie ein Kissen.

Lena tauchte erst ihre Arme in die Schwüle, dann ihr Gesicht, dann traute sie sich, einzutreten. Ihr Kopf wurde von innen schwer, als habe sie das feuchte Kissen eingeatmet.

Die Triebe riesiger Tomatenstauden wuchsen in die Gänge zwischen den Beeten, wie Tiere, die sie nur aus Schulbüchern kannte, neigten sie ihr die langen flaumigen Hälse zu. Einige Pioniere werkelten an Holzstäben herum, banden die Stämme und Äste daran fest. Kein Mensch beachtete Lena. Die Hitze kitzelte in ihren Achselhöhlen, aus ihrem kurzgeschnittenen Bob liefen ihr Schweißperlen die Schläfen hinunter, sie wagte sich weiter vorwärts, inspizierte die Rispen, die Rillen in den noch nicht reifen grünen Früchten und die prallen roten. Ein besonders üppiger Strauch hatte schwarze Äste, als ragten die haarigen Beine einer riesigen Spinne in die Luft. Lena hielt inne und neigte den Kopf, die Stängel wuchsen und wuchsen vor ihr in die Höhe, schossen hoch, unter den Blättern kam eine weiße Stirn zum Vorschein, dann dicke geschwungene Augenbrauen, breite Nasenflügel und ein ganz roter Mund, so rot wie das Pionierhalstuch, das schief um den Hals hing. Die Gestalt, zu der das Gesicht gehörte, richtete sich auf und starrte Lena an, wie eine Pflanze, die zum Leben erwachte. Die Augenbrauen des Mädchens waren so schwarz und dicht wie seine Haare, als hätte man mit einem Filzstift auf weißem Porzellan gemalt. Ihre Lippen glänzten feucht, die Wangen leuchteten fiebrig, sie schaute Lena mit goldgelben weitaufgerissenen Augen an. Lena wollte die Hand nach ihr ausstrecken und nach ihrem Namen fragen oder irgendetwas sagen, was nicht kindisch oder tölpelhaft wäre, aber ihre Kehle brannte wie von etwas Bitterem, sie musste schlucken und niesen gleichzeitig, hielt die Luft an, um nicht auch noch Schluckauf zu bekommen, keuchte vor Aufregung, drehte sich panisch um und stolperte hinaus.

Sie sah das Mädchen erst am Abend im Schlafsaal wieder, es kam als schiefer Umriss zwischen den Betten auf sie zu, bewegte sich, als hätte es Wasser im Körper, das hin und her schwappte, hinkte deutlich. Lena fragte sich, wie sie ihr in den ersten Tagen nicht aufgefallen sein konnte – sie war sehr groß und sehr mager, und keine andere hatte einen solchen Busch auf dem Kopf und roch nach Sanddorn, fast wie es in Sotschi manchmal gerochen hatte. Lena roch sie bis an ihr Bett. Ein wenig erinnerte sie sie an Lika, aber Lika war lange her.

Das Porzellangesichtmädchen steuerte das andere Ende des Schlafsaals an, setzte sich umständlich auf die durchgelegene Matratze, und Lena schlenderte wie beiläufig in ihre Nähe, begutachtete die Falten der vergilbten Gardine, untersuchte die Wände auf Muster und Risse, und als sie ihren Kopf vorsichtig zum Mädchen aus dem Gewächshaus drehte, starrte dieses sie aufmerksam an.

»Aljona«, sagte es, als riefe es Lena zu sich. Lena nickte, sagte leise ihren Namen, Aljona winkte sie heran.

»Was ist damit?«, Lena deutete auf Aljonas Füße, der eine war seltsam verbogen.

»Blöd gebrochen, falsch verheilt.« Aljonas Mundwinkel sahen von oben aus wie Mondsichelspitzen, die beinahe am Kinn zusammenliefen. Lena setzte sich neben sie und betrachtete die Mulden in den runden Kniescheiben, dann die Waden.

»Tut es weh?«

»Nein. Willst du anfassen?«

Lena kam der Haferbrei vom Abendessen wieder hoch, sie schüttelte den Kopf. »Nein, warum sollte ich?«

»Alle wollen meinen Fuß anfassen oder an seinen verdrehten Zehen ziehen, aber er tut nicht weh, er ist nur kaputt. Da ist jemand mit einem Auto drübergefahren. Und dann ist das schief zusammengewachsen. Aber ich kann auftreten und laufen und tanzen, und eigentlich kann ich damit alles machen.«

Lena wollte fragen, wer, um alles in der Welt, einem Menschen über die Füße fährt, traute sich aber nicht und atmete langsam ein, damit der Geruch von Sanddorn tiefer in ihre Lunge strömte. Aus der Nähe mischte er sich mit etwas Süßem, Himbeere vielleicht. Aljonas Haare waren mit dem Gummi kaum zu bändigen und sprangen in alle Richtungen, fast bis zu Lenas Ohrläppchen, und nach wie vor glaubte Lena, es seien zittrige Spinnenbeine, die sich da ausstreckten nach ihr. Sie wollte Aljona fragen, warum ihre Großmutter sie ihr nicht ordentlich schnitt, aber ihr Mund war seltsam taub, so wie vorhin im Gewächshaus, sie saßen eine Weile, ohne zu sprechen, nebeneinander, und als Gutenachtgruß fragte Aljona, ob Lena von der Mannschaftsleiterin schon eine Aufgabe zugeteilt bekommen habe, denn sonst könnte sie mit ihr gemeinsam den Putzdienst erledigen, Böden schrubben, Staub wischen, die Gemeinschaftsräume säubern. Lena nickte, weil sie nicht wusste, was sie sonst tun sollte, und dachte, vielleicht ist Aljona ein großer Schatten, der sie bedecken würde, so dass sie neben ihr unsichtbar wäre und alle sie in Ruhe ließen. Vielleicht könnte sie in ihrer Nähe bleiben, der Gedanke beruhigte sie und regte sie gleichzeitig auf.

»Warum habe ich dich erst heute zum ersten Mal gesehen, wo warst du?«, sagte sie schließlich, als sie schon am Gehen war.

»Ich hatte Fieber.« Aljona sah Lena zwiebelgoldgelb an. Im Halbdunkel wirkte ihr Gesicht fast gläsern. »Ich hab gekotzt, als ich hier ankam, dann musste ich in den Quarantäneraum, jetzt geht's.«

Lena wusste nichts von einem Quarantäneraum, nur von den haubetragenden rundlichen Frauen in knöchelhoch geschnürten Schuhen und weißen Kitteln, die jedem Kind gleich nach der Ankunft ein Thermometer unter die Achsel gesteckt und mit kalten Fingern an den Oberlidern gezogen hatten.

»Und jetzt bist du wieder gesund?«

»Ich habe das öfters.«

»Das mit dem Kotzen?«

»Ich habe ständig was, denk dann einfach nicht an mich, denk an etwas anderes. Es ist am besten, wenn man dem keine Beachtung schenkt, dann geht es schneller weg, sagt Papa.«

Lena legte den Kopf schräg und versuchte sich vorzustellen, wie es aussah, wenn aus diesem kreidebleichen Gesicht ein bröckeliger Strahl herauskam. Sollte das Aljona wieder passieren und sie wäre zur Stelle, würde sie ihr die Hand auf die Stirn legen und sie stützen, beschloss sie. Sie hatte noch nie gesehen, wie sich jemand übergab, aber sie stellte sich vor, dass man die Leute dabei gut festhalten müsse.

Die Finger juckten vom Seifenwasser, die Böden der Schlafsäle schienen endlos, Lena hatte zu Hause nicht gelernt, einen Lappen auszuwringen, aber sie schaute auf Aljonas mechanische Bewegungen, die über dem Boden auf- und abtauchte, als sei sie eine Katze, die buckelte und sich dann langstreckte. Den Stoff unten und oben anfassen, das eine Handgelenk zur Brust und nach innen, das andere nach außen verdrehen, nicht beide in dieselbe Richtung, ausschütteln, dann fallen lassen. Lena reckte sich über dem Boden, zog die Arme mit dem Wischtuch wieder zum Bauch, dabei atmete sie lange durch die Nase ein und aus und konzentrierte sich ganz auf die Abfolge der Bewegungen und Laute. Zwar brannten ihre

Hände, aber sie konnte ihre Finger trotzdem noch in Aljonas Locken stecken und sie leicht hin und her schwingen, wenn sie nebeneinander auf den trocknenden Dielen lagen und darauf warteten, dass der Trompetenruf sie weiter durch den Tag treiben würde.

Sie war froh, nicht mit einer größeren Gruppe von Kindern zum Küchendienst eingeteilt worden zu sein, von dem die Mädchen einander schubsend und mit blauen Flecken und Kratzern auf den Unterarmen zurück in den Schlafsaal kamen, sondern neben Aljona über den Boden kriechen zu können, die gerne still war und manchmal nur den Kopf wiegte, wenn Lena etwas fragte oder sagte. Trotz der von oben bis unten vollgeschriebenen Tagesablauftafel auf dem Appellplatz, vor der sie sich regelmäßig versammelten, gab es unendlich viel Zeit im Lager, Zeit, die sie einhüllte wie die dicke Luft im Treibhaus, und nie kam auch nur ein Windhauch auf, der sie ein wenig durcheinanderwirbelte. Selbst die Hühner in ihrem Hof hinter dem Speisesaal zeigten sich unbeeindruckt, wenn ein paar der Jüngeren sie am Gefieder packen wollten. Sie hatten es nirgendwohin eilig und pickten unbeteiligt nach den Brotkrümeln, die die Pioniere ihnen hinwarfen. Der Hahn krähte nicht oder wenn doch, dann ging sein Schrei im Ruf der Trompete unter, die schon bald nach der Ankunft nicht mehr alarmierend klang, sondern besänftigend und verträumt.

»Was wirst du werden, wenn du mal groß bist?«

Sie lagen hinter den Schlafsälen im Gras, die Schwüle drückte sie in den Löwenzahn, dessen lange grüne Zungen ihre Sohlen und die weiche Haut unter den Armen kitzelten. Ein paar Brennnesseln bogen sich zu ihnen herunter, Aljona und Lena waren gleichzeitig auf die hohen Büsche zugerannt, Aljona humpelnd und keuchend, so dass Lena immer wieder auf sie warten musste. Im letzten Augenblick hatten sie abgebremst und nur so getan, als würden sie mit den Handflächen über die gezackten, haarigen Blätter streichen. Dann brachen sie in Lachen aus, fielen rücklings in die Wildblumenwiese und rollten wie ein Knäuel hin und her, hielten einander an den Hüften, täuschten vor, einen Hang hinabzustürzen, und schrien.

»Ich werde gar nichts werden. Was soll ich schon werden?« Aljona klang, als würde sie an bitteren Stängeln kauen.

Lena wusste nie, wann Aljona Scherze machte und wann sie es ernst meinte. Sie hatten sich wieder losgelassen, nur ihre Füße berührten sich.

»Ich bin doch schon so groß, schau mich an. Das reicht doch.«

Lena drehte sich auf den Bauch und robbte auf ihren Ellbogen an Aljona heran. Alle Kinder in ihrer Klasse wussten, was sie werden würden oder werden wollen sollten, Lena war seit geraumer Zeit klar, dass sie Medizin studieren würde, sie hatte noch nie jemanden getroffen, der keine Pläne hatte.

»Und was sagen deine Eltern dazu, dass du nichts werden willst?«

»Die sind damit einverstanden.« Aljona wollte das Gesicht ins Gras drehen, Nase Richtung Wurzeln, aber Lena schob ihr Gesicht ganz nah über Aljonas und stupste sie an wie ein Hund mit der Schnauze. »Sind deine Eltern genauso komisch wie du?«

»Mein Vater ist Oberst.«

»Und deine Mutter hat keinen Beruf?«

»Doch, aber sie ist oft krank, dann ist sie auf Kur. Sie ist öfter auf Kur als bei der Arbeit.«

»Und die sagen nichts zu gar nichts?«

»Ja.«

»Zu gar nichts gar nichts?«

Es kam keine Antwort.

»Sag mal, was hast du?«

»Mein Körper juckt.«

»Wir haben die Brennnesseln doch gar nicht berührt.«

»Nein, aber du hast die Krätze, und jetzt habe ich sie auch!« Aljona warf sich mit einem Ruck auf Lena und kniff ihr in die Seiten, Lena nieste vor Überraschung und setzte zum Gegenangriff an.

In der Nacht träumte Lena von einem Mann hinter dem Steuer eines großen Fahrzeugs, das sie nicht genau erkennen konnte, weil sie von den herannahenden Scheinwerfern geblendet wurde. Das Auto raste zwischen zwei Feldern über einen asphaltierten Weg und machte polternde Geräusche, als gäbe es Schlaglöcher. Aljona und sie standen mitten auf der Straße, der Scheinwerfer stach durch sie hindurch, und Lena wusste, dass der Mann hinter dem Steuer Aljonas Vater sein musste. Sein Gesicht war ganz starr, sein Mund stand aufgerissen, er hatte dieselben zwiebelgelben Augen wie Aljona. Aljona machte einen Schritt auf den Wagen zu, einen ihrer ungelenken Wasserschwappschritte, dann noch einen, und noch einen, Lena wachte vom eigenen Geschrei auf. Ihre Bettnachbarin, die immer Zirpgeräusche machte, zischte sie an, sie solle endlich Ruhe geben, ständig das Gejammer in der Nacht, sie solle sie verschonen mit ihren Alpträumen.

Aber es waren nicht immer Alpträume, die meisten ihrer Träume waren eigentlich ganz schön. Nur konnte sie in ihnen Aljona nicht erreichen.

Für das Lager war einmal ein großes Stück Wald gerodet worden, aber um zum See zu gelangen, musste man sich an Bäumen vorbeischlängeln und wildem Gestrüpp ausweichen.

Lena erlaubte es sich, nach Aljonas Hand zu greifen, um auf dem Weg voller glitschiger Wurzeln und Steine Schritt zu halten. Seltsamerweise führte ausgerechnet Aljona die Schwimmgruppe an, der unebene Weg schien die Schaukelbewegung in ihr auszugleichen, sie schritt vorwärts, als könnte sie es gar nicht erwarten, ins Wasser zu kommen, aber als sie das Ufer erreichten und die anderen Kinder in den See stürzten, setzte sie sich ins Gras und blickte hoch. Lena folgte ihrem Blick in den Himmel, über den ein Schwarm Vögel jagte und der sie an die Handrücken ihres Vaters erinnerte, so blass und vergilbt sah er aus. Dann schaute sie zu den vor Vergnügen quietschenden Pionieren, die sich in einem von dicken Juteseilen begrenzten Stück See drängten und sich gegenseitig nass spritzten. Die Gruppenleiterin blies gerade in ihre Trillerpfeife und befahl allen, noch einmal aus dem Wasser zu kommen – bevor die Uniformen nicht ordentlich zusammengelegt wären und die Schuhe nicht in Reih und Glied stünden, sollten sie gar nicht erst ans Wasser denken.

Lena rollte langsam ihre Strümpfe die Waden hinunter und legte sie auf die kurze Hose, die sie schon ausgezogen hatte, sie ließ sich mit jeder Bewegung viel Zeit, hielt das Hemdchen lange zwischen den ausgestreckten Armen und schwang es hin und her. Aljona lag in Hemd und Hosen mit unter dem Kopf verschränkten Armen im Gras, ihre dichten Wimpern flimmerten, sie schien ins Nichts zu schauen und gab keine Antwort, als Lena sie fragte, ob sie nicht vorhatte, mitzukommen. Sie war versucht ihr zu sagen, dass sie nie schwimmen gelernt hatte und dass sie Hilfe brauchte im Wasser, auf das sie sich so gefreut habe, doch ihre Freundin beachtete sie nicht mehr. Ihre Augen waren weit offen, aber sie starrte nach innen, als läge ein milchiger Film über den Pupillen.

Lena blickte zum See. Innerhalb der Seilabsperrung war es so voll, dass sie hoffte, schon deswegen nicht unterzugehen, weil es keinen Platz dafür gab. Sie registrierte jeden Grashalm, den sie mit den Sohlen auf dem Weg hinunter zum erdigen Ufer plattdrückte. Sie meinte zu hören, wie sich ihre Beine anwinkelten. Einige der Älteren hatten die Begrenzung überwunden, jagten sich durchs Wasser mit weit ausholenden Armbewegungen und wurden energisch zurückgerufen, die Trillerpfeife gab lange, heisere Schreie von sich. Irgendwer lachte kreischend, irgendwer heulte wie ein Hund, die Kinder drückten einander unter Wasser, tauchten auf und rangen nach Luft. Lena wagte sich bis zum Knie hinein und schaute sich um, wie die Pioniere mit den Armen um sich schlugen, Schaum spritzte ihr auf die Oberarme, sie überhörte die Sticheleien und spannte ihren Körper an, um nicht sofort zurückzulaufen und ihr Gesicht auf Aljonas Bauch zu drücken. Es sah so aus, als könnten alle außer ihr schwimmen, obwohl sie jeden Sommer in Sotschi verbracht hatte. Sie legte sich mit dem gesamten Körper auf die Wasseroberfläche, ein paar Steine, die im Schlamm steckten, bohrten sich in ihre Kniescheiben, dann wagte sie sich auf den Handflächen und mit durchgedrückten Armen etwas weiter vor und drehte wieder um, als ihr eine Welle in Augen und Ohren schwappte. Sie fand, dass es genug war für heute, schlang die Arme um die Schultern, als sie über die Wiese stolperte, und hatte zum ersten Mal das Gefühl, sie besäße einen Körper, den andere anschauten. Sie fühlte, wie die Pioniere in ihre Richtung schielten und tuschelten und kicherten, vielleicht sprachen sie über ihren krummen Rücken, über ihre schiefen Arme. Solche Gedanken hatte sie vorher nie gehabt, ihre Mutter hatte sie immer dazu ermutigt, dem Äußeren keine Beachtung zu schenken, denn »nur die Dummen und die Bourgeoisie interessiert sich für so etwas«, also verbat sich Lena die Frage, ob ihre Beine womöglich zu kurz waren, und versuchte die Finger, die sie ineinander verknotet hatte, wieder zu lösen, als sie sich neben Aljona niederließ. Der Himmel seufzte auf wie eine gereizte Lunge, vielleicht ein Flugzeug, aber Lena sah keins.

Aljona hatte ein Insekt zwischen die Finger geklemmt und führte es immer wieder nah an ihr Gesicht heran, als wäre ihre Nasenspitze ein Magnet, der die dünnen, schwarzen Beinchen anzog und wieder abstieß. Das Insekt hatte einen länglichen Körper, der sich wand wie ein Wurm, aber dicker war und grünlich schimmerte, wie die Oberfläche des Sees, die murmelartigen Augen standen rechts und links vom Kopf ab, weil sie zu groß für ihn waren. Die durchsichtigen, länglich ovalen Flügel nahm Lena erst wahr, als sie ihr Gesicht nah an Aljonas Finger hielt.

»Sie macht es nicht mehr lange«, sagte Aljona. »Sie lag hier im Gras, bei ihr ist irgendwas gerissen.« Sie setzte sich die Libelle auf den Oberschenkel und starrte sie an. Lena fiel auf, wie braun Aljonas Beine geworden waren. Im Gesicht war ihre Freundin immer noch weiß, wie Porzellan, aber die breiten Streifen zwischen dem Saum ihrer kurzen Hose und den hochgerollten Socken glänzten in der Sonne, vor allem die Knierundungen hatten die Farbe von Haselnussschalen und jene Stelle knapp über dem Knie, von der die Libelle ihre verzweifelten Versuche unternahm, sich aufzurappeln und davonzufliegen.

Lena war sich unsicher, ob sie traurig oder froh sein sollte, als die sechs Wochen vorbei waren und sie ihre Stirn gegen das Fenster im Bus lehnte, der sie zum Zug zurück nach Gorlowka bringen würde. In den ersten Tagen hier hatte sie sich noch vorgenommen, vor ihrer Mutter heulend auf den Boden

zu fallen und sie anzuflehen, sie nie wieder in das Pionierlager mit seiner *Allee der Helden* und den unendlich dreckigen
Holzböden zu schicken, die einem beim Schrubben Splitter
in die Fingerkuppen jagten, aber als sie sich vorhin von Aljona
verabschiedet hatte, spürte sie ein Ziehen um die Augen und
drückte sie so lange, bis Aljona sich aus der Umarmung löste
und einen Schritt zurücktrat. Vor allem wenn sie stillstand,
sah sie schief aus. Sie strich sich die Haare hinter die Ohren,
lächelte nicht, aber ihre Wangen waren zum ersten Mal pfirsichfarben und nicht mehr weiß gewesen, und sie roch nach
etwas Salzigem, ihr Hals war verschwitzt. Dann hatte sie sich
wortlos umgedreht und war in den anderen Bus gestiegen.

Auf der langen Zugfahrt zurück überlegte Lena die ganze
Zeit, wie sie sich verhalten sollte, wenn die Eltern sie abholen
kämen, aber sie waren gar nicht da, stattdessen entdeckte
sie ihre Großmutter auf dem Bahnsteig im Tumult zwischen
den anderen, sie war noch dünner geworden und noch wort-
karger. Lena beschloss, erst zu Hause eindeutig begeistert
oder eher verzweifelt zu klingen, aber sie vergaß alles, selbst
Aljonas Sanddorngeruch und ihre Spinnenbeinhaare, als sie
ihre Mutter mitten am Tag auf dem Sofa im Wohnzimmer
liegend fand, ein Stück Holz zwischen die Zähne geklemmt.
Die Gardinen waren zugezogen, und die Großmutter hatte
sie nicht vorgewarnt, so dass Lena zuerst dachte, niemand
sei da, erst dann entdeckte sie die regungslose Mutter. Dass
sie atmete, sah Lena an der leichten Bewegung der Decke,
die sie bis ans Kinn gezogen hatte. Das Stück Holz zwischen
ihren farblosen Lippen hatte fast denselben Ton wie ihr Gesicht, es sah aus wie eine Verlängerung ihres Mundes, als würde es aus ihm herauswachsen.

Lena schrie auf und stürzte zum Sofa, die Großmutter
herrschte sie an, sie solle nicht so kreischen, ihre Mutter habe

schlimme Kopfschmerzen und brauche Ruhe. Lena hatte noch nie gehört, dass irgendwer in der Familie jemals Kopfschmerzen gehabt hätte, Schmerzen überhaupt waren noch nie ein Thema bei ihnen gewesen, ihre Mutter war für sie eine aus Stein gemeißelte Frau, der nie etwas fehlte, weil sie nicht aus einzelnen Teilen bestand, die beschädigt werden oder kaputtgehen konnten, sie war aus einem Guss. Und nun kniff sie die Augen so fest zusammen, dass die Wimpern zwischen all den Fältchen beinahe verschwanden. Aber dann nahm sie den Kochlöffel aus dem Mund und legte ihre Hand auf Lenas Gesicht, ihre Mundwinkel zeigten nach oben, sie richtete sich auf, als hätte sie Watte in den Knochen, und sank dann gleich wieder zurück. Lena griff nach dem Arm ihrer Mutter, drückte ihn aber nicht, rutschte neben dem Sofa auf den Boden und saß da ohne ein Wort, bis Rita eingeschlafen war. Ihre Großmutter war in der Küche verschwunden, von dort war aber auch kein Geräusch zu hören. Der Kochlöffel blieb neben dem Kissen liegen, das beruhigte Lena, sie nahm ihn in die Hand und untersuchte ihn auf Bissspuren.

Sie saß auf dem Boden, den Hinterkopf an das Polster gelehnt, und schaute abwechselnd auf den Kochlöffel und dann ziellos durch das Zimmer. Sie konnte die Umrisse der Faun-Figur in der Vitrine ausmachen. Er blies mit verdrehtem, behaartem Oberkörper in seine Flöte und starrte durch das dämmrige Licht Lena und ihre Mutter an, die Beine mit den Hufen weit gespreizt.

Na los!, dachte Lena und spannte so sehr den Kiefer an, dass die Oberlippe über die Unterlippe rutschte. Versuch's doch! Der Faun bewegte sich nicht und schwieg, er atmete langsam und tief ein, Lena konnte sehen, wie sich sein Brustkorb dehnte.

Am Abend belauschte Lena ihren Vater, der mit seiner Schwester telefonierte und um Medikamente bat. Die Tante lebte in der Hauptstadt, das wusste sie, und auch, dass sie dort einen wichtigen Posten innehatte. »So teuer?«, hörte Lena ihren Vater sagen, und: »Ach nein, Migräne wahrscheinlich. Aber die Schmerzen sind fürchterlich, und wir kriegen hier nichts außer Wasser in Ampullen. Du weißt ja, wie es ist.«

Lena wusste nicht, »wie es ist«, und sie wusste auch nichts von Migräne, aber sie fragte in der Schule herum, als die Sommerferien vorbei waren, und irgendwer sagte, das seien doch einfach nur Kopfschmerzen, ihre Mutter solle sich nicht so anstellen, und irgendwer anderer sagte, man sterbe daran, weil einem die Augen aus den Höhlen herausspringen würden wegen des Druckes, der sich im Kopf aufbaute.

Beim nächsten Mal, als die Vorhänge im Wohnzimmer mitten am Tag zugezogen waren und Lena leise sein musste, schlich sie sich an ihrer Mutter vorbei, betrachtete kurz ihr regungsloses Gesicht – kein Kochlöffel, nur sehr trockene, wie mit Schuppen überzogene Lippen –, holte die Faun-Figur aus dem Vitrinenschrank und versteckte sie auf dem Balkon hinter den Kartoffelsäcken. Es war erst Anfang Oktober und noch mild, aber sie hoffte, dass der Waldgott spätestens zum Ende des Jahres erfroren sein würde.

Wenn Lena von der Schule nach Hause kam, saß Rita jetzt immer öfter am Esstisch vor dem Fenster über Stapel von Papier gebeugt. Sie hielt sich nicht immer den Kopf, aber das durch die Tüllvorhänge kriechende Licht ließ sie gelb aussehen, und Lena rückte ihren Stuhl viel zu nah an den ihrer Mutter heran und behauptete, dass sie nur so, Ellbogen an Ellbogen, ihre Hausaufgaben erledigen könnte.

Als der erste Schnee fiel, musste ein Krankenwagen kommen, Großmutter und Vater riefen ihn am Morgen nach einer durchwachten Nacht, er kam am Abend, dazwischen saß Lena vor dem verschlossenen Schlafzimmer, aus dem das Stöhnen ihrer Mutter durch die Tür drang, und hielt die Luft an. Sobald die Sanitäter sie auf der Trage aus der Wohnung getragen hatten, lief Lena auf den Balkon, schob die Kartoffelsäcke beiseite, packte die eisige Faun-Figur und schmetterte sie gegen die mit Wellblech verkleidete Wand. Es klang wie ein Schuss, als die Figur zersprang, und Lena brauchte ewig, um alle Scherben aufzusammeln, kroch auf dem Boden herum und weinte vor Angst, auch nur einen Splitter in der Dunkelheit zu übersehen, denn dann wäre der Waldgott nicht beseitigt, sondern hielt sich womöglich für immer hier in dem borstigen, grobmaschigen Läufer versteckt, der jetzt vom Schneematsch zugedeckt war. Als sie endlich mit roter Nase und vor Kälte brennenden Augen in die Küche kam, um das Porzellan zu entsorgen, war niemand da, um sie auszuschimpfen. Auf dem Herd stand ein Topf, aus dem keine Gerüche aufstiegen. Ihre Oma hatte aufgehört, mit Kräutern zu würzen, so dass es in der Wohnung höchstens nach Butter, aber nicht mehr nach Thymian oder Salbei roch, und auf den geriebenen Käse, der immer einen würzigen Duft verbreitet hatte, verzichtete sie auch. »Geruch macht Kopfschmerzen«, hieß es, wenn sie nachfragte.

Manchmal beobachtete Lena, wie ihre Großmutter bei ihrer Tochter auf dem Sofa saß und an sich roch, während ihr Kind unter einer bis zur Kinnspitze hochgezogenen Decke bewegungslos dalag. Sie führte ihre Handrücken an die Nase, drehte sie hin und her, hob den Arm und schnüffelte an der Achsel. Fast hätte man meinen können, sie tanzte ganz langsam im Sitzen. Fast hätte man meinen können, sie betete, und vielleicht tat sie es auch. Lena stand im Türrahmen und sah in das Gesicht ihrer Großmutter, in das einzelne weiße Haarsträhnen hingen, die sich aus dem Zopf gelöst hatten, als hätte sie den Kopf zu heftig geschüttelt, sie sah, wie die Großmutter in das Gesicht ihrer Tochter starrte, auf die verzogenen Lippen, die Lena wie ein großer Furunkel erschienen. Sie überlegte, wie lange es wohl dauerte, bis sie selbst ihr Medizinstudium abgeschlossen haben würde. Sie war erst in der vierten Klasse, es kämen noch sechs.

Die behandelnde Ärztin hieß Oksana Tadejewna und hatte dünn gezupfte Augenbrauen, über die ein blondgefärbter Pony fiel. Lena hasste ihre hohe Stimme, die durch den Hörer drang, und wie sie die Wörter betonte, als würde sie ein Märchen erzählen. Außerdem ging es der Mutter nicht besser, seit sie bei ihr in Behandlung war, aber ihre Eltern sprachen jetzt oft über Geld und davon, sparen zu müssen und noch weniger auszugeben und soundso viel vom Monatslohn beiseitezulegen, vielleicht den Schmuck zu verkaufen – etwas, was sie vorher nie getan hatten. Jeden Monat musste Oksana Tadejewna mit einer Flasche Cognac bedacht werden oder mit Pralinen, vor allem aber mit einem Kuvert voller Scheine. Außerdem waren die Medikamente, die sie ihrer Mutter verschrieb, so teuer, dass Lena sich sicher war, die Ärztin sei eine Betrügerin und Diebin, eine Sozialistin würde niemals dreißig Rubel für eine Packung Cerebrolysin nehmen, ihr Vater verdiente hundertzwanzig im Monat. »Wie können zehn Ampullen so viel kosten? Selbst wenn das Präparat die Blutzirkulation im Gehirn anregt, selbst dann!«, echauffierte sich ihr Vater, aber hielt den Blick auf die Tischdecke aus geblümtem Plastik gesenkt. Lena war nie aufgefallen, wie klein sein Kopf war, wie der eines jungen

Vogels, der aus fast nichts als aus Schnabel bestand. Seine Haare waren dünn geworden unter der Schirmmütze, die er seit kurzem trug, manchmal sogar am Esstisch. Sie half nicht viel. Er sah auch mit Mütze gerupft aus und schaute immer öfter verloren durch die Gegend. Einmal war er frühmorgens in seinen Hausschuhen mit kariertem Muster auf der Zehentasche zur Arbeit aufgebrochen, Lena hatte ihn im Hof mit seinen Lederschuhen in der Hand eingeholt. Ihr Vater hatte nur müde gelächelt, als sie ihm beim Wechseln half, und sprach plötzlich von seiner eigenen Mutter, die allen im Dorf Hausschuhe mit Zehentaschen aus alter Bettwäsche genäht hatte, damals, sogar den ungeliebten Nachbarn, die ihren Hund vergiftet hatten oder vergiften hatten wollen, oder jedenfalls störte sie sein Gebell, der Vater redete und redete und ging dann weiter, ohne sich von Lena zu verabschieden.

Zu Silvester rief die Mutter Lena in die Küche und bat sie, Oksana Tadejewna ein Neujahrspräsent zu überreichen. Lena wurde schlagartig schwindelig, als sie den Umschlag mit den Scheinen sah. Sie kannte mittlerweile die Bedeutung des Wortes Bestechung, aber sie hatte so etwas noch nie gemacht, und sie hatte noch nie so viel Geld auf einmal gesehen und schon gar nicht mit sich herumgetragen, außerdem fand sie es falsch, irgendetwas daran war falsch, zumindest fühlte es sich nicht gut an in der Magengrube. Sie konnte es nicht in Worte fassen, geriet ins Stammeln, bis die Mutter sie unterbrach: »Du bist jetzt erwachsen genug«, und dann redete sie weiter, als hätte sie die Tränen in Lenas Augen nicht bemerkt: »Man übergibt das nicht einfach so. Geh erst einmal auf den Markt, kauf bei Irakli Sewarowitsch Orangen und Äpfel und was er sonst noch gerade hat, und dann überreichst du der

Ärztin eine Tasche mit Obst, in die du das Kuvert hinein-
legst.«

Lena suchte panisch nach Worten, wollte widersprechen,
sich weigern, aber Oksana Tadejewna war Mutters große
Hoffnung, das hatte sie mittlerweile verstanden, es gab keine andere. Kurz überlegte sie noch, zu fragen, warum es
nicht ihr Vater machte, der war doch schon lange erwachsen
und hatte bestimmt Übung in diesen Dingen, aber dann
dachte sie, wenn sie schon nicht sofort Medizin studieren
könnte, wäre der Gang zur Ärztin die einzige Möglichkeit
zu helfen.

Lena legte sich das Wolltuch um die Schultern, stopfte
sich den Briefumschlag mit den Scheinen in den Hosenbund,
zog den Schaffellmantel über und die Mütze tief in die Stirn
und ging wortlos aus der Wohnung. Sofort brannte ihr die
Nasenspitze vor Kälte, und sie war versucht, die Hände vors
Gesicht zu halten, aber hatte Angst, die Finger aus den Man-
teltaschen zu nehmen, durch dessen Innenstoff hindurch sie
permanent über das eingeklemmte Kuvert strich.

Die Menschen auf dem Markt erinnerten Lena an Artjoms und Likas Eltern, sie hörte gerne ihrem Singsang zu
und fand es lustig, wenn sie sich über die Stände hinweg an-
schrien. Vielleicht kam ihre Großmutter deswegen immer
wieder hierher, vielleicht musste sie dann auch an Sotschi
denken. Hier gab es sogar im Winter Obst. Irakli Sewarowitsch winkte Lena schon von weitem zu, als sie sich durch
die Gänge drückte.

»Na, Große, heute alleine da?« Seine Geheimratsecken liefen spitz auf den Hinterkopf zu. Wie hielt er es bloß ohne
Mütze aus? Der Markt war zwar überdacht, hatte aber keine
Wände, die vor dem Wind schützten. Die Früchte waren kalt
wie Schneebälle, über manche waren Decken gebreitet.

Lena wollte auf ihren Hosenbund zeigen, sich über die Obstkisten hinweg zu Irakli Sewarowitsch beugen und flüstern, dass sie viel Geld dabeihabe, dass sie auf einer geheimen Mission und jetzt tatsächlich eine Große sei, denn wenn man Ärztinnen Schmiergeld überbringt, dann sei man das. Aber sie verbat sich jedes Wort zu viel, schaute so erwachsen sie konnte, während sie um Äpfel und Orangen bat, und zahlte mit dem, was sie sich vorsorglich in den Mantel gesteckt hatte. Die Tasche war schwerer, als sie gedacht hatte, und mit jeder Sekunde wurde ihr Arm länger. Sie wollte nicht gehen, sie wollte viel lieber Irakli Sewarowitsch ausfragen, ob er zufällig schon einmal in Sotschi gewesen war und ob er vielleicht Artjom und Lika kannte. Vielleicht könnte er ihnen etwas ausrichten oder sie gar mal dahin mitnehmen, vielleicht könnte sie bei ihm bleiben und ihm mit dem Stand helfen, sie hatte schließlich Erfahrung mit dem Marktgeschäft und war bereit, alles zu tun, um nicht zu der nasal sprechenden Schreckschraube mit ihren pissfarbenen Haaren freundlich sein zu müssen, obwohl sie ihre Mutter betrog und die ganze Familie arm machte. Aber das konnte sie nicht sagen. Sie hatte das Gefühl, ihre Lippen waren eingefroren.

Als sie vor Oksana Tadejewnas Adresse stand, verrenkte sie sich den Hals und spürte, wie ihr Kiefermuskel verkrampfte. Sie hatte solche Häuser immer nur aus der Ferne gesehen, und nie war ihr in den Sinn gekommen, dass tatsächlich Menschen in diesen Schlössern aus Beton leben würden, dass es dort überhaupt Leben gab, es spannten sich keine Wäscheleinen vor den Fenstern, und die Etagen schienen so hoch zu sein, dass Lena kaum das Dach sehen konnte. Sie hatte diese Gebäude mit den glänzenden Fassaden immer als einen Teil des Umrisses der Stadt registriert, aber Wohnhäuser waren für sie das, worin sie groß geworden war – wie aus Plastilin geknetete Boxen, mit schmalen Fenstern und zugestellten Balkonen, auf denen man Vorratsschränke und Kartoffelsäcke über die Brüstung ragen sah. Lena schritt langsam über die überdachten, breiten Stufen zum Eingang hoch und schielte zu den Säulen. Die Tasche mit dem Obst schleifte sie über den Boden, sie war sich sicher, dass er sauber war.

Als das Gitter des Fahrstuhls zuschnappte, knöpfte sie eilig ihren Mantel auf und riss das Kuvert mit dem Bargeld aus dem Hosenbund, um es zwischen die Orangen zu stopfen. Es war ihr egal, dass der Umschlag wie gekaut aussah.

Oksana Tadejewna bat sie nicht herein. Sie nahm die Tasche im Türrahmen stehend wie eine gewöhnliche Postzustellung entgegen, stellte sie zwischen ihren Beinen ab und zählte das Geld vor Lenas Augen. Um nicht auf die schnellen Finger starren zu müssen, die durch das Bündel Scheine blätterten, und um ihre Scham zu verbergen, schaute sie an der Ärztin vorbei in die Wohnung hinein, konnte aber nur ein paar Garderobenhaken in einem langen, unbeleuchteten Flur erkennen. Irgendwo hinten lief der Fernseher, sie hörte das Knistern, vielleicht war es auch eine Schallplatte. Oksana Tadejewna verzog keine Miene, nickte wortlos und bedeutete Lena, dass alles stimmte.

Man hatte ihr aufgetragen, ein paar Worte zu sagen, so etwas wie »Guten Rutsch! Mama wünscht Glück und Gesundheit« oder »Kommen Sie gut rein, Mama denkt an Sie«, aber Lena war sich sicher, dass ihr die Tränen kommen würden, wenn sie den Mund aufmachte, also sagte sie nichts, bis die Ärztin die Tür grußlos schloss.

Lena lief los. Sie wusste nicht warum, aber sie stürzte ins Treppenhaus und sprintete die Stufen hinunter, als wäre hinter ihr ein Feuer ausgebrochen. Sie bildete sich sogar ein, dass ihr Rücken juckte. Es war ihr egal, dass man ihr beigebracht hatte, immer den Fahrstuhl zu nehmen und nie durchs Treppenhaus zu laufen, weil es dort finster und gefährlich sei. Erwachsene waren Lügner und Diebe, man konnte ihnen sowieso nicht trauen, warum also nicht die Treppen nehmen. Im Fahrstuhl konnte man nicht rennen und auch gegen nichts treten. Sie lief durch die Eingangshalle und hörte das Quietschen ihrer Gummisohlen auf dem Steinfußboden, sie sprang auf die vereiste Allee hinaus, geriet ins Rutschen, ihre Mütze fiel in den schmutzigen Schnee, sie griff nach ihr, aber behielt sie in der Faust, während sie rannte. Sie rannte und rannte, bis sie auf die niedrigen Stufen vor ihrem schäbigen, schmutzig blauen Plastilinwohnhaus fiel. Dort saß sie so lange, bis sie ihre Füße in den Filzstiefeln nicht mehr spürte und ihre Blase brannte.

Das Pinkeln tat die nächsten Tage so weh, dass sie weinen musste. Ihre Mutter verordnete ihr warmes Wasser und Tee und streichelte ihr übers Gesicht, wenn sie am Küchentisch die Wärmflasche gegen den Bauch drückte. Sie war seit dem Jahreswechsel noch mehr zu Hause und investierte viel Zeit in Lenas Erziehung, achtete noch penibler auf ihre Noten und kam öfter in die Schule, um sich mit den Lehrerinnen zu besprechen.

Lena war nach wie vor die Beste in den meisten Fächern, nur in Ukrainisch verwechselte sie immer das russische und das ukrainische i. Russisch fiel ihr leicht, Ukrainisch dagegen sprach keiner um sie herum, und es fühlte sich wie eine Schikane an, Aufsätze in einer Sprache schreiben zu müssen, die ihrer Muttersprache zwar ähnelte, aber ihre eigenen Tücken hatte. In einem Aufsatz über die Stadt Dnipropetrowsk schrieb sie kategorisch Dnepropetrowsk, weil alle den Namen der Stadt so aussprachen, auch wenn sie Dnipropetrowsk mit einem langen iiii meinten, manche wechselten in einem Satz auch mehrmals zwischen iiii und eeee hin und her, der Unterschied war eigentlich kaum bemerkbar, außer beim Punkteabzug für den Aufsatz. Das ärgerte Lena, was sollte der Kindergarten, wem war der eine Buchstabe so wichtig, dass sie nicht die beste Note bekam?

Vor den Sommerferien verkündete ihre Mutter, dass sie ab dem nächsten Schuljahr keinen Ukrainisch-Unterricht mehr bekommen würde. »Das ist nicht wichtig«, sagte sie. »Kein Mensch braucht diese Sprache. Sie ist ein Relikt. Wir müssen vorwärtskommen.«

Sie hatte in den vergangenen Monaten stark abgenommen, ihre Wangenknochen waren zu harten Kanten geworden, und die Haut an ihrem Hals hing schlaff. Auf die starrte Lena, als ihre Mutter ihr erklärte, dass sie sich mit der Direktorin besprochen hatte und sie seien übereingekommen, dass es reiche, wenn Lena in Zukunft die Prüfungen nur in russischer Grammatik und Literatur ablege. Ukrainisch sei eine Fremdsprache, und Fremdsprachen waren nicht obligatorisch. Lena nickte, sie wusste ohnehin nicht, wofür sie Ukrainisch je brauchen sollte. Erst später im Bett fiel ihr ein, wie sie ihrer Großmutter einmal gestanden hatte, dass sie die ukrainischen Monate viel lieber mochte als die russischen, denn die hießen »der Schneidende« oder »der Raue« und nicht einfach Januar und Februar, was nichts bedeutete außer die schmucklose Markierung von Zeit. Die Großmutter hatte genickt, sie sprach auch kein Ukrainisch.

Ihre Großmutter war wie ein Teil des Mobiliars mit der Wohnung und mit Lenas Tagen verwachsen. In den Wochen, in denen ihre Enkelin ins Pionierlager reiste, kehrte sie in ihre Siedlung zurück und war zu Schulbeginn wieder da, kam mit dem immergleichen versteinerten Gesichtsausdruck an, wechselte vom Kleid in die Hausschürze, band sich ein frisches Kopftuch um und machte sich daran, zu kochen. Das ging sechs Sommer lang, und kurz nach Lenas vierzehntem Geburtstag sagte sie, sie würde endgültig abreisen. Im Oktober backte sie Lena noch eine Blätterteigtorte und kämmte ihr das kurze Haar, im November meinte sie, es reicht, sie müsse gehen.

»Ihr habt keine Verwendung mehr für mich, aber mein Garten braucht mich, um die Haselnüsse hat sich Vika gekümmert, die werfen ja auch was ab, aber wenn ich an meine Beete denke, an die Himbeersträucher, die Pflaumen … Ich will versuchen, zwei Apfelsorten zu kreuzen«, erklärte sie beim Abendessen, als sie zu viert um den Tisch saßen und Sauerkrautsuppe löffelten. Rita schaute ihre Mutter leer an, Lenas Vater nickte nur, und eine Woche später brachten Lena und er sie zum Zug. Der Herbst ging zu Ende, die Luft roch bereits nach Schnee, und Lena fror in ihrem Mantel. Sie versprach ihrer Großmutter, zu Besuch zu kommen, was sie nicht vorhatte, das wusste sie schon, als sie sich zum Abschied umarmten.

Sie würde Großmutters Meckern vermissen, wenn sie die vom Staub der ewigen Baustelle vor dem Haus schmutzigen Hosen nicht gleich ins Bad trug, sondern auf den Stuhl im gemeinsamen Zimmer ablegte. Sie würde ihr schnalzendes Schmatzen in der Nacht vermissen, das sie wach hielt, und das laute Zählen der Seifenstücke, die sie beinahe jeden Abend im Schrank unter der Spüle neu anordnete. Aber schlimmer, als die Großmutter zu vermissen, war die Vorstellung, nach all der Zeit wieder nach Sotschi zu fahren, in die alte Siedlung am Stadtrand, zu den Bergen von Sägespänen zurückzukehren, zu der nach Ruß riechenden Feuerstelle für den Schaschlik und den plattgedrückten Stellen im Gras, wo am Vorabend die Tischbeine gestanden hatten, neben dem verästelten Wurzelstock der Weinrebe an der Haustür zu stehen und nie wieder wegzuwollen, sondern für immer in ihrer Kindheit zu bleiben, die lange vorbei war.

Eigentlich war sie schon zu alt fürs Pionierlager, aber weil sie nur einige Wochen nach dem Ende der Sommerferien fünfzehn werden würde, erbettelte sie sich eine letzte Reise zum *Kleinen Adler*. »Es ist gut für den Geist, Mama, das hast du selbst immer gesagt!«, strahlte sie, als die Mutter schließlich nachgab und sie sie auf die Wange küsste.

Lena hatte Aljona seit jenem erzwungenen ersten Aufenthalt jeden Sommer gesehen, mit Ausnahme des Jahres, in dem sie sich weigerte, wegzufahren, weil sie plötzlich das Gefühl hatte, ihre Mutter würde nicht mehr da sein, wenn sie wiederkäme. Es hatte sich nichts Bestimmtes ereignet, der Zustand der Mutter hatte sich nicht gebessert, aber auch nicht verschlechtert, und doch überfiel Lena eine eigenartige Atemlosigkeit, sie wich ihrer Mutter nicht von der Seite, starrte auf ihr ergrauendes Haar und versuchte nachzuzählen, ob die vielen Fältchen um ihren Mund weiter zunahmen.

Abgesehen von den Silberhaaren, die ihre Mutter bekam, gab es noch eine Veränderung: Sie wurde milder, umarmte ihr Kind jetzt häufiger und verlor ihre Streitlust; und ihr Blick änderte sich – Lena hatte nicht mehr das Gefühl, sie könne mit den Augen Türen entzweischneiden, sie schaute jetzt einfach durch sie hindurch, manchmal auch durch ihre Tochter.

Lena überlegte, wann sie Aljona den Plan am besten eröffnen sollte – sie würde warten, bis sie gemeinsam am Teich lagen, nur dünne, weite Hemden über ihren Badeanzügen, die Zehen in den Rasen vergraben, der Himmel über ihnen wie Papas Hände; oder sie würde ihn ihr abends am Lagerfeuer zuflüstern, sie würde nicht lauter sprechen, als das Feuer knisterte, und Aljona würde ungläubig schauen und nachfragen und dann stumm, aber bestimmt und mehrmals hintereinander nicken; oder sie würde sie in das Gewächshaus locken, in dem sie sich zum ersten Mal getroffen hatten; dort fiele es nicht so auf, dass ihr Kopf glühte und dass sie schwitzte, und während Aljona zwischen den Tomatenbeeten herumwanderte und ihren Kopf wie ein zu schweres und zu groß geratenes Nest hin und her wiegte, würde es aus Lena heraussprudeln wie eine spontane Idee, eine beiläufige Frage, als hätte sie nicht nächtelang in ihrem Bett gelegen und sich alles genau ausgedacht und vorgestellt: das gemeinsame Zimmer im Studentenwohnheim in Donezk, die Spaziergänge, vielleicht ab und zu gemeinsam ins Kino, und natürlich gemeinsam für die Prüfungen pauken.

Am Ende entschied sie sich, es ihr gleich, sofort, am Morgen nach der Ankunft noch im Schlafsaal zu sagen, gleich nach dem Aufwachen. Sie trat an ihr Bett und gab ihren Plan bekannt, ohne Einleitung, wie eine Uhrzeitangabe, aber Aljona erwiderte nur: »Ich weiß nicht, ob ich überhaupt studieren will.«

Lena hatte ihre Freundin in all den Jahren nicht einholen können, Aljona war nun einen ganzen Kopf größer als sie, alles an ihr war fester, ihre Gesten bestimmter, und ihr Blick war fast immer unerreichbar, so dass Lena selbst jetzt, als sie mit ratlos ausgebreiteten Armen neben ihrem Bett stand, das Gefühl hatte, zu Aljona aufzublicken. Die Sonne stach schon am frühen Morgen durch die von Blütenstaub verklebten Fenster, die Pioniere riefen einander Scherze zu, schüttelten sich gegenseitig wach, rollten ihre Strümpfe bis zu den Knien hoch. Aljona saß im Schneidersitz auf dem Bett, die nackten Füße schauten aus den Schlafanzughosen hervor, die Knie zeigten spitz an Lena vorbei, sie schien es nicht eilig zu haben, zur Morgengymnastik zu kommen. Die Haut über ihrem Gesicht wirkte dünn wie Papier, als gäbe es kein Fleisch darunter, sie war wie immer porzellanweiß mit Augenbrauen, die sie sich mittlerweile mit den Mittelfingern beider Hände gegen den Strich bürstete, was Lena wahnsinnig machte.

Ihre Freundin war mit jedem Sommer eigener geworden. Als sie einmal versucht hatte, Lena zu erzählen, wer ihr in der Kindheit über den Fuß gefahren war und ihn für immer verkrüppelt hatte, kaute sie ewig lang auf dem Innenfleisch ihrer Wangen herum und brachte schließlich nur den Satz heraus: »Ein gutes Gedächtnis macht einsam.« Als Lena irritiert nachfragte, sagte sie: »Manchmal übersteht man die Dinge besser, wenn man sie nicht beachtet.« Mehr war nicht aus ihr herauszukriegen, und Lena beließ es dabei, ohne auch nur ansatzweise verstanden zu haben, was sie ihr zu sagen versucht hatte.

Aljona glättete mit ihren Handflächen die Falten auf dem Bettlaken und schien schon an einem anderen inneren Ort zu sein, etwas, das Lena oft bei ihr beobachtet hatte. Wenn Aljona in sich selbst verschwand, hörte sie sogar auf, nach Sanddorn zu duften. Mit jedem Sommer konnte sie besser unsichtbar werden, als würde sie das Jahr über zu Hause üben. Lena setzte sich mit Schwung zu ihr auf die Matratze, in der Hoffnung, sie mit dem Wellengang, den die ausgeleierten Sprungfedern erzeugten, wieder zurückzuholen, und suchte panisch nach etwas, das sie sagen könnte.

»Was willst du denn tun?«, entfuhr es ihr endlich. »Eine Ausbildung anfangen?« Das Kind eines Obersts würde doch nicht in die Fabrik gehen, das war völlig abwegig.

Aljona schüttelte den Kopf und kramte in ihrer Nacht-
tischschublade, als wäre das Gespräch für sie zu Ende, das
Kratzen ihrer ungeschnittenen Fingernägel übers Holz machte Lena wütend, sie wollte schon aufspringen und ohne Aljona auf den Appellplatz gehen, aber dann sah sie in ihre
runden Augen, die voller Wasser standen. Ihre Lippen wölbten sich vor, die Haare fielen ihr in langgezogenen, ungeord-
neten Locken auf die Schultern und machten ihr Gesicht
noch schmaler und unübersichtlicher. Offenbar schnitt ihr
niemand die Haare. Was glaubst du, wer du bist, was Besseres? Und wie stellst du dir dein Leben vor, wofür bist du
gut? Dann sehen wir uns nach diesem Sommer womöglich
nie wieder! Das alles wollte Lena schreien, aber sie brachte
kein Wort heraus. Die Trompete blies zur Morgengymnastik,
ihre Freundin rührte sich nicht.

»Ich möchte dir etwas zeigen«, unterbrach Aljona Lenas
Gedanken, als besprächen sie nicht gerade folgenschwere
Entscheidungen für die Zukunft. Sie schien ganz und gar
unbekümmert oder gab vor, es zu sein, als sie ein dünnes
Buch aus der Schublade zog und mit gesenktem Kopf, so
dass Lena ihr Gesicht nicht mehr sehen konnte, vorzulesen
begann.

*Es gibt keinen Zweifel, die blaue Fliege besaß einen scharf
ausgeprägten Charakter. Schließlich verdroß sie das verächtliche
Benehmen ihrer Umgebung, ganz besonders das eines Philosophen, der sich augenscheinlich als Herr des Weltalls betrachtete.
Er werkte einsam auf seinem Arbeitsgebiet. Er schrieb: »Die
Dummheit ist allmächtig, der Verstand ohnmächtig. Was vermag ein zweiköpfiger Adler gegen eine millionenköpfige Hydra
auszurichten?«*

Aljona schaute auf, und ihr Blick schien zu sagen: Verstehst du?

Lena verstand nicht. Sie wollte aufspringen, Aljona das Buch aus den Händen reißen und es gegen die Schlafsaalwand pfeffern, ihre Freundin anschreien: Nein, *du* verstehst nicht! *Du* verstehst nichts! Gleichzeitig hatte sie einen sauren Geschmack von Scham auf der Zunge. Hätte sie wissen müssen, wovon Aljona sprach? Was machte man sonst mit dem Leben, wenn man nicht studierte, warum hatte nie jemand mit ihr darüber gesprochen? Und was war das für eine Geschichte über eine blaue Fliege?

Die Trompete trötete schon wieder, sie waren jetzt allein im Schlafsaal, das Durchzählen würde gleich beginnen, aber Aljona las einfach weiter, las die Sätze laut und deutlich und voneinander abgesetzt vor, mit seltsamen Pausen. Es machte Lena rasend, dass sie so weit weg war, sie war einfach abgehauen, ganz allein, hatte überhaupt nicht vor, neben ihr jeden Morgen im Studentenwohnheim aufzuwachen und mit ihr zu den Vorlesungen zu gehen, stattdessen brachte sie sie beide in Schwierigkeiten, denn wenn ihr Fehlen beim Morgenappell bemerkt werden würde, hätte das Konsequenzen, vielleicht würde man sogar ihre Mutter anrufen, und was dann?

»Was soll das? Was liest du mir da vor?«, fragte Lena endlich, weil sie alles andere nicht sagen konnte. Es waren jetzt Schritte auf dem Flur zu hören, jemand suchte nach ihnen, die Rufe kamen näher. Aljona standen Schweißperlen auf dem Schlüsselbein und auf der Stirn, die Sonnenstrahlen machten ihr Gesicht noch blasser, sie wirbelte herum, klemmte sich das Buch zwischen die Finger der einen Hand, mit der anderen packte sie Lena am Handgelenk und riss sie hinter die Tür des Schlafsaals.

Man konnte hier nicht einfach verschwinden, es war lächerlich, man konnte nicht einfach nicht mitmachen, aber

Aljonas Haare wuchsen jetzt in Lenas Gesicht, kletterten in ihren Mund, ihre Oberschenkel drückten sich an ihre, sie spürte nackte Haut an ihren Armen, Lena hielt die Luft an und versuchte das Zittern im Brustkorb und in den Beinen in den Griff zu kriegen, damit sie nicht umkippte. Der Boden war kalt, als stünden sie mit nackten Sohlen auf Fliesen und nicht auf Holzdielen, vom abrupten Wechsel aus dem Morgenlicht ins Staubdunkel hinter der Tür tanzten Leuchtwürmer vor Lenas Augen, Aljona schaute sie immer noch nicht an, aber ihre Lippen bewegten sich neben ihren, vielleicht zu einem »psssst«, vielleicht zu etwas anderem, aber sie gaben kein Geräusch von sich. Im Hof schien die Trompete nicht zur Ruhe zu kommen, man hörte Schreie, Rufe. Waren sie schon in Aufruhr, weil zwei fehlten? Lena klemmte zwischen der Wand und Aljona und wollte weinen, weil sie plötzlich verstand, dass es gleich vorbei sein würde und Aljona ihre Haut von ihrer abziehen würde wie eine Folie.

Lena dachte an die Strafe, die sie erwartete, an das Schrubben der Böden, die Nachricht an die Eltern, den Eintrag ins Register, vielleicht sollten sie abhauen, jetzt sofort, egal wohin. Nimm dich mir nicht weg! Nimm dich mir nicht weg! Erst mal raus in den Wald, dann bis zur nächsten Stadt, dann die Eltern anrufen, dass es ihnen gutgehe. Nie wieder mit dem Vater in der Kälte anstehen für Lebensmittel. Nie wieder von Mutters Stöhnen in der Nacht wach werden. Nie wieder darüber nachdenken, dass die Sanitäter, wenn man sie morgens rief, erst am Abend kommen würden, wenn überhaupt, und nie wieder Angst haben, dass es dann womöglich zu spät wäre. In ihrer Verwirrung hatte sie nicht gemerkt, dass Aljona sich von ihr gelöst hatte und um die Tür herum in den leeren Flur blickte. Lena blieb an die Wand gedrückt stehen und atmete, sie war sich sicher, wenn sie jetzt zum Morgenappell antrat und alles seinen gewohnten Gang nahm, würde sie zerbrechen, einfach zerplatzen, BUMM.

Der Sommer verging wie ein Fehler, als bisse Lena permanent in eine ausgehöhlte Frucht, als wäre alles, was sie sah und erlebte, bereits eine Erinnerung, durch die sie schritt und die sich nicht festhalten ließ. Die einst kräftig leuchtenden Uniformen der Pioniere waren so oft gewaschen worden, dass sie wirkten wie mit Aquarellfarben bemalt, und vor allem den Älteren saßen sie schon zu straff an den langen und sehnigen Gliedern. Die weiße Lackfarbe, mit der die Baracken gestrichen waren, riss an den Fensterrahmen und rollte sich zu porösen Locken hoch. Sie dachte an den Satz »Gutes Gedächtnis macht einsam« und danach nicht mehr viel. Die Plakatwände und Schilder wirkten nicht mehr groß und bedrohlich, von der Anordnung W E N N I C H E S S E B I N I C H T A U B U N D S T U M M war das erste B abgefallen, und das letzte T hing schief, es schien niemanden zu stören. Im Gewächshaus war nie jemand, die Tomaten wuchsen von ganz allein und ließen die überreifen Köpfe hängen. Lena wanderte durch die Gänge, schmeckte das Salz auf der Oberlippe, fuhr mit den Händen über die pelzigen Stängel, zerrieb die Blätter zwischen den Handflächen und genoss den fruchtigen Geruch und den Juckreiz.

Auf dem Appellplatz liefen Kinder, die ihr nur knapp über die Hüfte reichten, an ihr vorbei und den Hühnern hinterher, und zum ersten Mal in ihrem Leben empfand sie Mitleid, als sie ihnen nachschaute, wegen all der Zeit, die diese Kleinen hier vergeuden würden, wegen all der Kränkungen, die noch kämen, all der Leere danach. Die Wut machte Lena müde, sie bedeckte ihre Augen mit der Mütze und stellte sich schlafend, sooft es ging.

SOLLEN SIE AUF EINEM SONNIGEN PLANETEN WACHSEN UNSER GLÜCK UNSERE FREUDE UNSERE KINDER, lautete die Parole an der Wand des Tanzsaals. Weiße Buchstaben auf rotem Grund. Lena hatte das Banner bei den alljährlichen Diskoabenden immer ignoriert, weil sie meist gleich auf die Tanzfläche gestürmt war und dort die anderen beobachtet hatte oder die eigenen Füße, nun saß sie an die Wand gelehnt und reckte das Kinn nach oben. Die Paare bewegten sich wie auf dem Schild neben der Tür zum Saal dargestellt und geboten: Ein Junge und ein Mädchen, beide mit gleich langem, blondem Haar, hielten sich an Hüfte und Schulter, zwischen ihnen ein durch Lineal und Pfeil gekennzeichneter Abstand von 0,5 Meter. Über ihren Köpfen stand PIONIER mit Ausrufezeichen geschrieben, unter ihren im Tanzschritt erstarrten Füßen HALTE ABSTAND, wieder Ausrufezeichen. Lena hatte sich die Mahnung lange angeschaut und war dann hineingegangen, der Platz neben Aljona war frei, auch weiter hinten in der Ecke standen ein paar Stühle leer. Einige wenige schaukelten bereits in vorsichtigen Schritten unter bunten Lichtern, wie auf der Abbildung dargestellt, hölzern, einander auf Distanz haltend, mit stumpfem Lächeln und starrem, abgewandtem Blick, als suchten sie Zuspruch bei den anderen, die noch saßen und zuschauten. Die Wände waren bespannt mit sich luftig wölbenden Tüchern, wie die Segel eines Schiffes, das jeden Augenblick in See stechen würde. Aljona starrte die Decke an, Lena setzte sich neben sie, sie sprachen kein Wort.

Sterne fallen vom Himmel
Nicht einfach, sich was zu wünschen
Am Horizont vertraute Quartiere
Lass den Stern Altair erglühen
Sternenfall, Sternenfall,

Glück bringt's sagen Freunde
Wir lassen als Andenken in den Zelten zurück
Dieses Lied für die Jüngeren

Die Lautsprecher standen auf der anderen Seite des Raums neben der improvisierten Bühne, aber Lena kannte das Lied auswendig und verstand jede Zeile trotz der krächzenden Boxen. Danach kam langsame Blasmusik. Der Mikrofonständer ragte einsam vom Podest, heute würde keiner eine Rede halten. Als sie vor ein paar Wochen hier zu einem Vortrag versammelt waren, hatte die Pionierführerin etwas über Stolz und Freude und Viren und Pestizide erzählt und dass man nicht vergessen solle, sich bei der Krankenschwester zur vorgeschriebenen Untersuchung zu melden. Lena hatte damals an ihre erste Unterhaltung mit Aljona gedacht, an den Strahl Erbrochenes, den sie versucht hatte sich vorzustellen und wie er aus dem weißen Porzellangesicht hervorschoss, an die Kniescheibe, die sie ihr angeboten hatte zu berühren, an den Fuß, an dem sie damals noch hätte ziehen können, einfach so. Jetzt wippten Aljonas Knie leicht hin und her, reflektierten die Partylichter in Blau, Rot, Gelb. Auf den Stühlen an der gegenüberliegenden Wand unter den Fenstern saßen ein paar Jungen, schauten zu ihnen herüber und bohrten einander die Ellbogen in die Seiten. Aber bevor einer von ihnen auf sie zugehen und sie zum Tanz auffordern konnte, sprang Lena auf und streckte die Hand nach Aljona aus.

Aljona fasste danach, ohne aufzuschauen, sie ließ sich hochziehen und humpelte mit Lena in die Mitte des Saals. Lena wusste, dass sie kalte Hände hatte, sie waren glitschig von Schweiß, umso fester umklammerte sie Aljonas Finger. Die andere Hand drückte sie gegen ihre Rippen, die durch das weiße Hemd der Pionieruniform einzeln zu spüren waren, wie Hühnerknochen, dachte Lena. Sie versuchte zu führen. Bei jedem Schritt merkte sie, wie ungleich lang die Beine ihrer Tanzpartnerin waren, sie verlagerte das Gewicht von einem Fuß auf den anderen versetzt, nicht im Rhythmus der Musik. Aljona schaute wie fast immer in den letzten Wochen in sich hinein, also erlaubte sich Lena, sie direkt anzustarren, sich alles einzuprägen. Sie hatte kein Foto von ihrer Freundin und würde vermutlich bald nicht mehr wissen, wie sie aussah. Ihre Ohren hatten geknickte Spitzen, einige Locken kräuselten sich darum, ihre Nase saß ganz flach zwischen den Wangenknochen und ragte weit zu den geschwungenen Lippen hinunter. Sie hatte sich die Haare nicht gekämmt für den Tanzabend, sie standen genauso ab wie damals zwischen den Tomatensträuchern, und sie roch immer noch nach diesem Gemisch aus Sotschi und Himbeeren. Sie schaute sie noch immer nicht an, aber ihre Stirn wies in Lenas Richtung. Lena versuchte zu erkennen, ob Aljona ihre Augen geschlossen hielt oder einfach nur zu den Füßen blickte, um keinen Fehler zu machen, und plötzlich hatte sie das Gefühl, größer zu sein als Aljona, vielleicht machte ihre Freundin auch nur einen Buckel und rollte sich vor ihr ein wie die Lackfarbe an den Fassaden der Baracken. Lena sah nichts als schwarze, borstige Wimpern und die mit Absicht in Unordnung gebrachten Augenbrauen, die ihr Gesicht in zwei Hälften teilten. Sie hielten keinen halben Meter Abstand voneinander.

DIE ACHTZIGER: ALLEE DER HELDEN

Aus der Nähe hatte diese Wand einmal so grün ausgesehen wie der Rasen im Hof, jetzt war alles ausgebleicht, die schwarzen Striche der Stängel, die sich zu Blumenblüten öffneten, waren nur noch am Deckenansatz deutlich zu erkennen, unten am Teppich war die Tapete beinahe aschegelb. Lena versuchte, so nah wie möglich an die Wand heranzurücken, ohne zu verraten, dass sie lauschte. Die Wohnung war hellhörig, man wusste immerzu alles voneinander, aber diese Menschen, denen sie vor einer Stunde die Tür aufgemacht und Tee hingestellt hatte, waren Profis, sie führten solche »diskreten Gespräche«, wie ihre Mutter es nannte, schon ihr ganzes Leben lang. Vermutlich könnten sie mit dem Geheimdienst im selben Raum sitzen und die wichtigen Dinge, die sie besprachen, so verschlüsseln, dass die Beamten es nicht merkten. Da aber Lena den Gegenstand der Verhandlung kannte – es war sie selbst und ihre Zukunft an der Medizinischen Universität in Donezk – und weil sie wusste, wie diese »diskreten Gespräche« ungefähr zu verlaufen hatten – man einigte sich auf eine Summe, man bekam prüfungsrelevante Fragen im Vorhinein ausgehändigt, vor allem aber bekam man Garantien, dass man angenommen werden würde –, war es mehr Neugier, die sie bewog, sich direkt an die Wand des angrenzenden Zimmers zu setzen und so zu tun, als lese sie gerade in einem Buch.

Die Besucher waren so unscheinbar, wie Lena sich die Lehrenden an einer Universität nicht vorgestellt hatte. Sie hatte sie sich stattlich ausgemalt, in gutsitzenden Dreiteilern aus festem Tweed, mit wissendem Blick durch dicke Brillengläser, die ihnen auf schnabelartigen Nasen saßen. Die beiden in der Küche waren aber eher mäuseartig, unbebrillt, mit schmalen Gesichtern, die Schulterpolster ihrer Jacketts standen ab, als sie sich die Ledermäntel ausgezogen hatten. Vermutlich gehörten sie dem Verwaltungsapparat an.

Die Stimme von Lenas Mutter war, seit die beiden Besucher im Türrahmen erschienen waren, schlagartig die alte geworden, schneidend und bestimmt, als bliebe nichts weiter zu tun, als zu nicken und ihr artig die Hand zu schütteln. Schon bei der Begrüßung machte sie klar, dass sie ein harter Verhandlungspartner sein und gleichzeitig alles in ihrer Macht Stehende für ihre Tochter tun würde. Aber als Lena die Worte zehntausend Rubel hörte, sprang sie vom Stuhl hoch. Eine solche Summe konnte sie nicht einmal denken. Wofür hatte sie den Schulabschluss mit Auszeichnung bestanden und für ihre außerordentlichen Leistungen eine goldene Medaille verliehen bekommen? Wofür hatte die Direktorin bei der Preisvergabe versprochen, ihr gehöre die Zukunft, sie müsse nur nach ihr greifen?

Sie konnte nicht in das Zimmer platzen, in dem gerade der Preis für ihr Leben verhandelt wurde, also schlich sie im Flur herum, und sobald die beiden Mäusegesichter die Wohnung verlassen hatten, stürzte sie zu ihrer Mutter und umklammerte ihre Hände.

»Mama, ich schaffe es auch so an die Uni! Ich bin gut, ich bin doch sogar zur Physik-Olympiade nach Moskau gefahren. Warum sollten die mich nicht nehmen?«

Ihre Mutter schaute auf den Tisch, an dem sie saß, und dann aus dem Fenster, sie blickte weder Lena noch die Hände an, die sie drückten.

»Sie können mir keine Garantien geben, dafür gäbe es in Donezk zu viele Anwärter auf einen Studienplatz«, sagte sie endlich, aber das mehr zu sich selbst als zu Lena. »Auch wenn ich zahle, kriegen wir nur die Prüfungsfragen, aber das heißt nichts.«

»Dann gehe ich eben nach Dnepropetrowsk, das ist doch auch in Ordnung. Ein bisschen weiter weg, aber es ist eine gute Uni, und ich beeile mich auch mit dem Studium, ja?«

Eine seltsame Stille lag im Raum. Es gab keine Uhren, aber irgendetwas tickte, oder die Deckenlampe summte, obwohl sie ausgeschaltet war. Eine elektrische Spannung oder Aufladung, irgendetwas in der Luft rauschte wie Blut in den Ohren. Lena biss sich auf die Unterlippe und bereute sofort, was sie gerade gesagt hatte, vor allem aber die Dringlichkeit, mit der sie gesprochen hatte, denn sie war das Eingeständnis der Angst, dass ihre Mutter eigentlich keine Zeit mehr hatte.

»Habe ich dir je erzählt, dass ich auch Medizin studieren wollte?«, erlöste sie Rita. Lena schüttelte den Kopf, sie nahm sich vor, heute nicht mehr den Mund aufzumachen. »Ich bin damals nach Moskau gefahren, um die Aufnahmeprüfung zu machen, und natürlich durchgefallen, klarer Fall. Meine Mutter hatte kein Geld, um jemanden zu bestechen, und ich dachte wie du jetzt: Ich weiß doch eh alles, Schulabschluss mit Auszeichnung, genau wie du. Ich war genauso wie du. Ein Mädchen aus Sotschi fährt nach Moskau, in die Hauptstadt, und will eine große Wissenschaftlerin werden, wichtige medizinische Entdeckungen machen. Das wollte ich tatsächlich, glaube ich. Die Professoren müssen sich totgelacht haben über mich, als ich komplett ohne Bares zur Prüfung angetreten bin, einfach so. Aber ich habe es nicht bereut. Ich habe nicht bestanden, natürlich nicht, bin zurück, habe in Sotschi studiert, und schau mal, Leiterin des Chemiewerkes in Gorlowka, das ist doch auch nicht schlecht, oder? Ich bin zufrieden. Du kannst auch andere Sachen ausprobieren, will ich sagen. Es gibt so viel, was interessant ist.«

Lena schrie ihre Mutter nicht an, dass andere Sachen auszuprobieren das Letzte war, was sie vorhatte. Sie schluckte hinunter, dass sie die eingefallenen Wangen nicht mehr ertrug. Die Schatten unter den Augen. Die Würgegeräusche, das Stöhnen in der Nacht. Sie sagte nichts, natürlich nicht. Und ihre Mutter fuhr fort: »Wir machen das so: Die zehntausend Rubel sind trotzdem für dich, aber jetzt bleiben sie erst einmal unter dem Kopfkissen liegen, und sobald wir wissen, wo du nach dem Studium eine Anstellung bekommst, versuchen wir, uns dort in die Warteschlange für eine Kooperativwohnung einzukaufen.«

Die Tränen kamen Lena so unvermittelt, dass sie keine Zeit hatte, sie hinunterzuschlucken, also senkte sie den Kopf, schüttelte ihn ein paar Mal, befahl sich, sofort damit aufzuhören, ihr Gesicht brannte. Sie hätte in diesem Augenblick alles dafür gegeben, wenn ihre Mutter ihr mit eiserner Stimme befohlen hätte, sofort Ärztin zu werden, ein Mittel gegen ihre Erkrankung zu finden, eine große sozialistische Wissenschaftlerin zu werden, der Stolz der ganzen Familie, wenn sie so streng und unerbittlich gewesen wäre wie früher. Aber diese Frau, die jetzt vor ihr saß, mit stumpfem Haar und faltigen Lippen, die sie aufforderte, ihr Leben zu leben, und versprach, für sie auch in der Zukunft zu sorgen, auf dass es ihr an nichts fehle, fürchtete sie. Ihre Milde machte Lena Angst.

Selbst als Lena, kurz bevor sie zur Aufnahmeprüfung an der Medizinischen Universität nach Dnepropetrowsk fuhr, Wassili mit nach Hause brachte, aber nicht mehr als einen Spielkameraden und Schulfreund, dem man bei den Hausaufgaben helfen musste, sondern als einen jungen Mann, der um die Hand der einzigen Tochter anhielt und dem Anlass entsprechend im Anzug und im gebügelten Hemd durch die Tür kam, mit feierlichem Gesichtsausdruck, und eine Seriosität in seinen Händedruck legte, die keiner an ihm vorher bemerkt hatte, selbst da lächelte Rita milde und abwesend, wies ihm einen Platz am gedeckten Tisch zu und fragte noch nicht einmal, was seine beruflichen Ziele wären.

Der Vater übernahm diese Rolle, fragte den Gast nach seiner Verwandtschaft, ob sie Russen oder Ukrainer oder irgendetwas anderes waren – als sei der junge Rothaarige mit Seitenscheitel und katzenhaft breitem Gesicht ein Unbekannter, den man erst kennenlernen musste. Pflichtbewusst rezitierte Wassili seinen Stammbaum wie ein sozialistisches Gedicht, niemand, so schien es Lena, hörte richtig zu, also unterbrach sie ihn irgendwann, um zu verkünden, dass er zur Marine gehen wolle. Das fand sie erwähnenswert.

Wassili und sie hatten sich täglich in der Schule gesehen, aber im Jahr ihres Abschlusses war er wie ein unbekannter Passant an sie herangetreten, als sie in der Schlange vor der Eisdiele hinter dem Technischen Museum angestanden hatte. Er pirschte sich vorsichtig an, als habe er Angst, nicht taktvoll genug zu sein, und fragte, ob er ihr eine Kugel ausgeben dürfe. Sie schaute ihn verdutzt an und fragte sich, ob es nicht der begriffsstutzige Wassili war, den sie seit der ersten Klasse kannte, sondern ein Doppelgänger, ein Verwandter, irgendwer, der zwar genauso aussah, mit Segelohren und Schuppen im Scheitel, dem sie aber nicht während der letzten zehn Jahre Prüfung für Prüfung die Formeln und richtigen Antworten vorgebetet hatte. Warum kam der jetzt so vorsichtig und ängstlich angeschlichen, als kannten sie sich nicht? Woher hatte er das Geld für gleich zwei Kugeln Eis? Sie ließ sich einladen, Wassili wurde noch seltsamer und fragte, ob sie auch manchmal in das Technische Museum gehe, um die Innenräume der Schiffe zu betrachten, die mindestens so schön seien wie das Innere eines Menschen, und dann erzählte er, dass er zur Marine gehen wolle, weil er auf Überseereisen hoffte, und dass er sich das Schimmern der Meeresoberfläche vorstellte wie den mit Gänsehaut überzogenen Bauch einer riesigen Echse.

Lena biss in die milchige süße Kugel und beobachtete ihren Freund; irgendetwas an ihm war anders geworden, etwas war mit ihm geschehen. Sie waren beide gleich schnell gewachsen, Nasenspitze an Nasenspitze, sie zankten immer noch wie in der ersten Klasse, aber sie jagten sich nicht mehr über den Hof, und sie hatte anscheinend den Moment verpasst, als Wassili seine Hülle abgeworfen hatte. Er war aus dem bekannten Wassili herausgeschlüpft und stand als ein Mann vor ihr, den sie, das dachte sie jetzt, kaum kannte. Am Kinn wuchsen ihm ein paar Pickel in einer Linie, und er sah sie mit großen Augen an. Überseereisen? Was für Echsen?

Sie fand das alles merkwürdig und darum auch interessant, ließ sich einen ganzen Frühling lang auf Eis einladen, und kurz nach der Abschlussprüfung meinte Wassili, es sei Zeit, mit den Eltern zu reden. Und Lena widersprach nicht, weil um sie herum alle möglichen Paare gerade mit den Eltern die Heiratsvorbereitungen diskutierten.

»Ich bin an der Militärakademie in Leningrad angenommen«, führte der Verlobte am Tisch der zukünftigen Schwiegereltern gerade aus.

»Ringe haben wir uns auch schon angeschaut, aber mit dem Brautkleid warten wir noch ein bisschen«, schob Lena hinterher.

»Nicht, dass du mir zunimmst, sind ja drei Jahre, bis ich fertig bin!«, scherzte Wassili und langte nach den mit Kaviar gefüllten Eiern. Oranger Schleim blieb ihm unter dem borstigen Schnurrbart kleben, den er sich neuerdings stehen ließ.

Lena schaute ihn an, dann zu ihrer Mutter, deren Gesicht sie gegen das durch das Fenster hereinfallende Licht nicht sehen konnte, dann zu ihrem Vater, der stumm vor sich hin nickte, dann auf ihren Teller, auf dem sich der Erbsen-Mayonnaise-Salat türmte, und dachte, erst einmal müsse sie ihre Aufnahmeprüfung bestehen und einen Studienplatz bekommen, der Rest der Welt komme noch früh genug.

Warum sie durch die Aufnahmeprüfung gefallen war, erklärte man Lena nicht. Sie war allein nach Dnepropetrowsk gereist, über Nacht mit dem Zug, die zweite Nacht, die zwischen dem Examen und dem Verkünden der Ergebnisse lag, verbrachte sie bei der Bekannten einer Bekannten auf einem Klappbett im Flur. Ihrer Mutter wollte sie den Weg nicht zumuten, ihr Vater arbeitete wie gewöhnlich in der Schule, und sie hatte sich auch nicht vorstellen können, dass er in seiner Schiebermütze, die er mittlerweile nur noch selten von der nun deutlich sichtbaren Glatze nahm, und den eingefallenen Schultern auf irgendwen Eindruck machen würde. Die gesamte Zugfahrt über musste sie in unregelmäßigen Abständen niesen, konnte nicht schlafen und stieg verschwitzt in der Junisonne in den Bus zur Universität. Die Bluse klebte ihr unangenehm am Brustbein und am Rücken, sie ignorierte, dass der Stift, mit dem sie schrieb, in ihrer feuchten Handfläche hin und her glitt. Sie versuchte nicht an das Gesicht ihrer Mutter zu denken, das eingefallen und grau vor ihr auftauchte, nicht an die traurig unterm Mützenrand hängenden Ohren ihres Vaters. Kurz blitzte sogar Wassili vor ihr auf, und es wunderte sie, dass sie es ihm übelnahm, dass er ihr nicht einmal ein aufmunterndes Telegramm zur Prüfung geschickt hatte, sondern es bei einem Anruf Tage zuvor belassen hatte, den er mit einem knappen »Wird schon!« beendet hatte. Hatte er eigentlich gesagt, dass er auf sie wartete? Lena machte vor allem ihn für ihr Durchfallen verantwortlich, ein anderer Grund fiel ihr nicht ein. Sie war sich sicher, in der schriftlichen Prüfung nicht versagt zu haben, hatte problemlos alle Aufgaben lösen können, und auch die Fragen in der mündlichen waren eigentlich kein Problem gewesen, aber sie hatte die Sätze nicht wie gewohnt flüssig und ohne nachzudenken zu Ende gebracht, womöglich hatte sie sogar zerstreut gewirkt.

»Sie haben nicht die volle Punktzahl erreicht«, war alles, was sie zur Auskunft bekam. »Aber es würde für Zahnmedizin reichen. Dort können Sie sich sofort einschreiben. Für Allgemeinmedizin müssen Sie es in einem Jahr wieder versuchen.«

Was sollte sie mit Zahnmedizin? Sie musste schnellstens in die Neurologie. Sie stand wortlos auf und verließ das Universitätsgebäude. Auf den Stufen davor standen jungen Menschen mit ihren Eltern in kleinen Gruppen, sie waren akkurat gekleidet, mit geradegeschnittenen Röcken und weißen luftigen Blusen, manche trugen Anzüge. Alle hatten saubere Schuhe. Lena sprach mit keinem und schaute nicht hoch. Sie holte ihre Reisetasche von der Bekannten der Bekannten ab, und statt den Bus zu nehmen, ging sie den Hügel zum Bahnhof in langsamen Schritten hinunter. Sie war unfähig, einen klaren Gedanken zu fassen. Es gab nichts dazu zu sagen. Es gab keinen anderen Plan. Vor allem hatte sie keine Worte, mit denen sie es ihren Eltern würde erklären können.

Aber diese zeigten kaum eine Reaktion und schienen nicht überrascht. Als hätten sie es bereits geahnt und das Gespräch schon länger vorbereitet, fingen sie an, Vorschläge zu machen. Lena fühlte sich wie ein Kleinkind, das die Eltern davon abzulenken versuchten, dass es gleich eine große Spritze in den Bauch gerammt bekommen würde. Sie schlug alles aus, was sie ihr versuchten schmackhaft zu machen, Physik, Chemie, Biologie, jene Fächer, in denen sie in der Schule geglänzt hatte.

Ein Jahr als Krankenschwester zu arbeiten, um Erfahrungen zu sammeln und es dann eben noch einmal zu probieren, war alles, was ihr selbst dazu einfiel, wie sie mit ihrem Leben weitermachen wollte.

»Was soll das für eine Erfahrung sein, den Alten den Hintern abzuwischen?« Ihr Vater hob auch diesmal nicht die Stimme und fasste sich kurz.

»Irgendwer muss es ja machen«, sagte Lena und drehte den Kopf zu ihm in der Hoffnung, er würde wenigstens einmal richtig losschreien, sie anbrüllen, dass das so nicht gehe, dass er sich das nicht bieten lasse, wozu habe er sein Kind schon mit fünf auf die Schule vorbereitet, und dann jedes Jahr ins Pionierlager, Jahrgangsbeste und die Goldmedaille und jetzt sollte es plötzlich nicht für ein Medizinstudium reichen –

»Meine Tochter wischt kein Erbrochenes von Krankenhausböden auf.« Die Stimme ihrer Mutter riss Lena aus ihren Gedanken, auch sie war nicht besonders laut, aber der schroffe Ton war wohltuend.

Nach einigen Tagen holte ihre Mutter eine Flasche armenischen Cognac aus der Anrichte im Wohnzimmer und erklärte ihr, auf welcher Station im Staatlichen Krankenhaus von Gorlowka sie sich melden sollte.

Der Chefarzt nahm das Geschenk nickend entgegen, bat Lena, Platz zu nehmen, und eröffnete ihr im selben Satz, dass sie bei ihm als Sekretärin arbeiten werde, und wenn sie ihre Sache gut mache, rufe er in einem Jahr an der Universität in Dnepropetrowsk an und mit der Aufnahmeprüfung würde es dann keine Probleme geben. Lena ekelte sich vor seinem selbstgefälligen Gesicht und den viel zu großen Händen, mit denen er großspurig gestikulierte, als dirigiere er ein Orchester, aber sie hatte schon ein Jahr ihres Lebens verloren, also dankte sie ihm und übte von da an das Unsichtbarsein.

Nach einigen Wochen merkte sie, dass sie begonnen hatte, in den Gängen Ausschau nach Aljona zu halten, was ein abwegiger Zufall gewesen wäre, warum sollte sie hier sein, sie wohnte nicht in Gorlowka, sondern war aus Mariupol in den *Kleinen Adler* angereist. Aber es wäre doch möglich, weil alles möglich war: Menschen trafen sich überall auf der Welt wieder, vielleicht käme sie als Patientin, vielleicht hatte sie in der Nähe einen Autounfall gehabt und würde mit leichten Verletzungen – nicht mehr als ein paar Schrammen und einem Schock – auf Lenas Station eingeliefert werden, vielleicht würde sie eine entfernte Verwandte besuchen, die hier lag. Es wäre schön, nicht so allein zu sein. Einfach jemanden zu haben, irgendjemanden, mit dem man nach Dienstschluss zusammen zum Bus gehen konnte. Niemand in der Klinik fragte Lena je irgendetwas, was sich nicht um Formulare oder die vom Chef erstellten Urlaubspläne drehte. Nur Swetlana, die so wie Lena siebzehn war, nickte ihr in den Pausen manchmal zu, aber auch sie beäugte Lena mit Argwohn, denn Swetlana musste ihr Jahr vor der Aufnahmeprüfung zum Medizinstudium mit dem Auswaschen von Leibschüsseln verbringen, weil ihre Eltern vermutlich nicht die richtigen Telefonnummern parat gehabt hatten, die man hätte wählen müssen, oder den richtigen Cognac oder was auch immer die angemessene Währung war.

Im Mai darauf fragte Swetlana Lena trotzdem, ob sie mit ihr zusammen zur Aufnahmeprüfung fahren wollte, ihre Mutter würde sie mit dem Auto nach Dnepropetrowsk bringen, sie könnten bei einer Freundin ihrer Mutter in der Nähe der Uni übernachten. Lenas Stimme blieb weg, als sie zusagte.

Im kleinen roten Shiguli roch es nach frischem Paprika, auf dem Beifahrersitz raschelte ein Sack Walnüsse und sprang hoch, wenn sie mit all den Pferdestärken, die das Auto hergab, über ein Schlagloch bretterten. Jedes Mal, wenn es polterte, schreckte Lena hoch. Sie waren mitten in der Nacht losgefahren, das dunstige Gelb der Straßenbeleuchtung zog ihr in unregelmäßigen Abständen übers Gesicht. Sie versuchte die Augen offen zu halten, um den Sonnenaufgang nicht zu verpassen, und nahm immer wieder vorsichtige Schlucke aus der Thermoskanne mit pinkfarbenen Tulpen auf türkisblauem Hintergrund, in der sie sich noch im Halbschlaf Schwarztee aufgebrüht hatte.

»Was soll der Paprika, Mama?«, Swetlana atmete laut ein und aus und klang auf einmal wie ein Kind, das sie schon lange nicht mehr war. »Hättest du nicht Butterbrote und Wurst einpacken können? Davon kriegt man ja Bauchschmerzen auf nüchternem Magen!«

Ihre Mutter war jünger als Lenas, zumindest sah sie fast jugendlich aus in ihrem mintgrünen Hemd, dessen Ärmel sie über die Ellbogen hochgeschoben hatte. Ihr blonder Pferdeschwanz hing über die Rückenlehne des Fahrersitzes.

»Das ist für die Konzentrationsfähigkeit, Mädels!«, schrie sie nach hinten und verrenkte sich, um ihnen eine der roten Schoten zu reichen. »Esst, so viel ihr könnt! Da ist Vitamin C drin und alles, was ihr braucht. Für den Kopf! Das ist gut für den Kopf!«

Swetlana verzog das Gesicht und schloss demonstrativ die Augen, aber Lena brach die Paprika entzwei und hörte auf das Knirschen der Schale zwischen ihren Zähnen. Am Rückspiegel des Shiguli baumelte ein Bild, das nicht größer war als eine Spielkarte und auf dem sich ein Mann mit Vollbart und schulterlangem Haar den Zeigefinger und den Mittelfinger der seitlich verdrehten Hand vor die Brust hielt. Er hatte seinen Kopf ein wenig gesenkt und schaute gleichzeitig sehnsüchtig nach oben. Natürlich wusste Lena, wer das war, aber sie hatte Lust, mit Swetlanas Mutter ins Gespräch zu kommen, also fragte sie, ob sie das Foto eines Freundes aufgehängt habe.

»So ist es, wir sind richtig eng!«, schrie die Mutter gegen den Fahrtwind an, der durch die offenen Fenster des Autos wirbelte. Der Luftzug werde ihr dabei helfen, die sieben Stunden am Steuer wach zu bleiben, hatte sie beim Losfahren erklärt und Lena einen Schal in die Hand gedrückt. »Und wenn du deine Prüfung bestehst, dann wirst du dich mit ihm auch anfreunden müssen. Ich habe gestern stundenlang für euch gebetet.«

Das war Lenas erster Gedanke, als das Komitee ihr tags darauf zur bestandenen Prüfung gratulierte, sie dachte: Jetzt muss ich in irgendeine Kirche und irgendetwas anzünden, vielleicht rufe ich Oma an und frage, wie man Jesus dankt, oder ich küsse Swetlanas Mutter, vielleicht zählt das auch. Von ihrem Bauchnabel aus breitete sich eine Hitzewelle in ihr aus, ihr Gesicht brannte und war eisig zugleich, niemand stand vor der Tür, dem sie ihren Triumph hätte mitteilen können. Lena schaffte es in unauffälligen, ruhigen Schritten aus dem Gebäude hinaus, aber dann stürzte sie los. Sie lief auf dem Universitätsgelände hin und her und hielt Ausschau nach dem roten Shiguli, war aber zu aufgeregt, um die Parkplätze abzusuchen, also rannte sie den Hügel hinunter in die

Stadt und beinah einen alten Mann über den Haufen, der an einem Metallfass auf Rädern mit der Aufschrift *Wein* lehnte und auf die beschwipsten Fliegen starrte, die in der Hitze die Lache zu seinen Füßen umkreisten. Lena fragte nach dem nächsten Postamt, der Weinverkäufer deutete murrend in eine Straße hinein, Lena hetzte weiter und hörte ihre eigenen Absätze auf dem Trottoir wie im Galopp. Klack-klack-klack-klack-klack-klack!

Sie konnte sich nicht in die Schlange einreihen, die sich vor den Telefonkabinen gebildet hatte, es schien ihr unmöglich, ruhig stehend zu warten. »Meine Mutter ist krank!«, schrie sie. »Lassen Sie mich bitte durch, ich muss dringend telefonieren.«

Man reichte die zerzauste junge Frau durch die Reihe nach vorne und legte ihr die Hand auf die Schulter. Lena warf Münzen in den Schlitz des Apparats und trat immer noch mit den Hacken ihrer Schuhe einen Takt, als würde sie rennen. Ihre Mutter ging fast sofort dran, und lauter als jemals zuvor in ihrem Leben schrie sie: »Ich habe bestanden, Mama! Ich bin angenommen! Ich werde Ärztin!«

Ihre Mutter am anderen Ende atmete aus.

»Ich freue mich, Lena.« Ihre Stimme klang so weit weg durch die schlechte Leitung, aber das war nicht wichtig. »Jetzt müssen wir deinem Chefarzt in der Klinik nochmal danke sagen.«

Das abschließende »Komm gut nach Hause« hörte Lena nur noch wie durch eine Böe, die sie dabei war umzureißen. Die Vorstellung, dass nicht ihre Kenntnisse, sondern die Verbindungen ihres Chefs ihr das Studium ermöglichten, versetzte ihr einen Hieb in den Unterleib. Sie hatte das Gefühl, jemand hätte ihr in den offenen Mund gespuckt. Nein, nicht irgendjemand: ihre Mutter. Wenn sie selbst also für nichts verantwortlich war, was um sie herum passierte, gelang oder nicht gelang, wäre es da nicht besser, gleich an den bärtigen Mann mit den zwei erhobenen Fingern und dem lethargischen Blick zu glauben und daran, dass er die Probleme der Welt schon lösen würde?

Sie ließ sich aus dem Postamt befördern, die Hände, die sie schoben, waren bei weitem nicht so freundlich wie bei ihrer Ankunft, vermutlich hatte die ganze Schlange ihren Anruf mitgehört, aber das Geschimpfe in ihrem Rücken war ihr egal. Sie schlenderte den Hügel hoch zum Parkplatz vor der Medizinischen Fakultät und entdeckte den roten Shiguli sofort, an dem Swetlanas Mutter lehnte und rauchte. Als Lena näher kam, klemmte sie die Zigarette zwischen die Lippen, zog ihren Pferdeschwanz auf dem Hinterkopf höher, presste dabei die Augen zusammen und meinte, Lena begutachtend, wegen einer verpatzten Prüfung gehe doch die Welt nicht unter, sie könne doch auch etwas anderes studieren.

»Ich habe bestanden«, murmelte Lena.

»Und warum ziehst du dann eine Schnute, als hättest du dir gerade das Bein gebrochen?«

Das Gesicht von Swetlanas Mutter wurde kugelrund vor Freude, der Qualm ihrer Zigarette stieg Lena in die Augen, als sie ihr in den Oberarm kniff und dann die flache Hand auf die Wange legte. »Sweta hat es auch gepackt, wenn die gleich wiederkommt, springen wir ins Auto und drehen das Radio auf, was sagst du? Oder, nein, das machen wir sofort, ich habe Antonow im Handschuhfach.« Sie klatschte in die Hände und wirkte so viel jünger, als sie es sein konnte. »Komm, wir malen uns die Lippen an, ich schminke mich immer, bevor ich Musik höre.« Mit einem Handgriff hatte sie die Kassette und ein schwarzes Röhrchen aus dem Auto befördert, malte sich ohne Spiegel die Lippen karottenorange, streckte dann den Arm nach Lena aus und griff ihr unters Kinn, damit sie stillhielt. »Willst du auch Lidschatten?«, fragte sie, als sie ihr zufrieden ins Gesicht schaute.

Lena hielt den Atem an. Die Nähe der unbekannten Frau, ihr süßliches Parfüm – alles war ihr in diesem Moment zu viel. Der Druck in ihrer Lunge führte zu einem lauten Schluckauf, dann musste sie niesen. Sie sah auf die glänzenden blauen Lider vor ihr, die schwer herunterhingen unter dem Gewicht der Farbe oder vielleicht aus Müdigkeit, wegen des Schlafmangels, Swetlanas Mutter hatte die ganze Nacht, die zwischen Prüfung und Ergebnisvergabe lag, mit ihrer Freundin in der kleinen Küche gesessen und geraucht, das roch Lena, die selbst schlaflos im Nebenzimmer gelegen hatte. Und jetzt würde sie stundenlang über schlechte Straßen den Weg zurück nach Gorlowka fahren. Sie würde das Fenster herunterkurbeln, um wach zu bleiben, und auf Paprikaschoten kauen. Zum ersten Mal dachte Lena, dass auch diese Frau Sorgen haben könnte, die Müdigkeit um ihre Augen verriet, dass sie keine Gleichaltrige mit Kippe im Mundwinkel und Schminke im Handschuhfach war.

Mit orangen Lippen saß Lena hinten im Wagen und schielte auf das Jesusbild, das vor der sich verdunkelnden Landschaft hin und her schaukelte zu den Gitarrenakkorden von Juri Antonow, während Swetlana und ihre Mutter aus voller Kehle mitsangen: »Wir jagen stets Wundern nach, aber es gibt nichts Wunderbareres als das eigene Dach über dem Kopf.« Lena fragte Jesus mal dies, mal das, dankte in sachlichen, knappen Sätzen dafür, bestanden zu haben, und fand es bald langweilig, mit einer Spielkarte zu sprechen. Also schaute sie wieder aus dem Fenster, hinter dem die schwarzen Umrisse der Rotbuchen immer näher rückten.

Es schien zu stimmen, dass man ohne Beziehungen an der Dnepropetrowsker Universität nicht aufgenommen wurde, zumindest redeten im ersten Semester alle darüber, sie diskutierten dieses Thema in Verbindung mit der Judenfrage. Wichtiger noch als der Austausch über prüfungsrelevanten Lernstoff schien es, zu erörtern, wer zu welchem Grad jüdisch war und wessen Eltern darum genug Bares besaßen, um ihm oder ihr ein Studium an der Universität in der richtigen Stadt zu ermöglichen. Die Nach- und Vatersnamen von Studierenden wie Katja, Marussja und Anton wurden ausgiebig analysiert, und gleich in der ersten Woche hörte Lena auf dem Weg ins Gemeinschaftsbad, wie eine Kommilitonin die andere belehrte: »Ja, ja, der Nachname ist Molokow, aber wenn der Vater Isaak heißt, was glaubst du, was das bedeutet, denkst du, jemand heißt freiwillig Anton Isaakowitsch?«

Das Gerede über Juden war neu für Lena, sie wusste nicht, was sie davon halten sollte, also sprach sie Swetlana darauf an, mit der sie eines der Zimmer im Mädchentrakt bewohnte und deren Vater Jude war: »Jeder normale Mensch hat auch jüdische Familienangehörige«, sagte sie. »Aber das heißt auch, jeder normale Mensch hat auch nichtjüdische Familienangehörige. Ein gesunder Mensch kann nicht gänzlich jüdisch sein. Schau dir Lenin an.«

Lena dachte an den Sommer, in dem sie aus Angst um ihre Mutter nicht ins Pionierlager gefahren, sondern in Gorlowka geblieben war. Die Hitze hatte die Nachbarschaft aus ihren kleinen, boxenartigen Plattenbauwohnungen getrieben. Sie versammelte sich im Hof, um im Schatten der Häuser Kwas zu trinken. Auf selbstbemaltem Karton wurde Schach gespielt, manche spazierten in das angrenzende Wäldchen. Kinder tobten zwischen den Häusern, machten alles, was sie fanden, zu ihrem Spielzeug und warfen Stöcke auf Figuren, die sie aus Bauklötzen gebaut hatten.

An jedem einzelnen dieser heißen Sommertage beobachtete Lena eine Familie im zweiten Stock ihres Wohnblocks, die in luftiger Kleidung auf dem Balkon saß und las. Hatten die Eltern sich einmal hingesetzt, bewegten sie sich kaum bis zum Nachmittag, die hellen Sonnenhüte ragten weit über ihre Gesichter, außerdem waren ihre Köpfe geneigt, vermutlich schauten sie in Bücher, die sie im Schoß liegen hatten. Lena fragte sich, wie sich wohl das zwischen den Eltern eingeklemmte Mädchen fühlen mochte, das in derselben Position verharrte und auf ihrem kleineren Kopf einen genauso großen Hut trug. Sein Gesicht verschwand ganz unter der Krempe, oder zumindest schien es Lena so von unten, aus dem Hof. Nebeneinander sahen die drei aus wie helle Flecken. Auf ihre Nachfrage, warum diese Menschen ihre Wohnung nicht verließen und zu den anderen in den Hof kämen, sagte Lenas Mutter: »Ich weiß nicht. Vielleicht weil sie Juden sind.«

Und das war es, mehr hatte Lena dazu nicht gehört, und sie hatte auch nicht weiter nachgefragt, weil sie nicht wusste, was es zu fragen gäbe. Nun sprachen ihre Kommilitonen oft darüber, wer unter ihnen wohl Verbindungen nach Israel habe, wer zu welchem Anteil Schuld am Zionismus habe und ob und in welchem Sinn der Kosmopolitismus imperialistisch-verwerflich sei. Lena hörte zu und dachte, dass es Sinn ergebe, sich einzukaufen in eine so schöne Stadt wie Dnepropetrowsk, egal wie, ob mit Jesu Hilfe oder mit Unterstützung des Kosmopolitismus. Es war eine goldene Stadt, das war ihr vorher nicht klar gewesen. Natürlich hatte sie in der Schule gelernt, dass es der Geburtsort des großen Vorsitzenden des Präsidiums des Obersten Sowjet Leonid Iljitsch Breschnew war – zumindest war er irgendwo in der Nähe am Dnepr zur Welt gekommen, und davon profitierte die anliegende Großstadt –, aber dass deswegen hier die Ladenregale in einem Ausmaß gefüllt waren, wie sie es sonst noch nirgendwo im Land gesehen hatte, war ihr völlig neu: Fast zu jeder Zeit gab es Butter, Wurst und sogar Schinken und Kosmetika, die Cafés waren voll wie in Sotschi. Ihre Erinnerungen an das stundenlange Schlangestehen für Schweinebauch an dunklen, eisigen Wintermorgen schienen wie aus einem anderen Leben. Wenn man hier etwas brauchte, dann ging man eben auf den Markt oder zum Milchausschank und kehrte mit vollen Taschen zurück. Nun war Leonid Iljitsch zu Lenas Studienbeginn zwar schon seit einem Jahr verstorben, aber das änderte nichts daran, dass in seiner Geburtsstadt neue Kinos aufmachten und die Alleen verstopft waren mit Autos. »Was für eine Stadt!«, schwärmte Lena ins Telefon, wenn sie einmal in der Woche mit ihren Eltern sprach.

»Was sagt sie?«, schrie der Vater im Hintergrund.

»… Dnepropetrowsk. Schön ist es dort, sagt sie. Schön«, wiederholte ihre Mutter.

Ihr Zimmer im Studentenheim war in etwa so groß wie das Wohnzimmer, in dem sie aufgewachsen war, allerdings schliefen hier nicht nur sie und ihre Großmutter, sondern neben Lena schlugen noch zwei weitere junge Frauen die mitgebrachten Steppdecken über die Matratzen. In den schmalen Gängen zwischen ihren Betten standen Schuhe und Taschen, die Wände um den einzigen Schrank füllten sich mit Ausschnitten aus Illustrierten und Fotos der Liebsten daheim, ihre Bücher und Manuskripte verteilten Lena, Swetlana und Olga auf zwei Tischen. Wenn eine aus dem Nachbarzimmer den Rotz hochzog, konnte man es durch die Wände hören.

Bei gutem Wetter fuhren ihre Kommilitoninnen am Wochenende, manchmal auch mit Verwandten, die zu Besuch kamen, zu der nahe gelegenen Insel mitten im Dnepr, die nach dem Komsomol benannt war, und erzählten dann, dass die Wege gepflegt seien und zu einem Denkmal für den Dichter Taras Schewtschenko führten, man könne auf einer der zahlreichen Bänke den Kopf in den Nacken legen und alles vergessen, tief einatmen und das Gras riechen, die Nadelbäume, den Fluss. Swetlana spuckte immer wieder in ihren Schminkkasten und verrieb mit der kleinen grünen Bürste die Tusche, dann trug sie die Farbe dick Wimper für Wimper auf und fragte beharrlich, warum Lena denn nicht mitkommen wolle. Aber diese winkte ab.

Nur einmal ließ sie sich überreden, am Nachmittag mit einigen anderen aus dem Wohnheim ins Kino zu gehen. Es lief der Lieblingsfilm ihrer Mutter, in dem drei junge Frauen aus der Provinz in die Hauptstadt kommen, um in der Fabrik zu arbeiten, Männer kennenzulernen, schwanger zu werden, zu Direktorinnen aufzusteigen oder zu Wäscherinnen abzurutschen, eine Datscha zu organisieren, Kette zu rauchen, die Männer rauszuschmeißen, die Männer wieder zurückkehren zu lassen und sie wieder rauszuschmeißen. Olga schien den Film auswendig zu kennen und zeigte immer wieder mit dem Finger auf die Leinwand, »Schaut mal, Mädels, das sind wir!«, wenn sich die Protagonistinnen von Bett zu Bett im geteilten Zimmer ihres Wohnheims über die Lebensverhältnisse und die Liebe unterhielten. Eine der Heldinnen schien in beiden Teilen des Streifens vom selben Pech verfolgt: ihr Stand in der Gesellschaft passte nicht zu dem ihres jeweiligen Liebhabers. Im ersten Teil war sie nicht gut genug für den Mann, der sie schwängerte, im zweiten war sie zu gut gestellt für den, den sie liebte. Die Filmfiguren einigten sich darauf, dass eine Frau nicht mehr verdienen darf als ihr Mann, »denn was ist das sonst für ein Leben?«, und Lena war plötzlich froh, dass ein Marinesoldat mehr verdiente als eine Neurologin.

Wassili hatte sie seit der Verlobung nur ein einziges Mal besucht, und wie er sie auf das mit einem groben Plaid bedeckte Sofa gedrückt hatte, ähnelte ein wenig dem, was der Heldin im Film widerfuhr. Dass Wassili in Dnepropetrowsk Freunde hatte, davon hatte sie erst erfahren, als er am Bahnhof den Arm um ihre Schulter legte. Die Wohnung, zu der sie aufbrachen, lag in einem Stadtbezirk, in dem Lena noch nie gewesen war. Das Paar, das ihnen die Tür öffnete und sie hereinbat, erkundigte sich nach Wassilis Ausbildung in Leningrad, trug ihm auf, seine Eltern zu grüßen, blieb ansonsten kurz angebunden und ging, ohne auch nur eine Tasse Tee mit den Gästen getrunken zu haben. Lena wollte sich ein wenig umschauen und sträubte sich gegen Wassilis Drängen, dem nach der langen Trennung offenbar nichts an Gesprächen lag, ließ sich dann aber den Rock hochschieben und die Unterhose hinunterziehen. Seine rauen, spitzen Fingerknöchel kratzten über ihre Haut, als er seine Hand zwischen ihre Oberschenkel schob. Er drang in sie ein, ohne sie anzublicken, schien nur sich selbst dabei zuzuschauen, wie er immer wieder das Becken gegen sie stieß. Lena sah auf die klebrigen Strähnen seiner dichten rötlichen Haare über ihr und war versucht, nach ihnen zu greifen, um ein wenig von Wassilis Gesicht zu sehen, hatte aber Angst, sich zu bewegen, hatte Angst, dass der brennende Schmerz dann größer würde. Das dumpfe Stöhnen, das aus Wassilis Rachen kam, wurde lauter und brach in jenem Moment ab, als er auf sie fiel. Er war sehr warm, er schwitzte, seine Wangen waren nass, als hätte er geweint. Lena verkrallte sich mit einer Hand in den

Saum der Tischdecke, die wie ein Vorhang neben ihr zitterte. Wassilis Freunde hatten einen bescheidenen Tisch gedeckt, bevor sie gegangen waren – Brotkringel und Marmelade, ein wenig Wurst. Lena zog am kühlen, glatten Stoff und riss das ganze Buffet auf den Boden.

Das alles sah man in dem Film auf der Leinwand nicht, da hörte die Szene auf, als sich das Paar auf das Sofa legte, aber Lena spürte ein plötzliches Reißen im Bauch, sie legte sich zwei Finger auf die Innenseite des linken Handgelenks, fühlte eine Ader sich heben und senken und zählte die Schläge.

Vor dem Kino kontrollierten Männer mit roten Armbinden die Ausweise der Menschen, die auf die Straße strömten. In Grüppchen rückten die Kinogänger zusammen, man kramte in den Taschen. Diese Ordnungshüter waren immer wieder Gesprächsthema in den Gängen des Wohnheims, sie waren dabei behilflich, kommunistische Werte aufrechtzuerhalten, und passten auf, dass niemand seinen frisch gefangenen Fisch auf der Straße zum Verkauf anbot. Auch Frauen waren eingeladen, sich ihnen anzuschließen und darauf zu achten, dass der sowjetische Mensch arbeitete, wann er sollte, unterwegs war, mit wem er sollte, und dass Gesichter kaukasischer Nationalität sich nicht an Orten aufhielten, wo sie nichts zu suchen hatten. Lena kannte niemanden persönlich, weder Frau noch Mann, der sich bei den Druschiniki beteiligte, und fühlte zum ersten Mal das Unbehagen, bei einer ›verdachtsunabhängigen Kontrolle‹ ihren Ausweis vorzeigen zu müssen.

Weiter hinten am Straßenrand unterhielten sich zwei der Ordnungshüter lebhaft mit einem älteren Mann. Fahrig wandte er sein Gesicht mal dem einen, mal dem anderen zu, schaute zur Hand auf seiner Schulter und dann in die

Weite, Lena war sich nicht sicher, ob er sich nach Hilfe umsah. Sie konnte auch nicht erkennen, ob man seine Arme verdreht hatte, aber plötzlich krümmte sich der Körper des Mannes. Die drei waren kaum mehr als Silhouetten im Licht der Nachmittagssonne. Die Druschiniki wiesen auf einen parkenden Wagen, auf den sich alle drei nun zubewegten. Lena stieß Swetlana mit dem Ellbogen an und deutete in Richtung der offen stehenden Autotüren.

»So ein Schlep! Ein Nichtsnutz!«, kommentierte Swetlana. »Der geht doch bestimmt während seiner Arbeitszeit ins Kino.« Sie hatte sich seit neuestem angewöhnt, eine Zigarette anzuzünden, wenn sie ihre Worte bekräftigen wollte.

»Wo bringen sie ihn hin?«

»Ach, die hauen ihm den Hintern voll und lassen ihn dann wieder laufen.« Swetlana war schon mit anderem beschäftigt, Lena beobachtete, wie sie sich die Zigarette aus dem Mund riss, während sie gereizt ausatmete.

Lenas Magen zog sich zusammen, sie glaubte, sie müsse sofort los, in ihr Zimmer, zu den Büchern, an eine Wand starren, die Steppdecke um die Füße schlingen. Plötzlich war ihr kalt. Im Studentenwohnheim hatten sich die Kommilitonen beschwert, dass die mit den roten Armbinden seit Andropow immer mehr geworden waren, der Alkohol sei auch teurer geworden und vormittags überhaupt nicht mehr zu kriegen. Glücklicherweise sei der schon wieder unter der Erde und sein Nachfolger habe es auch nicht lang gemacht. Es kursierten Witze darüber, dass man, wenn man alt und krank sei und nicht wisse, wie man von seiner Rente leben solle, sich für den Vorsitz der KPdSU bewerben könne, dann habe man die besten Chancen, genommen zu werden. Man spekulierte, ob es unter dem neuen Vorsitzenden Gorbatschow besser werden und er länger als ein Jahr durchhalten würde.

Lena war es gleich, wie lange welcher Vorsitzende seinen Posten behielt und welche neuen Verordnungen erlassen wurden, sie tat nichts Unrechtes, trank kaum etwas, auch abends nicht auf den Feten, bei denen die Türen aller Zimmer weit aufstanden und man die Tische quer über den Flur aneinanderrückte, so dass alle daran Platz hatten. Oft blieb sie allein in ihrem Zimmer und sagte, sie müsse lernen, was sie auch tat, und wenn das nicht ging – zu laut, zu hungrig, Kopfschmerzen vom Geklirr der Gläser und dem Geklapper des Geschirrs –, wickelte sie sich in ihren Mantel und lief hinaus. Sie spazierte durch die Lichtkegel der Straßenlaternen und versuchte das Gefühl abzuschütteln, dass ihr die Zeit davonrannte. Ihre Mutter sah sie nur mehr selten, und am Telefon gab sich Rita nicht die Blöße, schwach zu klingen oder gar verzweifelt, also tat es Lena auch nicht, verschwieg die Panik, die sie manchmal überkam, atmete tief und ruhig, wenn sie die Eltern anrief, erzählte nur von Erfolgserlebnissen und dass sie bald nach Hause kommen würde, mit Abschluss. Nur noch ein bisschen durchhalten. Bitte, nur ein bisschen.

Schon während ihres ersten Semesters an der Medizinischen Universität hatte Lena genug Belege dafür gesammelt, was sie seit ihrer Kindheit geahnt hatte: Oksana Tadejewna war eine Betrügerin, die ihrer Mutter eine falsche Diagnose gestellt hatte. Immer hatte es geheißen, sie habe eine Hirnhautentzündung, die nur mit dem teuren, schwer zu bekommenden Medikament in Ampullen zu behandeln sei, aber an einer Meningitis starb man entweder nach kurzer Zeit, oder man genas. Eine Entzündung flammt auf und verbrennt dich oder eben nicht, aber ihre Mutter starb nun schon seit über einem Jahrzehnt an etwas, das ihr das Fleisch von den Knochen fraß und sie brüchig machte. Sie klagte nie über Übelkeit, aber bei Lenas seltenen Besuchen in Gorlowka stand die Mutter oft vom Esstisch auf, den die Eltern feierlich für die angereiste Tochter gedeckt hatten, und ging auf die Toilette. Durch die dünnen Wände konnte man deutlich hören, wie sie sich übergab. Lena sah zu ihrem Vater, der schweigend die Gabel zum Mund führte, sein Gesicht war grau und schlecht rasiert, wie Ameisen umstanden die Bartstoppeln seine schmalgewordenen Lippen. Zu früh, dachte Lena, zu früh. Und: Lasst mich nicht allein.

Ihre Mutter kam wieder an den Tisch und versuchte, das Besteck in die Hände zu nehmen, Lena rückte näher zu ihr und strich ihr über den Rücken. Sie hoffte, dass irgendetwas in dem verfallenden Körper ihrer Mutter diese kleinen Gesten, die sie statt Worte als Botschaft nutzte, speichern würde, denn Rita wurde auch immer vergesslicher, und Lena war sich nicht sicher, ob das bedeutete, dass sie sich verlassen fühlte, einsam und ratlos, oder ob sie mit dem Voranschreiten der Krankheit entrückte, in ihre Kindheit zurückkehrte, wo das Gefühl von Hilflosigkeit noch nicht alles überdeckte. Vielleicht ging es ihr dort besser, sogar gut.

Ab und zu erzählte Rita jetzt von ihrem Geburtsort Sotschi, als kenne Lena die Haselnusssiedlung nicht aus ihren eigenen Kindertagen. Sie beschrieb, wie ihre Mutter sie früh am Morgen hinausscheuchte, damit sie die Beete wässerte und nach den Stachelbeeren sah. Sie erzählte davon, dass sie lange, bis in die fünfte Klasse, nach der Gartenarbeit zu ihrer Mutter ins Bett hüpfte, das nichts als ein hartes Podest war, ausgepolstert mit bunten Decken. An den Holzwänden hingen Flickenteppiche gegen die Kälte, die ab November in die Winkel kriechen würde. Solange es ging, war Rita draußen, sie machte ihre Hausaufgaben im Gras. »Mama war so schön, das dachte ich immer, wenn ich sie durch das Küchenfenster drinnen herumwerkeln sah«, sie lächelte nur mit der linken Seite ihres Gesichts, aber ihr Blick war klar und stechend. »Mit dem dicken schwarzen Zopf fast bis zum Hintern ... das hättet ihr sehen müssen. So schön, ich konnte nicht die Augen von ihr nehmen manchmal.«

Und Lena erschrak, wie sehr ihre Mutter ihrer Mutter ähnlich wurde, in den Gesten, sogar in der Art zu gehen. Lena schaute auf die Frau im bunten Hauskleid, die gebeugt dasaß, sich langsam die Hände kratzte und sich dann mit dem Handrücken über das Gesicht fuhr, als versuche sie, die Haarsträhnen aus der Stirn zu wischen.

Sie sei schnell gestorben, habe sich hingelegt und sei eingeschlafen, flüsterte der Vater ins Telefon. Was man eben so sagt. Zum ersten Mal in ihrem Leben beschimpfte Lena ihn mit allen Kraftausdrücken, die ihr einfielen, aber auch dazu sagte er nichts. Sie hoffte, dass sie endlich in Streit gerieten, MissgeburtenunfähigeArschlöcherVerbrecherdieFalscheistverreckt – nichts. Der Vater schwieg, legte nicht auf. Sie stand in der Eingangshalle des Studentenheims und fluchte vor sich hin, Tränen liefen ihr in den Mund. Das Furnier des Tischs, gegen dessen Platte sie die Oberschenkel drückte, wellte sich und brach an den Rändern. Lena starrte auf die langen abstehenden Splitter, bis es ganz still war. Dann ein hoher Ton und ein Rauschen. Als hätten ihr zwei riesige Hände auf die Ohren geschlagen. Sie hielt den Hörer umklammert, bis die Rezeptionistin ihn ihr aus der Hand nahm. Das Tuten, das auf das Rauschen gefolgt war, hörte sie noch, als sie schon im Zug nach Gorlowka saß.

Etwas pulsierte in ihrem Rachen, als würde gleich ein Frosch aus ihrer Kehle herausplatzen, direkt durch die Speiseröhre, und auf das Zugfenster klatschen. Sie hatte erst drei

Jahre Studium hinter sich, und im Moment schien es ihr so sinnentleert wie die ewig gleiche Abfolge der Jahreszeiten: Matsch in den Straßen, Flieder in der Nase, heißer Staub in der Luft, dann die Säure der frischgepflückten Äpfel auf der Zunge, die beschlagenen Fenster vor den Augen, und dann wieder Schnee. Wie Watte überall. Wozu sollte sie das noch mindestens zwei weitere Jahre machen?

»Ich verklage diese Betrügerin von Ärztin!«, schrie sie noch am Perron, als ihr Vater sie vom Bahnhof abholte. »Sie hat sich an der Krankheit meiner Mutter bereichert! Wir müssen eine Obduktion beantragen.«

Der Vater schüttelte im Gehen wortlos den Kopf und ließ sie wüten, am nächsten Tag war Lena noch rasender, nun wandte sich ihr Zorn gegen ihn.

»Wenn du schon zu feige dazu bist, dann musst du mir erlauben, den Antrag zu stellen!« Ihre Stimme zitterte, ihre Augen fühlten sich an, als drückte jemand von innen dagegen, sie ballte die Fäuste.

»Was soll das bringen, Lena? Was ändert das noch?« Er trug immer noch seine Schirmmütze. Die Ränder glänzten speckig.

»Dass wir eine Betrügerin überführen, wer weiß, wie viele sie noch auf dem Gewissen hat!«

»Ich will keinen Skandal, Kind. Das bringt deine Mutter nicht zurück.« Für ihn war der Fall damit abgeschlossen. Er fing an, über Pilze zu reden, und Lena verschlug es die Sprache. Die Morcheln würden bald sprießen, im Frühling gehe er regelmäßig an den Wochenenden zu den Eschen, dort finde man ganz schöne. Die Schule sei nicht mehr so wie früher, die Schüler trauen sich immer mehr, werden frech, klauen ihm seine Mappen und schauen rein, aber er sei geduldig mit ihnen, und sie dulden ihn, man werde ihn schon nicht rauswerfen. Und falls doch, habe er immer noch seine Pilze, mit denen er sich auskenne.

»Was denn für Pilze, Papa, es ist Winter! Merkst du überhaupt noch, was um dich herum geschieht?!« Lena warf den Stuhl um, als sie aufsprang und aus der Küche stürmte.

Am nächsten Tag ging sie in das Staatliche Klinikum, in dem sie ihr praktisches Jahr absolviert hatte, und flehte den Chefarzt an, eine Obduktion an der Leiche ihrer Mutter vorzunehmen, auch ohne Antrag und Genehmigung des Ehemannes. Sie hatte keinen ausländischen Schnaps und erst recht kein Geld, und sie wusste, dass es sinnlos war, vor dem selbstgefälligen Gesicht zu weinen. So funktionierte das hier nicht, genaugenommen funktionierte gar nichts. Sie bekam ein paar Beileidsbekundungen zu hören, man drückte ihr bedauernd die Hand.

Am Ende des Flurs, auf den man sie hinausbegleitet hatte, glaubte sie die Silhouette ihrer Mutter am Fenster zu erkennen und dachte, jetzt werde ich verrückt. Ich werde verrückt. Sie werden mich einsperren müssen. Das graue Licht schien durch Ritas Umriss, sie war groß, stand aufrecht, ihr Gesicht ein leeres Oval, sonst nichts, da war nichts, niemand da, Lena widerstand der Versuchung, nach ihrer Mutter zu schreien.

Sie konnten kaum das Geld für die Bestattung aufbringen, alle Ersparnisse der Eltern waren für Medikamente ausgegeben worden. Lena wollte aber nicht, dass ihre Mutter einen staatlich zugewiesenen Platz auf dem Friedhof bekam, irgendwo am Rand des Geländes neben der öffentlichen Toilette, sie wollte etwas Zentrales, wo es nicht stank, also schlug sie vor, das Geld zu nehmen, das die Eltern für ihre hypothetische Kooperativwohnung beiseitegelegt hatten, für irgendwann, in irgendeiner Stadt, wer wusste schon, wohin man sie nach dem Abschluss des Studiums versetzte, wer wusste schon, ob sie je mehr Platz brauchen würde als die ihr zustehenden sechs Quadratmeter. Wer wusste überhaupt irgendwas. Das Letzte, woran sie jetzt denken konnte, war, ob sie irgendwann genug Wände haben würde, an die sie ein Kinderbett rücken könnte. Ihre Mutter brauchte jetzt Platz. Und die Familie hatte doch noch etwas unter einem Kopfkissen liegen.

Es war das erste Mal, dass ihr Vater seine Stimme erhob. Das Geld sei für die Wohnung bestimmt, für sie und Wassili, wenn sie beide endlich erwachsen genug seien, eine Familie zu gründen. Keine Diskussion. Er stand nicht auf, um aus dem Raum zu gehen, er blieb am Tisch, aber er verschwand trotzdem, und Lena dachte, dass sie beide Eltern verloren hatte. Sie hatte alle verloren. Wut trommelte in ihrem Kopf und in ihrem Brustkorb bis tief in die Nacht, und kurz vor dem Einschlafen dachte sie an Aljona.

Ihre Großmutter reiste erst am Tag der Beerdigung an, Lena hätte sie fast nicht erkannt in den Bergen aus Wolle, die sie um ihren Körper geschlungen hatte. Ihre spitze Nase schaute heraus, und das graue Ende des Zopfs stach zwischen den Tüchern hervor. Sie umarmten sich, dann setzte sich die Großmutter ins Abseits. Sie murmelte vor sich hin und bewegte die Finger, als ließe sie eine unsichtbare Gebetskette durch ihre Hände gleiten. Ihre Augen krochen langsam über den Boden wie vorsichtige Spinnen.

Der Vater hatte sich Geld bei den Nachbarn geliehen, es reichte für eine kleine Totenfeier. Ein paar Gäste waren gekommen, Kollegen aus der Chemiefabrik und aus der Schule, sie schlürften Suppe, tranken Selbstgebrannten, redeten über Gehälter, über neue Garagenplätze, die dringend gebraucht würden, und darüber, dass der Tod überall war. Der eine Arbeiter von hier aus dem Wohnblock, den man nach der Reaktorexplosion zum Aufräumen in den Norden geschickt hatte, sei verstorben, kurz nachdem er wieder nach Hause gekommen war, der war noch keine dreißig. Ein anderer sei gar nicht erst zurückgekehrt. Die eine Frau, die in der Chemiefabrik die Böden wusch, habe auch ihren Mann dort irgendwo bei Tschernobyl verloren, seitdem laufe sie durch die Gänge und fluche vor sich hin, »die Überflüssigen, die Wertlosen, die schickt man hin …« Der sei nicht mehr zu helfen. Irgendetwas passiere ständig. Menschen gingen eben.

Lena wollte sich das Tuch ihrer Großmutter in die Ohren stopfen. Sie hatte vorgehabt, auf die Großmutter wütend zu sein, weil sie so spät gekommen war, weil sie die Familie im Stich, weil sie ihre Tochter und ihre Enkelin verlassen hatte, stattdessen setzte sie sich zu ihren Füßen auf den Boden und verkrallte die Finger in den Zipfel ihres Kleides. Sie bewegte sich erst wieder, als der für die Beerdigung aus Leningrad angereiste Wassili sie zum Spaziergang bat.

Er hatte sich schon den ganzen Tag seltsam verhalten, aber Lena war nicht danach, sich mit ihm zu beschäftigen, vor allem war ihr nicht nach Zärtlichkeiten. Er hielt Distanz auf dieselbe Art, wie es damals das Schild vor dem Tanzsaal im Pionierlager *Kleiner Adler* geboten hatte, PIONIER Ausrufezeichen HALTE ABSTAND Ausrufezeichen, es war Lena nur recht. Er zog sie aus der Wohnung, drückte ihr die Hand, und als er gemerkt haben musste, dass er förmlich wirkte, legte er den Arm um ihre Schultern, gab ihr einen Kuss auf die Stirn und dirigierte sie zu der Bank im Hof. Er zog seine wattierte Jacke enger und erklärte, dass er noch in diesem

Jahr heiraten wolle, denn er beende demnächst die Militärakademie und müsse sich ehelich binden, um nicht als Le-
diger nach Bolschaja Lopatka oder Wladiwostok versetzt zu
werden oder sonst wohin. Nur wer in Leningrad familiär gebunden war, konnte bleiben. Lena sah ihn teilnahmslos an,
weil sie ahnte, dass sie den Inhalt des Wortwechsels, den sie
jetzt führen würden, bereits kannte.

»Ich heirate nicht in dem Jahr, in dem meine Mutter gestorben ist.«

»Das habe ich mir gedacht. Darum habe ich mir dort eine
neue Braut gesucht. In Leningrad.«

»Schon lange?«

»Verzeih.«

Und das war es. Er stand auf, ließ sie auf der Bank sitzen
und ging davon, vielleicht hatte er sich mit einer Handbewegung oder einem Kopfnicken verabschiedet, aber Lena sah
ihn nicht mehr an, sie saß eine Weile da und spürte, wie der
Schneematsch die Schnürsenkel aufweichte und die Nässe in
die Schuhe kroch.

Gorlowka im Winter war konturlos, einige Häuserkanten
zeichneten sich gegen den weißen Himmel ab wie Striche.
Sie spazierte zwischen den mit Wellblech überdachten Stän-
den des verlassenen Marktes umher, alte Zeitungen klebten
an einigen der blechernen Tische und Gestelle. Kein Gemüse, keine Schreie, keine Orangen in den Asphaltrinnen,
nur die Abdrücke von Sohlen mit tiefem, kantigem Profil
im Matsch. Sie hatte Irakli Sewarowitsch seit Jahren nicht
gesehen, seit einem Jahrzehnt, einem ganzen Leben. Wahrscheinlich hatte er sie vergessen, so wie alle. Sie könnte ab
jetzt einfach endlos weiterspazieren, und niemand würde
nach ihr fragen, und irgendwann würden auch Freunde sie

nicht mehr wiedererkennen, wenn sie in der Straße an ihr vorbeiliefen.

Sie ging zum Schloss aus Beton, in dem – sie war sich sicher – Oksana Tadejewna noch lebte. Sie war nicht zur Beerdigung erschienen, natürlich nicht, darüber war Lena froh. Sie hätte ihr die pissgelben Haare vom Kopf gerissen, in blutigen Büscheln. Sie legte den Kopf in den Nacken, der Stalin-Bau schien nicht mehr mächtig, vielleicht hatte die Fassade auch ihren Glanz eingebüßt, sie war fleckig, und die unterste Stufe der Marmortreppe vor dem Eingang war gebrochen. Lena stieg sie nicht hoch.

Sie wusste nicht, ob sie sich so langsam bewegte oder ob die Sonne irgendwo hängengeblieben war, sie wollte einfach nicht untergehen. Als sie nach Hause zurückkehrte, glühte ihr der Kopf, sie war ohne Mütze unterwegs gewesen und so lange herumgelaufen, bis sie nichts mehr spürte, außer dem Brennen hinter der Stirn. Ihr Vater sah sie erschrocken an und fragte, ob sie geraucht hatte. »Ich habe es versucht«, gab Lena zurück. »Aber die Schachtel lag im Schnee, die Filter waren nass, die Streichhölzer auch.«

Die Gäste waren gegangen, die Großmutter hatte sich hingelegt, sie hörte nur das Pfeifen in der eigenen Lunge. »Sie ließen sich nicht anzünden. Werde wohl länger leben.«

»Komm, ich mach dir Tee.« Ihr Vater ging vor ihr her in die Küche. Und weil Lena wusste, dass er sich nicht trauen würde nachzufragen, warum sie ohne Mütze stundenlang durch die Stadt gelaufen war, erzählte sie ihm von der Auflösung der Verlobung in ähnlich knappen Sätzen, wie sie vonstattengegangen war. Er nickte und rührte den Zucker in den Tee.

»Ich werde dir das nie verzeihen.« Lena drückte ihre Lippen gegen den heißen Tassenrand.

»Sollte nicht sein, Tochter. Findet sich ein neuer.«

»Das meine ich nicht.« Sie konnte immer noch nicht weinen, ihre Stimme versagte. »Dass du mir nicht die Erlaubnis gegeben hast, Mamas wahre Todesursache herauszufinden. Man hätte etwas tun können.«

»Hätte man nicht. Das ist, was ich versuche, dir klarzumachen. Hätte man schon lange nicht.«

Die Silhouette ihres Vaters hatte sich verändert; als er aufstand, wirkte er wie ein vertrockneter Kringel. Lena dachte, er käme auf sie zu, um sie zu umarmen oder zu ohrfeigen, aber er ging an ihr vorbei ans Fenster und sagte den restlichen Abend nichts und auch nicht am nächsten Morgen, bis Lena abfuhr.

Im Zug schlief sie ein mit an den Fensterrahmen gelehntem Kopf und sah Wassili an der Promenade einer Stadt spazieren, die sie nicht kannte. Es war ein warmer Frühlingstag, er trug seine Marineuniform und schlenderte mit auf dem Rücken gefalteten Händen glänzende Boulevards entlang. Das Wasser funkelte und machte das Licht mild, er lächelte. Als der durch die Gänge wandernde Schaffner Lena zur Fahrkartenkontrolle weckte, schrie sie ihn stellvertretend für ihren nicht mehr vorhandenen Verlobten an. Dass dieser Idiot überhaupt in ihren Träumen vorkam, fand sie beleidigend. Sie krallte die Finger in den Kattunstoff des Vorhangs an ihrer Schläfe, zog an ihm, versuchte ihn herunterzureißen, aber hörte nur das Klackern der Metallösen an der Gardinenstange.

Der Winter endete im Dauerregen, es klang, als kratzten Tauben mit ihren verhornten Füßen am Fenster und baten darum, hereingelassen zu werden. Die kurz aufblitzende Sonne am Morgen hatte Lena über die immer wieder einsetzenden Schauer hinweggetäuscht, sie war den kurzen Weg vom

Wohnheim zum Büro der Institutsleiterin in viel zu leichten, undichten Schuhen gelaufen, nun bewegte sie ihre Zehen in den nassen Socken hin und her, während Nadeshda Gennadjewna ein paar Beileidsworte aussprach und dann ausholte zu einem langen Exkurs über die neuesten Forschungserkenntnisse zu Hirnhautentzündung und Epilepsie. Fast beiläufig erkundigte sie sich, ob Lena an Migräne litt, das war die erste längere Pause, die die Professorin nutzte, um ihr ins Gesicht zu schauen, während Lena stumm den Kopf schüttelte und nicht wagte wegzusehen. Nadeshda Gennadjewna trug ein graumeliertes Kostüm, der Bund des Rocks drückte ihren massigen Oberkörper trichterförmig nach oben. Heute hatte das Tuch, das sie sich immer um den Hals knotete, die Farbe von Aprikosen, sie sah ausgeruht aus, ihre Augen glänzten, die Stirn auch. Sie dozierte vor sich hin, wandte sich zu der hochgezogenen Jalousie über dem Fenster, dann zu den Bücherrücken im Regal, und erst als sie Lena unvermittelt vorschlug, die Richtung ihrer Facharztausbildung zu ändern, blickte sie ihr wieder ins Gesicht, und dieses Mal musste Lena die Augen senken. Sie war nicht überrascht und hatte trotzdem das Geräusch von brechendem Holz im Kopf. Hohl und staubig. Es riecht hier seltsam, dachte sie, aber wonach?

»Ich schmeiße Sie nicht raus, aber es empfiehlt sich nicht, in die Neurologie zu gehen, wenn die eigene Mutter an einer Nervenkrankheit gestorben ist.«

Lena wollte widersprechen, hatte aber keine Befugnis, die höhergestellte Person zu unterbrechen. Sie starrte auf den seidenen Knoten unter dem Doppelkinn ihrer Professorin und hatte das Gefühl, er drücke in ihren eigenen Hals. Wenn sie in der Neurologie nicht mehr weitermachen konnte, würde sie Nadeshda Gennadjewna nicht mehr wiedersehen, das Wohnheim würde sie wohl auch wechseln müssen, oder sie hörte einfach mit allem auf. Sie packt ihre Sachen, fragt Swetlana und Olga nach dem Weg zur Insel mit dem Denkmal für Taras Schewtschenko, geht zu Fuß zur Brücke und löst sich in Luft auf.

Ihre nassen Zehen fühlten sich an wie versteifte Krallen. Sie dachte über die Kälte nach, die die Dinge hinterlassen.

Nadeshda Gennadjewna war die einzige Professorin, die rauchte, sie stand häufig morgens vor dem Universitätsgebäude mit einer Zigarette in der Hand, wenn Lena mit den anderen zu den Vorlesungen eilte, und hatte sich angewöhnt, ihren Studentinnen und Studenten ein paar Worte hinterherzurufen oder etwas Neckendes, etwas über das Zuspätkommen, die Prüfungen wohl nicht schaffen, die Zukunft verpassen, den Kopf nicht auf den Schultern haben, es war ihr Ritual: »Na, Sie schauen aber nicht so aus, als wären Sie bereit für die Chemieklausur, die ganze Nacht gepaukt oder mit den Jungs spazieren gewesen?« Lena grüßte dann immer höflich zurück, nickte und lächelte, fuhr über ihre Bluse, um sie zu glätten, fuhr sich über die Wangen und die pulsierende Haut unter den Augen, ordnete mit den Fingern die Haare, sie dachte, sie würde das ewig so machen – zu den Vorlesungen eilen, von ihrer Professorin angetrieben werden, irgendwann, wenn sie fertige Neurologin wäre, würde sie mit einer Flasche Cognac zu ihr gehen, sich für den Ansporn bedanken, und irgendwann, viel später, schon als Kolleginnen, würden sie sich mit einem Glas Sekt in der Hand auf einer Feier gegenüberstehen und sich über Salatrezepte austauschen und mögliche Reisen. Sie dachte, sie würde eine dieser Menschen werden, die das tun. Die alltägliche, beruhigend unauffällige Dinge verrichten.

»Sie werden in jeder Patientin, die von nun an die Augen vor Schmerzen verdreht, das Gesicht Ihrer Mutter sehen. Bis an Ihr Lebensende werden Sie nichts anderes denken können. Wollen Sie das?«

Lena musste darauf antworten, wenn man von einer Autoritätsperson aufgefordert wird, etwas zu sagen, dann macht man den Mund auf, aber es ging nicht. Sie hatte keine Worte und keine Gedanken – zu gar nichts. Seltsamerweise fiel ihr plötzlich Wassili ein, sie fragte sich, wie seine neue Braut wohl aussah, ob sie wohlhabend war, die Tochter eines hohen Funktionärs, ob ihre Mutter noch am Leben war, ob sie am Wochenende alle zusammensaßen. Sie blickte Nadeshda Gennadjewna an und hoffte, dass sie nicht sehen konnte, wie sich ihr Kiefer anspannte, sie hätte auch dann kein Wort herausbekommen, wenn ihr etwas eingefallen wäre.

»Ich will damit nicht sagen, geben Sie die Medizin auf, aber Sie sollten eine Fachrichtung wählen, die Sie Ihre Schuldgefühle vergessen lässt. Sonst können Sie nicht arbeiten.«

Und das war es. Lena wusste, dass sie den Augenblick zu widersprechen verpasst hatte. Irgendwann schon sehr viel früher. Dieses Gespräch fühlte sich an wie die Fortsetzung einer Kette von Ansagen, die nun zu befolgen waren, weil sie irgendwann, wann war es gewesen, verpasst hatte, den Mund aufzumachen.

Die Professorin versicherte zum Abschied, dass Lena ihr fehlen werde, sie sei eine ausgezeichnete Studentin, und sie würde ihr beim Wechsel auf jedes andere Institut der Humanmedizin helfen, sie müsse ihr nur Bescheid geben, und die Heime auf der anderen Seite des Unigeländes seien angeblich ohnehin besser.

Olga und Swetlana gaben Nadeshda Gennadjewna recht. Auch sie fanden es traurig, von Lena Abschied nehmen zu müssen, aber man könne sich ja immer besuchen kommen, gemeinsam ins Kino gehen und Ausflüge machen, und während Lena bewegungslos auf ihrem Bett im Wohnheim lag und die Decke anstarrte, tätschelten sie ihre Hände und überlegten laut für sie.

»Werd doch Gynäkologin, da verdienst du gut, und es ist kein kompliziertes Fach!«

»Nein, da muss sie ständig am Operationstisch stehen, bist du verrückt. Nach ein paar Jahren sehen ihre Waden aus wie aufgeschwemmte Gurken voller Würmer. Geh doch in die Dermatologie, da sind auch die mit den venerischen Erkrankungen, du musst nur Salben und Tabletten verschreiben, und heute hat doch wirklich jeder Syphilis. Das bringt was ein!«

Lena blieb mehrere Tage im Bett und ließ ihre Gedanken über sich hinwegziehen, sie ging nicht zu den Vorlesungen, ekelte sich vor dem Huhn in Aspik, das Swetlana irgendwo aufgetrieben hatte und ihr ans Bett brachte, streunte nachts durch die Flure des Wohnheims, erschreckte den Pförtner bei seinem Rundgang, wenn das Licht seiner Taschenlampe auf ihre trübe Gestalt fiel, kratzte sich die Oberschenkel auf an dem rissigen Furnier der Tischplatte der Rezeptionistin, die längst nach Hause gegangen war, starrte auf das stumme Telefon.

Und irgendwann hatte sie keine Lust mehr. Keine Lust auf das lähmende Gefühl in den Knochen und darauf, dass ihr Gesicht im Spiegel aussah, als hätte jemand seine Handfläche hineingedrückt und hin und her gewischt. Auf den Ekel vor den Menschen um sie herum, auf die dummen Tagträume an den Nachmittagen, auf das Gefühl, an keinen Gedanken wirklich heranzukommen. Sie erlaubte sich, bis zum endgültigen Frühlingsanbruch zu trauern, ging dann zu Nadeshda Gennadjewna, bat um die Vermittlung in das Institut für

Dermatologie und erzählte, dass sie ein Zimmer gefunden hatte im angrenzenden Wohnheim. Die Professorin drückte ihr die Schulter und wünschte irgendetwas.

Die Stadt wurde warm, die Pappelwolle flog Lena in die Augen und blieb an ihrem Mantel kleben, sie zupfte sie sich von den Ärmeln, klemmte die weichen Büschel zwischen die Finger, führte sie immer wieder nah ans Gesicht heran und hielt sie dann wieder auf Abstand, um sie zu betrachten.

»Wusste ich doch, dass ich dich von irgendwoher kenne!«, rief ihre neue Mitbewohnerin aus, während sie sich beim Einräumen von Lenas Kleidern über die Schule, das Pionierlager und die bisherigen Erfahrungen im Studium austauschten. Lena hob fragend den Kopf, betrachtete das birnenförmige Gesicht, das sie anstrahlte, und versuchte zurückzulächeln. Das Zimmer war purer Luxus, zwei Tische standen nebeneinander vor einem breiten, offenen Fenster – so viel Platz nur für sie und Inna, die hier schon länger zu wohnen schien; die Wände waren beklebt mit Kalenderblättern und Horoskopen. Das Licht fiel auf die in Beige und Rot karierten Plaids auf den Matratzen, sie setzte sich auf eine von ihnen, während Inna hin und her lief. »Du warst auch im *Kleinen Adler*, das ist es!«

Lena schaute zu der energischen jungen Frau hoch, sie erinnerte sich nicht an Innas blonde Mähne, nicht an die hervorstehenden Zähne und die viel zu kurze Nase. Auch nicht an den hohen Singsang ihrer Stimme, und sie hätte schwören können, dass sie sich selbst seit dem Ende ihrer Pionier- und Schulzeit bis zur Unkenntlichkeit verändert hatte.

Lena nickte überrascht.

»Eben! Das war vielleicht eine Zeit, oder? Da musste man sich noch nicht die Lippen schminken, um beachtet zu werden. Ich denke gerne daran zurück, du auch? Morgens und abends salutieren, sich das Geschwafel vom Leiter anhören, den Küchendienst hinter sich bringen, und sonst See und Hühner und Langeweile, Langeweile.« Inna tänzelte im Zimmer herum, anscheinend hatte sie Schwierigkeiten, still zu sitzen und den Mund zu halten. Lena hoffte, dass sie vielleicht nur aufgeregt war, weil sie eine neue Zimmergenossin bekommen hatte, sonst aber eine ruhige Person sein würde, die viel lernte und wenig sprach. Das hatte sich Lena jedenfalls für sich vorgenommen, sie wollte, wenn möglich, nie wieder mit irgendwem auch nur ein Wort zu viel wechseln.

»Du warst doch damals mit der Schiefen befreundet, oder? Mit der Verrückten. Die ging auf meine Schule, in Mariupol.«

Lena hatte das Gefühl, als wäre ihr Sägemehl in die Lunge gekippt worden, so schlagartig kam die Erinnerung an Aljona zurück. Sie sah die ungekämmten Haare hinter dem Ohr hervorspringen und wie Aljonas Finger versuchten, sie wieder zu bändigen. Bevor sie etwas erwidern konnte, plapperte Inna schon weiter: »Du weißt schon, wie hieß die nochmal? Die, die ihr Pionierhalstuch verbrannt hat.«

»Sie hat was?«

»Na, die hat ihr Pionierhalstuch angezündet und in die Luft gehalten, bis es ihr die Finger versengt hat. Hast du davon nicht gehört? Wie hieß sie denn? Alina? Nee, das war irgendwas Armenisches ... Die immer so seltsam geschaut hat, und gehinkt ist sie wie Baba Jaga. Die hat in unserer Schule tatsächlich ihr Pionierhalstuch angezündet. Ich war nicht dabei, weiß es nicht aus erster Hand. Es muss ziemlich schlimm gewesen sein. Angeblich hatte sie irgendwann aufgehört zu sprechen, hat den Lehrern nicht mehr geantwortet und nichts. Als man sie ins Direktorium beordert hat, trat sie dort wohl einen Tisch um, und keine Ahnung, woher sie die Streichhölzer hatte … Glaubst du's? Vor dem gesamten Komitee! Die dachten wahrscheinlich, sie will sich selbst und die gesamte Schule anzünden.«

Lena glaubte der Person vor ihr, die ihre Geschichten herunterratterte wie ein aufgezogener Stoffhase, kein Wort. Die Leute redeten viel, sie redeten ständig. Und so absurd die Geschichte war, die Inna ihr auftischte, es tat gut, von Aljona zu hören, das hieß, es gab sie noch, das hieß, Inna wusste vielleicht, wo sie jetzt lebte.

»Die ist in die Klapse gebracht worden, weißt du das gar nicht? Schizophrenie ist eine ernste Sache. Die kriegt jetzt die nötigen Psychopharmaka durch die Nase verabreicht, angeblich hilft das bei ideologischer Diversion, du kommst ja selber gerade von der Neurologischen, wirst es besser wissen.«

Lena wollte aufspringen und sich auf Inna stürzen, konnte aber nicht vor und nicht zurück.

»Wieso denn Schizophrenie, sie – «

»Na, normal war die nicht! Wenn du dein Pionierhalstuch verbrennst, bist du nicht normal! Was soll das sein, was willst du den Leuten damit sagen? Das machst du nicht bei klarem Verstand. Das sind Wahnvorstellungen, so etwas kann man behandeln. Da gibt es Methoden. Ich finde es unverantwortlich, wenn man Menschen, die krank sind, keine Hilfe leistet … Warum weinst du denn jetzt?«

Alle Knochen in Lenas Körper schienen nachzugeben, sie hatte keine Wirbelsäule mehr, die sie hielt, keinen Hals, der ihren Kopf tragen konnte, in ihre Lunge passte nichts mehr, keine Luft, keine Schreie, da war ein Röcheln und Salzwasser, das ihr unaufhörlich aus Nase und Augen lief, sie versuchte, nicht zu laut zu schluchzen, drückte abwechselnd ihr Gesicht ins Kopfkissen und starrte die Wand an. Inna schlich um sie herum und stellte ihr ein Glas Wasser hin. »Trink, trink, Mädchen. Na trink schon. Ich bewege mich nicht von deiner Seite, bis du was getrunken hast. Bist du schwanger oder so was?«

In der Nacht träumte Lena, wie sie sich zögerlich in einem komplett mit Holz verkleideten Raum umsah, der zu einer Datscha gehören musste. Während sie von dem mit Stoff bezogenen Podest herunterkletterte, das an den grob behauenen Brettern der Wand mit Winkeln befestigt war, kam sie sich unendlich klein vor und wagte sich nur langsam voran. Auf den Dielen lag ein alter Flickenteppich, der ihre nackten Sohlen kratzte, sie blieb unschlüssig stehen und fragte sich, ob sie umkehren sollte, aber wohin? Ihre Zehen waren gräulich weiß und wirkten fremd. Die Sonne brannte Flecken in das Innere des Häuschens, ein leises Klirren kam von weiter weg, aus einem der angrenzenden Zimmer vielleicht, Lena konnte es nicht zuordnen und folgte dem Ton, geblendet vom Lichtunterschied zwischen der sommerlichen Helligkeit im Hof und der Dunkelheit der Räume. Sie rieb sich Splitter in die Fingerkuppen, während sie mit ihren Händen an den Holzwänden entlangfuhr, um sich den Weg zu ertasten. Durch einen Raum, in dem mehrere große Anrichten und Vitrinen voller unzähliger Porzellanfigürchen standen, kam sie in die Küche. Auf einem Eichentisch stand die Statuette des flötespielenden Fauns, sie nahm sie in die Hände, wollte sie zur Anrichte tragen, aber es ging nicht. Eine Weile konnte sie sich nicht bewegen, sie schaute auf die Figur in ihrer Hand, auf den behaarten und verdrehten Oberkörper, auf die Ziegenhufe, sie machten ihr Angst. Das Klirren war nun ganz nah, es kam vom anderen Ende der Küche, Lena schaute aber nicht hinüber, sah nicht zu Aljona, von der sie wusste, dass sie am Herd stand und in einem Metalltopf rührte. Jetzt erkannte sie die Quelle des Geräusches: eine Schöpfkelle, die ununterbrochen an der Innenseite des Topfes entlangfuhr.

Wie von Schnüren gezogen, musste sie ihren Kopf zum Fenster drehen, das in den Hof hinausging, und sah durch das mit Pollenstaub verklebte Glas. Die Sonne schien auf eine große Wiese, die fast gänzlich aus rechteckigen Hügeln bestand. Auf der lockeren Erde wuchs kein Gras, sie hob und senkte sich wie in regelmäßigen Atemzügen. Wie Klaviertasten, die von einer unsichtbaren Hand gespielt wurden.

»Weißt du – Frösche haben so starke Beine«, setzte Aljonas Stimme ein. »Denen kann man nichts, die spannen die Muskeln an und federn aus allem heraus, wie eine Rakete, puuuufff.« Sie lispelte, wie sie es nie getan hatte, Lena konnte sich nicht erinnern, wie Aljonas Stimme geklungen hatte, aber nicht so. Sie hatte immer noch nicht zu ihrer Freundin hinübergeschaut, fühlte aber, dass Aljona mit dem Rücken zu ihr stand. Am anhaltenden Klirren hörte sie, dass sie weiter im Topf rührte. »Man muss sie langsam kochen, will ich sagen. Wenn man einen Frosch ins brühheiße Wasser wirft, dann springt er raus und entwischt, du musst ihn dann durch die Küche jagen und erschlägst ihn womöglich noch im Eifer, daraus kannst du keine Suppe machen.« Das Geräusch von Metall auf Metall setzte aus, Lena zwang sich, aufzublicken. Aljona hatte einen schwarzen Zopf, so lang und dick, wie sie ihn nie gehabt hatte, sie trug eigenartige dörfliche Kleidung, einen bodenlangen Rock, über ihren Hüften saß die braune Schleife einer Kochschürze. »Aber wenn du den Frosch in lauwarmes Wasser setzt und den Topf auf eine kleine Flamme, dann merkt er nichts davon, was ihm passiert. Er denkt, er liegt gemütlich im Teich. Manchmal rede ich ihnen auch zu, und sie schauen mich mit ihren großen Augen an, und ich schaue mit meinen zurück. Irgendwann sind die Muskeln in ihren Beinen so schlapp, dass sie nicht mal mehr zucken.«

Aljona drehte sich langsam um, ihr Gesicht war schmal und verkohlt, ihre murmelartigen Augen standen wie aufgeblasene Ballons rechts und links vom Kopf ab. Sie kam sehr schnell auf Lena zu, als flöge sie, Lena stolperte zurück, und bevor Aljona sie erreicht hatte, wachte sie auf.

»Hast du Alpträume? Sag doch ein Wort«, hörte sie die Stimme ihrer Mitbewohnerin. »Brauchst du was?«

Inna war aufgestanden und setzte sich an Lenas Bettkante. »Was ist nur los mit dir? Musst du wieder heulen?«

»Im Menschen muss alles herrlich sein – das Gesicht, die Kleidung, die Seele und das, was er denkt. Begreifen Sie? Das Aussehen ist ein Spiegel Ihrer Gedanken!«, donnerte der Chefarzt auf die versammelte Mannschaft herunter.

Lena stand ganz hinten im Pulk der Ärzte, die zusammengerufen worden waren, um dabei zu sein, wie ihr Vorgesetzter einen jungen Kollegen erniedrigte, der es gewagt hatte, in dunkelblauen Jeans und schwarzem Rollkragenpullover in der Klinik zu erscheinen. Der Kollege hielt die Hände auf dem Rücken verschränkt und schien die Luft anzuhalten, aber er zog die Schultern nicht ein und schaute immer wieder zum Professor, der nach jedem Satz eine Pause machte.

»Wenn ein Arzt in nachlässiger, gar westlicher Kleidung zur Arbeit kommt, dann wird man ihn für einen Gurkenverkäufer halten und ihn als solchen behandeln. Er verliert seine Autorität, er verliert seine Glaubwürdigkeit, und letzten Endes verliert er seine Arbeit, denn wer braucht einen Arzt, auf den die Patienten nicht hören?« So ging das noch eine Weile, Lena versuchte, nicht hinzuschauen. Alle anderen waren still. Nachdem die Tirade vorüber war, ging sie auf den Kollegen zu und suchte nach ermunternden Worten, aber er hob nur abwehrend die Hand.

»Ich kann diesen Mist von Tschechow nicht mehr hören. Bei jeder verdammten Gelegenheit zitieren diese Zurückgebliebenen aus *Onkel Wanja*. Schon meine Großmutter hat diesen Quatsch erzählt.« Er fauchte Lena an, als sei die

Redensart von der Herrlichkeit im Menschen ihr Einfall gewesen. »Reaktionäre Dummköpfe, die nicht einsehen wollen, dass ihre Zeit vorbei ist.« Er fluchte, drehte sich um und ließ Lena stehen, auch das Grüppchen ihrer Kollegen verstreute sich in alle Richtungen.

Lena blickte auf die geschlossene Tür des Chefarztzimmers, sie stand davor wie vor einem ihr zugekehrten Rücken, und ärgerte sich, dass sie den Mund überhaupt aufgemacht hatte. Der Anstrich der Tür war schon lange nicht mehr frisch, und der Professor war auch einer von der alten Sorte. Aus Angst vor seinen cholerischen Ausfällen vermied Lena es meistens, ihn direkt anzuschauen. Möglicherweise mochte er sie gerade deswegen. Er nannte sie manchmal vor der versammelten Mannschaft »bescheiden und trotzdem zielstrebig«, und ihr Äußeres sei »immer gepflegt und angenehm«. Er wünsche sich, alle in seinem Stab würden so zugewandt und bestimmt mit den Patienten sprechen wie sie. Was dazu führte, dass die Kollegen ihr gegenüber misstrauisch blieben. Man tuschelte darüber, durch welche Dienste sich Lena wohl diese Gunst erworben hatte, der Chef sei verheiratet, aber das hieß ja nicht viel – und Lena war selbst überrascht, dass sie für dieses Wohlwollen nichts anderes machen musste, als ihre Arbeit gewissenhaft zu erledigen; sie nahm es den Kollegen nicht übel, dass sie anderes vermuteten.

Sie hätte es ihnen nicht erklären können, dass es schön war, überhaupt mal ein nettes Wort zu hören, egal von wem. Die jungen Männer auf den Partys, auf die Inna sie mitnahm, spielten Gitarre und wollten lieber selbst Lob bekommen als welches verteilen, und wenn sie sprachen, dozierten sie über die politischen Veränderungen, die durch Gorbatschow angestoßen worden waren, Gorbatschow hier, Gorbatschow da, sie sprachen von den Möglichkeiten, die sich jetzt eröffneten, sie trugen alle Bluejeans. Ihre Schuhe waren meistens dreckig. Ihre Augen glänzten unangenehm.

Jeden Morgen prüfte Lena im Spiegel, ob sich in das Dunkelblond ihrer Haare schon silberne Fäden mischten, denn sie war jederzeit bereit, mit dem Färben zu beginnen. Sie war erst dreiundzwanzig, etwas früh für Grau, aber sie hatte im Studium gesehen, wie eine Kommilitonin innerhalb von wenigen Monaten ihrer Schwangerschaft ihre Haarfarbe und zwei Zähne verlor, da war sie kaum zwanzig gewesen. Lena war dabei, als der Vater des Kindes kurz nach der Entbindung die Sachen seiner Frau aus dem Studentenwohnheim abholte. Er hatte eine wabbelige Dogge dabei, die er Sarah rief. »Sarah?«, fragte Lena damals, als er ihr zur Begrüßung den Hund vorstellte.

»Ja, Sarah, wie alle dicken Jüdinnen«, gab der Mann zurück und grinste.

Jedes Wochenende rief Lena ihren Vater in Gorlowka an. Früher hatten die Gespräche zwischen ihnen einem Hineinrufen in einen Wald geähnelt. Sie warfen einander etwas zu und warteten auf ein Echo. Aber das hatte sich geändert, mittlerweile redete nur mehr ihr Vater. Seine Worte flogen auf sie zu wie die Blätter eines Papierstapels bei einem Windstoß, sie versuchte, regelmäßig zu atmen und zu schlucken, und sie beobachtete sich selbst dabei, wie ihre Angst davor wuchs, dass er sagte, wie es ihm tatsächlich ging, aber das tat er nicht.

Mit ihrer Mutter dagegen sprach sie täglich, erzählte, wie unter der Brücke, über die sie zur Arbeit ging, eine Siedlung von Behausungen aus Pappkarton entstanden war. Menschen bauten sich Wohnhöhlen, stellten improvisierte Stände auf, schienen Handel zu treiben. Was das für Menschen waren und was sie verscherbelten, konnte man von der Überführung aus, die Lena nehmen musste, nicht erkennen, aber fast immer herrschte dort ein Gewusel aus Kopftüchern und Mänteln. Schilder waren an Masten und Zeltplanen befestigt, auf denen unlesbare Losungen standen. Die schöne Stadt Dnepropetrowsk.

Lena saß in ihrem Wohnzimmer, kaute an Quarkklößen, erzählte ihrer Mutter mal dies, mal das, schüttelte immer wieder den Kopf über die einstigen Pläne ihrer Eltern, für die Tochter und ihren Zukünftigen eine Wohnung zu organisieren. Damals war das so wahrscheinlich gewesen, wie ins All zu fliegen – ja, Leute machten das, aber wie kam man da hin? Nun hatte Lena so viel Platz für sich allein wie früher ihre ganze Familie, die Möbel stellte sie in exakt derselben Anordnung auf, wie sie es aus ihrer Kindheit erinnerte.

Sie saß am Tisch, ließ die Augen über den geblümten Teppich wandern, lehnte ihren Kopf an die Wand und lobte die dichten Fenster hinter den Gardinen, die trotz des eisigen Windes draußen die Räume gut warm hielten. Sie erklärte ihrer Mutter nicht Begriffe wie Immobilienmakler, Privateigentum, Wohnungstausch – Worte, die jetzt wie Fliegen um die erhitzten Köpfe derer kreisten, die versuchten sich, in einem Leben jenseits des Sozialismus einzurichten –, sie sagte lieber, »ich finde, wir sollten in der Anrichte aufräumen, dort steht viel Krempel herum, Mama«. »Eigentlich ist die Anrichte selber Schrott, ich sollte mir eine neue besorgen …« »Ich bin nicht so gut im Stopfen, Mama, ich kann nicht in Strumpfhosen mit Laufmasche zur Arbeit gehen. Für dich ist das vielleicht Geldverschwendung, aber ich verdiene doch genug, um mir neue zu kaufen.« »Ich weiß, dass du die anderen Schuhe lieber magst, aber so trägt man das heute. Ja, schimpf bitte nicht …«

Die Schuhe, die Lena zur Arbeit trug, hatten nur einen ange-
deuteten Absatz, der Chefarzt beanstandete das, als er sie ins
Büro zu einem »ernsten Gespräch« rief, wie er es formulierte. Dass er mit ihren Schuhen anfing, deutete Lena als kein
gutes Zeichen.

»Sie können sich ruhig mehr trauen, Absätze erhöhen die
Autorität einer Frau«, setzte der Klinikleiter an, und Lena
ging gedanklich ihre Bestände durch, ob sich dort ein Paar
fände, das ihn zufriedenstellen würde. »Wissen Sie, Lena Ro-
manowna, in unserer Klinik ist es wie in der Welt dort draußen: Es gibt zwei Typen von Menschen. Die, die etwas im
Leben erreichen wollen, und jene, die glauben, sie seien zufällig geboren, sie seien nun mal hier und der Rest liege nicht
in ihrer Verantwortung. Sie leben, wie sie fallen, sozusagen.«
Er stand auf und stellte sich ans Fenster, so dass Lena seinen Gesichtsausdruck gegen das Licht nicht mehr erkennen
konnte, den breiten Schnurrbart erahnte sie nur. »Ich glaube
nicht, dass die Welt auf den Schultern derer ruht, die nur
daran denken, wie sie von einem Monatslohn zum anderen
kommen, aber sehen Sie … der Staat bröckelt, und die Leute müssen sehen, wo sie bleiben. Das ist verständlich. Unser
Land liegt vom Bauchnabel bis zur Gurgel aufgeschnitten
auf dem Operationstisch. Diese … Umwälzungen, diese Veränderungen … werden immer mehr Menschen produzieren,
die zu allem bereit sind. Sie glauben nur an sich, denn woran
sonst sollen sie glauben? Man nimmt, was man kriegen kann,
alles andere wäre dumm, nicht?«

Lena verstand die Worte, aber sie wusste nicht, worauf der
Chefarzt hinauswollte. Ein wenig erinnerte sie der Vortrag an
das Geschwafel der Jungs auf den Partys. Sie schaute ihren
Vorgesetzten an und hoffte, dass nichts zu sagen immer noch
die klügste Reaktion wäre.

»Der Mensch war nie anders, er ist ein Tier. Wenn man ihn nicht in Schach hält, frisst er alles um sich herum auf und verhungert am Schluss, weil nichts mehr übrig ist, was er kahlfressen kann. Das ist, was jetzt passieren wird. Und ich – ich möchte nicht, dass Sie in diesem Gemetzel untergehen.«

Schlagartig überkam Lena die Frage, was sie tun würde, wenn er auf sie zukäme und ihr die Hand auf die Brust legte. Würde sie ihn ohrfeigen und hinausrennen, würde sie bleiben? Ihr Nacken wurde nass vom Schweiß. Verunsichert und mit angespannten Bauchmuskeln hörte sie kaum zu, bis der Professor mit den Worten endete: »Und darum teile ich Sie für die private Sprechstunde bei uns in der Klinik ein.«

Lena merkte, wie ihre Augenbrauen hochfuhren und ihre Lippen auseinanderfielen, sie sagte aber immer noch nichts.

»Das wollte ich Ihnen mitteilen, dass ich Ihnen hiermit die Privatpatienten zuweise. Sie bekommen einen eigenen Behandlungsraum. Wir werden uns noch darüber unterhalten, wie wir die Abrechnung machen.«

Und noch bevor Lena sich bedanken konnte oder sich ihre Bauchmuskeln entkrampften, die sich auf die Flucht aus dem Büro vorbereitet hatten, entließ der Chefarzt sie mit den Worten: »Also, achten Sie ein wenig besser auf Ihre Kleidung. Ab jetzt: hohe Absätze, teurere Stoffe. Sie müssen nach etwas aussehen, denn die, die zu Ihnen wollen, kommen in Pelzen.«

Lena war noch den Rest der Woche wie betäubt von dem Gespräch. Ihr Chef hatte nichts als Gegenleistung verlangt, er war ihr nicht zu nahe gekommen. Es war ihr klar, dass er den größten Teil der privaten Honorare für sich behalten würde, aber das spielte für sie keine Rolle. Sie erzählte niemandem von der Beförderung, es gab schon genug Gerüchte über das Verhältnis, das sie angeblich heimlich unterhielten, und erst als sie ihr Büro samt Behandlungsraum auf der neu eingerichteten Privatstation zum ersten Mal betrat, erlaubte sie sich, vor Freude in die Fäuste zu beißen.

Der Chefarzt behielt recht, die Patienten kamen in Pelzen. Lena war nicht klar gewesen, dass es in ihrem Land derart reiche Menschen gab. Selbst die Parteifunktionäre, die sie aus dem Fernsehen kannte, trugen bestenfalls dunkle Dreiteiler und klobige Schuhe, abgerundet an den Zehen, schwarz oder dunkelbraun. Vielleicht hatten sie lange Ledermäntel um die Schultern geworfen, höchstens. Seit ihrem ersten Tag als behandelnde Ärztin auf der Privatstation einer Klinik für Haut- und Geschlechtskrankheiten kamen junge Männer in scharfgeschnittenen Anzügen zu ihr, die spitze Lackschuhe trugen und Frauen mitbrachten, die sich Nerze über Seidenkleider geworfen hatten, kaum mehr als ein Negligé.

Lena fragte immer nur das Nötigste, blieb sachlich, verzog keine Miene, während sie Antibiotikacreme gegen Geschwüre am Penis und beruhigende Waschungen der Vulva verschrieb, Salben gegen Eicheljuckreiz verabreichte, Penicillin gegen bakterielle Infektionen der Harnröhre verordnete oder in Gummihandschuhen die angeschwollenen Lymphknoten abtastete. Sie dachte daran, dass es stimmte, was ihre Kommilitoninnen behauptet hatten, als sie für sie überlegten, in welches Fach sie von der Neurologie wechseln sollte: Fast alle hatten Syphilis. Und: Sie würde gut daran verdienen.

Schon bald baumelte auch um ihr Handgelenk ein mit Granaten besetzter Reif aus Gold, der gut zu ihrem dunkelblonden Haar passte. Sie schminkte sich immer noch nur dezent, ließ sich aber von einer Freundin aus der Chirurgie die Ohrläppchen durchstechen. »Viel zu spät!«, raunte die Freundin, »das macht man doch mit zehn! Womit warst du denn bis jetzt beschäftigt?« Lena steckte kleine Silberohrringe in die heilenden Wunden und suchte nach passenden Seidentüchern in Grün und Orange, die sie sich um den Hals legte. So wie Nadeshda Gennadjewna.

Ihre Patienten fuhren in Autos vor, deren Marke sie nicht kannte, aber es war offensichtlich, dass sie aus dem Westen über die Grenze gebracht worden waren. Sie trugen Uhren mit dickem Gehäuse, sie kamen mit Geschenken. Cognac und Whisky und Blumen und ausländische Schokolade waren stets Begleitpräsente zu den formlosen Umschlägen mit Geldscheinen. Manche überreichten ihr Fellhandschuhe oder Miniaturgemälde, auf denen die Landschaft aus matt schimmerndem Bernstein gelegt war. Sie bekam einen Fernseher geschenkt, der an der Rezeption der Klinik ohne Verpackung vorbeigetragen und in ihrem Büro abgestellt wurde. Sie erwiderte die herzlichen Grüße, beantwortete die freundlichen Nachfragen zum Gesundheitszustand ihres Vaters und erkundigte sich danach förmlich, warum der Patient dieses Mal gekommen sei. Einladungen wurden ausgesprochen. Die meisten schlug sie aus, wusste aber auch, dass man nach der dritten Aufforderung zusagen musste. Sie spazierte mit neu ernannten Direktoren über Baustellen, nickte anerkennend und hob ihr Glas auf das Glück und den Erfolg der gerade gegründeten Firma, auch wenn sie nicht hätte sagen können, was dort hergestellt oder vertrieben wurde.

Dass immer wieder dieselben Männer zu ihr in die Sprechstunde kamen, wunderte Lena wenig, sie wusste meistens schon beim Ausstellen des Rezeptes, dass diese Menschen ihre Art zu leben nicht ändern würden, selbst wenn ihnen Impotenz oder gar Erblindung drohte. »Aber das wird mir doch nicht passieren, Doktor?«, scherzten sie dann. »Da machen Sie doch etwas, oder Doktor? Deshalb komme ich doch zu Ihnen.« Und sie antwortete in einem möglichst neutralen Ton, dass sie alles in ihrer Macht Stehende tun würde, aber empfahl eindringlich, Kondome zu benutzen, auch wenn sie wusste, dass es sinnlos war. Es verblüffte Lena, dass diese Männer immer mit derselben Ehefrau wiederkamen, die Lena so diskret wie möglich auf Krankheiten untersuchen sollte, die sich ihre Ehemänner bei anderen geholt hatten. Die Frauen fragten nicht, warum sie wieder und wieder zur Hautärztin gebracht wurden, fragten nicht, ob die Rötungen, der Juckreiz, der stechende Schmerz gefährlich seien. Sie zogen sich meist wortlos aus, und nach der Untersuchung studierte Lena ihre Gesichter, ob sie etwas Gemeinsames hatten, Gleichgültigkeit, Gier oder Einfalt vielleicht, aber keine schien der anderen zu gleichen, außer dass sie alle stolz und verschlossen waren, und wenn sie überhaupt sprachen, dann über Bücher, die sie gerade lasen, oder vielleicht mal über einen Film.

Eine junge Frau kam Lena immer wieder ins Gedächtnis, bestimmt noch keine achtzehn, Lena hoffte, dass sie schon über sechzehn war. Ihr »Freund«, wie sie ihn nannte, hatte sie in einem deutschen Wagen zur Klinik gefahren. Sie sagte »Freund« ohne jegliche Naivität, sie wusste genau, wovon sie sprach, und sie wusste, dass die Ärztin es auch wusste. Sie hatte dunkelblondes, fast karamellfarbenes Haar, das ihr bis zur Hüfte reichte, obwohl es am Hinterkopf hochgebunden war, sehr dünne Beine, die an Lenas Ohren vorbei wie Streichhölzer in den Raum stachen, als sie sie untersuchte. Sie war schwanger, die syphilitischen Bakterien könnten das ungeborene Kind infizieren, erklärte ihr Lena, sie müsse schnell in die Gynäkologie. Die junge Frau schlüpfte in ihre Jeans, zündete sich eine Zigarette an und bot ihrer Ärztin auch eine an. Lena nahm sie, ließ sich aber kein Feuer geben. Sie duldete, dass das Mädchen die Asche auf den Boden schnipste, duldete die Stille, die entstand.

»Bitte haben Sie kein Mitleid mit mir«, sagte die Patientin, als sie zu Ende geraucht hatte und aufstand, um zu gehen. »Können Sie mir das versprechen?«

»Das kann ich«, log Lena.

Die Siedlung aus Pappkartonbehausungen war geräumt worden. Eines Morgens ging Lena über die Brücke und sah keine Menschen in verschlissenen Mänteln und Kopftüchern dort unten umherwuseln, sondern nur noch einen ausgebeulten Bus, dem die Räder abgeschraubt worden waren; Straßenköter schnüffelten an Resten aufgeweichter Pappe auf einem endlos freien Feld. Bald entstand auch dort eine Baustelle. Wohin die Bewohner der Siedlung gebracht worden waren, konnte Lena sich nicht denken.

Seit ihrer Studienzeit kursierte das Wort *Sowok* für das, worin sie alle lebten: Kehrblech. Die einen sagten, die Bezeichnung ginge zurück auf die Abkürzung für »Sowjetische Okkupation«, die anderen fanden das Bild naheliegend, dass aller Unrat in die UdSSR gekehrt wurde, der ganze Abfall der Welt schien sich hier zu sammeln, also ja, warum nicht das Ganze eine Kehrschaufel nennen, auf der der Dreck am Ende landet. Aber Lena fand beides nicht zutreffend. Sie schaute von der Brücke hinunter auf die dröhnende Baustelle und dachte, dass *Fleischwolf* das einzige Wort war, das beschrieb, was hier geschah.

»Wie Wolf? Im Ernst? Das Ding in meinem Gesicht heißt *Wolf*?« Lena konnte das Alter des Mannes vor ihr auf dem Stuhl nicht schätzen, den Unterlagen nach waren sie gleich alt, aber er kam ihr so unendlich viel jünger vor in seinem

weit geschnittenen roten Hemd, mit seinem albernen Spitz-
bärtchen und den strubbeligen schwarzen Haaren. Um die
Schultern hatte er sich eine Lederjacke geworfen, mit über-
kreuzten Beinen saß er jetzt vor ihr und ließ die Arme an der
Stuhllehne vorbei baumeln. Seine Art zu sprechen ärgerte sie,
sie fand sie unangebracht lässig, immerhin hatte sie ihm gerade ein Kortison-Präparat gegen eine Erkrankung verschrie-
ben, mit der nicht zu spaßen war.

»Finden Sie das lustig?«, gab Lena kühl zurück.

»Na, ich bitte Sie, ein Tschetschene hat eine Krankheit mit
dem Namen *Wolf*? Würden Sie nicht so nett aussehen, würde
ich denken, Sie wollen mich beleidigen!«

Es gab keine Bilder in Lenas Büro, keine Fotografien an
den Wänden, keine Landschaftsmalereien, keine Büsten von
Gelehrten oder Dichtern in den Regalen, und trotzdem hatte
sie das Gefühl, dass Augen auf sie und ihren Patienten gerichtet waren, dass sie nicht allein im Raum waren, dass die
ganze Welt ihnen zuschaute und sich jede ihrer Bewegungen
merkte. Als wartete etwas – oder jemand – auf sie. Der Patient schien es auch zu spüren und spannte seine Schultern
an. Die entzündeten Stellen auf seinen Wangen wuchsen in
roten Ovalen über seinen Nasenrücken und das Jochbein,
wie zarte Flügel breitete sich die Krankheit auf seinem Gesicht aus, und seltsamerweise stand ihm das gut.

»Tschetschene oder nicht, Sie haben Lupus. Es wäre gut,
wenn Sie das ernst nehmen. Diese Krankheit kann auch andere Organe als die Haut angreifen, sogar die Blutgefäße und
das Gehirn. Im Moment haben Sie eine milde Form, sie ist
rein äußerlich. Aber nehmen Sie Ihre Medikamente.«

»Finden Sie es nicht lustig?«

»Was?«

»Dass mir ein Wolf im Gesicht wächst?«

»Es sieht eher aus wie ein Schmetterling, wenn es Sie beruhigt.«

Ihr Patient fixierte sie und drehte den Kopf zur Seite, als versuche er, sie aus einem anderen Blickwinkel zu betrachten. Er schien etwas sagen zu wollen, überlegte es sich offenbar anders und wirkte schlagartig älter.

»Glauben Sie an Gott?«

»Warum wollen Sie das wissen?« Lena hatte schon alle möglichen Fragen abwehren müssen, aber diese war ihr in dem Jahr, das sie nun schon praktizierte, noch nicht gestellt worden.

»Es gibt keine Gerechtigkeit im Leben, darum kann ich mich nicht dazu überwinden, an irgendeine höhere Macht zu glauben. Die müsste doch dafür sorgen. Ich bin ein gottloser Muslim, aber sagen Sie es nicht meiner Mutter, sie schneidet mir die Gurgel durch.«

»Ich werde sicherlich keine Gelegenheit haben, Geheimnisse vor Ihrer Familie auszuplaudern.«

»Doch, werden Sie, wenn Sie am Wochenende zu uns kommen! Kommen Sie?« Lena schaute ihn erschrocken an. »Diese Einladung dürfen Sie nicht ausschlagen.«

Selbst die Sonne, die durch das Fenster stach, schien sie zu beobachten.

»Das wird leider nicht gehen.« Schon als Lena ihn untersucht hatte, war ihr sein Parfüm in die Nase gestiegen, nun roch sie ihn immer stärker, als nähere er sich ihr, dabei hatte er sich nicht von seinem Stuhl wegbewegt.

»Kommen Sie zu mir und meiner Familie zum Essen, wir stellen ein paar Tische zusammen, Freunde kommen auch. Es wird Ihnen gefallen. Ich verschleppe Sie auch nicht in einem eingerollten Teppich, wir wohnen nicht weit und sind schon eine Weile hier, keine Sorge.«

»Vielen Dank, das geht leider nicht.« Lena zupfte an der Bluse unter ihrem Arztkittel, damit sie keine unschönen Falten warf, fragte sich plötzlich, ob sie Schweißflecken hatte, ob sie frisch aus dem Mund roch, was sie zu Mittag gegessen hatte. Der Frühling war überraschend zeitig in den Winter hineingestolpert, morgens ging Lena noch in einer warmen Jacke aus dem Haus, zu Mittag schien sie mehrere Schichten zu viel angezogen zu haben. Sie hatte ihren Lippenstift schon länger nicht überprüft. Und sie musste dringend zur Toilette.

»Das ist Ihnen wohl nicht fein genug, mit lauter Tschetschenen an einem Tisch. Verstehe!«

»Das ist nicht fair, mir so etwas zu unterstellen.« Sie mied seinen Blick und schaute auf ihre Armbanduhr. Es warteten sicherlich weitere Patienten im Vorzimmer, er machte keine Anstalten zu gehen.

»Hören Sie, ich weiß, was Sie denken. Aber nicht alle von uns sind Tiere. Kommen Sie, überzeugen Sie sich selbst. Wir werden Sie nicht schlachten. Versprochen.«

»Ich habe nichts von Tieren gesagt.«

»Sie haben von Wölfen gesprochen.«

»So heißt Ihre Krankheit.«

»Heißt das, Sie kommen? Ich hole Sie ab. Am Samstag?«

»Das gehört sich nicht.«

Lena stieg das Blut in den Kopf, dass ihr schwindelig wurde. In einer Zeit, in der Fernsehgeräte direkt ins Behandlungszimmer getragen wurden, war es albern, von Etikette zu sprechen. Auch die Uhr, auf die sie demonstrativ geschaut hatte, war ein Geschenk eines Patienten gewesen. Ihr war klar, dass der Mann vor ihr das wusste. Anstandsregeln gehörten in eine Zeit, die unwiderruflich vorbei war. Sie blickte auf die Karteikarte vor sich, auf seinen Namen: Edil Aslanowitsch Tsurgan.

»Wissen Sie, ich habe einen echt schlimmen Tag gehabt. Und vielleicht frage ich mich deswegen, ob es Gott gibt oder nicht. Ich denke: Warum ich? Soll das eine Strafe sein? Was habe ich angestellt, dass nichts funktioniert? Dann habe ich auch noch diesen Ausschlag im Gesicht, der brennt wie Hölle. Aber es tut so gut, Sie anzuschauen. Sie sind das erste Gute, das mir an diesem Tag passiert. Sie sind wie eine Medizin, die bereits wirkt.«

Er lachte, und Lena versuchte, ihr Lächeln zu unterdrücken. Sie fragte sich, wie wohl die Mutter des Patienten aussah, ob sie tatsächlich eine strenggläubige Muslimin war, wie ihr Sohn behauptete, ob er die weit auseinanderstehenden, großen Augen von ihr geerbt hatte, die ruhelos durch den Raum sprangen, als suchte er nach etwas Bestimmtem in den Ecken. Er kratzte sich das Knie, den Kopf, fuhr sich durch die Haare, als wollte er etwas abschütteln, seine Arme schienen genauso lang wie seine Beine – unendlich. Er schmatzte, als habe er ein Kaugummi im Mund. Wahrscheinlich wartete er darauf, dass Lena etwas erwiderte. Sie atmete aus, wie sie es gelernt hatte, um deutlich zu machen, dass die Unterhaltung beendet ist.

»Dann brauche ich nicht mehr wiederzukommen?«, fragte er, als erschrecke ihn dieser Gedanke.

»Nehmen Sie bitte erst mal Ihre Medikamente, wie besprochen.«

»Ich werde Sie vermissen, Doktor.«

Lena wollte sagen: »Das glaube ich kaum!«, aber es kam nicht aus ihr heraus.

»Sie mich nicht?«

»Ich freue mich, wenn meine Patienten genesen«, wäre der

richtige Satz gewesen, aber auch diese Gelegenheit verpasste Lena, sie fragte sich, was mit ihr los war, und merkte, dass ihr Fuß unter dem Tisch krampfte.

»Und ins Theater? Kann ich Sie wenigstens ins Theater einladen? Oder ins Ballett? In die Oper? Kommen Sie schon, Sie werden mir doch nicht erzählen, dass Sie von morgens bis abends in dieser Klinik hier sitzen, sich die Wehwehchen der Menschen an allen möglichen Körperstellen anschauen und nie ausgehen?«

Lena war tatsächlich noch nie in der Oper gewesen, die Theaterkarten, die ihr einmal von einem Patienten geschenkt worden waren, hatte sie verfallen lassen. Ganz allein in die Vorstellung zu gehen schien ihr unpassend, und Inna hatte sie nicht gefragt, weil sie nicht von ihr ausgelacht werden wollte. Sie könnte natürlich behaupten, dass sie sich am Wochenende um ihre kranken Eltern kümmern musste oder bei Freunden eingeladen war, dass sie verreisen würde, aber sie schaute auf den entzündeten Schmetterling in Edils Gesicht und hörte sich sagen: »Nur, wenn Sie nicht in einem lauten Westauto vorfahren und meine Nachbarn erschrecken!« Sie kämpfte darum, dass ihr die Konsonanten nicht wegrutschten.

»Erschrecken die sich wegen des Autos oder wegen des grimmigen Tschetschenen?« Edil hatte sich vorgebeugt und suchte ihren Blick, er roch wie fünfzehn, und er lächelte auch so.

»Jetzt hören Sie endlich auf damit!« Lena wollte gereizt klingen, musste aber lachen und dann mehrmals niesen.

»Gesundheit!«, wünschte Edil. »Sie auch, Doktor, nicht nur ich, Sie müssen auch gesund sein! Versprechen Sie mir das?«

Edil fuhr in einem roten ausländischen Wagen vor und hupte, bis sie das Fenster aufriss und abwehrende Gesten machte. Andere schauten auch aus den Fenstern.

Sie hatte lange Zeit gebraucht, um etwas zum Anziehen zu finden, das so aussah, als hätte sie keinen Gedanken daran verschwendet, was sie trug. Das hellblaue Kleid kratzte ein wenig in den Achselhöhlen und spannte an der Brust, sie hatte es lange nicht getragen und vergessen, wie warm der Synthetikstoff war, und nun hatte sie keine Zeit mehr, sich umzuziehen. Das Einzige, was sie an dem Samstag sonst noch zustande gebracht hatte, war, ihren Vater anzurufen und draufloszureden, über die Arbeit, darüber, dass sie sich vielleicht ein paar neue Möbel kaufen würde und dass sie ihn bald besuchen kommen wolle. Ihre Gesprächigkeit überraschte den Vater so sehr, dass er ganz still war, ihr eine Weile zuhörte und dann sagte: »Das ist gut. Das klingt gut. Du klingst gut.« Und zum Abschied sagte er, er freue sich. »Heute klingst du … weißt du, wie … wie das Kind, das ich vor vielen Jahren auf die Schaukel gesetzt habe, so klingst du.«

Fast hätte Lena die Schuhe mit den hohen Absätzen wieder ausgezogen und Edils Hupen im Hof ignoriert, aber dann traute sie sich doch hinaus. Sein Gesicht strahlte, als er an den Kofferraum des Autos gelehnt dastand und winkte, als wäre Lena an Deck eines gerade anlegenden Schiffs. Als würde er sie vom Land aus begrüßen. »Kommen Sie! Kommen Sie!«

Unmöglich, fand Lena, er benimmt sich unmöglich! Und war froh, dass er sich das Ziegenbärtchen abrasiert hatte.

Sie sahen *Die Nase* nach der Erzählung von Gogol, wer der Komponist war, hätte Lena nicht sagen können, sie hörte ausschließlich das Rauschen in ihren Blutbahnen. Irgendwann zwischen zwei Arien hatte Edil ihre Hand genommen, als wäre es das Selbstverständlichste von der Welt, er hatte sie nicht vorsichtig und zögerlich ergriffen oder so getan, als sei es Zufall, dass sich ihre Finger berührten, er hatte ihre Hand gedrückt, als wäre schon alles abgemacht – das empörte Lena. Sie überlegte, was sie tun würde, wenn er zum Schlussapplaus versuchte, sie zu küssen, malte sich alle möglichen Szenarien aus, wie sie ihm eine Ohrfeige verpassen und allein mit einem Taxi nach Hause fahren würde.

Als Edil ihr an der Garderobe in den Mantel half, umfasste er kurz ihre Taille, und Lena wurde augenblicklich klar, dass sie gar nichts dagegen unternehmen würde, sollte dieser ungezogene Mensch sie küssen, aber womöglich wäre sie beleidigt, wenn er es nicht täte.

Er tat es tatsächlich nicht und fragte stattdessen, ob sie Hunger habe. Sie geriet ins Stammeln, »ja, nein, es ist spät, ich muss morgen arbeiten, also nein«. Edil fuhr wortlos Richtung Innenstadt zu einem georgischen Restaurant und sagte erst, als er den Motor abstellte: »Morgen ist Sonntag. Sie müssen etwas essen. Schlagen Sie mir das nicht aus!« Lena fühlte sich elend.

Sie sprachen kaum beim Chatschapuri, Lena hatte in ihrer Verwirrung zwei verschiedene Sorten Wasser bestellt – Bordschomi und ein stilles – und wusste jetzt nicht, aus welcher Flasche sie sich einschenken lassen sollte, fauchte stattdessen in ihrer Verzweiflung den Kellner an. Ihr war sehr heiß in der kratzenden Synthetik, ihre Füße waren die Schuhe nicht gewöhnt, die sie gewählt hatte, und pochten. Absätze verleihen einer Frau …, ach Scheiße. Beim Hauptgang tropfte Knoblauchsoße vom Chkmeruli auf Edils weißes Hemd, er fluchte und wirkte erbost, schüttelte sein Handgelenk, als hätte er sich verbrannt. Sie verzichteten beide auf die Nachspeise.

Auf dem Weg nach Hause sprachen sie kaum, die Luft im Innenraum des Autos zirkulierte ungewöhnlich laut, das war Lena bei der Hinfahrt nicht aufgefallen. Edil fuhr sie ohne Nachfrage bis vor ihre Haustür und rührte sich nicht, als Lena die Hand auf den Türgriff legte. Sie nahm sich vor, sich auf keinen Fall anmerken zu lassen, wie sie vor Anspannung zitterte, machte langsame Schritte an der Motorhaube vorbei und schaute nicht durch die Frontscheibe, durch die man ohnehin kaum etwas sah. Die Scheinwerfer des Autos blendeten sie. Und wieder hatte sie das Gefühl, dass sie beobachtet wurden, dass auf den Balkonen, hinter den Fenstern Augen lauerten und jede ihrer Bewegungen registrierten. Vielleicht tuschelten die Nachbarn auch miteinander, leise, bewegten die von der Spucke feuchten Münder, auf und zu, auf und zu.

Sie war schon auf halbem Weg zum Aufgang ihres Wohnblocks, als sie die Autotür aufspringen hörte. Sie fuhr herum, bewegte sich aber keinen Zentimeter. Edil war nicht ausgestiegen.

»Danke!«, rief sie leise über die Entfernung hinweg, »es war schön.« Sie bereute es sofort, nickte mehrere Male, für den Fall, dass er ihre Stimme nicht hatte hören können, aber vielleicht ihre Silhouette sah. Er dagegen rief laut und deutlich und ohne Rücksicht auf die Nachbarn, ob sie es sich nicht doch vorstellen könnte, an einem der nächsten Wochenenden zu ihm und seiner Familie zum Essen zu kommen.

»Haben Sie keine Angst! Kommen Sie vorbei, alle werden sich freuen! Wir besorgen sogar Bordschomi.«

Lena fiel die Siedlung in Sotschi ein, in der unter freiem Himmel Tische aneinandergerückt gestanden hatten und gleich nebenan Vieh geschlachtet worden war. Die Kinder, die sich unter der Tischplatte versteckten, eines davon war sie gewesen. Die Murmeln, die sie sich in den Mund steckten und grinsten, wie sie Artjom in die Waden kniff, das wiehernde Lachen von Lika. Wo war ihre Großmutter jetzt?

Dann dachte sie wieder an die Bewohner ihres Wohnblocks. Sie stellte sich vor, wie Menschen in den winzigen Zimmern ihrer winzigen Wohnungen von Edils Tenor aus ihren winzigen Betten gerissen wurden, die Augen weit aufsperrten, in unförmigen Pyjamas zu den Fenstern krochen und durch die Gardinen spähten.

Sie ging eilig zurück zum Wagen, stellte sich dicht vor Edil, der immer noch nicht ausgestiegen war, aber jetzt seine unendlich langen Beine aus dem Auto streckte, während seine Arme schlaksig herunterhingen, die spitze Schulter drückte in das Polster des Sitzes, sein schmales glattes Kinn auf der Höhe ihrer Brüste streckte sich zu ihr hoch. Seine weit auseinanderstehenden, großen Augen waren das Einzige, was sie klar wahrnahm. Sie nahm seinen Kopf in ihre Hände, und weil sie sich nicht entschließen konnte, sich zu ihm zu neigen und ihn zu küssen, drückte sie sein Gesicht gegen ihr Kleid.

Wir gaben uns das Wort
Vom Weg nicht abzuweichen
Aber so scheint's bestimmt —
Und wenn wir ehrlich sind
Alle fürchten sich vor neuen Wendungen —

Edil grölte und imitierte die Klaviatur eines Synthesizers, in die er mehrmals mit Druck die Finger versenkte. Er hatte nichts von dem Sänger Makarewitsch, nichts von seinem kantigen Gesicht, das fast vollständig unter einer kinnlangen Mähne verschwand, nichts von seiner tiefen, energischen Stimme. Edils Singsang war weich und hoch, es klang mehr wie eine Ballade denn wie die Hymne der Perestroika, aber er gab sich so sehr dem Refrain hin, kniff dabei die Augen zusammen, sprang nackt auf der Matratze, benutzte das Kissen als Mikrofon, dass Lena lachen musste.

Hier ist die neue Wendung!

Und der Motor brüllt –

»Ich gehe duschen«, versuchte sie seine Euphorie zu bremsen. Sie robbte auf zittrigen Knien und nachgebenden Armen zum Matratzenrand, ihr weicher Bauch zog nach unten, die Brüste spannten, sie fühlte sich wie ein Kind, das orientierungslos herumkrabbelte und gleich abstürzen würde. Am liebsten hätte sie die Bettdecke wieder bis zum Kinn hochgezogen und die Augen geschlossen bis in den Nachmittag. Dann Inna anrufen und alles erzählen, nein, nichts erzählen, aber kichern und es auf diese Art erzählen, sich in der Klinik Komplimente machen lassen für das Strahlen in den Augen, sie hatte sich nicht im Spiegel betrachtet, aber sie war sich sicher, dass ihre Wangen glatt waren wie ein frischer Apfel.

»Was haben wir das Lied geschmettert in der Kolchose! Im Chor!« Edil sang den Refrain mittlerweile zum zweiten Mal, er drückte sich auf den Sprungfedern ab und landete direkt über ihr. Er roch nach etwas Herbem und Süßem gleichzeitig.

»Wann warst du denn in der Kolchose?«, sie küsste ihn auf die Nasenspitze, die direkt über ihr hing.

»Während des Studiums. Du etwa nicht? Was schaust du so, wusstest du nicht, dass Tschetschenen auch studieren, dachtest du, wir laufen nur mit gezückten Säbeln über die Felder? Ich habe genauso Kartoffeln ausgebuddelt und in Verarbeitungskombinate geschickt wie alle anderen Sowjetbürger auch, aber jetzt – *Hier ist die neue Wendung! Und der Motor brüllt –*«

Lena schob seinen Körper an den Schultern von sich weg. Es ärgerte sie, dass er alle paar Sätze seine tschetschenische Herkunft ins Spiel brachte, man konnte nichts sagen, ohne dass er ihr Vorurteile unterstellte und ihr zu verstehen gab, dass sie keine Ahnung von seinem Leben und dem seiner Familie habe. Und wenn schon. Wenn es so war, dann war es nicht ihre Schuld, fand sie.

Ihre Beine fühlten sich an wie aus Gelee, sie konnte kaum stehen.

»Was? Was schaust du so böse, komm her, geh nicht duschen, warum willst du denn jetzt duschen, das Wasser ist doch eh noch kalt.«

»Ich habe keine Lust darauf, dass jedes zweite Wort von dir *Tschetschenien* ist. Ich will nicht, dass du mir ständig sagst, was ich angeblich über dich und euch denke und wie ich dich angeblich sehe.«

»Und wie siehst du mich?«

Wenn du im Raum bist, wird es so hell, dass ich die Augen zukneifen muss, sie aber nicht reiben will, weil ich nicht hilflos wirken möchte. Aber das sagte sie nicht.

»Wie einen viel zu hübschen Mann, der es gut findet, seine Ärztin verführt zu haben, und nun allen seinen Freunden davon erzählen wird, damit sie auch kommen und mich verführen wollen, um zu überprüfen, ob ich so eine bin.«

»Hast du jetzt Angst vor Tschetschenenhorden, die bei dir in der Klinik einfallen?«

»Du musst damit aufhören!«, schrie sie ihn an. Die Stimme rutschte ihr weg vor Zorn, und sie stolperte vom Bett zurück, als würde sie das Gleichgewicht verlieren. Rasende Angst stieg in ihr auf, dass er verschwinden würde. Nur noch ein bisschen, dann ist es vorbei, noch ein falsches Wort, eine Kette an Missverständnissen entzündet sich, Funke für Funke, und dann ist es vorbei. So wird es ohnehin sein, so wird es enden, in Ordnung, aber vielleicht nicht jetzt, nicht gleich, nicht so.

»Was, was habe ich denn gesagt?« Edil stand auch auf, er wirkte wieder so viel jünger als sie, fast hätte sie aufgelacht, aber er presste die Lippen zusammen und griff nach seinem weißen Hemd, das über dem Stuhl hing wie etwas Totes. Lena dachte, was sie an all den Tagen dachte, seit sie sich trafen: Gleich geht er. Gleich ist er weg.

»Mir ist vollkommen klar, dass ich nicht – dass du – ich bin doch nicht blind, dass jemand wie du – «

»Was, dass jemand wie ich, wer ist jemand wie ich?«

»Du bist – «

»Ja, Moslem, ich bin Moslem, sag es doch.«

»Ich kann nicht mit dir reden.« Lena stiegen Tränen in die Augen, die sie sich sofort verbat. In diesem Zimmer schaute sie niemand an, die Nachbarn und alle anderen, die sie kannte, waren weit weg, nur sie allein starrte auf sich selbst, starrte fassungslos auf das bleiche Gesicht, die verschmierte Schminke unter den Lidern und sah sich dabei zu, wie sie die Luft anhielt, weil sie dachte, das sei der einzige Weg, die Zeit aufzuhalten.

Alles, was nicht er war, fühlte sich an wie eine Verschwendung. Nach dem Opernbesuch waren sie nicht mehr ausgegangen, sie trafen sich jeden Abend bei ihr, manchmal wartete er schon vor der Tür, wenn sie von der Arbeit kam, manchmal klingelte er, da stand sie schon im Nachthemd im Badezimmer. Er roch immer gleich – wie ein Fünfzehnjähriger. Sie machten kein Licht an, das war nicht nötig, sie aßen nichts, tranken nichts, sie hielten sich gegenseitig den Mund zu, um die Nachbarn nicht zu wecken. Tagsüber hörte Lena um sich herum ein Summen, die Welt war wie ein alter Film, der ununterbrochen im Hintergrund lief.

Sie konnte niemandem davon erzählen. Konnte nicht erzählen, dass sie sich seit neuestem nachts, wenn sie nach

Atem schnappend aufwachte, nackt vor den Spiegel in der Schranktür ihres Schlafzimmers stellte und betrachtete, dass sie sich mit den Händen über den eigenen Körper strich, eine Hand auf ihren Hals legte und leicht zudrückte, um sich die Erinnerung an die Nächte mit Edil zurückzurufen, und dass das Brennen zwischen ihren Schenkeln dann fast unerträglich wurde. Dass sie in die Knie ging und die Finger in sich versenkte, wobei sie sich immer noch in die Augen schaute im Schrankspiegel, der nur noch das Stück zwischen Oberlippe und Scheitel zeigte.

Sie konnte niemandem davon erzählen, dass sie aufwachte von der Übelkeit erregenden Angst, Edil könnte etwas passiert sein. Und dann wäre er weg. Sie verabschiedete sich von ihm stets mit einem »Sei vorsichtig«, und er lachte auf seine Jungenart und erwiderte immer dasselbe: »Ist doch nicht Krieg.« Edil war dabei, gesund zu werden, die Rötung in seinem Gesicht war zurückgegangen, die Krankheit hatte sich nicht auf andere Organe ausgebreitet, er hatte ein starkes Kreuz und kräftige Arme, er konnte sie problemlos hochheben und gegen die Wände ihres Schlafzimmers drücken, aber trotzdem …, trotzdem hatte sie ein permanentes Gefühl von leichter Panik, dass ihm etwas passieren könnte, und dann wäre er weg, verschwunden, als wäre nie etwas gewesen. Sie wurde schreckhaft, Gegenstände fielen ihr aus den Händen, sie achtete auf jede körperliche Reaktion bei sich und nahm prophylaktisch Vitamintabletten, um nicht zu erkranken und dann wertvolle Stunden mit ihm zu verlieren.

An den Abenden, an denen Edil nicht zu ihr kommen konnte, ließ Lena sich manchmal von Inna auf Partys mitnehmen. Sie hielt es nicht aus, allein in der Wohnung zu sitzen und die Decke anzustarren oder mit dem Versuch zu scheitern, ein Buch zu lesen, in dem sie doch nur verständnislos die Seiten umblätterte. Sie rief ihren Vater an, berichtete, dass sie gleich ausgehen würde, als wohne sie immer noch bei ihm und als seien sie sich nah. Er sagte: »Das ist gut. Das freut mich«, und sie hoffte, dass er wieder etwas Schönes über den Klang ihrer Stimme sagen würde und dass man immer noch merkte, wie glücklich sie sei, aber es blieb bei dem einen Mal.

Inna war besessen davon, eine gute Partie zu machen, wie sie es formulierte, und hatte sich vorgenommen, auch für Lena jemanden zu finden. Lena spielte ahnungslos, müde und überarbeitet und darum desinteressiert, aber es tat gut, in überfüllten Räumen zu sein, wo die Frauen rauchten und lachten und die langhaarigen Männer Studenten geblieben zu sein schienen, nur mit Bauchansatz und rauerer Stimme. Die meisten waren verheiratet, die meisten spielten Gitarre, die meisten sprachen über die Arbeit und alle über die Politik. Sie diskutierten, wie man in diesen Umbruchzeiten am besten Karriere machen könnte, machten Anspielungen auf illegale Geschäfte, der Neid auf diejenigen, die jetzt zu Geld kamen oder gar schon zu Millionären geworden waren, stand ihnen in Schweißperlen auf der Stirn. Sie machten ausschweifende Gesten, die bekräftigen sollten, dass man selbst keine Chance bekommen habe, die richtigen Entscheidungen zu treffen. Sie machten ratlose Gesichter, als wüssten sie nicht, ob ihr Leben noch gelingen konnte oder ob sie eine entscheidende Abzweigung unwiderruflich verpasst hatten. *Und der Motor brüllt.*

Die Gespräche waren wie einstudiert und folgten immer derselben Dynamik, das einzige neue Thema war die Emigration. Die Juden verließen das Land, hieß es nun überall.

Jeder, der könne, gehe nach Israel oder schicke Ausreisean-
träge in die Vereinigten Staaten. »Boris ist gegangen, Andrej
und Vita …«, zählte man auf, »hättest du gedacht, dass das
Hakennasen sind? Eben, ich auch nicht, aber ob die einen
beschnittenen Schwanz haben, haben wir ja auch nicht kon-
trolliert.« Im Studium war es noch darum gegangen, wer
von den Kommilitonen die richtigen Leute kannte, um aufzusteigen und eine attraktive Anstellung zu bekommen, die
nannte man dann Juden, mittlerweile ging es um das Aus-
reiseticket. Wer hatte eine Einladung bekommen, ins Ausland abzuhauen, inklusive Starthilfen? Es hieß, man bekäme
Sprachkurse, eine Wohnung, es gäbe Arbeitsplätze.

Inna fläzte sich auf einen orangen Ohrensessel, als würde
ein Ventilator sie über das Polster wehen, ihre schmalen Füße
in goldenen Schuhen waren an den Fesseln überkreuzt, die
Arme faltete sie in zierlicher Geste in Richtung des Mannes,
der gerade einen Witz riss, der grüne Lidschatten passte gut
zu dem rötlichen Ton, den sie ihren blonden Haaren bei-
mischte. Lena war es unbegreiflich, warum ihre Freundin
noch keinen Heiratskandidaten gefunden hatte, sie war so
hartnäckig auf der Suche, und Lena war sich sicher, dass Inna
immer genau das bekam, was sie wollte. Ihr Leben lang als
Ärztin zu schuften war es jedenfalls nicht, sie verlor kaum ein
Wort über ihre Arbeit auf der dermatologischen Station im
Städtischen Krankenhaus.

»Daniel, bist du nicht auch einer von denen?« Die Gruppe
der Spaßmacher, die sich gerade über beschnittene Penisse
ereifert hatte, drehte sich zu einem schmächtigen, kleinen
Mann im Rollkragenpullover. Sein kurzer, schwarzer Bart
und der gerade Schnitt der Haare, die ihm in die Stirn fielen,
ließen sein blasses Gesicht kantig wirken. Er erinnerte Lena
an Wladimir Wyssozki in jungen Jahren, der schaute so ähn-

lich auf einer der Schallplatten, die sie von ihm besaß. Darauf hielt Wyssozki die Gitarre umklammert, als würde er sonst in einen Abgrund stürzen, und blickte düster in die Kamera. Der im Rollkragenpullover, der Daniel genannt wurde, hatte allerdings keinen grimmigen Blick, und seine Stimme war nicht so staubig, nicht so tief und bedeutungsschwer.

»Ja, bin ich, Wowa. Aber ich bin nicht beschnitten, falls du meinen Schwanz sehen willst.«

Das überfüllte Wohnzimmer lachte. Die Frauen auf der Fensterbank klatschten in die Hände, jemand machte Zischlaute, ein anderer fragte: »Und warum gehst du nicht in die USA? Oder nach Israel? Oder gehst du bald?«

»Was soll ich in den USA, wenn es hier euch Arschlöcher gibt?«, gab der Wyssozki-Verschnitt zurück, und der Raum lachte noch lauter, man tätschelte ihm anerkennend die Schulter, und Lena bemerkte, dass er zu ihr herübersah, er das Glas mit bernsteinfarbener Flüssigkeit an seine Lippen hob.

Sie rutschte von ihrem Stuhl neben der Anrichte und mischte sich unter die unaufhörlich Redenden und Trinkenden, unter denen Menschen aus dem Libanon, aus Kuba, China und Vietnam waren. Sie schaute in ihre vergnügten Gesichter und fragte sich, warum sie alle hier miteinander anstoßen konnten, als wäre dies eine Studentenparty der Universität der Völkerfreundschaft, sie aber niemals, um nichts in der Welt, würde Edil mitbringen können. Tschetschenien war doch nicht so weit weg wie Vietnam oder Kuba. Was sollte schon passieren, wenn sie ihn vorstellte? Er müsste sich vielleicht ein paar Bemerkungen über sein Genital anhören, aber er hatte doch Humor, er könnte doch damit umgehen. Allerdings würde er ihr dann tagelang vorbeten, wie schrecklich ihre Freunde seien und dass sie Tschetschenen für dies und Tschetschenen für das hielten … Es gab Unruhen in seinem Land, die wollten jetzt eben auch unabhängig werden, so wie alle anderen auch, was konnte Lena dafür, dass die Dinge liefen, wie sie liefen? Außerdem hatte Edil sie auch noch nie mitgenommen. Zu keinem seiner Freunde. Und übrigens auch nicht zu seiner Familie. Er genierte sich vermutlich auch für sie. Und dann erschrak sie über das »auch« und griff nach einem der Gläser, die auf der Ablage eines Spiegelschranks standen. Die Stickerei eines schwarzen Katers, der in einem Rosenbusch saß, schaute sie fragend von der Wand an. *Man sagt, es bringt Unglück, kreuzt ein schwarzer Kater deinen Weg – aber bis jetzt hat nur der schwarze Kater Pech –*, tönte es in ihrem Kopf.

»Sind wir uns schon mal begegnet?«, hörte sie die Stimme des Mannes, der sie so sehr an ihren Lieblingssänger erinnert hatte. Im Spiegel wuchs sein blasses Gesicht aus ihrem Hals heraus. Lena schüttelte den Kopf. Der Qualm seiner Zigarette kitzelte in den Augen, als sie sich umdrehte; sie blinzelte, um sich nicht über die geschminkten Lider zu wischen.

»Kennen Sie den? Treffen sich zwei Juden, sagt der eine: Abramowitsch, ich wandere aus. Ich wandere aus nach Australien. Sagt Abramowitsch: Nach Australien? Das ist doch so weit weg! Schreit der Erste auf: Weit weg von wo?« Daniel lachte kurz über seinen eigenen Witz, ohne die Augen von Lena zu nehmen.

»Ich dachte, Sie wollen nicht auswandern«, gab sie zurück.

»Nein, will ich auch nicht. Aber als ich Sie sah, wusste ich, was mein Weit-weg ist. Weit weg von Ihnen wäre weit weg.«

Er fragte, ob sie tanzen wolle. Lena wusste nicht recht, wie sie ablehnen sollte, außerdem herrschte ein solches Gedränge, dass sie gar nicht an ihm vorbeikäme, also nickte sie: »Aber nur, wenn Sie aufhören, Witze zu reißen.«

»Versprochen.« Er griff nach ihrer Hand. »Kennen Sie den? Gorbatschow wird gefragt, ob er an die Hölle glaubt. Natürlich, sagt er, aber die lassen mich da nicht rein, weil sie Angst haben, dass ich sie auflöse.«

Erst aus der Nähe fiel Lena auf, dass er viel älter sein musste als sie, bestimmt Mitte dreißig, vielleicht schon vierzig. Sein Vollbart verdeckte die meisten seiner Gesichtszüge, aber seine Augen stachen in ihre, als versuche er, ihr etwas zu sagen.

Ein Blitz hatte in einen Telefonmast in der Haselnusssiedlung eingeschlagen, die Leitungen waren durchtrennt. Die Großmutter teilte es der Familie in kurzen einfachen Sätzen per Telegramm mit. Lena fiel wieder auf, wie sehr der Ton ihrer Großmutter dem ihrer Mutter ähnelte – Aussage an Aussage aneinandergereiht, und jedes Satzende wie eine Bitte, in Ruhe gelassen zu werden. Ihr Vater las ihr die Nachricht am Telefon vor, seine Zunge stolperte, vermutlich musste er das Blatt nah an seine Augen halten. Die Stadtverwaltung habe den verkohlten Mast mit der gerissenen Leitung am Straßenrand stehenlassen und versprach dies und jenes, irgendetwas für irgendwann. Lena stellte sich manchmal vor, wie still protestierende Funken aus dem Kabelgewirr über die Kieselwege sprühten, dann sah sie das ergraute Haupt ihrer Großmutter, die leere Haselnusssäcke hinter sich herzog wie einen defekten Fallschirm.

Die Großmutter hatte also bis auf Weiteres kein Telefon, aber sie konnte noch lesen. Lena schrieb ihr genauso wenig, wie sie sie angerufen hatte. Bevor sie Edil kennengelernt hatte, schob sie es auf die eigene Müdigkeit nach Zwölfstundenschichten auf der Privatstation, nun war sie ehrlich: Sie wusste nicht, was es zu sagen gäbe, oder sie wusste, dass es zu viel zu sagen gäbe, und allein der Gedanke an all die Geschichten, die man ausschmücken müsste, um sie bekömmlich, um sie überhaupt verständlich zu machen, war unerträglich. Lena wollte nicht. Sie wollte mit Edil jede Minute verbringen und niemandem irgendetwas erzählen oder erklären müssen. Sie verstanden ohnehin nicht. Sie verstanden nur, was sie schon wussten. Die Menschen hatten keine Kapazitäten für neue Informationen. Wobei ihre Großmutter, daran dachte Lena oft, vermutlich die einzige Person im ganzen Universum war, die nichts dagegen gehabt hätte, dass jeder einzelne Gedanke ihrer Enkelin einem Moslem galt. Der Großmutter waren solche Sachen nie wichtig gewesen. Die Großmutter beschäftigten ihr Garten, die Haselnussbäume und die Taubennester unterm Dach.

Im nächsten Telegramm, das nicht lange danach aus Sotschi eintraf, stand, dass die Großmutter verstorben war. Es hatte ein ganzes Wochenende auf dem Postamt gelegen, bevor es den Vater erreicht hatte, und als er Lena am frühen Morgen, kurz bevor sie in die Klinik aufbrechen wollte, ans Telefon bekam, blieb ihr ein Tag bis zur Beerdigung. Es fühlte sich an, als hätte man sie mit heißem Öl übergossen. Kurz dachte sie, Brandblasen würden auf ihrem Körper platzen, dann wurde es sehr kalt. Lena lief zum Spülbecken in der Küche und übergab sich, wischte sich den Mund eilig ab, rief in der Klinik an, orderte eine sofortige Vertretung, hinterließ eine Nachricht für ihren Chef, dass sie Ende der Woche wieder zurück sein würde, schmiss wahllos Kleidungsstücke in eine kleine Reisetasche und stürmte zum Bahnhof, ohne sich umgezogen zu haben. Sie trug ihr gelbes Kleid mit Faltenrock und einen dünnen weißen Mantel, flache Schuhe. Sie würde in Weiß und Gelb am Grab ihrer Großmutter stehen.

Ein Bauchladenverkäufer schob die Tür auf und bot in die Stille des Abteils gezuckerte Milch an, er schob die Tür gleich wieder zu, weil er nicht wissen konnte, warum die junge, in eine Ecke gekauerte Frau zu weinen anfing, als er die Flasche mit der Süßigkeit in die Luft hielt. Die Herbstluft kroch durch die Gummidichtung des Zugfensters ins Abteil, Lena saß mit angezogenen Beinen gegen das Fenster gelehnt und fühlte den Windzug wie Schnitte auf der Haut. Sie beschimpfte sich selbst, weil sie gewusst hatte, dass es genau so kommen würde, ihre Großmutter würde allein sterben, und sie bekäme es viel zu spät mit. Sie beschimpfte ihren Vater dafür, dass er nicht zur Beerdigung kam – er hatte am Telefon versprochen, dass er an sie denken und Blumen auf Ritas Grab legen werde, für die Mutter der Mutter –, und dann schimpfte sie wieder auf sich selbst.

Lena versuchte sich an die Gesichter von Artjom und Lika zu erinnern, an ihre schwarzen langen Haare, an das Sägemehl darin. Bestimmt trugen sie sie jetzt kurz, zumindest Artjom, und mit Sicherheit waren sie in angesehenen Berufen tätig, hatten Kinder bekommen, Häuser gebaut. Lena kratzte sich den Hinterkopf, wie Halbwüchsige, die sich vom Dreck zu befreien versuchen, oder wie Erwachsene von ihren Erinnerungen. Das Gesicht ihrer Großmutter blieb verschwommen. Wie lang ihre Haare zuletzt gewesen waren, wusste Lena nicht.

Sie dachte daran, dass Edil eine große Familie hatte, über die er sich zwar immer beschwerte – die Mutter zu streng, mit den vier Geschwistern ständig im Streit, der Vater unzufrieden mit allen, mit der Frau und den Kindern –, aber dass es schön sein musste, viele zu sein. Dass es schön sein musste, nicht ständig Angst zu haben, dass einem der letzte verbliebene Rest der Eigenen wegstirbt.

Lena wusste, dass ihr Vater oft zum Friedhof ging, sie stellte sich vor, dass er erst dort und nur dort, am Grab, die Schirmmütze abnahm, sich über die Glatze fuhr und seiner Frau von den Pilzen erzählte, davon, dass die Tochter selten anrief und nie zu Besuch kam und dass ihre Mutter daraufhin mit den Achseln zuckte und erwiderte: »Lass sie doch.«

Das Geräusch der gusseisernen Räder auf den Schienen fuhr durch ihren Unterleib, immer wieder, hin und her, wie eine Säge. Sie ging auf die Zugtoilette und übergab sich erneut, dieses Mal in das hin und her wackelnde, rasselnde Metallklo, dessen Brille abgerissen war.

Sie hätte nicht sagen können, ob Sotschi sich sehr verändert hatte, sie hatte wenig Erinnerung daran, alles sah gleichzeitig vertraut und fremd aus, die Menschen trugen nach wie vor alberne, bunte Sommerhüte, es war schon Mitte September, aber noch warm und feucht. Hortensien färbten die Ränder der Straßen, es wurde viel gebaut, einige neuerrichtete Gebäude sahen aus wie Miniaturausgaben griechischer Tempel, das frische Weiß blendete im dunstigen Licht der Sonne. Nadelholzgeruch kitzelte Lena in der Nase. Ihr Sotschi war nicht die Stadt mit den Kaffeeständen entlang der Strandpromenade, die zahlreiche Geschmacksrichtungen als Zusatz anboten, ihr Sotschi waren die klebrigen Finger im flachen Wasser nach dem Zuckerwatte-Essen mit ihrer Großmutter. Sie sah Menschen in abgetragenen, schmutzigen Jacken, einer von ihnen unbeschuht, zwischen den Tischen auf den Terrassen der Hotelrestaurants herumgehen und die Hand ausstrecken nach sich abwendenden Touristen. Diese verbeulten Körper waren Teil eines großen Bildes, aber Lena war sich nicht sicher, ob sie einander kannten, ob es in Sotschi eine Siedlung aus reifenlosen Bussen und modrigen Papphäusern gab, in denen sie sich am Ende des Tages trafen und wo sie ihre Beute aufteilten.

Das Gefühl der platzenden Brandblasen überkam Lena wieder, als sie sah, dass die Haselnussbäume gefällt worden waren. »Wie, sie sind weg? Warum sind sie weg? Wann ist das passiert?« Lena war sich nicht sicher, ob sie das herausgeschrien oder ob sich ihr Kiefer vor Entsetzen zusammengekrampft hatte. Das Grundstück der Großmutter war ein kleines Rechteck, ein, zwei Apfelbäume beugten sich zu dem Häuschen, das jetzt kaum größer als eine Garage wirkte, eine Holzhütte mit Wellblech verstärkt. Lena stürzte hinein und nahm den Hörer des Telefons ab, das immer noch im Flur hinter der Tür auf dem Hocker stand, panisch, dass sie ein Tuten hören würde und dass das bedeutete, kein Blitz habe in einen der Strommasten eingeschlagen, die in den Milchsuppenhimmel über der Siedlung stachen, sondern die Großmutter habe die Leitung zu ihrer Enkelin gekappt. Es wäre so viel einfacher, an eine Naturgewalt zu glauben. Aber es gab kein Tuten, es kam nur eine kratzende Stille aus dem Hörer, wie sie nur tote Dinge von sich geben.

Lena sah auf, überall an den Wänden und auf der Anrichte waren Ikonen, sie glänzten wie neu. Lena würde kein Gebet für ihre Großmutter sprechen können, sie kannte keines. Sie hoffte, dass die Nachbarinnen es übernehmen würden, wie sie alle anderen nötigen Schritte für die Bestattung auch übernommen hatten. Das Auswählen der Kleider für die Beisetzung, die Aufsicht über die kleine Trauerfeier, Lena kam als Gast.

Erschrocken vom Gedanken, der Großmutter habe es ohne die Einnahmen aus der Haselnussernte an etwas gemangelt, fragte sie vorsichtig nach, wovon man hier so lebe.

»Im Garten wächst alles«, beruhigten sie die Nachbarinnen. »Das siehst du nur nicht, weil du aus der Stadt kommst«, setzten sie nach. Sie versicherten ihr auch, dass die Großmutter ganz plötzlich und zufrieden gestorben sei, ihr habe es an nichts gefehlt, »sie hatte schließlich uns«. Ihre Augen fuhren im Zickzack über Lenas weißen Mantel und das gelbe Kleid.

Lena leerte ihre Reisetasche auf der Pritsche aus, auf der sie ihre Sommer in Sotschi verbracht hatte, durchwühlte die paar Klamotten, die sie in Eile eingepackt hatte, die Großstadtkleidung würde hier wie Hohn aussehen. Sie öffnete den Schrank, der eine Wand des Zimmers ausmachte, zog einen wattierten erdfarbenen Mantel heraus, der viel zu warm war für die Jahreszeit, aber lang genug, um ihr Kleid darunter zu verdecken.

Bis zur Beerdigung am nächsten Morgen saß sie still. Sie hatte gedacht, sie würde im Garten spazieren gehen und die Zweige der Haselnussbäume schütteln, wenn sie schon mal hier wäre, jetzt sah sie, wie klein das Grundstück war, kahl, bis zum Zaun der Nachbarin waren es nicht mehr als ein paar Schritte, also blieb sie im Haus. Sie saß mal auf der Pritsche, mal auf dem Stuhl in der Küche, auf dem sie in ihren Träumen immer wieder gesessen hatte, und starrte auf den leeren Herd, auf den Haken für die Schürze.

Ihre Großmutter war in der Kirche aufgebahrt, ihre Lippen wirkten wie zusammengenäht, sie war klein geworden, lag auf ihrem Buckel leicht erhöht, unter den Kopf hatte man ihr ein Kissen geschoben. Man hatte ihr eine fliederfarbene Bluse und einen grauen Rock angezogen, in so förmlicher Kleidung hatte Lena sie noch nie gesehen. Über ihren gekreuzten Händen war eine spielkartengroße Ikone drapiert, nichts an ihrem Anblick war friedlich, sie wirkte wach. Lena sprach sie an und konnte dann nicht aufhören zu flüstern.

Sie beichtete der Großmutter ihre Morgenübelkeit, die sich schon zu lange nicht legen wollte, das war das Erste, was sie sagte. Sie erzählte ihr die Sache mit Edil, sie erzählte ihr alles, plötzlich war es gar nicht schwer. Sie redete und redete. Sie erklärte ihr, warum sie ihren Mantel trug, entschuldigte sich für das Kleid darunter, dafür, dass ihre Schuhe von der Reise schmutzig geworden waren, fragte die Großmutter, ob es in Ordnung sei, wenn sie sich für ein paar Tage ihre Hosen und Pullover borge. Sie sagte, dass sie noch ein bisschen bleiben wolle, sich um das Haus kümmern. »Ich trage dann deine Stiefel und die Weste, das wäre doch schön …« Sie schaute auf die eingefallenen Wangen der Großmutter, die von tiefen Falten überzogen wie gemalt wirkten, als hätte man ihr nicht nur den Mund zusammengenäht, sondern auch den Rest des Gesichts mit groben Stichen geflickt. Auch der Sarg und die paar Leute, die erschienen waren, manche von ihnen mit Kerzen in der Hand, der Geistliche und die singenden Frauen, alles schien zusammengehalten durch eine grobe Naht, die jeden Augenblick platzen konnte.

Draußen am Grab sah Lena Artjom und Lika wieder, sie hatte sie sofort erkannt, aber ihnen nur zunicken können. Es fiel ihr auf, wie weit auseinander sie standen. Aus den Augenwinkeln beobachtete sie, wie ihre Kindheitsfreunde in die Luft starrten, während der Sarg in die Erde gelassen wurde, als kennten sie niemanden der Anwesenden und wüssten nicht, zu wem der Name gehörte, der auf dem Querbalken des Holzkreuzes am Rand der Grube geschrieben stand. Auf dem schrägen Balken darunter waren das Geburtsjahr und das Todesjahr hingekritzelt und ein Foto der Großmutter angeheftet, auf dem man kaum etwas erkennen konnte außer einem sehr blassen Oval. Weihrauch stieg auf, Lena musste niesen, ihre Augen tränten, und als sie aufblickte, war die Trauergemeinde nur noch ein dunkler Scherenschnitt.

Als sie abends bei Lika und ihrer Familie am Tisch saß, lehnte diese ab, über Artjom auch nur zu sprechen, für sie war er tot, erklärte sie.

»Es hat doch nie eine Rolle gespielt, dass er Abchasier ist und du Georgierin …«, versuchte es Lena, aber da schaltete sich Likas Mann ein, der auf »diese abtrünnige abchasische Drecksbande, die jetzt auch plötzlich ihre scheiß Unabhängigkeit will«, alle möglichen Kraftausdrücke niedergehen ließ, obwohl die Kinder mit am Tisch saßen. »Alle wollen jetzt frei sein, frei frei frei, jeder Pups hält sich jetzt für unabhängig, frei! Wir sind wer! Sehr witzig, dann hängt euch doch auf, dann seid ihr frei!«, er machte ausladende Bewegungen.

»Ist gut jetzt, reg dich ab«, befahl ihm Lika und schickte auch die Kinder weg. Sie mussten um die fünf oder sechs sein, Lika hatte sie nicht herangerufen, um sie Lena vorzustellen, nur auf sie gezeigt wie auf Möbelstücke, ihre Namen genannt und sie dann an den Tisch kommandiert.

»Lass uns nicht über Politik streiten.« Lika zündete sich eine dünne Zigarette an und schüttelte Tschatscha in die Gläser. »Wie geht es dir? Du bist doch eine angesehene Ärztin, wo ist der Mann dazu? Du hast jemanden, oder? Bist doch auch schon … schon vierundzwanzig?«

»Ich habe jemanden, ja.«

Lena umklammerte das Glas mit Hochprozentigem und war unschlüssig, ob sie es leeren sollte oder nicht. Sie schaute sich im Zimmer um, dessen Wände mit Bildern in Goldrahmen vollgehängt waren, bei denen es den Anschein hatte, es gehe mehr um die Rahmen als um die Bilder.

»Und warum hat er dir noch keinen Antrag gemacht? Was ist das für einer? Ist das einer von den neuen *Businessmännern*, wie sich diese Mafiosi jetzt nennen? Vergiss es, die heiraten doch nicht, die wollen nur eine Zeitlang mit dir ins Bett. Sollen wir dir einen Gebildeten in Tiflis finden? Georgier meinen es ernst, wenn sie es schon mal ernst meinen. Der baut dir einen Palast und macht dir Kinder.«

»Er ist Jude«, flog es plötzlich aus Lena heraus, das hatte sie nicht geplant.

Es stimmte, dass der unentwegt witzereißende Daniel an dem Abend auf der Party nicht mehr von ihrer Seite gewichen war. Selbst als sie Inna gute Nacht sagte, die sich von einem der Gitarrenspieler gerade die Akkorde eines bekannten Popsongs zeigen ließ, hielt Daniel Lenas Hand. Inna lächelte ihr billigend zu und rief ihr hinterher, sie solle sie unbedingt anrufen. Sobald die Wohnungstür hinter ihnen ins Schloss gefallen war und das elektrische Licht sich über die Betonplatten des Treppenhauses ergoss wie Schmutzwasser, wusste Lena, was jetzt folgen würde, und musste gegen den Impuls ankämpfen, sich umzudrehen und gegen die Tür zu hämmern. Der Alkohol hatte ihre Glieder mürbe gemacht und ihren Kopf langsam, und zwischen ihr und der Tür stand der warme Daniel, der so glücklich lächelte und mit seiner weichen, fremden Stimme sagte, dass er sie überall hinbringe, wohin sie auch wolle. Warum sie dann schon in seinem Wagen auf seinen Schoß geklettert war und ihm die Hose aufgeknöpft hatte, war ihr bis heute nicht ganz klar, vielleicht hatte sie nicht gewollt, dass er hoch in ihre Wohnung kam und das Bett berührte, das für sie und Edil bestimmt war, vielleicht wollte sie es auch nur schnell hinter sich bringen. Daniel war nett und harmlos, er bedrängte sie nicht, er schwitzte an der Stirn, was die einzige wirklich freie Fläche in seinem Gesicht war. Sein borstiger Bart rieb an ihrem Schlüsselbein, als sie sich über ihn beugte.

Die ganze Zeit über dachte sie an Edil und daran, wie wütend sie auf ihn war, auf seine Abwesenheit, darauf, dass er nie anrief, immer nur auftauchte, wann es ihm passte, manchmal mit Blumen, manchmal mit schlechter Laune, es machte sie rasend, dass sie sich nicht auf ihn verlassen konnte, darauf, dass er je für sie da sein würde. Würde er ihr Tee ans Bett bringen, wenn sie krank war? Sie glaubte nicht. Er schien sie immer nur zu vermissen, wenn er gerade Zeit dafür hatte. Aber hier war ein guter Junge und fuhr sie egal wohin.

Sie schaute in Likas fragendes Gesicht, die auf die Fortsetzung dessen wartete, was Lena angefangen hatte zu erzählen, also schob sie unentschlossen hinterher: »Er ist Ingenieur. Für Küchengeräte.«

»Ach so.« Lika schenkte sich noch einmal nach.

»Nein, es ist anders, weißt du …« Jede Sekunde wog Tonnen auf ihrer Zunge. »Ich frage mich ja, ob ich nicht hierbleiben kann, in Sotschi. Auf alles pfeifen, den Garten bestellen, euch alle in der Nähe haben und diese Bestien hinter mir lassen, die jetzt von überall angekrochen kommen und deren Genitalien ich mir Tag für Tag anschauen muss. Da sind Typen dabei, weißt du, ich schaue manchmal auf ihre Hände, und die haben richtig aufgeschlagene Knöchel, man sieht noch das offene Fleisch, das getrocknete Blut, die verbinden sie nicht einmal, als wollten sie, dass man es sieht, als seien sie stolz darauf. Und ich weiß nur, ich darf nicht zeigen, dass sie mir Angst machen. Ich muss an den richtigen Stellen nicken und sonst nichts. Salben verschreiben. Antibiotika. Auf die Uhr schauen. Ihnen einen schönen Tag wünschen.« Sie stellte das Glas ab. »Und die anderen, die Alten, die Vergessenen, die bekomme ich nicht zu Gesicht. Die verrotten irgendwo, ich weiß nicht wo, auf ihren Datschen, in ihren kleinen Häuschen, niemand ruft sie an, sie sterben allein, bei uns gibt es keine Ärzte für sie, bei uns gibt es nur Heilung für die mit den kaputten Fäusten.«

Lika stand auf, räumte unschlüssig ein paar Teller hin und her, setzte sich wieder und verschränkte die Arme. Dann sprang sie noch einmal auf, kramte nach Zigaretten und zündete sich nervös eine an. Sie sprach auf einmal schneller und mit tieferer Stimme.

»Bei uns ... bei uns ... Immer dieses ›bei uns‹, ›bei uns‹ ist, wie wir es bei uns einrichten. Ich verstehe, was du sagst, bin nicht erst gestern auf die Welt gekommen. Aber das ist kein Grund, einen guten Job aufzugeben, sich ein Kopftüchlein umzubinden und Obst und Gemüse auf dem Markt zu verkaufen. Nur weil es dir zu viel ist, all diese Säcke zu behandeln. Und weil dein Jude es anscheinend nicht bringt. Natürlich sind Menschen Schweine, wann war das nicht so? Menschen sind nur dort keine Schweine, wo man sie noch nicht getroffen hat. Aber die Lösung ist doch nicht, hierherzukommen und sich in eine Vergangenheit zu befördern, die du dir jetzt schönmalen kannst, weil du dich einfach nicht an sie erinnerst. Was willst du hier denn machen? Glaubst du, hier geht es besser zu? Glaubst du, wir leben davon, unsere Gärten zu bestellen? Wenn ich du wäre, würde ich mir jetzt deinen Juden schnappen und mit ihm ins Ausland abhauen. Wozu ist ein Jude sonst gut? Oder kauf dir selber so eine Bescheinigung, dass du Aschkenase bist, und hau allein ab, wenn du ihn nicht mitnehmen willst, du kannst das machen, du hast noch keine Kinder. Du bist frei. Das ist es vielleicht, was es bedeutet, frei zu sein. Du kannst gehen. Schau: Die Abchasier mucken auf, die Tschetschenen mucken auf, schau mal, was in Aserbaidschan los ist, alle mucken jetzt auf, das ist die Zeit, in der man entweder weiß, wo man hingehört, oder …« Lika wirkte plötzlich sehr wach, ihre Augen glänzten wie damals an den Sommernachmittagen, als die Sonne auf die Sägespäneberge und auf ihre Gesichter herunterbrannte, rostig und wütend. »Mit dem Älterwerden ist es doch so: Du verlierst und verlierst. Spätestens wenn deine Brüste anfangen, wie Würste herunterzubaumeln, und sich dein Mann eine Jüngere sucht, verlierst du den letzten Rest an Selbstachtung, wenn du davon überhaupt jemals etwas gehabt hast. Älterwerden ist nichts anderes als die Gewissheit, einzubüßen. Hast du so viel Zeit zu verschwenden? Ach, und noch etwas: Tu mir den Gefallen und schmeiß diesen scheußlichen wattierten Mantel weg, ja? Das beleidigt mich richtig, dass du in diesem Lappen herumläufst, als würdest du dich verkleiden, weil du denkst, so sieht ein Mensch aus der Provinz aus. Wir sind zwar am Stadtrand, aber das ist immer noch Sotschi.«

Lena entgegnete nichts, sie tranken ruhig. Lika rauchte, fragte, ob sie ihr das Haus zeigen sollte. Lena suchte nach einem »Weißt du noch …«, nach einer Anekdote, die sie verband, aber es fiel ihr nichts Passendes ein, es fühlte sich an, als habe ihr Lika das Erinnern verboten. Aber vor Lena lag nichts, was sie klar sah und worüber sie sprechen konnte, alles, was sie mit Sicherheit wusste, lag in der Vergangenheit.

Nachdem sie sich verabschiedet hatte, lief sie, so schnell sie konnte, zu einer Telefonzelle, Edil nahm gleich ab.

»Du weißt, du kannst nicht so spät hier anrufen«, fuhr er sie an. »Was ist?«

»Ich bin schwanger.«

Die Stille am anderen Ende war so laut, dass sie den Hörer vom Ohr nehmen musste, am liebsten hätte sie durch das

Gehäuse des Apparats gegriffen und ihn an den Haaren gerissen, sie atmete schnell und wartete.

Es war stickig in der Kabine, die Plexiglaswände links und rechts waren beschmiert, irgendwer hatte »Wo bist du?« eingeritzt.

»Dir ist klar, dass das nicht geht.« Edil sprach unendlich langsam, man hätte sich einbilden können, er hätte es gar nicht gesagt. »Meine Mutter lässt mir jetzt schon keine ruhige Minute mehr, weil ich nicht endlich heirate.«

»Dann heirate doch mich.«

Nichts.

Ihr stand der Abend vor Augen, als sie auf einer Studentenparty mit einem Mann aus dem Kongo getanzt hatte. Die Menge hatte gejubelt: »Tanzt! Tanzt! Wir sind doch Internationalisten!« Sie hätte es beinahe laut in den Hörer gerufen: »Heirate mich, wir sind doch Internationalisten!« Dann musste sie lachen. Edil sagte immer noch nichts. Sie lachte. Dann wollte sie »bitte« sagen, aber besann sich gerade noch rechtzeitig.

Er legte nicht auf, auch Lena behielt den Hörer noch eine Weile in der Hand, aber alles, was sie vernahm, war ein Zischen, so deutlich, dass sie meinte, es seien die nächtlichen schwarzen Wellen vom Strand, die auf sie zurollten.

Quer durch die Stadt lief sie zum Haus ihrer Großmutter, legte sich in ihr altes Kinderbett, schaute die Decke an und zählte rückwärts: zehn, neun, acht, sieben, kam durcheinander, schnappte nach Luft, versuchte die Augen zu schließen, zehn, neun, acht, sieben, bis ihr Puls nicht mehr so raste und sie nicht mehr im Staccato atmete, zehn, neun … Sie stand wieder auf, ging im Haus herum, suchte nach Erinnerungen zum Festhalten, suchte nach Portraits, die ihre Großmutter zeigen würden, aber überall waren nur Bilder von Heiligen aufgestellt. Auf der Fensterbank in der Küche fand Lena ein Foto von sich selbst als Fünfjähriger. Sie hatte ordentlich geflochtene, dunkelblonde Zöpfe und schaute ernst, es war noch, bevor ihre Großmutter ihr gegen den Willen der Mutter zum Schulbeginn einen Pagenkopf geschnitten hatte. Nun waren beide tot, und Lena ließ sich schon lange wieder die Haare wachsen. Auf dem Bild in der Küche lächelte sie nicht, aber ihre Backen spannten, als hätte sie Aprikosen im Mund. Lena erinnerte sich nicht daran, wann dieses Foto gemacht worden war, vermutlich war sie zu einem Fotografen geschickt worden. Nichts an dem Bild war natürlich, sie trug eine beige, bis oben zugeknöpfte Bluse, die ihr den Anstrich einer Zeit verlieh, in der sie noch gar nicht gelebt hatte. Ihre Großmutter musste das Bild aufgestellt haben, als Lena aufgehört hatte, regelmäßig anzurufen, lange bevor die Leitungen durchgebrannt waren und die Großmutter wohl die Hoffnung aufgegeben hatte, dass Lena zu Besuch kommen würde.

Das war's, die Großmutter war gegangen, Lena war vermutlich zum letzten Mal in der Haselnusssiedlung, ihre Mutter war auch nicht mehr da, und ihr Vater legte frisch gepflückte Blumen auf ihr Grab an einem Ort, an dem sie auch viel zu lange nicht gewesen war. Das war's. Das war das Gefühl, das sich stetig in den letzten Jahren wiederholt hatte, sie erkannte es wieder wie eine bekannte Melodie oder einen scharfen Ton, als würde eine Falle zuschnappen, und die Zacken ihres Stahlmauls klangen wie: *Das war's.*

Ihr wurde schwindlig, sie merkte den Fall gar nicht, und als sie zu sich kam, leuchteten Glühwürmchen oder winzige Leuchtstoffflecken über ihr, aber die Großmutter hatte keinen Leuchtstoff an den Wänden kleben, und es war bereits zu kühl für die Käfer. Irgendetwas kam aber doch herein, ein ganzer Schwarm sammelte sich an den Balken der Decke.

Sie wachte davon auf, dass ihr die Galle hochstieg, es brannte im Hals, war bitter, sie wusste nicht, ob sie die Augen wieder schließen sollte, hatte Angst, am eigenen Magensaft zu ersticken. Sie konnte niemanden rufen. In ihrem Kopf robbte ein Tier von einer Schläfe zur anderen, es war fett, haarig, schwabbelte und spuckte, sie hatte seine Ausscheidungen auf der Zunge. Sie würgte, nichts kam heraus außer ein bisschen Säure. Sie überlegte, sich den Finger in den Rachen zu stecken, und merkte, dass sie ihre ganze Kraft darauf verwenden musste, sich vom Boden abzustützen. Sie konnte nicht aufstehen und musste zur Toilette. Langsam begann sie, die Schritte zu zählen, die sie zu machen hätte. Vier zur Tür, dann ungefähr sechs im Flur am Tisch vorbei, links abbiegen, wenn sie die Badezimmertür aufbekäme, würde sie sich nicht in die Hosen machen.

Vielleicht war sie wieder ohnmächtig geworden, jedenfalls wusste sie nicht, wie viel Zeit vergangen war, aber irgendwann fand sie sich stehend, die Wand entlangtastend, Splitter bohrten sich in ihre Fingerkuppen, sie machte ein paar kurze Schritte Richtung Tür, fühlte die Oberfläche des Griffs, sah schon das Licht der Straßenlaterne durch das Badezimmerfenster in den Flur leuchten, schwankte, griff nach der Wand, nach den Kanten des Tischs, das kaleidoskopartige Licht der Straßenlaterne ging aus, als sie am Boden aufschlug.

Als sie aufwachte, klebte ihre linke Gesichtshälfte an den Dielen, sie brannte, als wäre der Boden aus Schmirgelpapier. Lena drehte sich auf den Rücken, über ihr saßen immer noch Leuchtkäfer. Der Gedanke durchzuckte sie, ob es das jetzt vielleicht war. Der Sturz war nicht dramatisch gewesen, aber da sie sich nicht mehr aufrichten konnte, die Signale, die sie an ihren Körper sendete, nicht ankamen, musste sie sich das unweigerlich fragen. Und was dann? Und was passierte mit dem Kind in ihr?

Sie sah ihre Arme in der Dunkelheit wie die Beinchen eines auf dem Rücken liegenden Insekts und musste lachen. Vielleicht wurde sie zu einem von den Viechern an den Wänden, dachte sie. Oder sie fallen wie Schnee von der Decke und fressen mich auf. Das ist in Ordnung. Nur macht es schnell. Ihr Kiefer war taub, merkte sie beim Lachen, sie musste mit ihm aufgeschlagen sein. Sie lachte noch mehr, bis sie sich selbst deutlich hörte. Ein schallendes Lachen. Sie sah sich dabei zu, wie sie auf die Knie kam, sich mit den Armen abstützte, setzte sich auf, die Schmirgelpapierdielen wärmten ihre Handflächen. Auf Knien kroch sie ins Dunkel, fand die Balance. Sie lehnte sich an die Wand und musste wieder lachen, befühlte ihr vom Schweiß klebriges Gesicht, den Kiefer, er schien ganz zu sein, kein Blut, nichts. Eigentlich war da nichts außer dem Schnauben von etwas, das an der Decke leuchtete.

Im Zug zurück füllte grobkörniges Licht ihr Abteil. Von Übelkeit in den Schlaf geschaukelt, träumte Lena, wie sie auf dem Bett ihrer Dnepropetrowsker Wohnung saß, sie sah sich dabei zu, wie sie sich vor Edil auszog. Sie zeigte ihm den Rücken, den er, wie sie glaubte, am meisten an ihr mochte – sie hatte ihm stets heimlich unterstellt, ihren weichen Bauch und die teigigen Oberschenkel abstoßend zu finden –, sie sah sich die Arme vor ihm ausbreiten, sie sah, wie er nicht näher kam, wie er wortlos das Zimmer verließ. Mit nassem Gesicht wachte sie auf. Ihr Kopf wog schwerer als der Rest des Körpers, und trotzdem, trotzdem, dachte sie, er würde am Bahnhof stehen, wenn sie ankäme. Er hatte jetzt eine Nacht lang Zeit gehabt, sich alles zu überlegen, es war normal, dass er nicht gleich Vorschläge für Kindernamen parat hatte.

Als der Schaffner durch den Waggon schwankend ihre Station ankündigte, klang seine Stimme vertraut, ein Erzähler, den sie kannte. Sie dachte an das Schauermärchen, das ihr die Großmutter einmal erzählt hatte – wann war das gewesen, und warum jetzt? – von den Frauen, deren Jungfräulichkeit man erkannte, indem man sie in einen tiefen Teich warf. Wenn sie schon einmal geliebt hatten, gingen sie unter. Die, die unberührt waren, schwammen wieder an Land.

Edil stand nicht am Perron, auch nicht in der Ankunftshalle. Stattdessen wartete Daniel mit einem Blumenstrauß vor ihrer Haustür auf sie.

»Woher weißt du, wo ich wohne?«, fuhr sie ihn an, aber dann fiel ihr ein, dass er sie ja schon mal nach Hause gefahren hatte.

»Und woher wusstest du, wann ich zurückkomme?«

»Ich wusste gar nicht, dass du weg warst. Ich komme jeden Tag hierher, klingle und schaue, was passiert. Aber jetzt hab' ich dich. Du musst mit mir zumindest essen gehen. Bei all der Mühe, dich zu finden ... Warte, kennst du den – «

»Ich bin so müde«, unterbrach sie ihn. Aber bevor sie die Tür hinter sich zuzog, versprach sie ihm eine Verabredung. Und das war's.

Die Wohnung hier, in der sie mit ihrem Sohn wohne, reiche auf keinen Fall für drei oder gar vier, versicherte Daniels Mutter, noch bevor Lena sich an den Tisch gesetzt hatte. »Aber heutzutage haben ja alle Menschen Eigentumswohnungen, zumindest die Ärztinnen.«

»Mama!«, unterbrach Daniel leise.

»Dich fragt keiner.«

»Ich habe tatsächlich eine Eigentumswohnung«, versuchte Lena das Gespräch zu entspannen. »Da ist Platz.«

»Dachte ich es mir doch. Heutzutage ist alles anders. Leute haben Platz.«

»Das ist wohl so.«

»Wer ist denn bei Ihnen in der Familie Jude?« Lena hatte noch immer nicht Platz genommen.

Daniels Mutter war eine große Frau mit länglichen Kurven, als hätte fließendes Wasser sie geformt – ihr Kopf war oval, ihre Wangen schienen unendlich, die Nase ein leicht gebogener Pfeil, der auf den schlanken Hals zeigte, der durch eine sich über das Dekolleté ergießende Kette betont wurde. Die Arme flogen wie Seile über den Tisch, während sie das Essen auf die Teller verteilte. Sie hatte Lena die gesamte Zeit nur wie nebenbei angeschaut, nie direkt, als sei sie in Gedanken vertieft und bespräche etwas mit sich selbst, erst bei der Frage nach jüdischen Familienangehörigen blieben ihre blauen Augen auf Lena ruhen.

»Niemand … so richtig«, antwortete Lena wahrheitsgemäß.

»Ach so.« Die Augen wanderten weiter über die Wurst- und Fischsalate.

Daniel schenkte allen dreien Rotwein in die pokalähnlichen Kristallgefäße ein und Wodka in die verzierten Schnapsgläschen, und mit angewinkeltem Arm hob er zu einem Toast an: »Warum trinken wir? Damit wir zumindest für kurz vergessen, dass wir am besten Ort der Welt leben.«

Lena beobachtete, wie Daniels Mutter die Augen verdrehte, das Glas an die tomatenroten Lippen führte, einen Schluck vom Rotwein nahm und daraufhin, ohne abzusetzen, den Wodka hinterherkippte; sie beschloss, dass auch sie an diesem Abend trinken würde. Schon nach zwei Gläsern war sie so gelöst, dass ihre Hand immer wieder auf Daniels Bizeps landete, wenn er einen Witz machte, sie lachte laut heraus und hoffte, dass es nur in ihren Ohren klang, als würde sie würgen.

Das Gespräch kam stolpernd in Gang, »sie sagte«, »er sagte«, »man glaubte damals«, »ach, wo soll das alles nur hinführen«, »angst und bange wird einem ja schon manchmal«, »gieß nochmal nach« und »wo kommen Sie nochmal her?«, »ja, das ist schön da«, »man weiß nicht, was bleibt«, »nichts bleibt!«, »nichts bleibt!«, »na dann, auf uns und die Gesundheit natürlich«, hilflose Floskeln, die keinerlei Nähe herstellten und müde vor sich hin plätscherten. Lena kniff die Augen zusammen, als bestrahle sie gleißendes Licht, und wusste nicht, ob sie sich selbst bei der Unterhaltung zuhörte oder ob irgendwo ein Wasserhahn lief.

Sie war seit knapp vier Wochen wieder in der Stadt, und Edil hatte nicht angerufen. Sie ihn auch nicht, aus Angst, er würde nicht rangehen. Aus Angst, er würde rangehen. Sie hatte in all der Zeit kaum geschlafen, hatte sich in der Nacht das Läuten des Telefons eingebildet und schon beim Augenaufschlagen gewusst, dass nichts außer dem Summen des Kühlschranks ihre Wohnung füllte. Sie zwang sich, die Lider zu schließen, sie gehorchten ihr nicht und sprangen immer wieder auf. Sie schaltete den Fernseher ein, übergab sich, machte ihn wieder aus. Sie ging zur Arbeit, sie schlenderte zurück nach Hause, sie meldete sich nicht bei Inna, denn die würde alles von ihrem Gesicht ablesen können. Außerdem würde man die Wölbung ihres Bauches bald sehen. Und jetzt saßen sie bei Daniels Mutter, sie leerten eine Rotweinflasche zu dritt, die Mutter beanstandete, dass der Mann mit knapp vierzig immer noch Junggeselle sei und sich nicht ordentlich rasiere, »hat er nicht vom Vater, der war ein ordentlicher Yid!«, seine Anstellung als Ingenieur entspräche vermutlich nicht »dem, was man heute sucht«, aber er sei ein anständiger Mensch, »Ingenieur war mal ein angesehener Beruf. Ein normaler Beruf. Es gab Zeiten, als die Leute noch normal waren. Und heute, wie ist es heute? Da versucht jeder, nach oben zu klettern, um dem, der unten steht, auf den Scheitel zu spucken.« Zumindest so einer sei Daniel nicht, auch wenn er sonst zu nichts tauge. Sie einigten sich darauf, dass sie ins Standesamt auch nur zu dritt gehen würden. Wer braucht schon Zeugen.

Ein paar Wochen später war die Heiratsurkunde unterschrieben, sie aßen mit der Mutter im Restaurant gleich nebenan zu Mittag, und in derselben Woche zog Daniel bei Lena ein. Das war's.

Nach den ersten Wochen der Übelkeit und der tonnenschweren Beine verlief ihre Schwangerschaft unauffällig. Außer dem spannenden Bauch war die Vergesslichkeit, die sie in Schüben überfiel, die einzige gravierende Veränderung, die Lena an sich bemerkte, dann fühlte sie sich kraftlos und warf ständig Gegenstände um, als wüsste sie nicht, wie nach ihnen greifen. Alles andere, was man ihr in Aussicht gestellt hatte, blieb ihr erspart – keine hartnäckigen Verstopfungen, keine Hämorrhoiden, kein Sodbrennen. Einen Monat vor der Entbindung ließ sie sich in der Klinik freistellen, konnte trotz des unförmigen Bauches spazieren gehen, wimmelte Daniel ab, der sie für jeden noch so kleinen Weg fahren wollte, sagte ihm, sie wolle ihren Körper selber tragen, und er verstand ihren Wunsch, zumindest sagte er das.

Das Neugeborene sah niemandem ähnlich, es war ein kleines, grimmig schauendes Bündel, das auf Lenas Brust lag und schnaubte, als Daniel sie mit dem Auto aus der Klinik abholen kam. Lena atmete ruhig im Gleichklang mit ihrem Kind und dachte daran, dass sie nicht ein einziges Schlaflied kannte, das sie ihm vorsingen konnte. Gut, dass der Vater über ein großes Repertoire verfügte, zwar nicht an Schlafliedern, aber an Melodien, Reimen und Anekdoten, nicht unbedingt säuglingsgeeignet, aber die Hauptsache war, dass er das Selbstbewusstsein besaß, der Kleinen alles zu erzählen und vorzusummen, ohne Unterlass, während Lena sich nicht vorstellen konnte, auch nur ein albernes Babygeräusch zu machen.

Daniel redete dem Kind unentwegt zu, kam manchmal ins Stottern, als versuchte er, zu viel gleichzeitig zu sagen, und als Edita noch längst nicht mehr konnte, als nach ihrem Essen zu schreien, die Windel zu füllen und den Rotz hochzuziehen, behauptete er schon, die Kleine habe »Papa« gesagt.

»Gekochtes Küken / Gedämpftes Küken / Ein Küken will auch am Leben sein! / Man fing es ein / verhaftete es / befahl ihm, Papiere vorzuzeigen.« Daniel imitierte mit seiner Stimme die Geige, die den Refrain begleitete. Lena sah ihren Mann mit dem Kind durch die Wohnung schaukeln und dachte, dass ihre Mutter sie jetzt sehen müsste, vermutlich war alles richtig an diesem Bild, vermutlich würde es Rita gefallen.

Schau mal, Mama, die beiden – das sind meine zwei. Ich bin jetzt so wie alle.

Der Großvater war angereist und stellte eine Waschmaschine der Firma *Maljutka* in den Flur.

»Papa, von welchem Geld denn?«, rief Lena aus. »Hast du die etwa im Nachtzug transportiert?«

»Deine Mutter hat mir einmal gesagt, eine automatische Waschmaschine war ihre beste Freundin in den ersten Jahren, als du klein warst. Die war damals noch nicht so weit entwickelt wie diese hier. Ich dachte … ich wünsche dir natürlich bessere Freundinnen als die hier, und als deine Mutter sie hatte, aber weißt du, Freunde sind so eine Sache, wenn du sie brauchst, brauchen sie sich oft selbst auch. Also … schaden kann sie nicht.« Er schlug mehrmals kurz auf das weiße Blechgehäuse. »Ich hätte sie schon zur Hochzeit mitgebracht, aber ihr habt mich ja nicht eingeladen. Ist wohl aus der Mode gekommen, mit den Eltern zu feiern. Na gut. Jetzt aber. Feiern wir?«

Seine Augen wirkten klebrig, wie voller Spucke. Die Haare, die unter der Schirmmütze hervorschauten, rochen ungewaschen, der Hals war stoppelig. Lena drückte ihn und bat ihn in die Küche. Daniel verteilte Kartoffelsalat mit Hering auf die Teller. Edita schlief noch, sie beschlossen, sie nicht mit ihren »Achs« und »Ochs« zu wecken. Erst mal essen.

»Roman Iljitsch, noch ein bisschen von der Roten Beete? Davon auch? Sitzen Sie mir bloß nicht auf dem Trockenen, ich schenk nochmal nach!«

Ihr Vater lächelte verlegen und sah über den gedeckten Tisch, als wüsste er nicht, was zu tun war. Er schob seine Mütze auf den Hinterkopf und dann wieder zurück in die Stirn, fuhr mit den Händen immer wieder über sein faltiges Gesicht, als wasche er es mit sandigen Fingern, dann atmete er heftig aus und fing an, Daniel von dem Wald bei Gorlowka zu erzählen, in dem er jedes Wochenende lange Spaziergänge unternahm, Vögeln beim Brüten zuschaute und im Laub wühlte, auf der Suche nach Pilzen. Er sagte, dass er gerne von den Pfaden abkam und verloren ging, »was man eigentlich nicht kann, man kann sich nicht im Wald verirren, man kann nur lange unsicher sein«.

Lena versuchte sich ihren Vater vorzustellen, wie er an einer Bushaltestelle saß mit einem Korb voller Pilze auf dem

Schoß. War er einer dieser Männer, die zerstreut auf Bänken saßen und vor sich hin redeten? Anscheinend war er dazu geworden.

»Ihr kommt mal vorbei«, sagte Roman Iljitsch ohne einen Zweifel in der Stimme, dass das so sein würde. »Und dann zeige ich euch die besten Wege zur Lichtung. Von da hat man eine Aussicht – meine Güte!«

»Weißt du, wie ähnlich ihr euch seht, du und dein Vater?«, flüsterte Daniel nachts im Bett, um den auf dem Sofa neben-an schlafenden Roman Iljitsch nicht zu wecken.

»Ja?«, fragte Lena. War das so? Sie konnte nicht einschla-fen.

»Die Krähenfüßchen um die Augen, und überhaupt, wie eure Augen ins Gesicht geschnitten sind. Ihr lächelt auch ähnlich, nur mit der einen Seite des Gesichts. Hat dir das noch nie jemand gesagt?«

Daniels Mutter kam nicht oft, einmal in zwei Wochen höchs-tens, Daniel rief am Wochenende an und fragte nach Re-zepten. Er verbrachte gerne Zeit in der Küche, erkundigte sich, was »seine Mädchen« mögen, auch wenn das Kind sich noch ausschließlich von Muttermilch ernährte. Aber das war für Daniel kein Argument, schließlich kam die Milch aus jenem Körper, den er bereit war jedes Wochenende zu bekochen.

»Meine Mutter sagt, ich bin zu dumm für Gefillte Fisch, also mache ich euch Quarktaschen!«, rief Daniel gutgelaunt vom Herd aus und pfiff fortwährend Melodien aus alten sow-jetischen Filmen, die nur noch an Feiertagen im Fernsehen gezeigt wurden.

Edita schlief viel und machte nur auf sich aufmerksam, wenn sie hungrig war, das machte Lena Sorgen, sie war ein viel zu stilles Kind, viel zu genügsam. Unter ihrer Haut zeichneten sich die violetten Adern an den Schläfen und am flachgedrückten Hinterkopf ab, auf dem schwarze, seidige Büschel wuchsen.

»Sie wirkt so dunkel«, beanstandete Daniels Mutter bei einem ihrer Besuche, »wahrscheinlich wird sie aussehen wie mein Vater Jascha, Gott bewahre, der war die Karikatur eines Yid.«

Was die Freundinnen anging, hatte Lenas Vater unrecht gehabt, Inna hatte seit Editas Geburt regelmäßig angerufen, stand oft unangekündigt mit Geschenken vor der Wohnungstür und verteilte Spielzeug im Gitterbettchen und auf der Kommode, als würde sie die Wohnung neu ausstatten wollen. Sie massierte Lena die vom Stillen schmerzenden Brüste, redete ihr gut zu, behandelte die wunden Stellen mit Salbe und wies Lena an, zur Kühlung Kohlblätter in den Büstenhalter zu legen. Lena schaute ihr zu, wie sie sich besorgt über den Säugling beugte, wie sie ihre Stimme nicht unter Kontrolle hatte und stets zu laut oder zu leise ihre Empfehlungen aussprach, offenbar machte sie sich wirklich Sorgen, und vielleicht hieß das zu lieben.

Der Sommer kroch immer tiefer in die Wohnung, im schwülsten Monat lief Edita blau an. Jede Stelle ihres Körpers schien wund, ihre Haut wirkte durchsichtig, man konnte sie nicht hinlegen, ohne dass sie verzweifelt schrie, nur auf den Armen schaukeln. Sie schnappte nach Luft und röchelte, hustete, und Lena wusste nicht, wie sie das Kind berühren und trösten sollte, ohne ihm Schmerzen zuzufügen. Inna ließ nicht locker, man müsse mit ihm ins Krankenhaus, von der bloßen mütterlichen Fürsorge würde das nicht wieder werden. Nach einer durchwachten Nacht packte Daniel Lena und die Kleine ins Auto und raste mit ihnen in die Klinik.

Dort nahm man Lena das Bündel ab, untersuchte das Kind mit routinierten Handgriffen und erklärte Lena, dass die angeschwollenen Schleimhäute die Atemwege verengten, man müsse rasch handeln und sie müsse jetzt gehen. Lena riss hektisch am Verschluss ihrer Handtasche und zog den Umschlag mit Bargeld hervor, den sie beim überstürzten Aufbruch ohne Absprache mit Daniel aus der Schublade der Anrichte genommen hatte. Sie reichte das Geld der Ärztin.

»Ich bleibe bei meiner Tochter hier auf der Station.«

Die Frau im weißen Kittel starrte ihr eine Weile ins Gesicht, dann steckte sie das Kuvert ein, ohne hineinzusehen. Lena wusste nicht, wie ihre Haare lagen oder ob ihr Make-up verwischt war, es war zu heiß, um mehr als eine leichte Bluse und einen Rock zu tragen, aber sie hatte sich vorgenommen, nicht wie eine Bittstellerin auszusehen, sondern wie eine, die man nicht wegschicken konnte. Das ganze Land hatte sich schnell darauf verständigt, dass teure Kleidung bedeutete: »Leg dich nicht mit mir an!« Also trug sie einen extravaganten Hosenanzug. Lena schwitzte, ihr Kopf pochte wie ein Muskel. Die Wangen der Ärztin waren so hohl, dass sie sich im Mundraum zu berühren schienen. Eine sehr schlanke, hochgewachsene Person stand vor ihr, und Lena musste aufschauen, um ihr in die Augen zu blicken. Auf keinen Fall wollte sie wie ein Frosch, der am Boden klebt, nach oben linsen, also sprach sie zum Collier auf dem Schwanenhals vor ihr.

»Sie und ich wissen, dass diese Infektion tödlich verlaufen kann, wenn die Luftröhre zuschwillt. Und es besteht die Gefahr, dass sie sich verschluckt, wenn sie liegt. Man muss sie senkrecht halten, das werden die Krankenschwestern hier nicht machen. Lassen Sie mich hierbleiben, ich werde sie auf den Armen tragen, solange das nötig ist.«

Die Antwort fiel berechenbar aus: »Es gibt hier keine Betten für Mütter.«

Aber sie hatte den dicken Briefumschlag eingesteckt.

Lena redete sich zu, nicht Oksana Tadejewna vor sich zu haben. Sie sah ihren Vater all die Abende in den Hörer schweigen, während eine Stimme am anderen Ende mehr und mehr Geld für die Behandlung der Mutter verlangte, die letztlich nie erfolgt war. Bevor sie Luft holen konnte für eine Aneinanderreihung medizinischer Fachbegriffe, die ihr die nötige Autorität verschaffen würden, wies die dürre Frau vor ihr mit der Hand ins Patientenzimmer. Es war mit Säuglingsbetten zugestellt, eines war frei. Daneben stand ein Stuhl.

»Sie können bei Ihrem Kind bleiben. Mehr kann ich Ihnen im Moment nicht anbieten.«

Lena legte Edita in das Bettchen, warf das Jackett ab, nahm sie wieder hoch und setzte sich mit ihr auf den Stuhl, und es fühlte sich an, als würde sie in dieser Stellung für Tage verharren. Die Zeit setzte aus, alles, was sie sah, war Editas bleiches, fiebriges Gesicht und die Infusionsnadel, die in einer Vene am Schädel steckte. Edita stemmte im Krampf die weichen Fäuste gegen ihr Kinn. Lena drehte mit ihr Runden durch das Zimmer, schaukelte die Kleine hin und her und entschied sich, nicht zu den anderen Säuglingen zu schauen, deren Mütter sich beim Warten in den Gängen und an der Anmeldestation die Arme blutig kratzten.

Als man irgendwann ein Feldbett für sie hereinschob, fiel Lena auf die schmale Liege, eine summende Müdigkeit machte sich in ihr breit. Das fette, haarige Tier robbte wieder von einer Schläfe zur anderen. Kurz musste sie eingeschlafen sein, dann weckte sie der Gestank des Desinfektionsmittels, das Piepen der Maschinen, das Geschrei des Kindes – ihre Zunge pappte am Gaumen, als esse sie faulende Äpfel.

Am Abend des nächsten Tages ging sie kurz hinaus, um Daniel vor dem Krankenhaus auf der Straße zu treffen. Die Luft kühlte auch in der Dämmerung nicht ab, Daniel sah zerzaust aus. Die Kollegen in seiner Abteilung hatten ihn früher gehen lassen, so dass er das Konfekt für die Schwestern hatte besorgen können. »Kiew-Torte, bring morgen Kiew-Torte«, stammelte Lena, als sie ihm die Tüte mit den Süßigkeiten abnahm. »Und für die Ärztinnen Bares, ich glaube, ich brauche mehr.« Er müsste den als Geldanlage neuangeschafften Schmuck wieder verkaufen, stotterte Daniel, das könnte ein paar Tage dauern. »Leih was. Leih was von Inna. Ruf deine Mutter an.«

Sie sah in sein von Schlaflosigkeit gezeichnetes Gesicht und überlegte, ob sie ihm beichten sollte, dass sie das Unglück über sie alle gebracht hatte, sie war schuld daran, dass Edita womöglich starb, und daran, dass er sein Leben vergeudete, weil er sich in die Falsche verliebt hatte. Sie dachte nicht an ihn, wenn er nicht da war, keinen Augenblick. Wenn sie nicht gerade versuchte, Edils Gesicht zu vertreiben, suchte sie nach Worten, um ihrer Mutter zu erklären, was geschah, und beides gelang nicht. Sie wollte beten, das ging noch weniger.

Als Editas Haut nach einigen Tagen langsam anfing, ihre Kleehonigfarbe wiederzuerlangen, kam die behandelnde Ärztin ins Zimmer, schloss die Tür hinter sich, und erst da fiel Lena auf, dass sie immer offen gestanden hatte. Die Ärztin fasste sich kurz, sie riet Lena, ihr Kind zu nehmen und zu verschwinden. Es kursiere gerade ein weiterer viraler Infekt, zwei Säuglinge im Nebenraum seien schon daran erkrankt, und sollte sich Edita auch damit anstecken, würde sie das vielleicht nicht überleben. »Glauben Sie mir, sie wird zu Hause eher gesund als hier. Sie hat Pseudokrupp fast überstanden, nur noch ein bisschen, und sie ist über dem Berg.

Wenn Sie wollen, dass sie am Leben bleibt, dann packen Sie Ihre Sachen.« Die Stelle zwischen den Schlüsselbeinen, an der heute das Collier fehlte, war schuppig. Die hohlen Wangen wirkten wie mit Schmirgelpapier bearbeitet.

Daniel holte sie ab. Er trug das Kind, Lena folgte den beiden, sie war immer noch im Hosenanzug, mit dem sie gekommen war, sie fühlte sich wie ein ausgewrungener Lappen. Noch tagelang schaukelten die beiden die Kleine durch die Wohnung, lauschten auf ihren Atem, inspizierten ihren Rücken, ratlos darüber, wohin sie gehen sollten, wenn es einen Rückfall gäbe. Lena sah Edita an, irgendwann schaute Edita zurück und schien sie klar zu erkennen.

Als Lena Anfang des neuen Jahres wieder auf ihre Station in der Klinik zurückkehrte, stellte sie fest, dass drei Ärzte gekündigt hatten, »emigriert«, hieß es, »Juden, weißt du«. Sie nahm es zur Kenntnis, sie würde die Kollegen nicht vermissen, aber als sie abends beim Essen beiläufig Daniel davon erzählte, war er sofort bei der Sache, als hätte er nur auf die passende Gelegenheit gewartet, das Thema Auswanderung anzusprechen. Er kannte alle nötigen Schritte, alle Einzelheiten, wusste sogar, wie gut sie es dann im Ausland haben würden. Lena wollte davon nichts hören.

»Wir hätten beinahe unser Kind verloren«, war schließlich sein Argument.

»Und das heißt was? Im Westen ist alles besser?«

Sie gerieten in Streit, und Lena beendete das Gespräch damit, dass sie eine Stellung, wie sie sie jetzt innehatte, nirgendwo anders bekommen würde, und da sie die Besserverdienende sei und sie alle in ihrer Wohnung wohnten, habe sie darüber zu entscheiden. Punkt. Daniel schwieg, aber Lena wurde bald klar, dass er sich nicht so schnell geschlagen geben würde. Immer öfter erzählte er beim Abendessen von Bekannten oder Kollegen, die nach Deutschland gegangen waren und Berlin für den besten Ort der Welt hielten. Lena fand das naiv und lächerlich.

»Bei uns brennt doch alles!«, rief Daniel aus.

»Bei mir nicht.« Lena erklärte die Diskussion für beendet.

Im Winter sahen sie sich den Fantasy-Film *Fenster nach Paris* im Kino an, von dem gerade alle im Land sprachen. Ein verarmter Musiklehrer entdeckt bei sich in der Stube seiner Petersburger Kommunalwohnung ein Fenster, durch das er klettert und sich vor dem Montmartre in der Pariser Innenstadt wiederfindet. Er wandert durch die französische Metropole, musiziert, verliebt sich. Besonders viele Lacher gab es im Saal bei der Szene, als der Protagonist mit clownesk abstehenden Haaren auf einen russischen Freund trifft, der in den Westen ausgewandert ist. Der trägt bereits einen nach europäischer Fasson geschnittenen Nadelstreifenanzug und eine schicke Sonnenbrille und erzählt unentwegt davon, dass er sein neu gewonnenes Leben – er habe alles: einen angesehenen Beruf, Familie, Haus, Auto, sogar in Urlaub auf Hawaii sei er schon gewesen – im Nu aufgeben würde, wenn man ihn nur in seine sowjetische Vergangenheit reisen ließe, wo er als Habenichts »mit nacktem Arsch« in seinem Studentenwohnheim gesessen und wirklich große Ideen gehabt hatte. Sein Musikerfreund verspricht ihm, ihn in seinen Traum von Heimat zurückzubefördern, verbindet ihm mit seinem azurblauen Seidenschal die Augen und führt ihn durch das Fenster der Kommunalwohnung zurück nach St. Petersburg. Der blind geführte Nostalgiker muss immer wieder hysterisch lachen: »Sag mal, warum stinkt mein Traum nach Pisse, bringst du mich in ein Scheißhaus?« Als der Held des Films ihm vor einem Lenindenkmal mitten auf einem

Boulevard die Augenbinde abnimmt, ihm auf die Schulter klopft und »Viel Glück!« wünscht, verliert der Freund die Nerven, heult auf wie ein Tier und rennt dem davonfahrenden Taxi hinterher, in dem der verarmte Musiker sitzt und zufrieden lächelt.

Daniel konnte nicht aufhören zu lachen, die Freunde, mit denen sie gemeinsam ins Kino gegangen waren, schüttelte es auch. Lena wandte empört ein, es könne doch nicht sein, dass »da drüben« das Paradies sei, in dem sich Französinnen ihre glattrasierten Beine in offen stehenden Fenstern eincremten und sie hier allesamt in einem Scheißhaus lebten, das nach Pisse stank. Aber es war sinnlos, sie glaubte sich ihre Widerworte selber nicht. Es hatte sich die eine Definition für *Sowok* längst durchgesetzt: ein Kehrblech für all den Abfall der Geschichte.

In den letzten Apriltagen drängte sich eine Frau in ihr Behandlungszimmer, die nach feuchtem Humus roch, eine wie sie hatte Lena schon lange nicht mehr gesehen, das letzte Mal vielleicht auf der Beerdigung in Sotschi. Sie schien älter zu sein als ein Jahrhundert, hatte einen Strauß blühenden Flieder dabei, dessen Duft sich mit ihrem Schweißgeruch vermengte, und schleifte einen Jutebeutel über den Boden, der Lena an den leeren Haselnusssack denken ließ, den ihre Großmutter in ihren Träumen wie einen defekten Fallschirm hinter sich herzog.

Ihre Sprechstundenhilfe stand betreten in der Tür und sagte, sie habe die Oma nicht aufzuhalten vermocht, Lena schickte sie mit einem Kopfnicken hinaus und bot der Frau einen Stuhl an, aber sie wollte sich nicht setzen. Sie richtete ihr Kopftuch, legte die mitgebrachten Geschenke auf den Tisch, ein feuchter Lappen war um den Anschnitt der Fliederzweige gewickelt. Sie knetete ihre Hände, schaute Lena direkt ins Gesicht und sagte, man habe ihr prophezeit, nur Lena könne sie retten. Sie war schon bei einem anderen Arzt, der meinte, ihre Erkrankung sei ernst, aber er könne ihr nicht helfen, er habe nicht die richtigen Medikamente, und sie habe eine Urenkelin zu Hause zu versorgen, die keine Arbeit findet und keine Eltern hat, und um eine Behandlung zu bezahlen, fehle ihr das Geld. Der andere Arzt habe gesagt, sie hätte den Wolf im Körper und der hätte sich an ihrer Lunge festgebissen. Sie könne immer schwerer atmen, bekomme kaum noch Luft.

»Tochter, schicken Sie mich nicht weg. Es ist die Strafe des Allmächtigen, ich weiß es, ich verdiene sie. Aber er ließ mich auch zu Ihnen, sonst wäre ich nicht so weit gekommen. Ich habe ihm gesagt: Richte über mich, aber wenn ich es zu der Ärztin schaffe, von der es heißt, sie habe die richtige Medizin für alle Krankheiten, dann heile mich. Ich erzähle ihr auch alles. Nun müssen Sie mich ausreden lassen, nehmen Sie mir die Beichte ab, vielleicht geht die Krankheit dann von allein wieder weg, und ich kann wieder atmen, vielleicht brauche ich Ihre teuren Medikamente dann gar nicht. Einem Popen kann ich das nicht erzählen, der verflucht mich. Der Pope hat doch selbst mitgemacht.«

Die Alte hatte keine roten Flecken im Gesicht, es glänzte matt wie eine mit schwarzem Tee getränkte Mullbinde, in der eigelbe Augen steckten, aber ihre Stimme war heiser und unter dem Rasseln des Atems nur schwer zu verstehen. Lena dachte daran, dass ein Mensch nicht alt werden sollte, zumindest nicht hier, zumindest nicht in diesen Zeiten, in denen dir alle dabei zuschauen, wie du verreckst, und nichts dabei empfinden.

»Sie werden von der Zeit nichts wissen, aber Ihre Großmutter und Ihr Großvater schon, fragen Sie sie, sie werden sich erinnern, und Sie werden es in ihren Gesichtern sehen. Damals, als die Russen beschlossen haben, uns Ukrainer auszuhungern, und die Bauern ihre Obstbäume fällten, dann das Vieh schlachteten, dann das Getreide nach Moskau schickten. Alles ging nach Moskau. Alles Leben verschwand, die Felder waren leer, nur Ausgucktürme standen auf den brachen Flächen, von denen aus die Kinder ihre eigenen Eltern überwachen sollten. Melden sollten sie es, wenn die Mutter das Korn unters Kissen packte. Ich wurde auch auf so einen Turm hochgeschickt, aber ich sagte nichts, meine Eltern verschwanden trotzdem.

Ich versteckte mich in Kirchen, habe aus der Dorfkapelle Ikonen gestohlen und sie bei den Städtern gegen Essen eingetauscht. Da war eine feine Dame, die ihre Handschuhe nie auszog, wenn sie mir das Brot reichte, die wollte erst die Stickereien von den Altären, dann das Kreuz, dann die Bilder an den Wänden. Habe ich ihr alles gebracht, was hätte ich machen sollen. Aber die Wände der Kirchen waren irgendwann leergeräumt.

Als sie mich fanden, konnte ich nicht gehen vor Hunger, die haben mich an den Armen und Beinen gepackt und wie ein ausgerissenes Kraut in die Kasernen geworfen, wo Kinder wie ich eingepfercht wurden. Die rissen sich gegenseitig das Fleisch von den Knochen, einschlafen durfte man nicht. Ich weiß nicht mehr, wie ich da rauskam, aber sehen Sie, Ärztin, ich lebe.«

Die Sonne ging unter, im Behandlungszimmer wurde es langsam dunkel. Hinten im Raum konnte Lena die Umrisse eines Fauns ausmachen. Er war menschengroß, hielt mit verdrehtem Oberkörper seine Flöte an die Lippen und starrte zu ihr und der Alten herüber, seine behuften, mit Fell überzogenen Beine gespreizt. Lena sah sich selbst, wie sie auf allen vieren im Schnee auf dem Balkon der Wohnung in Gorlow-ka herumkriecht und versucht, alle Scherben und Splitter der zerschmetterten Faun-Figur aufzusammeln, damit auch nichts von ihr übrig bleibt und sich für immer in den Läufer bohrt oder unter die Haut.

»Irgendwie haben wir überlebt, immer und immer wieder. Und vergessen haben wir auch, oder zumindest hat keiner geredet. Nur einmal überkam es meine Nachbarin im Dorf. Ich war schon Mutter, da hat eine Alte angefangen, das Lied von Solowki zu singen, ›Solowki, Solowki, wie lang ist der Weg. Das Herz kann nicht schlagen …‹ Plötzlich hörte ich es überall. Es kam aus dem Boden, aus den Wänden, war in meinen Träumen. Ich bin dann zu der Nachbarin hin, habe mich neben sie gesetzt und gewartet. Sie hat gesungen und gesungen und zwischendurch erzählt. Von der Strafkolonie. Die haben sie mit Zügen abtransportiert, dieses Lied hat sie aus dem Waggon. Sie musste da Gräber im Wald ausheben, die Russen warfen die Halbtoten in die Gruben hinein. Die Alte hat angefangen zu erzählen und nicht mehr aufgehört, und dann hat sie wieder gesungen und ich … ich habe das alles nicht gemacht. Ich habe nur die Ikonen genommen, aber ich habe niemanden gemeldet, ich habe keine Gräber gebuddelt, niemandem das Fleisch von den Knochen genagt. Der Allmächtige zürnt mir trotzdem, ich kann nicht mehr atmen, meine Lunge verbrennt, wenn Sie mich nicht behandeln. Schicken Sie mich nicht weg, Ärztin, ich habe nichts, womit ich Sie bezahlen kann außer dem, was in meinem Garten wächst. Es ist Frühling, da gibt es noch nicht viel, aber bald kommt allerhand, das kann ich Ihnen bringen … Schicken Sie mich nicht weg. Ich habe doch nicht all das überlebt, um so vor die Hunde zu gehen. Julitschka hat niemanden außer mir und – Sehen Sie doch …«

Die Frau wollte ihren Jutesack ausleeren, Lena stolperte um den Tisch herum, fasste sie an den Schultern und drückte sie auf den Stuhl. Dann hockte sie sich vor ihr auf den Boden, streichelte ihre Hände, immer wieder, immer wieder, holte Luft, um etwas zu sagen, aber es kam kein Ton.

Sie blieb länger im Büro und verabschiedete ihre Arzthelferin mit ein paar knappen Sätzen. Nachdem die alte Frau aus dem Raum war, hatte sie das Fenster aufgerissen und seitdem offen stehen lassen, draußen wehten Böen durch die Straßen und pfiffen an den Häuserkanten entlang, ihr brannten die Ohren, als sie gegen den Rahmen gelehnt da stand und in das mit gelben Vierecken durchsetzte Dunkel schaute. Sie schämte sich, dass sie die alte Frau so schnell wie möglich aus ihrem Behandlungsraum hatte hinaushaben wollte. Sie hatte ihr versprochen, alles zu tun, was nötig war, Medikamente, Untersuchungen, alles ohne Bezahlung, natürlich, auch wenn sie wusste, dass es längst zu spät war, aber das hatte sie der Alten nicht gesagt. Den Fliederstrauß hatte sie der Arzthelferin mitgegeben.

Die Luft stand noch immer im Behandlungsraum, wie ausgegossene Gouachefarbe im Kegellicht ihrer Tischlampe. Sie setzte sich an den Schreibtisch, spielte mit dem Lichtschalter, an und aus, an und aus, an und aus, dann rief sie Edil an. Und zu ihrer Überraschung ging er ans Telefon.

»Heute hat deine Tochter ihren ersten Geburtstag«, erwiderte sie auf seine unbeteiligte Nachfrage, wie es ihr gehe.

»Und warum rufst du an?«, fragte er immer noch teilnahmslos, als verrichtete er gleichzeitig zum Gespräch eine wichtige Arbeit.

Sie wünschte sich nichts mehr, als seine Stimme hassen zu können, stattdessen stieg ihr sein Geruch wieder in die Nase, nach dem sie zwischen seinen Schulterblättern gesucht hatte, bis sie beide taub waren vor Glück.

»Was würdest du sagen, wenn ich auswandere?«

Lena wusste selbst nicht, was sie erwartete. Sie verbat sich die Fantasie, dass er losheulen und sie aufzuhalten versuchen würde; dass er auf seinem Vaterrecht bestehen würde; dass er sie anflehte, nicht zu gehen, und ihr seine Gefühle beteuerte; dass er etwas sagte wie: »Wenn die Umstände nicht wären, wie sie sind, dann …«; wie er darüber wütend wurde, dass sie seine Tochter entführte. Natürlich würde das alles nicht passieren. Aber zumindest ein kurzes, überraschtes Innehalten wäre schön gewesen. Ein paar Augenblicke, in denen sie nur seinen Atem hörte und in die sie irgendeine Form von Schmerz hätte hineindenken können, vielleicht seine Verblüffung imaginieren, einen Streit herbeireden, in dem sie sich dann alles sagten, was es zu sagen gab.

Aber Edil reagierte sofort: »Ich helfe dir. Was brauchst du?«

Und um nicht wie der letzte Idiot in den Hörer zu schluchzen, sagte Lena ebenso schnell: »Ich brauche einen Käufer für meine Wohnung. Ich will alles zurücklassen, die Möbel auch.«

Und das war's.

Die Dunkelheit rieb rau auf der Haut, als sie sich auf den Weg nach Hause machte. Dnepropetrowsk war ihre Stadt geworden, aber sie war noch nie so lange allein spät am Abend durch die Straßen gelaufen. Das Scheinwerferlicht der über brüchiges Pflaster fahrenden Autos huschte durchs Gebüsch wie jagende Katzen, auf den Bürgersteigen lagen Betrunkene, eine Bushaltestelle war demoliert. Sie trat in einen See aus Glassplitter und dachte an die Szene aus *Fenster nach Paris*, in der die Heldin, eine Französin, die versehentlich durch das Fenster gesprungen und in St. Petersburg gelandet war, nur mit einem Bademantel bekleidet und mit einem Handtuch um die nassen Haare durch die nächtliche Stadt irrt. Vor ihr nimmt sie eine Männersilhouette wahr. Nach einer Weile hält der Passant vor einer Telefonzelle an, geht ein paar Schritte auf sie zu, tritt alle Scheiben ein, reißt mit bloßen Händen den Apparat von der Wand, schmettert ihn auf den Asphalt, zerlegt den Metallrahmen des Büdchens in Einzelteile, springt mit beiden Beinen auf den Trümmern der völlig demolierten Zelle herum und geht daraufhin weiter, die Hände in den Hosentaschen, in demselben gemächlichen Tempo und im selben schlendernden Gang.

Lena überlegte, doch noch ein Taxi anzuhalten, hatte aber keine Lust, mit irgendjemandem zu sprechen, nicht mit dem Fahrer, nicht mit Daniel. Edita hatte heute Geburtstag, er hatte mit Sicherheit einen Kuchen gebacken und ihr etwas vorgesungen. Das Geburtstagslied für ihr Kind summte sie zur Beruhigung vor sich hin, bis sie zu Hause war. *Ganz durchnässt wie ein Pudel / strömt das Volk wie im Rudel / über Wege, Asphalt und Gestein. / Doch ihm bleibt ganz verborgen / unter all seinen Sorgen, / dass ich heute so fröhlich erschein'.*

Daniel eilte ihr entgegen, als sie still und blass im Türrahmen stand, und fragte, was mit ihr sei, wo sie so lange gewesen sei, warum sie so spät komme, er habe sich Sorgen gemacht, und sie sagte, sie habe nachgedacht. »Wir können die Papiere einreichen.«

Schlimmer als das Gespräch mit der Schwiegermutter, deren Lippen immer schmaler wurden, als sie von der geplanten Ausreise erfuhr, schlimmer als die Behördengänge, die nötig waren, um an die richtigen Dokumente zu kommen – sie waren bereit, Bares in die Unterlagen zu legen, um den Vorgang zu beschleunigen –, schlimmer als der Anruf bei ihrem Vater, der nur leise atmete am anderen Ende des Telefons, bis Lena ihm verzweifelt anbot, doch mit ihnen zu kommen – »Was soll ich euch dort zur Last fallen, nein, kommt nur ab und zu mit der Kleinen zu Besuch, dass ich sehen kann, wie sie wächst. Machst du das?« –, schlimmer als die mal neidischen, mal abschätzigen Blicke der Kolleginnen und Kollegen in der Klinik, Innas gleichgültiges Schulterzucken, das Abwägen, welche Kleidung man mitnehmen sollte, um nicht wie ein Dorftrottel aus der Taiga auszusehen, welche Bücher noch sinnvoll wären *drüben*, ob man wirklich alle Möbel zurücklassen und die Fotos in Schuhkartons verstauen sollte, um sie sich dann nachschicken zu lassen, oder gingen sie dann verloren? Schlimmer als das alles war, dass sich Edil tatsächlich einige Wochen nach ihrem Telefonat bei Lena meldete und verkündete, er habe womöglich einen Käufer für ihre Wohnung gefunden, ein Geschäftspartner wolle sie sich gerne anschauen, seine Beschreibung der Räume habe ihn neugierig gemacht.

Wir waren doch immer nur im Schlafzimmer, hätte Lena beinahe in den Hörer gewitzelt, schluckte es aber hinunter.

»Wann ist es denn so weit, könnt ihr das schon sagen?«

»Wir können jetzt alles vertraglich vereinbaren, aber frei wird die Wohnung ungefähr in einem Jahr, vielleicht dauert es auch ein bisschen länger, das weiß ich nicht. Das kann keiner so genau sagen.«

Sie wollte ihn bitten, sich mit ihr vor der vereinbarten Besichtigung wenigstens einmal zu zweit zu treffen, damit sie sich nach allem, was war, nicht nur zum Geschäftlichen sahen und danach nie mehr, aber es war keine Zeit für ein Melodram, so etwas gab es nur im Film, und selbst dort hatte sich alles geändert. Fantasy kam aus der Mode, und sowjetische Liebesschmonzetten machten einem neuen Realismus Platz. Die Straßen waren zuplakatiert mit Filmpostern, auf denen Männer in gefütterten Jacken den Passanten kampflustig ihre demolierten Gesichter zudrehten.

Edils Freunde gingen durch die Wohnung mit auf dem Rücken verschränkten Armen, begutachteten den nicht mehr frischen Anstrich der Wände, beanstandeten die Mängel im Bad, und Lena war so übel wie damals im Zug nach Sotschi, als sie zur Beerdigung ihrer Großmutter fuhr, nur war sie sich dieses Mal sicher, dass es nicht die Schwangerschaftshormone waren, die ihr den Magen umdrehten. Es waren Edils unbeteiligte Gesten. Zur Begrüßung hatte er ihr die Hand geschüttelt, Daniel stand daneben, Edita schlief in ihrem Bettchen, es war Nachmittag. Das durch die Tüllgardinen hereinbrechende Licht schien ihm ins Gesicht, er musste immer wieder leicht die Augen zukneifen, die Helligkeitsunterschiede zwischen Flur und den beiden Zimmern ließen Lena an überstürzte Sonnenuntergänge denken – sein Gesicht bei Tag, sein Gesicht bei Nacht. Er hatte sich kaum verändert, wovon auch, es war nicht lange her, was waren schon anderthalb Jahre: das Leben ihrer Tochter und ihr eigenes, das seither aus einer Folge von Schiffbrüchen bestand. Es war vor ihrer Abreise nach Sotschi gewesen, als sie sich zum letzten Mal gesehen hatten, Lena hatte noch nichts vom Tod der Großmutter gewusst; sie und Edil lagen angekleidet auf ihrem Bett, berührten sich nur an den äußeren Kanten ihrer Hände, als Edil plötzlich davon anfing, dass die Verstorbenen einen nie ganz verlassen – ihre Seelen würden stets mit einem weiterwandern und einen beschützen oder verfluchen, je nachdem, je nach Liebesmaß oder Vergehen. Und Lena widersprach, denn wenn es stimmte, dann hatte sich ihre

Mutter im Labyrinth der Seelen verirrt, seit ihrem Tod hatte sie Lena nicht besucht, weder tadelnd noch als ein Schutzwesen. Lena redete mit Rita unentwegt, aber nie bekam sie eine Antwort.

In der Nacht nach der Wohnungsbesichtigung dachte Lena an dieses letzte Gespräch mit Edil, schlich ins Nebenzimmer, während Daniel und Edita schliefen, und versuchte sich das Muster der Tapete ihrer Kindheit in Erinnerung zu rufen, vor der sie schmollend abgestellt worden war, weil sie das Leningrader Porzellan zerbrochen hatte.

Sie suchte in der schlichten Raufaser die schwarzen Stängel der Blumen, die sich in der Wohnung der Eltern in Gorlowka vom Boden bis hoch zur Decke rankten. Zur Ecke gewandt, in die ihre Mutter sie damals am Ohr gezerrt hatte, sprach sie zum Stein, sprach sie zum Mörtel und zur dünnen, mit klumpigem Kleister angebrachten Haut der Wände, ohne auf ein Echo zu warten, auf Antworten. Sie flüsterte ihrer Mutter zu, sprach in die Kühle der Ecken hinein, und die farblose Tapete schluckte jede Silbe.

Während sie die Mäntel an der Garderobe des Restaurants ablegten, hielt Inna ihr das Handgelenk mit einer teuer aussehenden Armbanduhr vor die Nase, ein Geschenk des *Businessman*, mit dem sie sich seit einiger Zeit traf. »Wenn du heute einen Mann kennenlernen willst, der nicht säuft wie ein Loch, sich Heroin spritzt oder anderen Männern für Geld eine aufs Maul haut, musst du eigentlich auswandern, aber ich – ich habe Glück gehabt!« Das Gehäuse hatte die Farbe von Roséwein, Edelsteine säumten das Zifferblatt. Während Lena auf die Zeiger starrte, fragte sie sich, wann sie angefangen hatte, das Gefühl für Zeit zu verlieren und auch dafür, wo sie sich gerade befand. War sie noch hier? Wo war das – hier? Wahrscheinlich seit den Tagen im Krankenhaus mit Edita, als das Einzige, was sie hörte, das Röcheln ihres Kindes war, das gierig versuchte, durch den entzündeten und geschwollenen Rachen Luft einzusaugen. Seitdem wachte sie jeden Tag mit dem Gefühl einer Kränkung auf und dem Unverständnis dafür, dass ihre Lider morgens aufsprangen und abends wieder zufielen; die Tage, die nach nichts schmeckten, hörten nicht auf. Das sie verfolgende *Das war's* verformte sich, wuchs sich aus zu einem nicht weniger erbarmungslosen *Das ist es jetzt*.

»Wir kommen euch besuchen!«, verkündete Inna, als sie Platz nahmen. Seit neuestem sprach sie, wenn sie von der Zukunft sprach, in der ersten Person Plural, und Lena beschloss, das als ein gutes Zeichen zu nehmen.

»Kommt gerne. Wir müssen uns nur einleben.«

»Ja, zuerst wird's Hölle, aber dann …«

Lena hatte Lust auf Nostalgie und bestellte Cognac, den sie sonst nie trank, überhaupt hatte sie, seit Edita auf der Welt war, Alkohol kaum mehr angerührt. Inna orderte dazu Champagner, und als sie den filigranen Stiel des Glases mit drei Fingern anhob, sagte sie eilig: »Lass uns heute auf nichts anstoßen. Keine Trinksprüche, keine Reden. Wir sprechen nicht darüber, dass ihr nächste Woche ausreist, und zum Abschied sagen wir einfach: bis morgen. Ich will keine großen Szenen.«

Lena betrachtete das schmale Gesicht ihrer Freundin, die kurze Nase, ihre blonden Haare, die sie mittlerweile in Wellen legte und heller färbte. Sie redete immer wieder davon, sich im Ausland die hervorstehenden Zähne korrigieren zu lassen, vielleicht in der Türkei. Und ihr Businessman könnte sich dort dann gleich um seine Haartransplantation kümmern; man laufe eine Weile mit einer blutigen Maserung auf der Platte herum, als hätte einem ein Schwarm Mücken eine Tätowierung verpasst, aber dann, schon nach kurzer Zeit, wüchse einem eine Haarpracht wie den Stars in Hollywood.

Lena hörte den euphorischen Berichten ihrer Freundin zu und verstand, dass Inna nicht fragen würde, ob sie vorhätte, wiederzukommen, wenn es unerwartete Probleme gäbe *drüben*; sie würde nicht fragen, ob die Stadt, in der sie in einem Heim für Emigranten untergebracht sein würden, bereits feststand; sie würde nicht fragen, ob Lena vorhatte, in Deutschland ihre Prüfungen noch einmal abzulegen, um wieder als Ärztin arbeiten zu können; ob sie die fremde Sprache schon lernte; ob sie überlege, alles hinzuschmeißen im letzten Augenblick und wegzulaufen.

»Weißt du noch, damals, im Studentenwohnheim, als ich Oleg ins Zimmer schmuggelte und ihn unter der Bettdecke versteckte? Wir waren verrückt damals.«

Lena wusste noch, natürlich.

»Was war das für ein Arschloch! Ich habe das Gefühl, alle Männer, die mir in meinem Leben die Knochen gebrochen haben, haben mich zu dem Mann geführt, mit dem ich heute zusammen bin. Alles hat sich gelohnt, jeder Schritt war richtig. Mein ganzes Leben bestand aus Liebesangeboten und Zurückweisungen. Aber irgendwann hat man dann Glück.«

Lena hatte Innas neuen Geliebten nur einmal gesehen, er schien kein schlechter Mensch zu sein, die Maske eines Scheusals verdankte er dem Alkohol, der auf die Lider drückte, aber er war sehr höflich gewesen, und Lena hoffte, dass er nicht war wie die anderen, die Inna Versprechungen gemacht und sich dann als verheiratet erwiesen hatten; oder sie hatten gleich erzählt, dass sie liiert waren und dass sie ihre Ehefrau verlassen wollten, allerdings nur so lange, bis sie sich langweilten, dann zogen sie weiter. Inna überschüttete sie am Telefon mit Flüchen, die Lena nur zum Teil kannte – ein neuer Jargon hatte sich breitgemacht, der aus Vulgaritäten bestand, die Lena nicht alle gleich einleuchteten, aber unmissverständlich waren sie trotzdem – »diese Hurenböcke sollen aufhören zu basaren und sich und ihre Mütter …«, tobte Inna und schaffte es am Ende doch immer, sich selbst die Schuld für das Desaster zu geben.

»Du weißt ja, meine Mutter ist früh gestorben, die konnte mir nicht erklären, wie man einen tollen Typen wie meinen Vater findet. Stattdessen sah ich die ganze Zeit meiner Tante zu, die für die Männer, mit denen sie lebte, immer nur eine kostenlose Putzfrau war. Sie glaubte, dass das eben ihre Rolle auf diesem Planeten ist: unglücklich zu sein. Also blieb sie bei den Schlägern, Trinkern, Egomanen. Aber ich bin nicht so, ich will gut leben.«

Inna trank und wirkte benebelt, aber nicht vom Alkohol, sie war schon berauscht aus dem Taxi gestiegen. Sie war verliebt, so sah das also von der Seite aus, dachte Lena, man redet Blödsinn, schaut glasig, und nichts ist wirklich von Bedeutung außer dem nächsten Rendezvous. Alles, was einen umgibt, ist schön und leuchtet, alles Skurrile scheint einem ganz normal.

»Ich habe mich immer gefragt, was der Unterschied zwischen echter Hoffnung und unterwürfiger Geduld ist …«, solche Sätze platzten aus Inna heraus.

»Und, hast du es herausgefunden?«

Sie schenkten sich gegenseitig nach, in Lenas Kopf wurde es schattig. Sie hätte Inna gerne umarmt und irgendetwas gesagt, aber ihr fiel nichts ein.

»Die, die sich schneller anpassen, werden überleben. Das war schon immer so. Ihr werdet eine gute Zeit haben in

Deutschland. Ich bin sehr froh für euch. Wirklich, ich wusste von Anfang an, dass Daniel eine gute Partie ist.«

Das war alles, was sie zur bevorstehenden Ausreise sagte, dann erzählte sie wieder vom Studentenwohnheim, wie schön es dort gewesen sei, auch wenn sich Lena deutlich daran erinnerte, wie sehr sie die schimmlige Gemeinschaftsküche, die dreckigen Waschräume und die hellhörigen Wände verflucht hatten. Aber Inna war nicht zu bremsen, alles sei früher besser gewesen, bevor sie wussten, dass Dinge Geld kosteten. Bevor es Geld überhaupt gab. Als man sich mit einer Büchse Gulasch noch Freunde machen konnte. Man lebte eng beisammen, aber das sei nicht das Schlechteste gewesen, nun lebe man auch eng beisammen, aber man möchte permanent dem Nachbarn die Halsschlagader durchbeißen. Alle seien von Neid und Missgunst zerfressen, sie nehme immer ihre Uhr ab, bevor sie in die Klinik gehe, damit sich die Kollegen nicht hinter ihrem Rücken das Maul zerreißen. Sie wollte reisen. Das sei das einzig Gute an der Zeit, in der sie lebten, dass sie jetzt überall hinkönnten. Man müsse nur die richtigen Leute kennen, und die kannte sie. Sie wolle nach Miami und nach Singapur. Angeblich hingen da die Palmenblätter über den Pools, das Wasser habe Körpertemperatur und fließe direkt in den Ozean, oder gleich in den Himmel. Aber natürlich wolle sie auch Lena und Daniel in Deutschland besuchen kommen. Unbedingt. »Sagt Bescheid, wenn ihr euch eingelebt habt. Und wenn ihr etwas braucht, auch Geld. Ich kann euch jederzeit etwas borgen.«

Lena hörte Innas Redeschwall zu, nickte zu allem, bedankte sich für die angebotene Unterstützung. Das Einzige, worum sie Inna gerne gebeten hätte, war, ab und zu ihren Vater zu besuchen, aber der war weit weg, und Inna kannte ihn kaum. Sie ließ das Thema bleiben.

Vor ihrer Abreise nahm Lena den Nachtzug nach Gorlowka, kam zeitig in der Früh an und wunderte sich, dass ihr Vater mit gewaschenem Gesicht am Bahnsteig stand. Sie hatte damit gerechnet, ihn verschlafen in der Küche über Kreuzworträtseln vorzufinden. Der schmale Körper von Roman Iljitsch geriet in Schieflage, als er ihren Koffer zum Auto trug, seine Schirmmütze zog seitlich nach unten, und seine Silhouette beschrieb einen Bogen wie eine offene Klammer, aber er ließ nicht zu, dass Lena ihr Gepäck selbst schleppte. Noch während der Heimfahrt schlug Lena ein Picknick auf seiner Lieblingslichtung im Wald vor, und er schaute aus den Augenwinkeln zu ihr herüber, vorsichtig, ohne den Kopf zu drehen.

Kaum zu Hause, packten sie einen kleinen Gaskocher und eine ausgefranste Decke zusammen, zwei Dosensuppen, Öffner, Aluminiumbesteck, ein bisschen Wurst und Honig, Butterbrote, die sie eilig geschmiert hatten. Sie waren aufgeregt, als kämen sie zu spät. Den Tee füllten sie in die türkisblaue Thermoskanne, auf der pinkfarbene Tulpen blühten, seit Lenas Kindheit taten sie das schon, dann fuhren sie los, raus aus der Stadt, in der sich nicht viel verändert zu haben schien, und mehr wollte Lena gerade auch nicht sehen.

Sie parkten den Wagen am Fuß des Hügels und gingen in den Wald hinein, Lena durfte die leichtere der beiden Proviantaschen tragen, sie blieb ein paar Schritte hinter ihrem Vater, um ihn besser zu sehen, ihn sich so besser einprägen zu können.

Es wurde kühler, und es roch herb. Lena streckte ihren Arm nach den orangen Kügelchen der Eberesche aus, ließ sie zwischen die Finger gleiten, jede einzelne Frucht kitzelte auf der Handfläche. »Die sind sauer, aber gut. Trotzdem — iss sie nicht. Die sind für die Vögel. Und nach dem Winter kommen die Eichhörnchen und sammeln sie, wenn der Frost vorüber ist. Überhaupt, ungewaschene Beeren sind so eine Sache, ich bringe ja manchmal den Kindern Brombeeren, und dann sage ich ihnen: immer erst mit warmem Wasser abspülen! Aber machen sie es? Natürlich nicht. Stopfen sich gleich alles in den Mund. Die Rotkehlchen kommen und holen sie sich. Die Beeren, meine ich, nicht die Kinder. Der Wald ist müde. Siehst du das? Die Bäume sind zwar noch grün, wollen aber eigentlich nicht mehr. Die sind schon jetzt mit dem Jahr fertig.«

Lena schien es, als wüchse ihr Vater mehr und mehr in die Breite, als würden sich von seinem Brustkorb Flügel ausbreiten. Sie war sich sicher, dass er mit geschlossenen Augen über die Pfade laufen konnte, ohne über die hervorstehenden Wurzelschlangen zu stolpern oder gegen einen der massiven Stämme zu prallen; ihr dagegen schlug permanent irgendein Zweig gegen den Kopf und hinterließ trockene Rinde oder Blätter in den Haaren, die sie sich noch im Gehen aus den Strähnen zupfte. Die Erinnerung daran kam zurück, wie sie im Wald rund um das Pionierlager nach Aljonas Hand zu greifen versucht hatte, um auf dem Weg zum See Schritt zu halten, wie Aljona ihr davongelaufen war, in der ihr eigenen Schaukelbewegung. Lena war sich sicher gewesen, Aljonas Gesicht würde mit den Jahren verblassen, aber jetzt sah sie sehr klar das dicke unbändige Haar, das hinter den Ohren immer wieder hervorsprang, die flache Nase, die zwiebelgelben Augen, den nach innen gekehrten Blick.

Erst als sie sich für die Mahlzeit auf einer freien Wiese niederließen, sackte der Körper ihres Vaters wieder zusammen wie eine aus Papier gebastelte Puppe, die sich nach einem vorgegebenen Muster faltet, der Schwerkraft nachgebend. Lena ließ sich auf die Decke fallen und starrte zu den Baumkronen hoch, die ein Zickzackmuster in das weiße Stück Himmel stanzten. Sie setzte sich erst wieder auf, als sich der Gasgeruch mit dem von Hühnerfett mischte und sie ihren eigenen Magen knurren hörte, so hungrig war sie seit ihrer Kindheit nicht gewesen. Sie verbrannte sich den Gaumen an der Suppe, löffelte aber weiter hastig pustend die Brühe.

»Weißt du noch, Papa, das Märchen vom Hund und dem Wolf?«

Ein schlappohriger, grauer Köter wurde aus seinem Dorf verjagt, weil er zu träge wurde, um auf die Hühner aufzupassen, die sich der Fuchs holte. Er war zu nichts mehr nütze, hinkte, konnte kaum noch etwas sehen, also gab man ihm einen Tritt in den Hintern und zog das Hoftor hinter ihm zu. Der Hund irrte lange über die Felder der Umgebung und ging schließlich in den Wald, um sich umzubringen. Just in dem Augenblick, als er den Strick über einen Ast warf, tauchte ein wohlgenährter Wolf auf, verschränkte die Arme und fragte: »Was glaubst du, was du da machst?« Der Hund erklärte ihm seine aussichtslose Lage, und gemeinsam schmiedeten sie einen Plan: Der Wolf würde das Neugeborene der Jungverheirateten im Dorf zu stehlen versuchen, der Hund würde sich ihm in den Weg stellen, das Kind retten und damit jedermanns Held werden. Gesagt, getan. Der Wolf tat, als würde er das Baby fressen wollen, der Hund tat, als greife er ihn an und rette so das Leben des Kindes, man nahm den Köter wieder auf, fütterte und streichelte ihn, er durfte von nun an ungestört am warmen Ofen liegen. Im Winter wurde es bitterkalt, und das Gejaule des hungrigen Wolfs im Wald fuhr dem Hund in die Glieder. Er schlich hinaus, fand seinen Freund zitternd unter einer Tanne, flüsterte ihm ins Ohr und schmuggelte ihn auf die gerade stattfindende Dorffeier. Er schubste ihn unter den mit Leckereien vollgestellten Tisch, über den eine bodenlange Decke geworfen war, und versorgte ihn mit Würsten, Lammkeulen, Marmelade. Die einzige Bedingung war, dass der Wolf keinen Mucks von sich gab. Der Wolf fraß und fraß, er fraß sich einen solchen Kugelbauch an, dass er sich kaum bewegen konnte, sondern nur selig hin und her schaukelte auf seinem fett und weich gewordenen Po. Er war so glücklich, ihm war so warm und wohl wie noch nie in seinem Leben, also heulte er auf vor Freude. Er sang los, im Duett mit all den Menschen, die am Tisch saßen und Folklorelieder angestimmt hatten.

Ein riesiger Tumult brach los, man kippte die Festtafel um, wollte auf den Wolf schießen, aber der Hund sprang dazwischen, und zusammen schafften sie es, vorzutäuschen, dass er die Bestie erneut in den Wald verscheuchte. Rund, als trüge es mehrere Wolfsjunge im Bauch, lehnte das gemästete Tier lässig am Baumstamm, schnaubte zufrieden und sagte zu seinem Freund: »Hey. Also. Wenn du was brauchst, sag immer Bescheid. Komm vorbei.« Und dann trottete er in die sternenklare Nacht davon.

»Klar, weiß ich«, gab ihr Vater zurück, »dein Magen knurrt wie der des Wolfs in dem Zeichentrickfilm.« Und weil Lena nach Lachen zumute war und sie sich fühlte wie fünf, heulte sie auf wie ein Tier, heulte zum Mond am helllichten Tag, und ihr Vater drückte ihr seine Finger in die Rippen.

»Und du bist der Hund, Papa! Der Hund mit den Hängeohren!«

Sie hörte die Flamme des Kochers leise pfeifen und dachte daran, dass ihr Verhältnis zu den Dingen und zum Leben mehr und mehr aus Erinnerungen bestand – an Filme, die sie als Kind gesehen hatte, an vage Bilder des Pionierlagers, an eine blonde Frau, die sich zum Musikhören schminkte, lange her, nicht heute, nicht jetzt, das Jetzt hatte keine Konturen.

Das Jetzt war wie geruchloses Gas in Bergwerksstollen, man sah an den herabstürzenden Vögeln, dass es sich ausbreitete. Aber man konnte nichts greifen außer dem Gefieder auf dem Boden.

Am nächsten Morgen bat Lena darum, zum Grab ihrer Mutter zu gehen: »Komm, wir besuchen Mama.« Dafür verschwand ihr Vater im Bad und rasierte sich, wusch sich lange die Hände, das erkannte Lena an den geröteten Fingerkuppen, er musste versucht haben, sich den Walddreck unter den Nägeln herauszuschrubben, aber der war viel älter als der Ausflug vom Vortag.

Der Friedhof war gewachsen, ihre Mutter lag nicht mehr am Rand. Lena füllte einen Eimer am Trog und goss Wasser über die Steinplatte, um sie von Staub und Blättern zu befreien, danach legte der Vater die auf dem Weg gekauften Chrysanthemen auf die feucht glänzende Fläche mit dem Namen Margarita Andrejewna Platonowa, geboren, gestorben, sonst nichts. Die Buchstaben der Gravur waren leicht geneigt, als folgten sie einer Vorgabe in einem linierten Heft, aber ohne Schnörkel.

Aus den Augenwinkeln sah Lena, wie Menschen statt Blumen kleine Steine auf das benachbarte Grab legten, sie schaute zu ihnen hinüber, es war eine kleine Gruppe von vier oder fünf. Sie murmelten einander etwas zu, waren schwarz gekleidet und nickten stetig. Ein sehr kleines Kind, das sich am Rock seiner Mutter festhielt, winkte Lena mit der freien Hand zu. Oder zumindest hob es den Arm in die Höhe.

Wahrscheinlich bin ich auch so blass, dachte Lena, trotz Spätsommer.

Das Technische Museum, das auf ihrem Rückweg lag, war geschlossen. Sie kauften sich Vanilleeis und setzten sich im

Halbschatten auf die Bank im Park, Lena hielt ihre Nase in die Sonne, die Strahlen brachen immer wieder durchs Laub. Ein bisschen Farbe im Gesicht wäre nicht schlecht. Im Westen anzukommen, als wäre man eine lebende Leiche … Von irgendwoher kam Musik, die eigentlich schon lange nicht mehr gehört wurde – war sie nur in ihrem Kopf? Wahrscheinlich einer der alten Schlager von Okudschawa. Lena zog ihren dünnen Mantel fester um sich, und der Vater fing ein Gespräch über das Alter an. Er habe den Eindruck, sagte er, Alter werde nicht in Lebensjahren bemessen, sondern in der Geschwindigkeit, in der man Dinge begreife: Je älter man sei, umso schneller verstehe man die Umstände und herrschenden Verhältnisse und könne angemessen reagieren und damit umgehen. Demnach sei er sehr jung, schlussfolgerte er, denn er verstehe nichts von dem, was um ihn herum geschehe, und noch ehe Lena etwas dazu sagen konnte, wechselte er schon wieder das Thema: »Nimmst du die Waschmaschine mit?«, fragte er und hielt ihr den leeren Eisbecher hin.

»Maljutka?«, sagte sie und sah sich nach einem Mülleimer um. »Klar. Gute Freunde muss man doch mitnehmen.«

Die ersten Blätter begannen auf das Trottoir zu fallen, aber die Kronen der Eichen in der Allee, die sie hinuntergingen, waren noch voll und eigenartig laut, als klatschten sie hektisch gegeneinander. Lena hakte sich bei ihrem Vater unter und versuchte, ihn in ein Gespräch zu verwickeln, aber er schien sich schon verabschiedet zu haben zu einem seiner langen Spaziergänge durch den Wald und gab nur uneindeutige Geräusche der Zustimmung von sich, auch wenn sie nichts fragte.

Lena dachte daran, dass sie sehr oft wiederkommen würde, vielleicht, wenn die Umstände es zuließen, alle paar Monate, um ihn zu besuchen. Sie würde Geschenke mitbringen und ihn irgendwann davon überzeugen, ihnen hinterherzureisen. Sie würde eine kleine Wohnung in der Nähe für ihn finden, sie würde versprechen, dass sie beide regelmäßig zu Mutters Grab zurückkehren würden, zumindest an ihrem Todestag, um Wasser über die Steinplatte zu kippen. Sie würde ihm versprechen, dass sie ihn neben ihr bestatten wird, wenn es so weit war.

Der Gehsteig am Haus der Kultur war aufgebrochen, Sand drückte sich durch die breiten Risse der Steinplatten, Büschel von Unkraut streiften Lenas Fesseln. Sie hörte, wie ihr Vater die Sohlen über den Boden schleifte, und als sie ihn ein paar Schritte vorausgehen ließ, sah sie den bräunlichen Strich am Saum der Hosenbeine, die ihm etwas zu lang waren, hinten an den Fersen.

Er war noch keine sechzig, aber was wusste sie schon.

2015

»Weil's so feucht war, haben sich die Bäume vollgesogen wie
Schwämme. Wie es riecht im Wald! Auf leeren Magen riecht
das Laub noch stärker. Und alles tropft und glänzt, das Licht
tropft von den Ästen. Ich bin direkt zu den Eichen hin, und
da waren sie überall, die Pfifferlinge, als hätten sie auf mich
gewartet, ich konnte gar nicht so viele in meinen Korb tun.
Weißt du, was man aus denen für eine Suppe machen kann?
Ich hab zwar nicht die Sahne dazu, aber ich mach das so wie
in dem Märchen, wo die Alte aus der Axt eine Suppe macht,
dachte ich mir. Ich brauch eigentlich nichts außer den Pilzen
und Wasser. Mit der Nachbarin teile ich natürlich auch. Wir
kochen füreinander, wenn's was zu kochen gibt. Unter den
Rotbuchen waren Semmelstoppeln, wie ein Teppich, aber bei
denen weiß man's ja nicht, also ließ ich sie und habe mir
dann Rinde abgerissen, für Tee. Auf dem Rückweg habe ich
gemerkt, dass ich das Messer verloren hatte, glaubst du's, wie
alt ich geworden bin, ein Messer! Ist ja nicht so, dass die hier
umsonst verteilt werden. Das kleine mit dem gelben Griff.
Weil der so giftig gelb ist, hab ich es dann unter den Rotbuchen wiedergefunden, und weil ich schon wieder vor den
Bäumen stand, hab ich mir gleich Blätter zum Kauen eingesteckt –«

»Gehst du nicht mehr zur Essensausgabe?«

»Doch, ja, aber die ist weit. Es wird doch bald Winter.«

»Die bringen nichts zu euch?«

»Wir können dankbar sein, dass es den Ausschank gibt.

Aber zehn Kilometer in eine Richtung, da schmerzen einem die Beine …«

»Und die Jungen?«

»Die Jungen bringen manchmal was, aber Eintopf kannst du nicht so weit tragen. Außerdem haben die selber Hunger. Die Nachbarin hat säckeweise Zucker gehortet, kluge Frau, den schmilzt sie abends und schenkt den Jungen Karamell. Die freuen sich. Erinnerst du dich an Oxana? Ihre Kleine ist schon so groß wie ich, nein, größer. Ich schrumpfe aber auch mit jedem Tag, werde bucklig, bald bin ich so gebogen wie ein Stockschwämmchen. Dann geh ich in den Wald und stell mich zu den anderen Pilzen. Jetzt wein doch nicht, ich mache doch nur Spaß.«

»Ich weine nicht. Das ist meine Allergie.«

»In dieser Jahreszeit?«

»Kommt vor.«

»Habt ihr drüben keine ordentlichen Medikamente dagegen?«

»Doch, doch.«

»Bist du sonst gesund?«

»Ja.«

»Und Edita?«

»Weiß ich nicht.«

»Wie?«

»Gut, es geht ihr gut.«

»Kommt sie dich besuchen?«

»Jedes Wochenende.«

»Kommt sie mit einem Jungen?«

»Manchmal. Selten. Wirst du selber sehen, wenn du dann hier bist. Papa, wir müssen es andersrum versuchen.«

»Mach dir nicht zu viele Sorgen. Die Pilze sind wirklich überall, und die Jungen haben keine Ahnung davon. Die laufen rein in den Wald und laufen wieder raus und übersehen das meiste, was man essen kann.«

»Hör zu, ich kaufe dir ein Ticket ab Rostow. Du musst über die russische Grenze gehen, und dort nimmst du das Flugzeug über Moskau nach Frankfurt. Ich hole dich dort ab, und wir fahren zu uns. Und Edita sagen wir Bescheid, die kommt dann aus Berlin. Dann sind wir alle zusammen.«

»Und wie kriege ich das Ticket?«

»Es wird schon am Schalter der Fluggesellschaft liegen, wenn du in Rostow ankommst.«

»Wie soll denn das gehen?«

»Ich kaufe es übers Internet. Du musst nur hin.«

»Ich glaube nicht, dass sie mich nach Rostow lassen. Wenn die Ukrainer mich nicht durchlassen … sie zerteilen uns hier wie ein Stück Brot. Die errichten eine Grenze, die gestern nicht da war, und plötzlich darf ich nicht drüber. Wenn die Meinigen mich nicht durchlassen, werden's die Russen auch nicht tun.«

»Doch.«

»Warum?«

»Weil sie müssen.«

»Lena, sei nicht albern.«

»Doch. Sie müssen.«

»Die Unsrigen müssten, Lena, die müssten. Und was machen sie? Sagen einem alten Mann, er soll verrecken gehen. Diese Rotzlöffel an einer angeblichen Grenze mit ihren Gewehren sind jünger als mein Enkelkind und lachen mir ins Gesicht, wenn ich ihnen meinen Pass zeige. Das mache ich nicht nochmal.«

»Deswegen musst du in die andere Richtung gehen, nicht die Grenze zur Ukraine, sondern die zu Russland. Schlaf dich aus, trink deine Rotbuche, iss gebrannten Zucker, aber du musst es nach Rostow schaffen, hörst du? Halte ein Auto an, sie werden nicht nein zu dir sagen. Nimm keinen Koffer mit, nur deinen Pass brauchst du, lass alles andere da.«

»Und was soll mit den Sachen passieren? Vergammeln? Sollen Pfifferlinge drüberwachsen?«

»Ich komme und hole sie ab.«

»Und wie kommst du hier wieder rein? Auch mit deinem Internet?«

»So ungefähr.«

»Und holst alles ab?«

»Genau.«

»Auch die Messer?«

»Jedes einzelne. Das mit dem gelben Griff und die anderen auch. Alle, alle.«

»Ich mache Scherze, was ist nur los mit dir! Ich bin doch nicht auf den Kopf gefallen.«

»Papa. Ich komme in ein paar Monaten und packe alles ein, was du möchtest. Und bringe es dir hierher nach Deutschland.«

»Und Mutters Grab bringst du mir auch mit.«

»Ja.«

»Sehr witzig das alles. Weißt du, wie die Stadt damals hieß, in der ich geboren wurde? Stalino. Nach dem, der uns verhungern lassen wollte. Unsere Leute haben sich gegenseitig gefressen. Und nun, auf demselben Boden, hungern die Unsrigen uns aus. Machen irgendeine Grenze dicht und sagen einem alten Mann, er soll verrecken gehen. Und die Russen lassen uns zwanzig Kilometer am Tag für Essen laufen. Und was ist das einzige Land, das mir hilft? Deutschland!«

»Vergiss deinen Pass nur nicht, das ist das Einzige, was du brauchst. Den Rest hole ich.«

»Weißt du, was ich dachte? Wenn du wieder herkommst, dann verkauf unsere Wohnung nicht. Reicht ja schon, dass du die in Dnepropetrowsk weggegeben hast. Vielleicht will Edita diese hier irgendwann haben. Oder du. Das ist immerhin Besitz.«

»In Ordnung, Papa.«

»Wenn das alles vorbei ist.«

»Wenn das alles vorbei ist, komme ich und kümmere mich um die Wohnung. Aber jetzt musst du nach Rostow.«

»Und Edita kommt dich gar nicht besuchen?«

»Sie hat viel zu tun.«

»Wird sie Schriftstellerin oder so was?«

»Journalistin.«

»Das ist ein guter Beruf. Vielleicht kann ich ihr dann auch was erzählen. Über mein Leben. Darüber, was hier geschieht.«

»Das kannst du. Bestimmt.«

»Ich erzähl ihr dann alles.«

»Ja.«

»Dann steht es in allen Zeitungen.«

»Unbedingt.«

»Und dann kann ich ihr beibringen, Pilze zu sammeln. Meinst du, es interessiert sie? Das ist eine Kunst für sich.«

»Natürlich. Ich denke, das interessiert sie. Ich bin mir sicher, es interessiert sie sehr.«

CIGUAPA

Tagsüber schlafe ich im Zug des einbeinigen Ventilators, aber er wirbelt nur die heiße Luft umher, also fülle ich zusätzlich den Wasserbehälter des Luftbefeuchters auf und richte seine fasrigen Filterkiemen in Richtung meines Kopfkissens. Nachts bin ich wach, sitze im Flur, wo es erträglicher ist als im Schlafzimmer oder in der Küche, warte, dass sich der Prozessor meines Computers endlich abgekühlt hat, warte, dass es unter meiner Schädeldecke nicht so drückt, warte auf ein Zeichen, dass endlich Regen kommt, es kann doch nicht wochenlang so weitergehen.

Manchmal klingt der Himmel, als hätte er Herzrasen, dann keucht er ein paar mickrige Tropfen auf die Fensterbank, saugt sich voll mit elektrischer Ladung, wird gelblich vor Anspannung. Musste meine Mutter mit mir unbedingt in eine der wärmsten Städte Deutschlands ziehen, in ein Tal, in dem man sich Sommer für Sommer an den Metallstäben des Klettergerüsts auf dem Spielplatz die Finger verbrennt?

Die Tage verbringe ich oft mit geschlossenen Augen. Ich

habe einen wiederkehrenden Traum, in dem steht eine unendliche Menge von Menschen in einer Schlange aufgereiht.
Sie sind nackt, ich kann den Anfang und das Ende dieser
Schlange nicht erkennen, nur, dass die Einzelnen auf einer
gewölbten Oberfläche stehen, man sieht die Krümmung der
Erde unter ihnen. Sie sehen einander nicht ähnlich, lange
Haare, kurze Haare, krause Haare, glatte Haare, grüne und
blonde und schwarze, und das schorfige Rosa von Glatzen
ist auch dabei. Die Arme sind krumm und gerade, sehnig
und schwabbelig, die Beine an den Knien nach innen ge-
knickt oder so durchgedrückt, als hätten sie keine Gelenke.
Ich weiß nichts über sie, kenne niemanden, der hier steht.
Das Einzige, was ich weiß, ist, dass es Mütter und Töchter
sind. Eine Frau steht hinter der anderen, und die Mutter der
einen ist die Tochter der nächsten, das erkenne ich nicht an
den Baumringen ihrer Haut, sie haben kein Alter, es wechselt,
je nachdem, von welcher Seite aus man schaut – als hätten
sie ihre Gesichter in diese FaceApp geladen, die errechnet,
wie man irgendwann als Greis aussehen wird: mal taucht
dasselbe Gesicht als Großmutter auf, mal als Kind. Dass es
Mütter und Töchter sind, verstehe ich an der Art, wie sie aneinander vorbeischauen. Aber sie suchen sich. Sie suchen sich
mit ihren Blicken. Sie stoßen die Vordere an, versuchen, auf
sich aufmerksam zu machen.

Eine Frau steht hinter der anderen und klopft mit ihrem
mehrmals geknickten Zeigefinger gegen das Schulterblatt
derer, die vor ihr steht, wie ein Specht mit seinem Schnabel – toktoktok, toktoktok –, und ein anderer langer, mehrmals geknickter Finger klopft dieser Frau wiederum zwischen
Wirbelsäule und Schulter – toktoktok, toktoktok –, und der
wiederum kratzt der Nagel der hinter ihr Stehenden den
Flaum im Nacken, brrbrrrbrrr, dort wird die Haut schon rot.

Die Frau greift sich an die juckende Stelle und schaut zurück, aber in dem Moment, in dem sie zurückblickt, schaut die, die geklopft oder gekratzt hat, selbst zurück, zu der Frau, die hinter ihr steht, zu ihrer Tochter, ihre Blicke begegnen sich nie, und alle warten, dass die Vordere sich umdreht, mit dem gesamten Körper, nicht bloß über die Schulter späht und die störende Hand wegwischt wie eine Mücke.

Keine dieser Frauen rührt sich vom Fleck, ab der Hüfte abwärts sind sie wie gelähmt, sie vervollständigen einfach nur die Kette. Mit weichgeklopftem Rücken und wundgekratzter Haut stehen die Mütter vor ihren Töchtern und diese Töchter vor ihren Töchtern und können sich nicht rühren, drehen ab und zu ihren Oberkörper wie auf Scharnieren hin und her, sonst passiert nicht viel in diesem Traum.

Ich sehe mich nicht in dieser Kette, zumindest kann ich mein Gesicht nicht erkennen. Ich bin nicht da. Und meine Mutter auch nicht. Ich weiß, es gibt noch eine Vater-Kette, aber ich kann sie nicht sehen. Das wundert mich nicht, ich kann mit dem Konzept Vater nicht besonders viel anfangen, ich verbinde einfach nichts damit. Darum trifft es bei mir auch keinen Nerv, wenn Onkel Lew bei mir vorbeischaut und einen auf Erziehungsberechtigten macht. Er wirkt seltsam unbeholfen dabei, vielleicht, weil er selbst keine Kinder hat und unter Druck steht, etwas zu beweisen – dass er das auch kann: da sein, verstehen, sich kümmern. Ich mag ihn lieber, wenn er einfach so vorbeikommt, als würde er zufällig hier reinstolpern. Immer redet er zu schnell und verschluckt die Silben, ihm fallen Dinge aus der Hand, und oft verlegt er Wichtiges, aber mir macht es nichts, dass er ständig eine neue Nummer hat, weil ihm mal wieder das Telefon in den Gully gefallen ist; ich rufe ihn ohnehin nicht an. Vielleicht will er auch nur sagen, dass er angerufen werden will, wenn er den

Leuten seine neue Handy-Nummer hinterherschreit. Wenn er so schusselig ist, mag ich ihn am liebsten.

Ich weiß nicht, ob Kinderlosigkeit der Grund war, warum seine Frau ihn verlassen hat. Auf jeden Fall erzählt er mir ziemlich oft von ihr, oder er erzählt es eher sich selbst und nutzt die Gelegenheit, dass ich mit im Raum bin, um sein Leid nicht der Wand zu klagen. Er spricht nicht immer zusammenhängend, aber anscheinend vermisst er sie. Ich kenne sonst niemanden aus der Mischpoche, der kinderlos ist und allein. Die sind ein zusammengeschweißter Haufen da in der Jüdischen Gemeinde, sie machen ein ziemliches Ding daraus, dabei ist es nur eine große Wohnung im zweiten Stock eines Hochhauses. Und soweit ich weiß, ist das einzig Jüdische an denen, die da regelmäßig etwas zu begießen haben, dass sie sich einmal im Jahr eine Ladung Mazzen liefern lassen. Da legen sie dann geräucherten Rückenspeck drauf, bei ihren zahlreichen Festen. Dazu gibt es russische Popmusik, und gesungen wird, dass man es bis auf die Straße hören kann. Eines der Zimmer in der Wohnung ist sehr groß, fast ein Saal, dort wird getanzt. Onkel Lew klingelt manchmal nach einer solchen Feier bei mir, stinkt nach Schweiß und Alkohol und erzählt, dass ich doch auch mal vorbeischauen soll. Dann wimmle ich ihn meistens ab. Aber sonst ist er höflich und kommt in der Dämmerung, weil er weiß, dass ich tagsüber schlafe. Ich mag ihn, er mag mich, wir reden über sein neues Handy, über den Schnaps, den er seit Jahren schon selbst brennt, über die Schlüssel, die er bei den Nachbarn deponiert aus Angst, sich auszusperren, und ich sage ihm nicht, dass ich glaube, er tut das, um einen Grund zu haben, bei den Nachbarn zu klingeln.

Als er das letzte Mal kam, war er anders, er war nicht aus der Wohnung zu kriegen. Er fing an, von meiner Mutter zu

erzählen, als hätte ich die Geschichte nicht schon tausendmal gehört, als hätten wir nicht stillschweigend die Überein-
kunft getroffen, sie nicht zu erwähnen. Er machte einen auf
Vater, ignorierte meine Einwände. Als wüsste er nicht, dass
ich alt genug bin, meine eigenen Entscheidungen zu treffen,
und meine Entscheidung war es, hierzubleiben, als meine
Mutter wegzog, meine Entscheidung ist es, allein zu sein,
während meine Mutter andere Leute braucht, um zurecht-
zukommen, und meine Entscheidung ist es, mir nie, wirklich nie von irgendjemandem sagen zu lassen, dass ich die
Dinge nicht durchblicke. Ich durchblicke sie besser als die
meisten. Ich trinke nicht, ich kiffe nicht, die Rechenleistung
meines Hirns ist ärztlich zertifiziert überdurchschnittlich, ich
habe ein präzises visuelles und akustisches Wahrnehmungs-
vermögen, mein Langzeitgedächtnis funktioniert leider zu
gut.

   Ich schaute in Onkel Lews weichgetrunkene Visage und
fragte mich, ob es sich besser oder schlechter lebt, wenn man
so wenig versteht von dem, was um einen herum geschieht.
Er sperrt sich mit seinem Destillationswerkzeug ein, schaut
der Maische beim Gären und dem Alkohol beim Verdamp-
fen zu und erzählt sich selbst irgendwelche Geschichten. Die
Leute aus der Gemeinde blicken ihn schräg von der Seite
an, dabei sind sie auch nicht besser. Wie oft habe ich schon
welche von ihnen nachts auf der Straße getroffen, die haben
auch scharf gerochen und Abwegiges von sich gegeben. Das
tun sie übrigens auch, wenn sie nicht nach Schnaps, sondern
nach Parfüm riechen. Menschen reden so viel Quatsch, wenn
man sie lässt, sie machen so viel Blödsinn. Und oft genug
muss dann der Alkohol als Entschuldigung herhalten. »War
nicht so gemeint, hab halt was getrunken … so ist das halt«,
sagen sie hinterher, oder: »Was soll man machen? Die Um-

stände ... so sind die Umstände ...« Immer ist der Alkohol schuld. Oder die Kinder. Die sagen »weißt du, wegen der Kinder ...« mit derselben Intonation, wie sie sagen »hab halt was getrunken ...«. Es klingt genau gleich hohl.

Um Ausreden zu haben, betrinkt man sich, und um Ausreden zu haben, kriegt man Kinder. Das Leben läuft einem aus dem Ruder, also setzt man ein weiteres Glied in diese Kette, in die man selbst eingespannt wurde. Dann ist man wenigstens dort nicht der letzte Depp, da kommt noch einer nach mir.

Mich beeindrucken Onkel Lews Geschichten darüber, wie sehr meine Mutter sich für mich aufgeopfert hat, wenig. Klar liebt man seine Kinder, aber das heißt noch lange nicht, dass man sie auch mag.

Irgendwann verstand ich, dass Onkel Lew gekommen war, um eine Einladung auszusprechen, ganz förmlich, fast feierlich, deshalb das frische Hemd, nur am Kragen war es ein bisschen verschlissen. Sein Gesicht war eine großporige Orange, er schaute an mir vorbei und rollte die Leidensgeschichte meiner Mutter noch einmal auf, weil er anscheinend keine andere Möglichkeit sah, mich davon zu überzeugen, zu Tante Lenas fünfzigstem Geburtstag zu erscheinen. Die Frau, die meine Mutter und mich damals von der Straße geholt hatte – sie war damals selbst noch mit einem Fuß im Asylantenheim –, würde eine große Feier in der Gemeinde ausrichten und natürlich sei meine Mutter eingeladen und auch ich, und Tante Lena wünsche sich eine Versöhnung, so erzählte es Onkel Lew. Die Party sollte im Oktober sein, aber er konnte es schon im August nicht abwarten, mich damit vollzulabern, dass ich da hinmüsse. Punkt, keine Ausreden. Eigentlich hätte allen Beteiligten klar sein sollen, warum das nicht geht. Ich kann nicht in vollen Räumen sein, auch das wurde mir ärztlich attestiert, aber Menschen glauben nur das, was sie glauben wollen, und nicht zuletzt ist das der Grund, warum es zwischen meiner Mutter und mir zum Bruch kam. Sie wollte, dass ich mich nicht so anstelle, einen Job finde, einen Mann heirate, Kinder bekomme, keine Ahnung, was sonst noch alles.

»Wenn du wüsstest, wie das damals war!«, sagte Onkel Lew und sah mich an, als sei ich wieder das Kind von damals auf dem Arm meiner Mutter, erst ein paar Wochen alt, und sie mit einer Tasche zwischen den Knien am ZOB, Tante Lena, die meine Mutter noch nie zuvor gesehen hat, erkennt sie auf der Stelle, schleppt uns zu sich nach Hause, findet eine Wohnung für uns, schenkt mir die Strampler, aus denen ihre Tochter schon herausgewachsen ist, besorgt meiner Mutter einen Job, mir einen Kitaplatz, so die Legende.

Wahrscheinlich erkannte Tante Lena meine Mutter am Gesichtsausdruck, als sie damals aus dem Bus Berlin–Jena stieg. Die haben nämlich einen ähnlichen, vom Leben erschrockenen Blick. Lena war selbst mit Mann und Kind vor nicht allzu langer Zeit nach Deutschland ausgewandert, hatte sich gerade erst ein bisschen freigekämpft aus dem Filz an Essensmarken, Kleidermarken, Möbelmarken und Sprachkursen, die Familie hatte soeben ihr erstes deutsches Festnetztelefon angeschlossen bekommen, da klingelte es auch schon, eine Tatjana war dran und sagte: Wir kennen uns nicht, du hast mit meiner Cousine in Dnepropetrowsk studiert, ich habe niemanden in Deutschland außer meinem Neugeborenen, und ich weiß nicht wohin. Und Tante Lena sagte, wir sollen kommen. Sie hatte selbst ein Kind auf dem Arm. Sie konnte auch noch kaum Deutsch. Beide kamen aus einer Gegend, von der die Leute dachten, sie liege irgendwo in Russland. Sie telefonierten täglich, wenn sie sich nicht gerade besuchten, und nicht lange nachdem die eine nach

Hause gegangen war, klingelte das Telefon, und sie unterhielten sich weiter, als hätten sie nicht ohnehin schon den ganzen Tag zusammen verbracht. Auf dem Telefontischchen bei uns im Flur stand ein Foto von mir, vor der Grundschule, die Einschulungstüte, die ich darauf umklammere, stammte von Tante Lena, und ich habe nie gefragt, aber ich bin mir ziemlich sicher, dass meine Mutter drei Jahre zuvor auch eine für Lenas Tochter geklebt hatte. Die umklammert Edi auf dem Foto, das auf Tante Lenas und Onkel Daniels Telefontischchen im Flur aufgestellt war.

Das Tageslicht stand in Pfützen auf dem PVC-Boden, die Morgenwolken schlugen Wellen am Himmel. Onkel Lew durchbohrte mich regelrecht mit seinen Augen, als wollte er mich hier auf der Stelle festnageln. »Du wirst doch Lena diesen Wunsch nicht ausschlagen!«

Damit meinte er natürlich, dass ich ihr etwas schulde, weil sie uns damals vor einem Kriminellen gerettet hatte, der blöderweise mein Erzeuger ist. Aber so funktioniert das nicht. Ich habe Tante Lena total gern – auf Distanz und mit viel Stille zwischen uns – und: Ich schulde ihr nichts. Ich bin ihr dankbar, das ist etwas anderes.

Onkel Lew schüttelte heftig den Kopf, als hätte er Wasser im Ohr. Die Türklinke hinter ihm war aus mattem Metall und ganz gerade. Sie blitzte immer wieder auf, wenn ein Sonnenstrahl auf sie fiel, und stach mir in die Augen. Bald würde es heiß in der Wohnung werden, ich musste die Vorhänge zuziehen.

»Du hättest deine Mutter damals sehen sollen!«, legte er nach. Er hat sie mir schon oft beschrieben, wie sie damals verloren am Busbahnhof um sich blickte, nur eine Hose und ein bisschen Unterwäsche in der Sporttasche. Als wäre er dabei gewesen. Er stellt es so dar, als sei meine Mutter von

210

einem Betrüger geschwängert und nach Deutschland ver-
schleppt worden, aber so wie ich sie kenne, kann man sie
nicht einfach irgendwohin schleppen. Sie ist stärker als jeder
Kerl. Wenn sie einen am Kragen packt, dann gute Nacht. Sie
hat mich so oft hin und her gezerrt, ich weiß, wovon ich rede.
Meine Mutter kann mit Sachen um sich werfen, dass Löcher
in der Wand bleiben, das weiß Onkel Lew nicht, und er will
es auch nicht wissen. Und dass seine Heilige mich tagelang
vor der Wohnungstür auf der Fußmatte hat schlafen lassen,
als ich von der Schule geflogen bin, weil ich angeblich Waf-
fen im Rucksack hatte, will er auch nicht wissen. Dabei hatte
ich all die Messer nur deshalb mit mir rumgeschleppt, weil
ich dumm genug war, zu glauben, dass sie sich tatsächlich
die Pulsadern aufschneidet, wie sie immer gedroht hat, während ich in der Schule Klausuren verhaute. Sie hat sich nichts
angetan, sie hat noch nicht mal in der Wohnung geraucht,
es gab Gemüse und Reis zum Mittagessen und keinen frit-
tierten Scheiß, und der Badezimmerschrank war gefüllt mit
Cremes und Lotionen, Vitamin C, Vitamin A, Vitamin B, D,
das ganze Alphabet durch, sie hat also gut auf sich aufgepasst.
Ich denke, sie kommt schon klar. Ich denke, es könnte ihr
ohne mich als ihre persönliche Dauer-Ent-Täuschungs-Ma-
schine noch viel besser gehen. Leb dein Leben in der Täuschung, die du brauchst, um über den Tag zu kommen. So
tun's doch die meisten.

Ich kenne fast jeden von denen, die sich in der Jüdischen
Gemeinde treffen. Man erkennt sie an diesem erschrocken
trotzigen Gesichtsausdruck, sie schauen, als seien sie vom
Leben abgestraft. Und sie haben Namen wie sowjetische Pra-
linenmarken – Ljusja, Aljonka, Stjopka, Masha –, ich kann
von Glück reden, dass ich nicht nach einer Schokolade benannt bin. Zu meinem Gesicht kann ich nichts sagen. Die

Leute halten mich für älter, als ich bin, und ich habe nicht die Züge meiner Mutter, also vermute ich, dass sie, wenn sie mich anschaut, an Sachen erinnert wird, die ihr nicht guttun.

Natürlich gab es eine Zeit, in der ich viel nach meinem Vater gefragt habe, die Antworten meiner Mutter blieben vage, und sie beendete das Gespräch meistens mit »... halt ein Mann!«, als sei das eine Diagnose für eine unheilbare Krankheit, die sie akzeptiert hat. Ich habe kein Foto von ihm und nichts. Auch okay.

Wenn mich manchmal einer aus der Gemeinde beim Spazierengehen trifft und fragt, was mit meinem Gesicht ist, erwidere ich immer dasselbe: »Ich fürchte, das ist mir so gewachsen.« Und sie meinen dann, nein, warum ich denn so böse dreinschaue. Deswegen bin ich so selten unter ihnen. Unter anderem deswegen.

Ich habe mir diese Community um Tante Lena und Onkel Lew herum anzuschauen versucht. Nicht auf den Partys natürlich, ich setze keinen Fuß in ihren Tanzsaal, aber im Internet, in den Reportagen, in den Nachrichten, in den Dokumenten der Onlinearchive, in den Zeugenberichten über eine Zeit, die eine riesige Menge an Menschen wie ein Erdbeben mit sich gerissen zu haben scheint. Da ist ein unendlich großer Koloss zerfallen, so weit habe ich das verstanden. Elf Zeitzonen sind quasi auseinandergebröckelt, klar, dass das nicht spurlos an den Leuten vorübergeht. Aber ich wollte es genauer wissen, weil das so klingt, als sei vorher etwas heil gewesen, und jetzt ist es das nicht mehr. Ich habe Nächte, Wochen, Monate damit verbracht, nachzulesen, welche Erschütterung das gewesen sein muss. Das Einzige, was feststeht, ist, dass es immer noch Nachbeben gibt. Und bei denen, die es am eigenen Leib erfahren haben, wackeln immer noch die Eingeweide. Oder sie leiden an einer Art Phantomschmerz:

Das Land, in das sie hineingeboren wurden, ist schon amputiert, aber es schmerzt trotzdem noch. Sonst kann man wenig mit Sicherheit sagen. Ich habe mir Filme, selbstgedrehte Videos, alles, was ich kriegen konnte, angeschaut, um zu begreifen, was ihnen alles passiert sein könnte und in welches Paralleluniversum die Zentrifugalkraft der Geschichte sie hinausgeschleudert hat. Was sie sehen, wenn sie mit ihren Sowjetaugen durch die Gardinen in die Höfe und auf die Straßen einer mittelgroßen ostdeutschen Stadt schauen. Warum sie dabei die Köpfe schräg halten. Warum sie diese Kleidung tragen. Diese Schminke. Die Schuhe. Und wie sie immer wieder die Schultern heben.

Ich bin auf Bilder einer riesigen aufblasbaren Raupe über Moskau gestoßen. Zum hundertjährigen Jubiläum der russischen Revolution hat so ein ungarischer Künstler das Vieh über dem Gorki-Park schweben lassen. Und dazu gab es ein Zitat von Antonio Gramsci: »Die alte Welt liegt im Sterben, die neue ist noch nicht geboren: Es ist die Zeit der Monster.« Aber dort ist doch ständig Monsterzeit.

Ich las mich durch online gestellte Diplomarbeiten und Zeugenberichte, und fast wäre ich in eine Bibliothek gegangen, weil sie sich so sehr widersprechen. Die historischen Studien stimmen oft genug nicht überein mit den Meldungen und Berichten in den Nachrichtenportalen, die Blogeinträge über eine Jugend im Pionierlager sind in alberner Märchensprache verfasst, fast schon in Reimform zum Mitsingen. Ich blicke immer noch nicht durch: In der UdSSR herrschte Wohnungsnot, aber manche hatten eigene Häuser, alle waren Kommunisten, aber glaubten an Gott und Geld, sie waren Juden und gleichzeitig Atheisten. Keiner machte seinen Job, aber alle hatten eine so viel bessere Bildung als irgendwer im Westen.

Wenn ich mir die Erinnerungstexte der ehemaligen Sowjetmenschen anschaue, habe ich das Gefühl, sie haben nie miteinander gesprochen und wissen gar nicht, dass ihre Realitäten so grundlegend verschieden waren. Dass sie zum Teil völlig unterschiedliche Leben gelebt haben in einem Land, von dem es hieß, es gäbe nur den einen Weg, nur eine Möglichkeit. Und sie werden es auch nie erfahren, weil sie miteinander nur in Zitaten von Schriftstellern reden, die vor Hunderten von Jahren gestorben sind.

Ich habe den Eindruck, sie haben sich auf eine gemeinsame Erzählung eingeschworen, dass sie zusammengehören, weil sie sonst niemand versteht. Sie erklären sich zu den verkannten Siegern der Geschichte. Das kann man gut machen, wenn es keine Geschichte mehr gibt, sie ist abgeschafft, die Geschichtsbücher werden jedes Jahr umgeschrieben. Über ihren Köpfen häutet sich unaufhörlich eine Raupe, und sie wissen immer noch nicht, was am Ende zum Vorschein kommt.

In einem der Spiele, die ich zocke, gibt es eine Fantasy-Figur, die ist anders als die anderen. Sie hat grüne Haut und dunkle, algenartige Haare, die ihr über den nackten Arsch hängen, sie schaut fies und hat scharf gespitzte Ohrmuscheln, ihre Füße sind verdreht, die Fersen zeigen dahin, wohin die Nase zeigt, die Zehen in die Richtung, in die sich der Hintern wölbt. Zu Ciguapa findet man online eine Menge: Sie ist eine dominikanische Gottheit, die in den Wäldern auf Ahnungslose wartet, um sie zu verführen und danach aufzufressen. An ihren Fußspuren in der feuchten Erde lässt sich nicht ablesen, in welche Richtung sie gerannt ist. In einem Blogeintrag stand, ihre Füße sind verdreht, weil sie in die Vergangenheit weisen. Sie geht nicht rückwärts und nicht vorwärts. Sie steckt fest in der Zwischenzeit.

Prompt träumte ich, dass die aneinandergereihten Mütter und Töchter in der Menschenkette auf Ciguapa-Füßen stehen. Ihre Fersen glühen. Sie vibrieren. Ich bin hochgeschreckt und habe mich gefragt, wie Füße aussehen müssten, damit sie nicht in die Vergangenheit zeigen und nicht in die Zukunft, sondern im Jetzt stehen. Vermutlich müssen die Zehen in die Erde wachsen und Wurzeln schlagen. Aber kann man dann stehen, oder knickt man um?

Und ich habe mich gefragt, ob es möglich ist, mit der eigenen Mutter nicht in der Vergangenheit zu sprechen oder in der Zukunft. Ihr in die Augen zu schauen nur im Jetzt. Sich nicht mehr vorwerfen, was war, oder beklagen, was niemals sein wird.

Ich habe Onkel Lew irgendwann stoppen müssen, er fing einfach immer wieder von vorne an. Er schien tatsächlich überrascht, als ich ihm sagte, dass ich nicht zur Feier kommen würde.

Als er gegangen war, stand ich auf und zog die Vorhänge zu, füllte die Lunge des Luftbefeuchters mit Wasser, legte mich aufs Kissen, ließ mich berieseln.

II

Ich mag die Menschen in Kafkas Parabeln.
Sie wissen nicht einmal, wie man die einfachsten Fragen stellt.
Selbst wenn für dich und mich (wie mein Vater gern sagte)
die Lage so offensichtlich ist wie eine Tür im Wasser.

Anne Carson, *Anthropologie des Wassers*
aus dem Englischen von Marie Luise Knott

EDI

Heimat, das ist nicht nur der Ort, wo du geboren bist, die wahre Heimat, das ist die Erde, die dich auch über Entfernung hinweg zu töten vermag, was dem Verhalten der Mutter ähnelt, die ihr erwachsenes Kind langsam und unaufhaltsam umbringt, indem sie es bei sich hält und all seine Bewegungen und Gedanken durch die eigene alles verhüllende Gegenwart bindet … Edi schaute auf ihr Smartphone, legte es mit dem blinkenden Display nach unten aufs Sofakissen und blätterte weiter in dem Buch. Die *Feldstudien über ukrainischen Sex* waren nur noch antiquarisch zu kriegen gewesen, und je länger sie darin las, desto konfuser machte sie der Band, dessen Umschlag behauptete, es handle sich um einen Roman. *Der GULAG ist da, wo dir eine leere Wodkaflasche zwischen die Beine fährt – und danach siezt man sich wieder.* Sie war sich nicht sicher, wie sie Sätze wie diese verstehen sollte.

Der dünne Einband zeigte zwei Matroschkas; die eine – die mit den weiblichen Attributen – lehnte am rundlichen Bauch der anderen, der mit dem Schnurrbart. Sie hatte eine Taschenbuchausgabe aufgetrieben, deshalb gab es kein Foto der Autorin, und der Text selbst war eine absatzlose Bleiwüste an Beschimpfungen in alle Himmelsrichtungen, keiner kam gut weg, nicht die Amerikaner, unter denen die Ich-Erzählerin lebte, nicht die Ukrainer, zu denen sie sich zählte, logischerweise nicht die Russen und auch nicht die Juden – klar, warum sollten die je irgendwo gut wegkommen. Ursprünglich hatte Edi gedacht, sie könnte nach Kiew reisen und die

»wichtigste Schriftstellerin der heutigen Ukraine«, wie es in der Vita hieß, interviewen und das als Dienstreise verbuchen. Schon im Sommer, als es noch ein paar Wochen hin war bis zur Wahl, hatte ihr die Redaktion im Nacken gesessen, sie solle sich doch zu »ihren Leuten« verhalten, sie könne sich endlich beweisen, ein eigenes Profil entwickeln, eine Nische für sich beanspruchen, der Begriff *Unique Selling Point* war gefallen, spätestens ab da wurde Edi schlecht bei dem Thema. Sie war sich ohnehin nicht sicher, ob sie nach ihrem Volontariat überhaupt eine Chance auf eine Festanstellung als Journalistin hatte oder ob sie nur Lückenfüller war. Aber selbst wenn – einen Flug in die Ukraine bezahlt zu bekommen und dort herumzureisen, war ihr nicht als die schlechteste aller Optionen erschienen. Allerdings hatte sich schnell herausgestellt, dass die Redaktion von ihr nicht die Beschäftigung mit ukrainischer Kultur erwartete, sondern eine Reportage über »ihre Leute« in den neuen Bundesländern: Kontingentflüchtlinge, Nachzügler, Frühaussiedler, Spätaussiedler, Totalaussiedler, Wolgadeutsche, Russlanddeutsche, Juden mit Davidstern um den Hals, Juden mit Jesuskreuz um den Hals, armenische Juden, tscherkessische Juden, Kasachendeutsche mit jüdischen Haustieren. Ein beträchtlicher Teil dieser Mischpoche hatte gerade ihre Stimme einer rechtspopulistischen Partei gegeben, und Edi sollte die gemeinsame Muttersprache als Köder auswerfen, um diese Menschen vor das Aufnahmegerät zu bekommen. Unlängst hatte es in der Redaktionssitzung geheißen, Edi solle auch mal was »zu der Situation« sagen: »Geht dich doch auch was an.«

Natürlich ging es Edi was an, aber was genau? Sie wollte Journalistin werden, um vorzugsweise in den Westen zu reisen. Die USA interessierten sie, der ganze südamerikanische Kontinent auch. Darauf wollte sie sich spezialisieren, aber das kümmerte ihre Arbeitskollegen wenig. Habe sie nicht auch Verwandte dort, in der ehemaligen UdSSR? Käme sie nicht aus …? Ja, sie käme aus.

»Wir schicken einen Kollegen hin, und du kommst mit und machst ein paar Fotos? Dir gegenüber sind sie vielleicht auch unbefangener. Du kannst doch sicherlich ein paar Kontakte herstellen.« Edi wäre fast aus der Sitzung gerannt, aber sie wollte den Job, sie wollte einen eigenen Schreibtisch in der Redaktion, nicht diese wacklige Tischhälfte mitten im Gang, die sie manchmal freiräumen musste, weil andere den Platz gerade brauchten. Sie hatte es fast geschafft, immerhin war sie aus über zweihundert Bewerbungen ausgewählt worden, ein Volontariat war eine halbe Anstellung, nur noch ein bisschen die Zähne zusammenbeißen. Sie drückte sich gegen die Stuhllehne und deutete etwas an, was weder ein Nicken noch ein Kopfschütteln war, versuchte etwas zu sagen wie: »Nicht alle, die dem Sozialismus den Rücken zugekehrt haben, wählen deshalb Nazis«, aber sie fand nicht die korrekte Formulierung. Nein, nicht alle, bei weitem nicht alle. Nur ihr Vater. Und *Nazi* war nicht das richtige Wort, aber ihr fiel kein anderes ein. Immer fehlten ihr im entscheidenden Augenblick die passenden Begriffe. So wie neulich, als ihr Vater ganz beiläufig am Telefon erwähnt hatte, hinter welcher Partei er sein Kreuzchen auf dem Wahlzettel gemacht hatte.

Edis Russisch war nicht gut genug für eine solche Diskussion. Das Gemisch aus deutschen und russischen Wörtern, in einen weitgehend deutschen Satzbau gepresst, war eine eigene Sprache, und sie war in jeder Migrantenfamilie anders. Wie das Rezept eines allgemein bekannten Gerichts, das bei Freunden eben doch anders schmeckt als zu Hause. Nicht alle verwendeten die gleichen Zutaten. Also legte Edi auf und beschloss, dass das Gespräch nie stattgefunden hatte.

Manchmal gelangt man genau dort an die Kante, wo sie ab-bricht, hatte sie in einem Buch über den Donbass gelesen. Sie hätte den Satz gerne in der Morgensitzung angebracht, aber er fiel ihr zu spät ein.

Edi drehte das Telefon wieder um, der Name ihrer Mutter blinkte heute schon zum vierten Mal auf dem Display. Hätte sie es nur ganz weggelegt, aber sie erwartete eine Nachricht von einer Person, mit der sie vage verabredet war. Im Chat der Dating-App bestand ihr Name nur aus einer Zahlen-kombination und Hashtags, sie machte keine weiteren Angaben zu sich, gab nur ein paar Vorlieben preis: Sie möge »Musik, die in den Ohren kratzt«, »in Ausstellungen gehen, zu denen sie sich vorher keine Merkblätter durchlesen muss, um sie zu verstehen«, und »I'm top (never liked to be bottom:) poly and fun«. Ihr Profilbild war in Bewegung aufgenommen worden und wirkte verschwommen, man sah nur dunkle Haare, kein Gesicht, im Grunde war sich Edi nicht mal sicher, welcher Körperteil fotografiert worden war. Vielleicht würde ja Leeza an der Tür des Clubs Dienst haben, in dem sie sich treffen wollten, das wäre in jedem Fall schön. Sie könnten sich ein paar Kippen teilen.

Das Handy blinkte und blinkte, Edi konnte sich nicht länger totstellen, das Gespräch würde an Länge zunehmen mit jedem Mal, bei dem sie nicht ranging. Vielleicht sollte sie den Anruf annehmen und ihrer Mutter eröffnen, dass sie in die USA reisen müsse und deshalb nicht zu ihrem Geburts-tag kommen könne, eine dringende, für die Arbeit höchst notwendige Angelegenheit, eine brisante Recherche, un-aufschiebbar. Wenn sie sich sowieso immer stritten, warum nicht darüber?

»Hast du Tatjana schon erreicht?«, war das Einzige, was

ihre Mutter zur Begrüßung sagte. Sie gab sich nicht die Blöße, ihren Ärger zu zeigen, also tat auch Edi unbeteiligt und
sagte ehrlich und knapp: »Nein.«

Sie würde nicht über eine graue Autobahn nach Jena brettern, sondern auf einem Highway durch Florida cruisen.
Louisianamoos, das wie grüner Schaum von den Ästen jahr-
hundertealter Bäume fließt, viktorianische Bauten, die wie
poröse Attrappen zerfallen, die vor Kummer und Feuchtig-
keit aufgedunsenen Gesichter in den Gängen der Shopping-
malls. Vielleicht käme ihre Hashtag-Verabredung sogar mit,
es hieß doch immer, am besten lerne man sich auf Reisen
kennen, vielleicht hatte sie bis dahin auch einen Namen, den
man rufen könnte, wenn sie den Wagen am Strand parkten
und auf den Ozean zuliefen.

»Bist du noch dran?« Ihre Mutter hatte offenbar weitergesprochen, aber Edi hätte die letzten Sätze nicht wieder-
holen können, sie spürte nur, dass sie etwas Wichtiges verpasst hatte.

»Ja. Ich … bei mir …« Sie lief ziellose Pfade durch die
Wohnung, blieb vor der Eingangstür stehen und betrachtete das verbeulte Blech des Schlossblattes. Der Holzrahmen
war auf Höhe der Klinke zersplittert, die Tür stand ange-
lehnt.

»Bei mir ist eingebrochen worden.«

Edi befühlte die Späne, die um das Schloss herum heraus-
schauten, sie waren weich, als wäre ein kleines Strohkissen
unter der Lackschicht aufgeplatzt.

»Du musst dir nichts ausdenken. Wenn du vorhast, nicht
zu kommen, dann sag es lieber gleich.«

Typisch. Danke, dass du nicht nachfragst.

»Ich denke mir nichts aus, Mama, ich kam heute Morgen
nach Hause, und die Tür stand offen.«

»Und was war vor heute Morgen? Ich bitte dich seit Wochen darum, dich mit Tatjana zu verabreden. Ist das so schwer?«

Edi starrte auf den Streifen elektrischen Lichts, das durch den Spalt zwischen Tür und Rahmen aus dem Treppenhaus in ihren Flur fiel. Draußen war es mittlerweile früher Nachmittag, aber die Sonne schaffte es zu keiner Tageszeit bis in ihr Hinterhaus.

»Ist gut, ich rufe sie gleich an.«

»Ist viel weggekommen?«

Die Frage überraschte Edi, sie hatte sich damit abgefunden, dass ihre Mutter nie zuhörte und nur auf Geschichten reagierte, in denen sie »etwas verbrochen« hatte. Sie blickte in ihr Wohnzimmer hinein. Es herrschte Unordnung, ja, aber es war ihre eigene. Keine Schnitte im Sofapolster, die Decke zusammengeknüllt auf dem Parkett, aber sie selbst hatte sie von sich gestoßen und auf dem Boden liegen lassen. Der Tisch am Fenster war nicht verrückt worden. Als sie den Einbruch heute Früh entdeckt hatte, war sie sicher gewesen, dass sie den Computer, der auf der Kommode lag, nicht mehr vorfinden würde, aber er war noch da, angeschlossen an den Strom, der winzige Lichtpunkt am Magnetstecker leuchtete grün. Der Stapel an Zeitschriften und Magazinen war unberührt, glaubte sie zumindest.

»Ich …, ich weiß es nicht. Ich hab noch nicht nachgesehen.«

»Wie, noch nicht nachgesehen?«

Es war sinnlos, ihrer Mutter zu erklären, dass sie nichts weiter unternommen hatte, seit sie nach Hause gekommen war und die aufgebrochene Tür gesehen hatte. Die Einbrecher waren weg, die Wohnung roch wie immer. Keine offenen Schubladen, die Bücher nicht aus den Regalen geworfen. Edi dachte, dass sie das tun würde, wenn sie irgendwo einbräche: jedes einzelne Buch in die Hand nehmen und darin blättern, und wenn zwischen den Seiten kein Bargeld versteckt wäre, es gegen die Wand pfeffern.

Edi hatte sich vorzustellen versucht, was die Einbrecher gesucht haben könnten oder ob es ihnen nur darum gegangen war, ihr zu zeigen, dass man ihre Tür leicht aufbekam. Vielleicht hatten sie an ihr nur geübt, vielleicht waren sie auch im Treppenhaus überrascht worden und gar nicht in die Wohnung gekommen. Dann war sie ins Bad gegangen und hatte ein erstes Anzeichen entdeckt: Die Schüssel war von innen braun bespritzt, der Einbrecher schien sich mit großem Druck erleichtert zu haben. Edi überlegte, ob sie den Zustand so belassen sollte, bis die Polizei kommen und vielleicht Proben nehmen würde. Sie stellte sich einen vor der Kloschüssel knienden Polizisten vor, der mit einem Arm hineinfasst und die Spuren der Eindringlinge in eine Plastiktüte packt, dann betätigte sie die Spülung. Sie musste die Bürste benutzen, um alle Reste zu entfernen. Sie spülte mehrmals und schrubbte mit den Borsten an der Keramik. Ihr Kopf glühte, sie versuchte zu denken, dass es ihre Exkremente waren, und plötzlich fragte sie sich, ob sie einfach nur vergessen hatte, zu spülen, bevor sie gegangen war. Das alles konnte sie ihrer Mutter unmöglich erzählen. Was sollte sie auch sagen? Jemand hat in mein Klo geschissen?

»Es ist, glaube ich, nichts mitgenommen worden.«

Es war unmöglich zu erzählen, dass sie alle Reinigungsmittel, die sie in der Kammer gefunden hatte, in die Toilettenschüssel geschüttet hatte. Grüne Tropfen flüssiger Seife waren auf den Kachelboden neben die Badewanne gefallen, sie hatte sie erst weggewischt und dann beschlossen, die gesamte Wohnung zu putzen, dann hatte sie eine entsetzliche

Müdigkeit überfallen, eine, die ihr wie Teer übers Gesicht lief, sie hatte sich aufs Sofa gelegt und zu den *Feldstudien über ukrainischen Sex* gegriffen. Dann rief ihre Mutter an.

»Wie, es ist nichts weg, auch nicht der Schmuck?«

»Was denn für Schmuck?«

Die Armbanduhr mit dem goldenen Gehäuse fiel ihr plötzlich ein, die ihre Mutter ihr vor Jahren zu einem Anlass geschenkt hatte, an den sie sich nicht erinnern konnte, sie müsste eigentlich im Spiegelschrank liegen. Erst vermied sie den Blick in ihr Gesicht, dann wagte sie es doch: Die wasserstoffblond gefärbten Haare passten nicht gut zu ihrem blassen Teint, sie hatte das Gefühl, ihr ohnehin zu breites, zu weißes Gesicht liefe aus in die kurzen, gebleichten Haare. Sie riss den Spiegelschrank auf, sah die Uhr auf den ersten Blick im oberen Fach liegen, befühlte die Oberfläche, den dünnen Kratzer im Glas. War sie überhaupt aus echtem Gold? Sie verscheuchte den Gedanken, was von Wert sei in ihrer Wohnung und was sie vermissen würde, wenn es wegkäme.

Hatten die Einbrecher ihre Zahnbürste benutzt?

Sie nahm sie aus dem Becher, fuhr mehrmals mit der Fingerkuppe des Daumens über die Borsten, warf sie in den Mülleimer und ging zurück zur Couch.

»Wirklich nichts weggekommen?« Die Stimme ihrer Mutter klang plötzlich eigenartig alarmiert.

»Bist du jetzt enttäuscht, dass sie nichts mitgenommen haben?«

Das Spiel kannten beide zur Genüge, Edi hörte, wie ihre Mutter einatmete, aber sich dagegen entschied, zurückzusticheln. Manchmal tat es gut, wenn sie losschrie, dann konnte man auch schreien. Aber heute war sie kurz angebunden, als wäre sonst noch jemand im Raum, und Edi wollte schon fragen, ob sie ihren Vater sprechen könnte, aber dann beließ sie es bei uneindeutigen Geräuschen mit geschlossenen Lippen, während ihre Mutter ihr Anweisungen gab.

»Dann schau jetzt alles sorgfältig durch und ruf die Polizei und den Schlüsseldienst. Und danach rufst du Tatjana an. Ein Einbruch ist kein Grund, am Wochenende hier nicht aufzukreuzen.« Lena sagte das, ohne Abstände zwischen den Wörtern zu lassen, und legte auf.

Edi steckte die Füße in die Hausschuhe, die vor der Balkontür standen, mit geblümtem Muster auf der Zehentasche, selbst genäht von einer Freundin ihrer Mutter, die es für eine Unsitte hielt, barfuß durch die Wohnung zu laufen, so wie Edi es immer tat. Sie war der festen Überzeugung, das tue man nur, wenn jemand gestorben war.

Der Balkon war ein schmales Rechteck mit Tontöpfen in den Ecken, Edi fühlte die Herbstkälte an den Fesseln. Der niedrige Holzstuhl stand wie immer mit der Rückenlehne zur Tür. Sie ging in die Hocke und inspizierte die Pflanzen. Die Wurzeln der Minze hatten in den Topf einen Riss gesprengt, sie wollte ihn seit Wochen austauschen. Sie setzte sich auf den wackeligen Stuhl neben die Kräuter, er war gerade hoch genug, dass sie über die Brüstung schauen konnte. Das Laub fiel von den Bäumen vor dem Stadion gegenüber, und man konnte die ziegelrote Laufbahn erkennen. Schlagartig überfiel sie wieder der Wunsch nach Schlaf. Sie legte ihren Kopf auf das Metall des Geländers und schaute entlang der schwarzen Linie zu dem Balkon nebenan und dann zum nächsten und zum übernächsten.

Hinter dem Häuserblock wurde der Himmel bröselig wie feuchtes Mehl. Das Metall unter ihrer Schläfe verstärkte den Puls in ihren Adern, das rhythmische Klopfen hielt sie davon ab, die Augen zu schließen. Sie hob den Kopf, schaute durch das mit Straßenstaub verschmierte Glas der Balkontür in ihre

Küche und fragte sich, was ihr Vater wohl zu dem Einbruch sagen würde. Ob er sich sorgen würde. Vor Jahren hatte er sie in ihrer ersten Wohngemeinschaft abgeliefert – im Kofferraum seines alten Audi ein paar Umzugskisten mit Büchern und Klamotten, auf der Rückbank zwei Sporttaschen voller Tütensuppen, Nudelpackungen, Tomatensugo und selbst eingekochter Marmelade – und war seitdem nicht mehr zu Besuch gewesen. Während der Umzugsfahrt hatten sie das Radio ohrenbetäubend laut aufgedreht und sich trotzdem die ganze Zeit über unterhalten. Er nahm der Tochter das Versprechen ab, dass sie sich beim Praktikum in der Zeitung, das sie wider Erwarten ergattert hatte, wirklich Mühe geben werde. Nicht gleich alles hinschmeißen, wenn ihr eine Kleinigkeit nicht passt, wie beim Soziologiestudium zuvor, und davor die Psychologie, auch nur zwei Semester. Und keine Drogen, natürlich, nie und nimmer.

Ein knappes Jahr später hatte er angerufen und erklärt, er überweise ihr jetzt einen kleinen Betrag, damit sie sich ein Auto kaufen und jederzeit zu Besuch kommen könne, es reiche nicht für einen Mercedes, aber für etwas anständiges Kleines vielleicht schon, das zumindest die Strecke Berlin–Jena einmal im Monat schafft.

»Einmal im Monat?«, flog es aus Edi raus wie ein Tennisball aus der Wurfmaschine.

»Ja, oder schau halt, wie oft. Damit du kommen kannst, wann du willst, und nicht von der Bahn abhängig bist.«

Edi widersprach nicht. Es war für ihren Vater bestimmt einfacher zu glauben, das Kind komme wegen der ungünstigen Zugverbindungen so selten nach Hause. Dass sie das Schienennetz trennte und nicht die Scham, nicht zu wissen, wie man das eigene Leben voreinander rechtfertigen soll.

Edi schlang die Arme um die Beine und versuchte so, in sich selbst eingerollt, auf dem Holzstuhl sitzen zu bleiben. Bevor ihr die Augen zufielen, schaffte sie es rüber auf das Sofa.

Ich war damals jung, kräftig, dünn und ohne bestimmtes Geschlecht – lauter Vorteile beim Pilgern. So zog ich los ... Das waren nicht ihre Gedanken. Aber wessen dann? Der Name der Autorin war ihr im Halbschlaf weggerutscht. Und wohin würde sie pilgern, wenn sie könnte? Allein würde sie das ohnehin nicht wollen, selbst die Frau aus dem Buch, deren Zeilen sie beim Aufwachen wie einen Ohrwurm im Kopf hatte, war mit einem Typen losgezogen, auch wenn sie ihn kaum kannte und ihm erst mal einen neuen Namen gab. Edi schaute aufs Handy, das neben ihr auf dem Kissen lag, sprang auf und lief zum Schrank.

Der schwarze Stoff des trägerlosen Shirts über der Brust und den oberen Rippen wirkte wie ein Strich mit Filzstift auf ihrer kalkweißen Haut. Sie warf ein braunes Männerhemd darüber, bei dem zu viele Knöpfe fehlten, als dass man es hätte zumachen können, und schob ihre Arme in die etwas zu enge Lederjacke. Dann griff sie nach dem Cap, auf das *Xanax* gestickt war, und stülpte es sich auf den Kopf in der Hoffnung, ihrem Gesicht dadurch irgendeine Art von Kontur zu geben. Wenn Leeza heute Dienst hatte, würde sie Edi mit Sicherheit wegen ihrer Kleidung aufziehen. Leeza war trotz Türsteherinnenjacke immer gekleidet, als sei sie auf dem Weg zu einem Auftritt, sie glitzerte in der Düsternis der Hinterhöfe, selbst wenn sie nur Schwarz anhatte.

Mehrere Nachtbusse zogen an Edi vorbei, aber sie entschied sich, bis zu den Fabrikgebäuden hinter dem S-Bahn-Ring zu Fuß zu gehen, um die Anspannung aus den Knochen zu schütteln. Sie lief an mehreren Häusern vorbei, in denen sie seit ihrem Wechsel von Jena nach Berlin ein Zimmer gemietet hatte. Aus der ersten WG war sie rausgeflogen, weil sie dem Mitbewohner John die Matratze angekokelt hatte, nachdem er gesagt hatte, Israel müsse dem Erdboden gleichgemacht werden, aus der letzten, weil sie über dem Kopf ihrer Zimmernachbarin Alex eine ganze Waschpulverpackung ausleerte, als diese forderte, die ganze Welt sollte wie Israel sein.

Seither lebte Edi allein, das Geld, das sie als Volontärin verdiente, reichte knapp für die Miete und die Clubs. Kleidung war kein großes Thema. Pullover, die aussahen, als habe der Vater sie ausgeleiert, bevor man sie ihm entwendet hatte, die aber in Boutiquen in sonst leeren Vitrinen ausgebreitet lagen und eine Monatsmiete kosteten, lockten Edi nicht. Sie fiel nicht weiter auf, weil es in Berlin okay war, so auszusehen, als durchsuche man gerne die Wühltische von Billigketten. Man wurde nicht mehr dafür gehänselt wie damals in der Schule. Nur ihre Mutter brüllte jedes Mal los, wenn Edi in karierten Flanellhemden über gebatikten T-Shirts und einer Lastwagenfahrerschirmmütze auf den gefärbten Haaren zu Besuch kam, aber dann zuckte Edi mit den Schultern und behauptete wahrheitsgemäß, in der Hauptstadt trage man es so. Ihre Mutter schimpfte dann, sie lasse sich doch nicht für blöd verkaufen, sie komme vielleicht aus einem anderen Land, sei aber deshalb noch lange nicht so lobotomiert zu glauben, irgendwer liefe freiwillig in einem solchen Aufzug herum. Sie glaubte, Edi wollte sie prüfen. Und Edi dachte, dass sie in diesem Punkt recht hatte.

Mit Leeza brauchte sie zu Hause gar nicht erst anzukommen, das war klar. Sie konnte nicht mit einer Muslima bei ihrer Familie und den dazugehörigen Freunden aufkreuzen, die Leeza unter einem Haufen übergriffiger Fragen begraben würden, wenn sie sie überhaupt ansprechen und ihr nicht gleich mit ihren abschätzigen Blicken die Haut verbrennen würden. Darum war irgendetwas in Edi erleichtert, als Leeza ihr bald nach der ersten gemeinsamen Nacht klarmachte, dass sie nichts Festes suche, weil sie an nichts Festes glaube. Ihre Eltern habe der Krieg in ihrem Land auseinandergerissen, ihr Bruder sei verschollen, das Letzte, was ihr jetzt fehle, seien noch mehr Menschen, die plötzlich nicht mehr da sein würden. Also arbeite sie daran, niemanden zu brauchen, erklärte sie Edi, als sie sich wieder anzogen. Edi starrte sie an, spürte noch einmal sehr deutlich, dass Verlangen ein Muskel war, der pochte und sich zusammenzog, und unterdrückte ein »Ich muss dir so viel erzählen«, weil »Ich muss dir so viel erzählen« eine Art Warnung war, dass gleich ein »Ich liebe dich« kommen könnte, und das würde Leeza erst recht abschrecken.

Als die Schlange vor dem Eingang zum Club kürzer wurde und sie Leeza die Jacken und Rucksäcke der Wartenden abtasten sah, atmete Edi auf. Leeza kam selten mit hinein, sie tanzte nicht gern und durfte während ihrer Schicht auch nicht trinken, aber Edi brachte ihr alkoholfreies Bier nach draußen, wenn sie selbst eine Pause brauchte, und dann redeten sie im kalten Licht der Scheinwerfer, die ihnen beiden längliche Schatten unter die Augen schlugen.

Letzten Spätsommer hatte Leeza sich von ihr mit nach Hause nehmen lassen, den gesamten Morgen noch küsste Edi ihre verschwitzte Bauchdecke, bis Leeza ihren Kopf wegschob und vorschlug, ins Freie zu gehen, irgendwohin mit weitem Horizont statt Häuserfronten. Sie schafften es bis aufs Tempelhofer Feld. Das Zittern in den Knien und die vielen Inlineskater auf der Start- und Landebahn des Flughafengeländes machten es kompliziert, einfach nur zu schlendern, sie mussten immer wieder ausweichen und konnten sich nicht unentwegt ins Gesicht starren, also stolperten sie vom Beton auf eine der Wiesen, und Edi schrie auf, weil sie dachte, etwas würde sie in die nackten Waden beißen, aber es waren nur Brennnesseln, in die sie geraten waren. Leeza riss eine der Pflanzen samt den erdigen Spinnwebwurzeln aus und schlug Edi damit leicht auf den Nacken, woraufhin Edi ihr T-Shirt über den Kopf zog, ihre Hose abstreifte und sich in das weich scheuernde Feuer der Nesseln legte. Sie rieb mit ausladenden Schwimmbewegungen einen Engel ins Gras. Leeza kreischte, zog Edi an den Beinen, packte sie an den Armen, aber es war zu spät. Ein paar Stunden später waren Edis Glieder so stark angeschwollen, dass sie kaum mehr aufstehen konnte, und es war Leeza, die mit zwei Litereimern Quark vor der Tür stand und ihr Wickel machte.

»Haben die Hyenaz schon angefangen?« Edi umging die Schlange, stellte sich neben Leeza und küsste sie auf die Wange.

Leeza hatte Edi an dem Abend, als sie wie ein Michelin-Männchen in Folie und Milchprodukte eingepackt auf ihrer Matratze lag, erzählt, dass sie Sinologie studierte und vorhatte, bald diese Stadt, dieses Land und alles, was sie kannte, zu verlassen. Auf Edis Nachfrage hin, warum ausgerechnet Sinologie, sagte sie: »Wegen der geheimnisvollen Zeichen.« Das war jetzt einige Zeit her, Edi fragte nicht nach, sagte nie: »Du bist ja noch hier!«, schließlich war sie auch »noch hier«, weil sie sich bis jetzt noch nicht entschieden hatte, wohin sie, wenn sie denn je den Mut dazu aufbringen würde, pilgern könnte.

»Die sind doch erst nächstes Wochenende hier.«

»Nächstes Wochenende kann ich nicht.« Edi fluchte und verstand, dass die Reise zum Geburtstag ihrer Mutter längst ausgemachte Sache war. Sie würde mit Tatjana nach Jena aufbrechen. Sie hatte sie noch immer nicht angerufen, aber wenigstens eine Textnachricht geschickt und keine Antwort erhalten, das beruhigte sie, sie wollte die Unterhaltung über Geschenke, Garderobe und zu erwartende Gäste so lang wie möglich aufschieben. Sie müsse nichts vorbereiten, nichts mitbringen, nur vorbeikommen, hatte ihre Mutter schon vor Wochen beteuert, aber das sagte sich so leicht. Der Raum wäre voller Menschen, die Edi begutachten würden. Sie würden ihre vorgefasste und unerschütterliche Meinung zu ihrem Leben in Andeutungen oder selbstvergessenen Monologen zum Besten geben, bald wären alle betrunken und würden anfangen, ihre russischen Lieder zu grölen, und ihr Vater würde sich neben die Klavierspielerin auf den Hocker setzen und versuchen mitzuklimpern, obwohl er nie ein Musikinstrument gelernt hatte. Was die Meinung der Feiergesellschaft zu ihrer Haarfarbe wäre, wollte sie erst gar nicht wissen.

»Ich muss nächstes Wochenende zu meiner Mutter. Runder Geburtstag, volles Programm.«

»Passiert den Besten«, gab Leeza zurück, ohne auch nur einen Funken Mitleid. »Wann lese ich endlich was von dir, hattest du nicht deine erste Artikelabgabe neulich? Ich dachte, ich sehe ab jetzt nur noch deinen Namen in den Newsfeeds.«

Der Reißverschluss von Leezas lackroter Gürteltasche, die sie sich schräg über die Brust geschnallt hatte, klemmte, sie brauchte mehrere Anläufe, um ihn aufzuziehen, holte ein Softpack Zigaretten heraus, gab sich Feuer, ihr Gesicht wurde noch milder. Als Kind hatte Edi gedacht, so ein glühender Stängel wärme den Kopf, deshalb steckten sich alle unentwegt einen zwischen die Lippen. Weil ihnen kalt war.

»Ich muss ihn umarbeiten«, gab sie zu. »Die sagen, ich darf

nicht alles in der Ich-Perspektive schreiben. Als sei das nur meine Sicht. Es gäbe schließlich Fakten und so …«

Die für sie zuständige Kollegin hatte es noch drastischer formuliert, als sie ihr den Text zurückgegeben hatte. Edi solle sich nicht einbilden, dass die Welt um sie herum verschwinde, wenn sie die Augen schließe – sie wäre dann noch da. Sie drehe sich wunderbar auch ohne Edi und all die anderen, die glaubten, ihre Recherchefaulheit damit kaschieren zu können, dass sie behaupteten, Konstruktivisten zu sein, weil sie den Begriff schon mal gegoogelt hatten. Das hier sei schließlich kein Lifestyle-Magazin und auch kein Blog, für den sie ab und zu was tippe. »Im Politikressort gibt es kein Ich! Hier passieren wirkliche Dinge, und wir berichten darüber. Man bildet euch aus, gibt euch eine Chance, und dann hört man am Ende trotzdem nur ich, ich, ich, ich, ich! Ich kann es nicht mehr hören, diese Ich-Sucht!« Da war Edi schon auf den Gang hinausgestolpert.

»Du hast doch ein Date.« Leeza schnipste den Stummel weg und fuhr sich mit beiden Händen durch die Haare, als wäre sie jetzt zu irgendetwas Waghalsigem bereit.

»Merkt man mir das an?« Edi überkam die Angst, dass ihre Stirn glühte, das tat sie meistens, wenn sie aufgeregt war, sie zog das *Xanax*-Cap tiefer ins Gesicht.

»Immer wenn du so aussiehst, als wüsstest du nicht, wie man Kleidungsstücke kombiniert, weiß ich, da drin wartet jemand auf dich.« Der weiche Flaum auf Leezas Oberlippe kitzelte Edis Wange, als sie ihr einen Kuss gab, dieses Mal näher am Mundwinkel. »Viel Vergnügen!«

Edi hätte sie fast am Bund der Jeans gepackt und an sich herangezogen, stattdessen drückte sie die Tür auf, schob die Plastikzungen beiseite, aus denen die Absperrung zur Garderobe bestand, und visierte den Raucherbereich an.

Musik, die in den Ohren kratzt, sie dachte an die seltsame Formulierung. Ihr Pulsschlag verschmolz mit dem dumpfen Dröhnen der Boxen, sie atmete flach, griff nach einer Aluminiumkugel in ihrer hinteren Hosentasche und fing an, grobe, trockene Brösel auf der Handfläche zu zerreiben. Sie sah zum hinteren Floor hinüber. Das Licht wirkte mal wie ein Warnblinker, dann wie ein herannahender Autoscheinwerfer, als würden aus der Tiefe der Räume Lastwagen auf die Menge zufahren.

Wie die Schemen von Lenkdrachen über dem Tempelhofer Feld kamen Edi Gestalten entgegen und bogen scharf links und rechts vor ihr ab. Ihre Verabredung erkannte Edi an der aufwendig in Unordnung gebrachten Mähne, deren Foto sie auch als Profilbild auf dem Datingportal verwendete, sie fiel ihr über die Schultern und stand vom Hinterkopf ab. »Dea«, sagte sie kurz angebunden und lehnte sich an die unverputzte Wand, nahm Edi den Joint aus der Hand, zog mehrmals daran, hektisch und kurz. Das Kleid, das sie unter einem zu weiten Jackett trug, hatte die Farbe von Zwiebelhaut, es fiel herab wie Wasser, und kurz dachte Edi, sie sei darunter nackt. *I'm top, never liked to be bottom,* erinnerte sich Edi, aber Dea sah nicht danach aus, auf der Jagd zu sein, sie wirkte eher erschöpft, auch wenn im grünlichen Licht der Deckenbeleuchtung ihr Gesicht nur zur erahnen war.

»Mir ist immer kalt«, sagte sie und hielt Edi wie zum Beweis ihre parfümierten Handgelenke an die Wangen. »Ich friere.«

»Ist ein bisschen früh dafür, nein? Da kommen noch ein paar Monate, ist erst Oktober.« Edi meinte ihr Parfüm zu erkennen, sie machte einen Schritt auf Dea zu.

»Ich habe schon ab Ende August keine Lust mehr. Ich hasse es, dass etwas zu Ende geht. Mein Körper wird immer kälter und schaltet runter.« Ihre Stimme war hoch, oder vielleicht schrie sie gegen den Beat an.

»Willst du meine Jacke?«

Dea blickte Edi etwas zu lange wortlos an: »Whisky, das wärmt. Ich will Whisky.«

Edi schaute auf die Linie ihrer Lippen, bis sie sicher war, dass Dea ihren Blick spüren konnte.

»Ich werde mich nie damit abfinden können, dass es bald schon mitten am Nachmittag dunkel wird, dann habe ich das Gefühl, jemand stiehlt mir etwas. Bald liegt morgens Reif auf dem Rasen, meine Fenster sind angelaufen und sehen aus, als hätte jemand Milch über die Scheibe geschüttet. Einfach eklig.« Sie wirkte vergnügt, wie sie sich so sinnlos in Rage redete, und rückte immer näher. »Ich möchte ein Recht auf Winterschlaf. Wie ein Hamster. Oder ein Igel. Ich habe mir vorgenommen, in den Bundestag zu marschieren und zwei Dinge zu fordern: bedingungsloses Grundeinkommen und bedingungsloses Recht, sich ab Oktober im Laub einzubuddeln. Und keiner kommt und weckt mich. Mein Herz schlägt dann nur ein, zwei Mal die Minute. Ich schalte alles ab und wache erst auf, wenn der Park wieder blüht.«

»Das heißt, du studierst schon mal Jura?«

»Für das Recht, mein Herz herunterzufahren? Ja!«

Dea wirkte im Licht, das von der Tanzfläche zur Bar herüberfiel, sehr blass, als hätte sie sich die Wangen weiß gepudert. Als Edi sich die Brennnesselvergiftung geholt hatte, sah ihr Gesicht ähnlich aus – wie eine mit weißer Kreide grob ausschraffierte Schablone.

»Und wie hältst du dich warm, bis der Bundestag deinem Antrag stattgegeben hat?«

Dea blinzelte, ihre mit Kajal ummalten Augen verschwammen im Rauch.

Edi dachte darüber nach, dass sie an einen See fahren könnten, wenn es Sommer oder zumindest schon Frühling wäre. Es überkam sie eine dringliche Lust, die karierte Decke aus dem Kofferraum zu holen, sie an einem sandigen Ufer auszubreiten, Dea und sie würden darauf liegen, Brioche essen und auf die auf- und abtauchenden Köpfe im See starren. Sie würden sich fragen, ob sie nicht auch ins Wasser springen sollten, aber stattdessen würden sie sich ins Gebüsch verziehen. Das Gestrüpp hinterließe einen roten Abdruck auf Deas Schulterblättern.

Sie standen nah voreinander, Edi roch die scharfe Süße des Bourbons aus Deas Mund. Als sie das Glas ein weiteres Mal hob und ihr Jackettärmel nach hinten rutschte, sah Edi die tätowierten Beine eines Tiers vom Handgelenk aus unter den Stoff wachsen, feine schwarze Linien, die Hufe und Fesseln andeuteten.

»Wie weit geht das?«

»Ziemlich weit.« Dea machte einen Schritt zurück, um Edi mehr von der Tätowierung zu zeigen. »Pirosmanis Giraffe. Kennst du ihn? Der hat nie in seinem Leben eine Giraffe gesehen. In Georgien gab es keine, und reisen konnte er nicht, der war so arm, dass er irgendwann unter einem Kneipentisch verhungert ist, noch während des Ersten Weltkriegs. Aber er hatte von dieser Giraffe gehört und sie gemalt, und sie stimmt vorne und hinten nicht – nicht in den Proportionen, nicht die Farbe des Fells, aber das ist egal, er wollte sie eben malen, und hier ist sie. Ich hab das Bild in einer Ausstellung gesehen, zufällig, bin reingestolpert und …«

Die vermeintliche Giraffe erstreckte sich über ihren ganzen Arm, bestimmt auch über das Schultergelenk, und wer weiß, welche Körperstelle der Kopf des Tieres zierte.

»Ich mag es, wenn Leute etwas wagen. Du warst nie dort,

kennst es nur vom Hörensagen – und trotzdem versuchst du dich an deiner Vorstellung von Welt. Ist doch letztlich egal, wie lang der Hals einer Giraffe tatsächlich ist, weil … Pirosmani sagt ja nicht: So ist es, sondern: So, denke ich, könnte es sein.«

Edi wollte widersprechen, stattdessen streckte sie ihren Arm aus und fuhr über Deas Nacken.

Sie tranken noch zwei Shots, stolperten auf die Tanzfläche, aber hielten es dort nicht lange aus, liefen zur Garderobe, um Deas Mantel zu holen. Als sie, die Finger ineinander verschränkt, an der zwinkernden Leeza vorbeigingen, befiel Edi die Angst, dass Dea die aufgebrochene Tür sehen und umdrehen würde, weil sie nicht bei jemandem landen wollte, dem seine Wohnung komplett egal war. Aber was sollte sie sonst vorschlagen. Zum See konnten sie nicht. Es war kalt, und Dea fror. Vielleicht wäre sie genau die Richtige, um in ein warmes Land abzuhauen.

Dea fragte nicht nach der kaputten Tür und schien sich auch nicht zu wundern, dass Edi keinen Schlüssel benutzte, sondern lediglich gegen die Klinke drückte. Sie schaute sich kurz um, blieb vor den Postkarten am Spiegel im Flur stehen und ließ wie beiläufig ihre Hand über die Buchrücken im Regal fahren. Edi sah, wie die glatten Einbände die Bewegung reflektierten.

Es störte sie auch nicht, dass Edis Matratze auf einem Rost ohne Bettgestell lag, auch der Kleiderberg daneben, nichts schien sie zu stören, sie ließ sich abgestandenen Wein aus dem Kühlschrank einschenken, war plötzlich sehr still, erzählte nichts mehr von Kälte, von verlangsamtem Herzschlag und Giraffen mit kurzem Hals, sie setzte sich aufs Sofa und rührte sich nicht mehr.

Edi trank hastig ihr Glas leer und kniete sich vor sie, fuhr mit der Hand unter ihren Wasserfallrock, löste die nasse Synthetik von der Haut um die Knie, griff an den kantigen Rippenbogen, und beide fielen nach hinten in die Polster. Dea lachte auf, als Edi ganz unter ihr Kleid kroch, ihr Körper schimmerte unter dem zwiebelfarbenen Stoff, alles wurde leiser, das Einzige, was Edi deutlich wahrnahm, war das nervöse Zirpen einer Armbanduhr an ihrem Ohr, als Dea ihren Kopf zwischen ihre Schenkel drückte. Sie schmeckte nach Ahornsirup und nach etwas, das Edi nicht ausmachen konnte, und darum immer weitersuchte, bis Dea ihren Kopf wegstieß. Edi legte ihre Wange in die weiche Mulde zwischen dem Haaransatz über dem Hügel und dem Beckenknochen. Es wäre schön, einfach hierzubleiben, dachte sie. Hier war Ruhe.

Sie wachte auf mit dem Geruch von nassem Laub in der Nase und weil ihr kalt geworden war. Sie hatte das Fenster offen gelassen, und die Luft im Zimmer fühlte sich feucht an, als hätte sich Tau auf alle Oberflächen gelegt. Dea hatte recht, bald war Winterschlafenszeit. Edi dachte an die Brennnesseln und ob sie auch unter Schnee grün bleiben würden. Ihre Augenlider zitterten, vermutlich von der Mischung aus THC, das immer noch in ihren Blutbahnen zirkulierte, dem Wein und der morgendlichen Aufregung, die sie oft überfiel und gegen die sie, immer wenn sie nicht zur Arbeit musste, ankiffte. Sie folgte mit den Augen den schwarzen Linien auf dem Körper neben ihr, die vom Unterarm über die sich schemenhaft abzeichnenden Muskeln des Bizeps bis zum Halsansatz und wieder hinunter zum Brustbein führten. Die Tätowierung sah aus wie ein Pferd, das sich über das Gitter der Rippen streckte und den Kopf zum Betrachter drehte.

Trotz der Hitze, die im Club geherrscht hatte, und der verrauchten Räume ging von Dea der Geruch gebügelter Wäsche aus, aber es war nicht die Kleidung, ihr Körper verströmte ihn.

Edi tastete nach ihrem Telefon, der Anfang einer Nachricht von Tatjana leuchtete auf dem Display: »Entschuldige, dass ich mich nicht gleich gemeldet …«, und als sie die SMS öffnete: »Bitte kommen.« Sie liege im Krankenhaus, niemand wisse davon und das solle vorerst auch so bleiben. Neurologische Station, das und das Zimmer.

Manchmal klingt ein »Bis dann« wie ein »Brich dir den Hals«. Sie verabschiedeten sich in knappen Sätzen. Edi musste abstoßend ausgesehen haben, Dea schaute an ihr vorbei. Sie hatte sich den Mantel unter den Arm geklemmt, die offenen Knöpfe am Kragen des Kleides standen ab wie Dornen, ihr langes Haar bewegte sich, als wäre es ein Tier. Edi hatte sie geweckt und ihr die Tasche in die Hand gedrückt, ohne Kaffee, eine Brioche oder zumindest die Möglichkeit zu duschen anzubieten, als müsste sie auf der Stelle los, als stünde mit der Nachricht von Tatjana ihre Mutter selbst im Raum, und beide schauten auf die zwei sich im Halbschlaf kaum berührenden Körper. Zwiebelstoff über dem Po der Unbekannten und ein schwarzer Balken über Edis Brust.

Der Geruch nach gebügelter Wäsche war verschwunden. Dea flog wie ein Lenkdrachen aus der Wohnung, Edi schlug die Tür zu, sie sprang zurück. Edi beließ es dabei und griff nach dem Telefon, überprüfte die Koordinaten, die Tatjana ihr geschickt hatte, hielt die verklebten Haare unter den Wasserhahn im Bad und zog sich etwas an, das nicht nach Schweiß und Rauch müffelte. Das musste reichen. Unterwegs suchte sie nach Nummern von Schlüsseldiensten, aber bei den ersten beiden ging niemand ran. Sie konnte nicht wegfahren mit einer Tür, die sperrangelweit offen stand.

Urbankrankenhaus am Kanal. Dort hatte sie oft auf der steilen Wiese gelegen, die Arme unter dem Kopf verschränkt, und den Schwänen dabei zugeschaut, wie sie die aufblitzenden Kronkorken aus der Erde zu picken versuchten. Sie hatte nie auch nur einen Gedanken daran verschwendet, dass das blockartige Gebäude hinter ihr eine Klinik war, in der Menschen zur Welt kamen, ihre Knochenbrüche heilten, starben. Sie brauchte eine Weile, um den Eingang zu finden, aber es fiel ihr nicht schwer, das Krankenhaus zu betreten, im Gegenteil: Edi verspürte eine Art Leichtigkeit, als sie durch die Automatiktür ging, für sie waren Krankenhäuser Orte ihrer Kindheit, an denen sie ihre Mutter treffen konnte, die damals Nachtschicht für Nachtschicht schob, um Geld zu verdienen und tagsüber Zeit für ihr Kind zu haben. Was es für sie bedeutet haben musste, im neuen Leben als Krankenschwester zu schuften und nicht mehr Ärztin zu sein, darüber hatte sich Edi erst später Gedanken gemacht, da war sie schon ausgezogen. Damals, im Kindergartenalter, hatte sie manchmal so lange gequengelt und geweint, dass sie ohne ihre Mama nicht schlafen könne, bis Lena entnervt nachgegeben, Daniel einen vernichtenden Blick zugeworfen und so etwas gesagt hatte wie: »Na gut, ich nehm dich mit, aber pack deine Spielsachen ein. Und du musst dich selbst anziehen.« Ob ihre Mutter ihrem Mann vorgeworfen hatte, dass er allein nicht mit dem Kind fertig wurde, obwohl er als Arbeitsloser nicht viel zu tun hatte, während sie für alle drei Geld nach Hause bringen musste, wusste Edi nicht. Sie hatte keine Erinnerungen daran, ob sie ihrer Mutter jemals zu viel gewesen war, wenn sie auf dem Weg zum Krankenhaus, den sie zu Fuß gingen, ununterbrochen auf sie einredete: »Schau, Mama, heute bin ich ein Pferd! Siehst du, das ist mein Pferdeschwanz! Das sind meine Hufe! Du guckst ja gar nicht, schau doch mal, schau!«

Ohne ein zappelndes Kind an der Hand hätte ihre Mutter auf diesem Fußweg zur Arbeit ein paar stille Minuten für sich gehabt; daran musste Edi oft denken, wenn sie auf dem Sofa ihrer Berliner Wohnung lag und darüber sinnierte, wie es ihrer Mutter damals, in den ersten Jahren in Deutschland, ergangen sein mochte. Sie hatte nie gefragt, dazu war es nicht gekommen, weil ihre Mutter es für überflüssig hielt, über sich zu sprechen. Sie waren hier, alles war gut. Punkt. Und Edi hätte niemals die Frage über die Lippen gebracht, ob ihre Mutter vielleicht lieber allein gewesen wäre, ohne Verantwortung für ein Kind und einen arbeitslosen Mann.

Im Schwesternzimmer bekam Edi von den Kolleginnen ihrer Mutter eine Decke an das Klappbett gebracht, manchmal gab es auch heiße Schokolade. Eines Abends hatte sich der Himmel himbeerrot und lila gefärbt, und gelbe Striche stachen schräg durch die Wolken und in die Umrisse der Siedlung draußen vor dem Fenster. Edi bekam Angst vor der Dämmerung, ihre Mutter war gerade nicht im Zimmer, dann roch sie Kakaopulver und warme Milch, eine Krankenschwester stellte sich neben sie, reichte ihr die Tasse, fuhr ihr durch die Haare und sagte: »Schau, wie schön. Weltuntergang! Weltuntergang ist oft. Wenn Weltuntergang ist, musst du dich mit einem Kakao ans Fenster stellen und unbedingt hinausschauen.« Sie roch nach warmer Haut, wie mit Duftöl vermischtes lauwarmes Wasser, dazu die Schokolade.

Nachts ging Edi manchmal ihre Mutter suchen. Sie hatte keine Angst, aber sie vermisste sie. Sie wachte auf, sah, dass

242

Lena nicht da war, strampelte die Decke beiseite und schlich hinaus.

Einmal stand die Tür eines Krankenzimmers offen, der Patient schlief, also huschte Edi an seinem Bett vorbei, kletterte auf das Fensterbrett und zog die Gardinen zu, damit sie keiner finden würde. Sie wusste nicht, wie lange sie dort gesessen und was sie gemacht hatte, außer mit dem Gardinenstoff zu spielen. Sie erinnerte sich, dass ihr Versteck aufflog, weil sie reflexartig auf die Stimme ihrer Mutter im Krankenzimmer reagierte. Sie schrie auf oder sagte etwas, jedenfalls riss die Mutter den Vorhang zur Seite und zog sie von der Fensterbank.

Sonst sah Edi ihre Mutter wenig. Sie kam selten ins Schwesternzimmer, um sich hinzulegen oder einen Kaffee aufzusetzen, und wenn, dann sprach sie kaum. Edi versuchte, auf ihren Schoß zu klettern, und Lena wies sie an, endlich zu schlafen, sonst dürfe sie nicht mehr mitkommen, aber sobald ihre Mutter wieder im Gang verschwunden war, tapste Edi ihr hinterher, sie hatte Angst, auch nur einen Moment zu verpassen. So hatte sie es zumindest in Erinnerung.

Die Nächte bei ihrer Mutter im Krankenhaus mussten die Ausnahme geblieben sein, aber Edi schien es, als habe sie dort ihre Kindheit verbracht. Sie dachte an diese Nächte als an ihre beste Zeit. Erst viel später war zwischen ihr und Lena etwas gekippt und zum Stillstand gekommen, wie bei einem See, dem Algen zu viel Sauerstoff entzogen hatten.

Tatjana war immer eine Konstante im Leben ihrer Mutter gewesen, aber Edi hatte dennoch nicht das Gefühl, sie gut zu kennen. Sie hatte Abstand zu ihr gehalten, wie zu allen anderen Freundinnen ihrer Mutter auch. Sich auf mehr einzulassen als auf Smalltalk barg die Gefahr, in eine Art Verhör verwickelt zu werden, an dessen Ende man sich immer schuldig fühlte, oder zumindest schlecht, ohne sagen zu können, was man eigentlich verbrochen hatte: Nein, sie habe keinen Freund, weil … Nein, sie studiere nicht Medizin, nein, auch nicht Wirtschaft oder Jura … Nein, die Haare seien kein Färbeunfall … und so weiter.

In Edis Erinnerung war Tatjana in ständiger Bewegung. Auch wenn sie bei ihnen zum Essen war, war sie es, die den Tisch abräumte, sauberes Besteck nachlegte oder irgendwelche Salate in Kristallschüsseln umfüllte. Sie sprach dabei fortwährend mit allen, ganz gleich, ob jemand ihr zuhörte oder nicht. Lena und Tatjana hatten immer viel miteinander telefoniert, das wusste Edi, und auf ihren Einschulungsfotos lacht Tatjana neben ihrer Mutter in die Kamera. Sie selbst steht darauf etwas abseits und schaut zu ihnen hinüber. Mit Tatjanas Tochter war sie ab und zu ins selbe Kinderzimmer gesetzt worden, aber Nina war zu klein und irgendwann zu schräg gewesen. Oder Edi war zu schräg gewesen, spätestens seit der Pubertät hatte sie das Gefühl, sie war diejenige, die keinen Anschluss zu ihrem Außen fand.

Dass Tatjana selbst mittlerweile in Berlin lebte, hatte man Edi auf der einen oder anderen Party ihrer Eltern immer wieder zugesteckt, als würde der gemeinsame Wohnort eine geheime Verbindung zwischen ihnen stiften. Warum genau sie aus Jena weggezogen war, konnte oder wollte man Edi nicht sagen, oder vielleicht hatte man es getan, und sie hatte nicht richtig zugehört, das konnte gut sein, schließlich zogen die meisten von irgendwoher nach irgendwohin, und viele davon in die Hauptstadt, das machte sie noch lange nicht zu Freundinnen.

Ein Aufschrei riss Edi aus ihren Gedanken. Gleich hinter der Automatiktür lag die Kantine des Krankenhauses, in die sie sich gesetzt hatte, um sich kurz zu sammeln. Sie fuhr herum, aber der spitze Schrei hatte nicht ihr, sondern einem Kind von vielleicht fünf oder sechs Jahren gegolten, das sich Schokoladentorte hinter die Backen schaufelte. Sie brauchte einen Moment, um zu begreifen, dass der Wortschwall, der aus der Frau herauskam, Russisch war.

»Lass es, hab ich gesagt! Friss doch nicht alles auf! Gleich gibt es Mittagessen!« Der nach hinten gegelte Haarschwanz der Frau stand ab wie ein Gewehrlauf und zitterte, während sie das Kind ausschimpfte. Ihre Wangen waren blasser als die Haut an ihrem Hals und am Haaransatz, beinahe bläulich. Sie musste Edis Blick bemerkt haben, ihr Kopf schoss in ihre Richtung, und sie schaute auch nicht weg, während sie weiter das Kind anschrie: »Was? Was soll das werden? Warum hörst du nicht? Warum hört keiner auf mich?«

Edi schaute erst verlegen zu Boden und dann wieder zu dem Kind in Jeanslatzhose, das, halb stehend über den Teller gebeugt und so schnell es konnte, den Kuchen verschlang. Unter der Kapuze der grauen Jacke, die ihm in die Stirn hing, sahen nur ein paar schwarze Haarspitzen hervor, rund um den Mund und auf den Wangen klebten Krümel und braune Teigstückchen. Das Kind kaute und schaute Edi an, kaute und schaute, kaute und schaute.

Mit am Tisch saß eine ältere Frau in dicker Strickjacke, die dem Kleinen über den Rücken streichelte. Sie fauchte die Frau mit dem abstehenden Zopf an: »Warum kaufst du ihm erst ein Stück Torte und verbietest ihm dann, es zu essen?«

Mit der einen Hand wippte die jüngere Frau den Kinderwagen neben sich, mit der anderen gestikulierte sie in die Richtung des kleinen Jungen, die aufgeklebten Nägel verlängerten grotesk ihre Finger. Sie schaute um sich, ihr Blick verfing sich wieder kurz in Edis, dann schnaubte sie heftig durch die Nase und schimpfte erneut auf das Kind ein: »Nicht alles auf einmal, hab ich gesagt. Was ist das nur? Warum? Warum läuft alles schief?«

Sie rutschte auf dem Stuhl hin und her, als wollte sie gleich losstürzen, aber wüsste nicht, wohin – auf das Kind zu, das immer schneller die Gabel zum Mund führte und dabei zu keuchen anfing, oder in Edis Gesicht. Das Kind hustete und rang nach Luft, Edi sprang auf, stand unschlüssig zwischen der Fensterfront zur Straße und der zankenden Familie und hatte das Gefühl, irgendetwas bewegte sich unter ihren Füßen.

Nimm mich, das bedeutet immer: nimm mich zusammen mit meiner Kindheit, hatte sie in den Matroschka-Feldstudien gelesen.

»Die Gabel aus dem Mund!«, schrie die jüngere Frau, und die ältere zog das Kind auf ihren Schoß und klopfte ihm auf den Rücken wie auf ein Kissen, die Schläge auf den Stoff der Kapuzenjacke hallten dumpf in der sonst leeren Cafeteria wider, die Mutter des Kindes war schlagartig verstummt, und das Kind selbst gab keine Geräusche von sich außer einem trockenen Hecheln.

Edi riss sich los, lief zum Blumenkiosk und kaufte, mehr zur eigenen Beruhigung als aus Höflichkeit oder Pflichtgefühl, einen Strauß Gerbera. Sie hatte das Gefühl, dringend etwas tun zu müssen, etwas Handfestes. Die Blüten waren weiß an den Rändern und färbten sich nach innen rosa. Edi fiel ein, dass ihre Mutter mit Blumen und deren Farben bestimmte Botschaften verband, Hoffnung, Liebe, Trauer, weiß Gott, was noch alles, womöglich tat das auch Tatjana, und vielleicht sogar die Frau, die gerade ihr Kind beinahe mit einem Stück Kuchen erstickt hätte – so wie nackte Füße auf heimischem Boden bedeuteten, dass jemand tot war –, aber sie hatte keine Ahnung von dieser Farbenlehre und hoffte inständig, dass rosarote Gerbera harmlos waren.

Die säuerliche Luft konnte nicht von den Bettlaken kommen, alles im Zimmer wirkte frisch. Eine Gardine war zur Seite geschoben, die Fensterbank war leer, von draußen drangen Stimmen herein, im Hof stritten sich Männer. Zwei Betten standen weit auseinander, zwischen ihnen war Platz für ein weiteres, Tatjana saß auf dem nahe der Tür, Edi stand ihr direkt gegenüber, obwohl sie noch kaum ins Zimmer getreten war. Sie versuchte zu lächeln. Dann das Lächeln zu halten. Blickkontakt, Mundwinkel hoch. Sie wusste, dass es mit ziemlich großer Wahrscheinlichkeit unbeholfen aussah, aber vielleicht auch ein bisschen nett, zumindest freundlich.

»Was hast du mit deinen Haaren gemacht?«

Edi spürte, wie sich ihre Gesichtsmuskeln verkrampften. Tatjana hielt ihr Telefon in der Hand, ihre rötlichen Haare schimmerten am Ansatz silbrig, das war Edi noch nie aufgefallen, aber vielleicht hatte sie auch nie so genau hingeschaut. Über Tatjana hätte sie auf Anhieb nur sagen können: bronzefarbenes, wahrscheinlich gefärbtes Haar, aber nicht, ob sie eine hohe Stirn hatte, volle oder schmale Lippen und wie fleischig ihre Ohrläppchen waren, an denen jetzt Clips aufblitzten.

»Sind die für mich?« Tatjana deutete mit dem Kopf Richtung Blumenstrauß.

»Ja. Ich hole eine Vase.«

»Später, setz dich.«

Statt die Gerbera an sich zu nehmen, verschränkte Tatjana ihre Arme hinter dem Kopf. Edi hörte, wie sie tief ein- und ausatmete, und spürte den Blick, mit dem sie ihre Kleidung musterte. Sie hatte das Kinn an den Hals gedrückt, die Ziehharmonikafalten, die sich darunter bildeten, ließen sie älter wirken. Heute zumindest, dachte Edi. Sie sieht heute viel älter aus, als ich sie in Erinnerung habe. Sie wartete darauf, dass Tatjana etwas sagte, vielleicht musste sie nichts fragen, vielleicht reichte es, dass sie gekommen war. Der Blumenstrauß in ihrer Hand fühlte sich schwer an wie ein Baseballschläger.

Edi setzte sich mit einer halben Pobacke auf das Fußende des Bettes, das metallene Gestell drückte ihr in die Wirbelsäule.

»Bist du allein auf dem Zimmer?«

»Ja, seit gestern. Die haben die andere abtransportiert.«

Edi konnte sich nicht überwinden zu fragen, was »abtransportiert« genau bedeutete, also entschloss sie sich zu glauben, dass die Patientin verlegt, vielleicht sogar entlassen worden sei.

»Und, ist alles okay?«

»Ja, alles total prima.«

Der Ton war nicht fair, aber was war schon fair. Vielleicht hatten Leute, die in Krankenhäusern lagen, automatisch eine Berechtigung, sich über alle, die gesund und unversehrt waren, lustig zu machen. Was sollten sie auch sonst tun, das Fernsehprogramm war eine einzige Kränkung, das WLAN ein Witz, und mit Büchern konnte man wegen der Schlaffheit in den Armen und im Hirn nichts anfangen.

»Was fehlt dir denn? Warum bist du hier?« Edis Lippen zogen zum linken Ohr, eher der Versuch eines Lächelns.

»Sie sagen, der Verlauf kann im schlimmsten Fall tödlich sein, muss aber nicht. Und vielleicht kriege ich sogar meine volle Sehkraft wieder, vielleicht auch nicht.«

Kurz war nur das Summen der Deckenlampe zu hören, die unnötigerweise angeschaltet war, beide schauten nicht weg.

Mit ihren silbrigen Fäden im Haar wirkt sie wie eine Super-
heldin, schoss es Edi durch den Kopf, sie wirkt wie aus einem
Cartoon, ein Anime. Die leben für immer.

»Du willst lieber nicht darüber reden?«

Wieder summte nur die Lampe. Dann holte Tatjana Luft.

»Zuerst hieß es, Verdacht auf MS, dann Verdacht auf
NMOSD, dann nennen sie es nur noch NMO und schicken
dich zum CT und MRT, und dann kommt ein Professor so-
wieso und verordnet XY, weil vielleicht Z dabei rauskommt.
Ich hab ihnen gesagt: Tschernobyl! Das sind die Spätfolgen.
Aber davon wollen sie nichts hören.«

Eine Freundin hatte mal zu Edi gesagt, Krankenhäuser
hießen so, weil man in ihnen krank bleibt, sonst würden
sie Gesundwerdehäuser heißen. Edi überlegte, ob sie Tatjana
übers Wochenende hier rausbekäme. Und ob das eine gute
Idee wäre.

»Ich hatte einen Schub, wie die das hier nennen, seitdem
ist das eine Auge fast blind, und überhaupt tut's weh, wenn
ich die Augen hin und her bewege, also sieh es mir nach,
wenn ich so albern schau. Sie pumpen literweiße Kortison in
mich hinein und sind noch dabei, das Geheimnis um meine Spasmen zu lüften. Und bis dahin muss ich mich von
Krankenschwestern angiften lassen, weil sie mit ihrem Leben
und ihrem Job nicht zurande kommen, und meine Bettnachbarin, die sie gestern weggeschafft haben, hat nächtelang an
ihr Bettgestell geklopft. Die war tagsüber so ein Mäuschen,
dass ich manchmal nicht wusste, ob sie noch atmet, aber sobald es dunkel wurde, klopfte sie mit ihrer knochigen Hand
gegen alles, was einen Klang erzeugte. Tok! Tok! Tok!«

Edi schaute zur leeren Stelle, wo das Bett der klopfenden
Frau gestanden haben musste. Und obwohl sie noch neben
Tatjanas Füßen saß, sah sie auf das Zimmer plötzlich von

der Fensterbank aus, als kleines Kind, das sie war und das sich hinter den Vorhängen versteckte wie im Bullauge einer Schiffskabine.

»Ich weiß noch, wie ich zu Hause auf einmal meine Mikrowelle, die über dem Kühlschrank hängt, nicht mehr sehen konnte, dann den Kühlschrank selbst, die Spüle, dann den Rest der Küche, dann kamen die Krämpfe in den Beinen, ich kam nicht hoch vom Boden. Hab's grad noch geschafft, 112 zu wählen, und ab da ist einfach nur Brei in meinem Kopf.«

Edi rutschte von der Matratze, machte ein paar schnelle Schritte zum Fenster, riss es auf, kehrte zurück zum Bett, wollte sich aber nicht mehr setzen.

»Und du willst trotzdem zu Mamas Geburtstag?«

»Ja, und das hier – «, sie zeigte zuerst auf ihre Augen, dann deutete sie mit dem Kinn ins Zimmer hinein, »bleibt unser Geheimnis.«

Edi verschränkte die Arme, die Finger presste sie um die Stängel des Baseballschlägerblumenstraußes.

»Hör zu, Nina darf davon nichts mitkriegen. Meine Tochter hat schon genug Probleme. Darum darf auch niemand in Jena davon erfahren, ja? Es macht dort sofort die Runde, keiner kann da den Mund halten, das weißt du ja, und dann haben wir den Salat. Kannst du dir vorstellen, was das bei deiner Mutter auslöst, wenn sie es erfährt? Ich will Lena nicht den Geburtstag verderben.«

Edi umklammerte die Gerbera noch fester. Die trocknen aus, dachte sie, ich sollte aufstehen, ich sollte Wasser holen, ich sollte gehen.

»Jetzt guck nicht so, ach bitte, genau deswegen wollte ich mit niemandem darüber sprechen, solche Blicke fehlen mir noch. Weißt du, was ich jetzt brauche?«

Fast hätte ihr Edi einen Joint angeboten, den sie jetzt sofort gerne selbst geraucht hätte, besann sich aber im letzten Augenblick.

»Einen Allan Tschumak«, fuhr Tatjana fort. »Du weißt nicht, wer das ist, stimmt's? Der war bei uns in den Achtzigern, Neunzigern so bekannt wie im Westen Madonna, aber ihr Jungen kennt mittlerweile gar nichts mehr. Tschumak war ein Heiler, ein Wunderheiler. Ein Mann, der mit einer einzigen Handbewegung Horden von Menschen gesund gemacht hat, übers Fernsehen, einfach so. ›Haben Sie auch alles vorbereitet? Liegt alles parat?‹« Tatjana ahmte die Stimme eines Geistes aus der Unterwelt oder eines sehr betrunkenen Menschen nach. »›Wasser, Creme, Öle … Sitzen Sie auch bequem?‹«

Sie schien es lustig zu finden. Edi überlegte, ob sie einfach wortlos das Zimmer verlassen sollte. Oder sagen, sie sei im falschen Raum gelandet, sich entschuldigen und rausrennen. Sie würde ihre Mutter anrufen und behaupten, sie habe Tatjana nicht erreicht. Die sei verschwunden.

»Du musst dir vorstellen, diese selbsternannten Heiligen saßen jeden Tag fünfzehn Minuten lang vor den Kameras – im Staatsfernsehen! – und sagten, man solle sich entspannen.«

»Und? Hat's geholfen?«, würgte Edi aus sich heraus wie etwas Wabbliges, das auf der Zunge zähen Schleim hinterließ.

Oder sie sagte ihrer Mutter, dass Tatjana verrückt geworden sei. Es kam jedenfalls nicht in Frage, mit dieser Frau in diesem Zustand mehrere Stunden in einem Auto zu verbringen. Das war nicht gut, für niemandes Gesundheit.

»Und wie! Ich erinnere mich noch wie heute: Ringelpullover, gestärkter Hemdkragen, die weißen Haare hatte er streng gescheitelt, sie fielen ihm trotzdem vorne über die Stirn und auf die Brille. Er war der große Schwarm meiner Oma, die sprang jedes Mal auf, als hätte sie es nicht mit beiden Hüften, sobald die Visage des Quacksalbers auf dem Bildschirm erschien, und schleppte eine Gallone Wasser ins Wohnzimmer, die Tschumak dann telepathisch segnete. Gute, reine Energie ließ er da übern Fernseher in die Wohnzimmer fließen. Die glaubten ihm alle. Vor seinem Haus in Moskau kampierten ganze Horden, die in seiner Aura baden, die nur den Saum seines Mantels berühren wollten, eine Anhängerschar hatte der wie der Messias. Er zog mit seinen Armen Kreise in die Luft und bewegte die Lippen ohne Ton, das hat den Leuten schon gereicht, das hat sie überzeugt. Du hättest meine Oma sehen sollen. Die Gallone Wasser war eigentlich viel zu schwer für sie, aber sie hielt sie trotzdem an den Fernseher, weil sie wahrscheinlich schon die heilenden Kräfte in sich spürte. Einmal hat Tschumak die Leute aufgefordert, sie sollen die Moskauer Abendzeitung mit dem von ihm gesegneten Wasser tränken und dann aufessen, zur Stärkung des Körpers und des Geistes. Und die Leute taten es. Nicht bei uns in Mariupol, da gab es keine Moskauer Abendzeitung, aber auch wir schauten zu, wie Tschumak und Konsorten die Leute vor Magenoperationen über ein paar tausend Kilometer hinweg hypnotisierten. Das ist das, was ich jetzt bräuchte. Nicht diese Wessi-Ärzte, die nichts Klügeres zu sagen haben, als dass man weitere Untersuchungen machen muss und dass man noch nichts mit Sicherheit bestätigen oder ausschließen kann. Man, man, man, man, man. Das ist das ganze Problem des Westens, dass sie nichts mit Sicherheit bestätigen oder ausschließen können.«

Edi presste die Lippen zusammen. Keine Chance. Sie würde sicher nicht mit Tatjana nach Jena fahren, wo es noch mehr von ihrer Sorte gab. Sie war so eine von »ihren Leuten«. Niemals, niemals würde sie über die schreiben. Over my dead body, wie eine ihrer Freundinnen gerne sagte. Und wenn ihr Arbeitsplatz davon abhinge. Und wenn sie nie ein Wort publizieren würde. Diese Geschichten von all diesen »ihren Leuten« waren ihr persönliches Kryptonit.

»Mein Vater war ja Fan von dem anderen *Extrasens,* dem Kaschpirowski. Weil er besser aussah, klar, mehr wie ein Schlagersänger als wie ein seniler Märchenonkel, aber auch weil er Anhänger einer Partei war, die versprach, Amerika wie ein Schiff zu entern und dann im Ozean zu versenken. Das ist doch mal Klartext. Das versteht dann auch jeder.«

Edi ließ die Gerbera auf das Bettlaken sinken und fuhr sich durch die Haare. Diese Dauerwehen der Nie-richtig-Angekommenen verursachten bei ihr Juckreiz am ganzen Körper. Florida, sie musste dringend nach Florida. Kein Mensch würde sie dazu kriegen, mit diesen diktaturgeschädigten Jammerlappen, diesen Perestroika-Zombies ein Wochenende in Thüringen zu verbringen, wo gerade eine Partei zur zweitstärksten politischen Kraft gewählt worden war, die Leute wie Edi … ja, was? Eben genau das: Die versprach, Leute wie Edi und ihre Freunde und alles, woran sie glaubten, wie ein Schiff zu entern und dann im Ozean zu versenken.

»Und jetzt wartest du darauf, dass dir jemand eine Zeitung bringt, die Seiten mit Heilwasser tränkt, und die isst du dann auf?«, fragte Edi so ruhig sie konnte.

»Ja schon. Hast du eine dabei? Was soll ich mit deinen Blümchen? Wie eine Kuh darauf herumkauen?«

Tatjana lachte so laut los, dass die Matratze unter ihr in Bewegung geriet. Sie richtete sich in ihrem Bett auf und wirkte viel größer und plötzlich sehr wach. Sie ordnete ihre Haare und band sie mit dem Gummi zum Zopf, das ihr um das Handgelenk gebaumelt war.

»Eine Sache ist noch wichtig, zum Thema deine Mutter.«
Sie beugte sich vor, als würde sie Edi ein intimes Geheimnis
mitteilen. »Wir müssen deinen Kopf zurückfärben, bevor wir
losfahren. Sonst lässt Lena uns nicht rein, fürchte ich. Sonst
bewirft sie uns mit der Geburtstagstorte.«

Sie lachte wieder los, und sie lachte so lange, bis Edi aus
Ratlosigkeit mitlachen musste.

Ignoranz und Wirklichkeitsflucht. Nichts anderes war das.
Tatjana würde womöglich bald sterben, zumindest schien ihre Krankheit ernst zu sein, aber als sie anrief, nachdem sie
sich selber für ein Wochenende aus der Klinik entlassen hatte,
besprach sie lieber, welche Kleider und Hosenanzüge sie für
den Kurztrip einpacken sollte. Als Edi vorsichtig fragte, ob
ihr Gesundheitszustand bestimmte Maßnahmen nötig machen würde, ob sie vielleicht Medikamente nehmen müsse,
an die man sie zu erinnern habe, oder ob sie mehr Zeit für
die Fahrt einplanen sollten für regelmäßige Pausen, sagte sie,
Edi solle sich nicht lächerlich machen. Im Übrigen sei alles
in Ordnung und sie wolle nicht mehr darüber reden. Fertig.

Edi lag in der Badewanne, blickte auf die zwei Matroschkas auf dem Einband von Oksana Sabuschkos Buch und
fragte sich, ob sie *Feldstudien über ukrainischen Sex* für das
Wochenende mit einstecken sollte oder ob es unangenehm
werden könnte, wenn ihre Eltern sähen, dass sie Bücher auf
Deutsch mit solchen Titeln las und auch noch mit Ostblock-
kitsch auf dem Cover. Vermutlich würde sie ohnehin keine
Zeit haben, sich damit aufs Sofa zu hocken.

Im Viereck des Fensters über der Waschmaschine nahmen
die Wolken die Farbe von Schmelzkäse an. Edi öffnete den
Mund, als versuche sie, den Himmel zu verschlucken oder
ihn zumindest zu beißen. Als Kind war »Schmelzkäseturm«

ihr Lieblingsspiel mit ihrer Mutter gewesen. Sie stapelten die abgepackten Plättchen in der Mitte zwischen sich auf, zählten bis drei und stürzten sich dann auf den Käseberg – Folie aufreißen, die wabbeligen Quadrate zusammenkneten und in den Mund stopfen, kauen, schlucken, kauen, schlucken, wer schafft mehr? Irgendwann prusteten beide Käsestückchen auf die Tischplatte vor Lachen. Einmal wurde Edi von dem vielen Schmelzkäse schlecht, sie verschluckte sich, keuchte und musste alles auf den Boden ausspeien, aber was danach passiert war, wusste sie nicht mehr. Sie erinnerte sich nur an die gelblich weiße Masse unter ihren Kinderfüßen und auf dem Knie der Sporthose, die sie trug. Es war ihre erste Erinnerung an das Gefühl zu ersticken. Ein Bild, das ihr seither oft aufstieg: Irgendetwas Belangloses, Kleines, ein Teeblatt vielleicht, verklebt ihr die Luftröhre, bum, aus, fertig die Geschichte. Sinnloser, dummer Tod, aber auch das gab es.

Sie glitt mit dem gesamten Körper unter Wasser und spürte, dass ihre Haare leicht wurden wie Federn, sie waren noch immer weißblond, vermutlich verschwanden sie vor dem Hintergrund der Badewannenkeramik und ihr Gesicht, dieser blasse Teller, auch. Nur zwei schwarze Aprikosenkernaugen schwammen am Grund. Sie würde am Wochenende viel weghören müssen, ihre Frisur würde mit Sicherheit ein Gesprächsthema sein, Politik natürlich auch. »Bei uns ist es eben so …« und »Die verstehen einfach nicht, dass …«, »Die wissen nicht, was es bedeutet …«, würden die Gäste immer wieder mit Nachdruck ausrufen. Mal meinten sie damit die Deutschen, mal die Menschen, die aus anderen Ländern geflohen waren als sie selbst, und mal meinten sie damit die eigenen Kinder, die sie auf die Feier mitbringen würden. Edi kannte die meisten von ihnen, sie hatten sich früher gemeinsam auf Spielplätzen ausgetobt, sie waren sich oft genug in den Schulkorridoren begegnet, sie hatten nicht immer schon aneinander vorbeigeschaut; aber irgendwann hatte Edi nicht mehr auf ihre Einladungen und ihre Anrufe reagiert. Sie teilte nichts mit ihnen. Sie hatten sich nichts mehr zu sagen. Die meisten von ihnen waren nicht weit weggezogen, sie würden sich die Haare erst färben, wenn sie graue Fäden entdeckten, sie lebten jetzt schon das Leben ihrer Eltern weiter, als folgten sie einem vorbestimmten Plan. Als würden sie durch ihren Gehorsam die Eltern darin bestärken, dass deren Leben trotzdem gelungen war – trotz allem! Trotz der miesen Jobs, trotz der fehlenden Jobs, trotz der Ahnung, dass man etwas unwiederbringlich eingebüßt hatte, auch wenn am Ende des Monats genug auf dem Konto übrig war. Nach all den durchgestandenen Schiffbrüchen schien es falsch, sich gegen die eigenen Eltern zu stellen. Edi machte die Anstrengung die Glieder bleiern, so zu tun, als sei man sich mit allen in allem einig, und über das Übrige zu schweigen. Ihr fielen dabei immer die Augen zu, und es war schwer, gerade auf dem Stuhl sitzen zu bleiben.

Der Einzige, bei dem sie sich nicht verstellen musste, war Grischa. Der Sohn von Dora nebenan. Mit ihr war Edis Mutter verstritten, sie sagte, ihr sei die Familie zu schmuddelig, die Nachbarin trinke Hochprozentigen zu jeder Mahlzeit. In den Brei ihres einzigen Sohnes habe sie, als der noch klein war, angeblich auch ab und zu mal was gekippt, weil das den Appetit anrege, wahrscheinlich sehe der Junge deshalb so misslungen aus, mit der zu kurz geratenen Nase und dem strähnigen, in der Mitte gescheitelten Haar. Aber Grischa hatte nie getrunken, wenn Edi angeboten hatte, ihm Bier von der Tankstelle mitzubringen, er hatte immer nur an seiner Cola genippt und selten etwas gesagt, wenn sie mit ein paar anderen über die Klappleiter vom obersten Stockwerk des Wohnhauses aus aufs Flachdach hinausgestiegen waren, um über die Siedlung zu schauen. In Grüppchen hatten sie dort oben zusammengestanden, Grischa meistens in Edis Nähe, gesprochen hatten sie kaum.

Irgendwann war Grischa ein paar Tage weg gewesen, dann tauchte er wieder auf, strahlend, sah aus wie zwölf, und als sie sich das nächste Mal auf der grob geteerten Dachfläche trafen, zog er Edi beiseite, und es sprudelte aus ihm heraus. Er gestand, dass er mit Rüzgar nach Prag abgehauen war und dass sie die Nächte in Clubs verbracht hatten. Edi war die Einzige, die von Rüzgar gewusst hatte und von Rüzgars Abtreibung auch.

Edi hatte schon lange nicht mehr mit Grischa gesprochen, und auch dieses Mal hatte sie ihm keine Nachricht geschickt, dass sie nach Jena kommen würde. Sie hatte zwar seine Kontakte, aber von Menschen, die gesehen haben, wie du über den Schulhof geschubst und in eine Ecke gedrängt gezwungen wurdest, deine Unterhosen runterzuziehen – von solchen Menschen hatte man vielleicht die Nummer, aber man rief sie nicht an. Grischa würde auch nicht bei der Geburtstagsfeier dabei sein, weil die ungeliebten Nachbarn ausdrücklich nicht eingeladen wurden.

Edi wusste nicht einmal mehr, wie Doras Stimme klang, nur dass sie Augenbrauen hatte, wie mit einem verbrannten Streichholzkopf nachgezeichnet, und einen dressierten Kater, der Pfötchen gab, wenn man ihn darum bat. *Man sagt, es bringt Unglück, kreuzt ein schwarzer Kater deinen Weg – aber bis jetzt hat nur der schwarze Kater Pech …*, summte es in Edis Kopf auf Russisch, ein Lied, von dem sich die Reime wie Teesud in ihr abgelegt hatten. Sie summte die Melodie unter Wasser.

Dann drückte sie sich hoch, stieg aus der Badewanne, achtete darauf, nicht auszurutschen, als sie die Fußballen auf die Fliesen setzte. Eine pochende Anspannung fuhr ihr erst in den Kiefer und breitete sich dann unter der Kopfhaut aus wie heißer Brei.

Sie musste unbedingt noch den Schlüsseldienst anrufen.

Tatjana klopfte mit angewinkeltem Zeigefinger gegen den Rahmen der offen stehenden Wohnungstür, vor ihr der Monteur vom Schlüsseldienst auf allen vieren, das Hinterteil ins Treppenhaus gestreckt; sie stieg über ihn hinweg, als sei er eine Pfütze. Edi sah, wie sie kurz auf seine kahle Platte starrte, dann an ihr vorbei Richtung Küche marschierte.

»Du hast Gorbatschow eingeladen?«, fragte sie, während sie die Türen der Hängeschränke öffnete.

»Warum Gorbatschow?«, stammelte Edi. »Und was suchst du eigentlich?«

»Hast du sein Muttermal auf der Glatze gesehen? Sieht aus wie ein ganzer Kontinent.« Edi beobachtete, wie Tatjana ein großes Glas aus einem der Schränke nahm, es mit Leitungswasser füllte und es dann in großen Schlucken austrank. Sie hatte kleine Perlen auf der Oberlippe, als sie das Glas wieder absetzte, und atmete zufrieden aus. »Nein, hast du offenbar nicht gesehen. Und hast du wenigstens seinen Tanga zur Kenntnis genommen? – Was? Was schaust du so? Ich denk mir das nicht aus. Geh einmal um ihn rum und schau in sein Dekolleté. Wirklich sehenswert. Roter Spitzentanga. Du bist so wunderbar, Berlin!« Den letzten Satz sang sie im Tonfall der Mineralwasserwerbung, die vor jedem einzelnen Film in den Berliner Kinos lief.

Edi ging hinaus in den Flur, schaute vorsichtig zu dem Monteur hinüber, machte dann ein paar Schritte ins Treppenhaus hinaus und überlegte, sich Stufe für Stufe aus dem Haus zu schleichen.

»Aha, die Ohren sind rot, habe ich also recht gehabt. Na dann. Alles gepackt?« Tatjana trank in großen Schlucken.

Edi hatte eine ausgebleichte Jeansjacke und dunkelblaue knitterfreie Hosen in die Sporttasche geworfen, dazu ein schwarzes Hemd, das ihre Mutter für völlig unangemessen halten würde, aber sie hatte nichts Eleganteres. Sie würde in den nicht mehr weißen Adidas-Schuhen fahren, weil ihre Mutter ihr ohnehin andere, *bessere*, andrehen würde, damit sie nicht wie eine zufällig vorbeijoggende Bekannte auf die Party käme.

Zu Edis Überraschung hatte Tatjana für die ausgelatschten Turnschuhe ein anerkennendes Nicken übrig, sie habe auch solche gehabt, damals, die hätten allerdings nicht lange gehalten, nur bis Moskau. Die Sohlen seien ihr dort abgefallen im Schnee, bei minus 25 Grad, vielleicht war es auch noch kälter, ihr sei alles vereist, die Augäpfel, die Nasenschleimhäute, die Arschbacken seien ihr zusammengefroren. Ihre Adidas habe sie angehabt, weil sie so stolz darauf gewesen sei, auf ihre ersten Westschuhe. Sie war ja nicht von dort, aus Moskau, und wollte nicht wie die Schwester vom Land wirken, deshalb war sie im Schicksten gekommen, was sie hatte, sie habe ja nicht gewusst, dass es so kalt werden würde in der Hauptstadt.

Sie brabbelte immer noch vor sich hin, da waren sie schon fast auf der Autobahn. Edi dachte darüber nach, warum Tatjana zu Moskau »Hauptstadt« sagte, obwohl sie aus der Ukraine kam, fragte aber nicht nach. Sie kam ihr vor wie eine Jukebox, die man mit einer Frage oder einer Bemerkung anschmiss, und dann leierte sie vor sich hin, egal, ob jemand zuhörte oder nicht.

Das Auto war erfüllt von Tatjanas Parfüm, und es war nur eine Frage der Zeit, bis beide davon Kopfschmerzen bekommen würden. Es war keine lange Fahrt, nur zweieinhalb, vielleicht drei Stunden, wenn der Verkehr ruhig bliebe, aber Edi hatte das Gefühl, jetzt schon endlos unterwegs zu sein, ohne das Ziel zu kennen.

Die Nester aus verknoteten Mistelblättern in den Bäumen hinter den Lärmschutzwänden sahen aus wie sumpfgrüne Luftballons, die sich ganz oben in den Zweigen verfangen hatten. Außer dass es Parasiten waren, die Wurzeln in das Kronenholz schlugen, um dann von ihrem Wirt zu trinken, wusste Edi noch, dass die Pflanze eine Zauberkraft entfaltete, wenn man sie mit dem richtigen Werkzeug, nämlich einer Goldsichel, absäbelte. So behauptete es zumindest der Comic, den ihr Vater ihr eine Zeitlang zum Einschlafen vorgelesen hatte. Sein schwarzbehaarter Finger zeigte auf den alten Mann mit dem unendlich langen Bart und dem roten Umhang, der über einem dampfenden Kessel stand und die Zutaten für einen magischen Trank verrührte. Das Gebräu mache einen unbesiegbar, aber nicht unverwundbar, erklärte der Vater, und irgendwann war Edi klar geworden, dass er mit Asterix und Obelix Deutsch lernte, er wiederholte die Wörter manchmal mehrmals, dann fügte er russische Erklärungen hinzu, aber Edi hätte nicht sagen können, wann genau er in welche Sprache wechselte, für sie war alles ein Klang, es war Papasprache.

Wie die Zähne von Pürierstäben zerkleinerten die Rotorblätter der Windräder den Himmel. Ein paar Schilder kündigten an, dass es ein Kullman's Diner, ein McDonald's und eine Tankstelle in der Nähe gab. Edi sah auf die Spritanzeige und nahm mit einer gemurmelten Entschuldigung, sie müsse tanken, die Abfahrt zur Raststation. Tatjana schien das nur recht zu sein.

»Ich geh mal eine paffen, willst du auch? Ach nee, du tust ja so, als rauchst du nicht.« Kaum hatte Edi angehalten, riss sie die Autotür auf und machte in ihren Wildlederstiefeln mit den glockenzungenähnlichen Fransen ein paar Schritte von den Zapfsäulen weg.

Edi versuchte ruhig zu atmen, fragte sich, ob sie ihr Gras auspacken und sich dazustellen sollte. Der Himmel zeigte verwaschene Grautöne, das Licht staubte diffus durch die Kronen der Bäume, sie fröstelte, obwohl es noch warm war für Oktober. Sie zog das karierte Flanellhemd über ihrem Shirt am Hals enger und ging in das Stationsgebäude, um zu zahlen.

Auf einem Regal längs der Fensterfront rutschten Zeitungen und Magazine ineinander, vor der Kasse stapelte sich neben Kaugummi, Kondomen und Lakritz noch einmal die lokale Tageszeitung. *Thüringen* sprang ihr fett aus der Schlagzeile entgegen. Was für ein hässliches Wort, fand sie. Es gab keine Art, es melodisch auszusprechen. Mit Thüringen verband sie Schmelzkäsewettessen, Berge, die das Tal, in dem Jena lag, vor Wind und der sonstigen Realität schützten – wenn es überall sonst im Land regnete, schien hier die Sonne, und wenn es oben sonnig war, stellte sich im Tal Monsunwetter ein –, mit Thüringen verband sie die Haltestelle mit dem Namen »Paradies«, die von ICEs nicht mehr angefahren wurde, so dass Menschen ohne Pkw und ohne Vertrauen in Mitfahrgelegenheiten zu umständlichen Umsteigeaktionen gezwungen waren, wenn sie aus Jena weg- oder nach Jena hinwollten, und schlimmstenfalls in Provinzbahnhöfen strandeten, deren Toilettenräume schon lange nicht mehr in Betrieb waren. Die elfstöckige Wohnhaussiedlung fiel ihr ein mit Fenstern wie Schießscharten, der Ausblick aus der im sechsten Stock gelegenen Wohnung ihrer Eltern

auf das Universitätsklinikum und auf weitere wie Domino-
steine in die Landschaft gesetzte Hochhäuser, der Ausblick
vom Dach, die Rufe ihrer Mutter, die im Hof stand und sich
fragte, wo ihr Kind abgeblieben war.

Sie reichte ihre Bankkarte der abwesend blickenden Tank-
stellenangestellten und ging zur Tür, dann drehte sie sich
nochmal um, griff sich eine der Tageszeitungen an der Kasse,
faltete sie in der Mitte zusammen und legte Kleingeld auf
den Tresen. Edi konnte sich nicht erinnern, wann sie das
letzte Mal gedruckte Tagespresse gekauft hatte, zwar schrieb
sie selbst für ein »Blatt«, aber womöglich war diese Formulierung, »für ein Blatt schreiben«, reine Hochstapelei – schließlich schickte man ihr noch nicht mal ihr eigenes tägliches
Exemplar nach Hause.

Sie schmiss die Zeitung auf die Rückbank und ignorierte
den Blick ihrer Beifahrerin. »Ich lese keine Zeitungen mehr«,
sagte Tatjana, »wenn ich nichts über die Welt lese, habe ich
das Gefühl, sie zerfällt langsamer.« Sie machte keine Anstalten einzusteigen und schaute Edi herausfordernd an. »Ich
habe Hunger. Außer ein paar Kippen habe ich heute nichts
gehabt.« Sie zeigte auf den Schnellimbiss, der an das Tank-
stellengebäude angebaut war, mit schweren Holztischen und
in die Erde gerammten Bänken davor.

Großartig, schoss es Edi durch den Kopf, kaum losgefahren, und schon kamen sie nicht vom Fleck. Andererseits hatte sie auch nur einen klebrigen Erdnussriegel zum Frühstück
gehabt.

Edi biss in ihren Burger mit Fleischimitat, den Tatjana schon
bei der Bestellung mit Herablassung quittiert hatte. Sie selbst
tunkte ihre Pommes betont grazil in den Ketchup auf der
Papierunterlage ihres Plastiktabletts und schaute in die Wei-

te, als gäbe es dort einen Gebirgskamm zu sehen statt einer sechsspurigen Autobahn.

»Ich habe ja auch keine Lust«, sagte sie und fuhr sich mit Zeigefinger und Daumen über die Mundwinkel.

Edi hob fragend den Kopf, aber kaute weiter. Seit sich Tatjana selbst aus dem Krankenhaus entlassen hatte, war sie wieder jünger geworden – ihre Wangen wirkten straffer, die Augen glänzten, vielleicht war sie auch gar nicht krank, nicht ernsthaft zumindest, vielleicht war sie schon wieder fast gesund, schließlich machte sie einen ziemlich agilen Eindruck.

»Du willst nicht hin wegen der Kommentare zu deiner Frisur und deiner albernen Kleidung, und ich werde mir tagelang anhören müssen, dass ich ohne Mann wertlos bin, das ist auch kein Spaß, glaub mir. Ich versteh natürlich, was sie meinen. Eine in meinem Alter ohne Kerl, klar, das klingt, als könnte man gleich den Sargdeckel über mir zuhämmern. Angeblich ist die Wahrscheinlichkeit, dass eine Frau Ende vierzig noch einen festen Partner findet, geringer, als dass sie von Terroristen entführt wird. Du hast solche Probleme nicht, stimmt's?«

Edi hörte auf das mahlende Geräusch zwischen ihren Backenzähnen. Hinter Tatjana stand eine Art Fangarmautomat, an dem Erwachsene – nicht Kinder, das machte eine Aufschrift deutlich – ihr Glück versuchen sollten. Edi konnte nicht ausmachen, ob es wirklich nur Stofftiere, Schwimmbrillen und Mini-Fußbälle zu gewinnen gab. Die Angestellte hinter dem Tresen rieb seit Minuten mechanisch ihre Brille an der Schürze und schaute durch die verglaste Fensterfront, hinter der ein Aufsteller das »Welterbe Region Anhalt-Dessau-Wittenberg« versprach. Das entfernte Rauschen der Autobahn, das Gurgeln und Zischen der Kaffeemaschine und der Wortschwall aus den nie stillstehenden Lippen um sie herum verbanden sich zu einer mächtigen Schaukelbewegung in Edis Kopf.

»Es ist halt unmöglich mit Männern, aber was soll man tun? Ohne sie ist es auch unmöglich. Es ist nicht witzig, wenn dir niemand die Schlappen und frische Unterwäsche ins Krankenhaus bringt. Weißt du, warum Frauen die robusteren Tiere sind?« Tatjana machte eine Pause, als erzähle sie einen Witz. »Weil sie es mit Männern aushalten müssen.«

Edi war klar, dass sie sie provozierte, aber es war unmöglich, nichts zu sagen. »In deiner Welt ist das wahrscheinlich so«, gab sie zurück und versuchte, ihre Atmung zu kontrollieren. Sie konzentrierte sich auf die Silhouetten des Paares draußen an dem klobigen Holztisch, die sich gerade Hände voller selbstgeschmierter Brote reichten. Wäre ein Kind dabei, würde man jetzt sagen, es sei eine Familie. Ohne Kind waren es einfach nur irgendwelche zwei, dachte sie.

»In deiner nicht?«, fragte Tatjana.

»Ich muss es mit Männern nicht aushalten. Mein Leben ist so viel besser, seit ich lesbisch bin.«

So, nun war es ausgesprochen. Das war es doch, was Tatjana hatte hören wollen. Edi hoffte, dass das Wort so scharf und anrüchig klang, dass die Unterhaltung damit beendet wäre. Aber Tatjana verfiel in ein solches Gelächter, dass sich Leute zu ihrem Tisch umdrehten.

»Logisch«, stieß sie heraus. »Leuchtet mir total ein. Kann ja nicht jeder Mann so ein Herz sein wie dein Papa.«

Ja, Papa war ein Herz. All die Einschlaflieder und -geschichten, die Asterix-Comics, die langen Spaziergänge, das selbstgekochte Essen. Wie er sich schützend zwischen sie und Lena stellte, wenn sie mal wieder aneinandergerieten. Ein Traum von einem Mann. Und einem Vater. Mal abgesehen von jenem Nachmittag, als sie das Pumpen ihres Herzmuskels bis in den Hals hinauf spürte und sie einen Moment lang nichts mehr hören konnte außer einem sehr hohen pfeifenden Ton. Sie konnte die Worte aus Daniels Mund nicht verstehen, sah nur seine Lippen in Bewegung und seine Angst, als er auf sie zulief. Dann sackte sie weg.

Er hatte angekündigt, für Edi einen Arzt zu finden oder eine Klinik, als sie ihm erzählt hatte, dass sie mit der Freundin, die öfter zu Besuch kam und manchmal auch bei Edi im Zimmer übernachtete, nicht nur Hausaufgaben machte und vom Kiosk gegenüber *Bunte Tüte* holte. Daniel bekam einen kalkweißen Kopf, als hätte man ihm die Haut verbrüht, er sagte sehr leise und jedes Wort betonend, dass er »so etwas«, erstens, nicht wissen wolle und dass man, zweitens, »das, was sie hat«, heilen könne, dafür gäbe es eine Behandlung. Edi war von dieser Reaktion so überrumpelt, dass sie vergaß, zu atmen. Dann schäumte Wut in ihr auf, und anstatt loszuschreien, drehte sie sich um und lief in ihr Zimmer, ihr Vater wollte hinterher, sie schlug die Tür zu, aber es reichte nicht, sie musste irgendwohin mit der Raserei in ihrem Kopf, also riss sie die Tür wieder auf und schlug sie noch einmal zu, dieses Mal so heftig, dass das milchige Glasfenster, das in der oberen Türhälfte eingelassen war, vollständig zersprang. Sie riss sie wieder auf und zu, auf und zu. Die Splitter regneten auf sie und auf den Boden, sie schaute auf ein paar scharfe Zacken im Rahmen, dann in das erschrockene Gesicht ihres Vaters, dann versank alles im Schwarz.

Sie hatten nie wieder darüber gesprochen, und manchmal zweifelte Edi daran, dass es je einen solchen Streit mit ihrem Vater gegeben hatte, er war ja tatsächlich ein Herz von einem Menschen. Neues Glas wurde in die Tür eingesetzt, alles war wie immer, nur ihre Freundinnen erwähnte sie nicht mehr. Das war der Grund, warum ihre letzte Beziehung so schnell wieder zu Ende gegangen war – die Frau hatte sich nicht wertgeschätzt gefühlt, weil sie nie zu Edis Eltern eingeladen war, noch nicht einmal an Weihnachten. Und Edi war sauer, dass die andere anscheinend nichts verstand. Was zum Kuckuck denn für ein Weihnachten?

Als Tatjana und sie aus dem Imbiss nach draußen traten, spürte Edi einen scharfen Ruck in den Knien, wie in einem losfahrenden Bus, in dem man die Stange über dem Kopf verfehlt hatte. Sie geriet kurz ins Schwanken, fasste mit der Hand nach etwas in der Luft, was ihr Halt geben könnte. Tatjana schien das lustig zu finden: »Ist dir nicht gut? Soll ich lieber fahren?«

»Warum fährst du nicht eh selber, du bist doch sonst auch immer allein gefahren«, entfuhr es Edi, und sie wünschte sofort, die Worte zurückholen zu können – natürlich konnte Tatjana nicht fahren in ihrem Zustand –, aber sie waren raus. Tatjana schaute ihr direkt in die Augen, das Rouge auf ihren Wangen leuchtete kräftig.

»Weil ich kein Geld habe. Ich habe mein Auto verkauft.«

Sie ging an Edi vorbei, als würde sie sie hier mitten auf dem Parkplatz stehen lassen, als hätte nicht Edi die Schlüssel in der Hosentasche – und als hätte sie eine Ahnung, wie sie beide diese Fahrt und dann die kommenden Tage durchstehen sollten.

Als sie zurück auf der Autobahn waren, versuchte es Edi mit unterschiedlichen Gesprächsangeboten, die Tatjana alle unbeachtet ließ. Sie starrte durch die Frontscheibe, als schaue sie einen Film im Fernsehen, nur ab und zu blickte sie auf ihre Hände. Dann hinunter auf den sandigen Dreck, der sich in den Kästchen der Fußmatte gesammelt hatte. Dann zur Seite auf die zusammengefaltete Sicherheitsweste in der Ablage der Beifahrertür, wie ein oranger Strich in einer sonst komplett schwarzen Verkleidung. Wann hatte Edi das letzte Mal eine Sicherheitsweste gebraucht? Jetzt brauchte sie eine. Genau jetzt.

»Und warum ... warum klappt's nicht mit den Männern?« Edi verfluchte sich und ihre Unfähigkeit, etwas Harmloses zu fragen, etwas Unverfängliches, was diese Frau, die bissig nach Flieder roch, nicht beleidigen würde. Tatjana bewegte ihre Finger, aber sie ballte sie nicht zur Faust, es sah eher aus, als versuche sie nach etwas zu greifen.

TATJANA

Der Gewehrschuss fiel in dem Moment, als der Fenstergriff gegen die gekachelte Wand über ihrem Kopf knallte. Staub rieselte Tatjana in die Augen. Sie stand auf dem Toilettendeckel in der abgesperrten Klokabine, legte die Hände auf den verdreckten Fenstersims und dankte ihrer Tanzlehrerin für das unbarmherzige Training im Kulturhaus; ihre Oberarmmuskeln ließen sie nicht im Stich, sie zog sich hoch. Auf dem grob verputzten Mauervorsprung vor dem schmalen Fenster war kaum Platz zum Sitzen und auch nicht dafür, sich den Sprung nochmal zu überlegen. Sie steckte den Kopf hinaus ins Freie, sah nach unten in die Nacht und nahm sich vor, sich abzurollen, sobald sie den Boden unter sich spürte. So wie in der Tanzchoreografie vom letzten Jahr, dort musste sie allerdings nur von der Spitze eines aus Menschenkörpern gebildeten Sterns springen und nicht aus einem gut drei Meter hohen Fenster, aber ihr fiel nichts Besseres ein. Sie hörte sich selber durch den Mund atmen. Beine und Arme anziehen, Schultern nach innen falten, wie Flügel zusammenlegen vor der Brust, über die Seite rollen, wird schon. Sie hörte weitere Schüsse und Stimmen, die lauter wurden, zumindest glaubte sie das, und sprang.

Im Restaurant *Jalita* arbeitete sie noch nicht lange genug, um etwas Nennenswertes angespart zu haben. Meistens fing sie nachmittags an, band sich die vom Stärkepulver steife Schürze um die Hüften und versuchte, auf nichts und niemanden zu achten, außer auf die Bestellungen und darauf, die Schaschlik-Spieße und das Hochprozentige möglichst unauffällig zu servieren, damit keiner der Gäste auf die Idee kam, sie anzusprechen. Der Laden lief gut, sonst lief nicht mehr viel in Mariupol, aber das *Jalita* war meistens voll. Sie kannte fast nie jemanden der Gäste, die an den Tischen saßen und sich in allen möglichen Sprachen unterhielten, mal war es Russisch, mal Ukrainisch, mal Georgisch, mal Griechisch, vermutlich auch auf Bulgarisch, Albanisch, Serbisch, Türkisch, Turkmenisch, das konnte sie nicht genau sagen; manchmal – ganz selten – war auch Englisch dabei. Sie aßen viel, soffen, der eine betete wie ein Christ, der andere wie ein Moslem, und Tatjana war sich nie sicher, ob die Männer es ernst meinten, wenn sie sich bedeutungsschwer mit der Serviette alle Finger einzeln abwischten, dann die Hände falteten oder ausbreiteten und Glaubensbekenntnisse oder Dankesworte aufsagten, als seien es Trinksprüche.

Bis vor kurzem waren hier alle noch eingefleischte Kommunisten gewesen, oder zumindest war keiner in die Kirche gegangen, und jetzt riefen die Leute zu jeder passenden und unpassenden Gelegenheit nach Jesus oder sagten irgendwas mit Allah, was wie ein gewöhnlicher Frauenname und zudem wie der Vorname ihrer Lieblingssängerin klang. Sie summte *Arlekino* von Alla Pugatschowa leise vor sich hin, während sie zwischen dem Speisesaal und der Küche hin- und herlief: *Ich bin ein Narr, ich bin ein Harlekin, einfach zum Lachen / Ohne Namen und ohne Schicksal / Warum kümmert ihr euch um das Leben derer / Über die ihr gekommen seid zu lachen.* Tatjana versuchte den Blicken des Kochs und den Bemerkungen ihres Chefs auszuweichen, als liefe sie Slalom.

Heute Abend hatte sich eine geschlossene Gesellschaft im Restaurant versammelt, und Tatjana war im Gang vor der

Garderobe von einem Typen bedrängt worden, der sich an die zehn Mal bekreuzigt und ein langes Tischgebet für die ganze Versammlung gesprochen hatte, bevor er das Essen anrührte. Er machte eine eindeutige Bewegung, und als Tatjana zu Boden sah und sich an ihm vorbeidrücken wollte, zog er sie an ihrem Zopf, als wäre sie ein Tier, das ausbüxt. Aber sie kam davon, nur dass ihr von da an die Speiseröhre brannte vom Geruch des Hackfleisches, der sich mit dem nach Männerschweiß vermischte.

Sie war froh, immer nur ein paar Fetzen der russischen Sätze und noch weniger Ukrainisch aufzuschnappen, sie wollte gar nicht wissen, was an der langen Tafel verhandelt wurde. Zwei der Männer waren mit Gewehren hereingekommen, die jetzt am Gurt über der Stuhllehne hingen. Die Unterhaltung wurde immer lauter, ob sie sich stritten oder sich gegenseitig anfeuerten, konnte Tatjana nicht richtig ausmachen, und gerade als sie mit einem weiteren Tablett voller Fleischspieße in den Speisesaal wollte, drängte sie die andere Kellnerin mit schreckstarren Augen zurück in den Vorraum, legte sich die Hand an den Hals und drückte mit Zeigefinger und Daumen mehrmals zu.

»Was ist? Was ist los da drinnen?« Ihre Kollegin verstand eindeutig mehr Sprachen als sie.

Durch das Glasfenster in der Tür schauten die beiden in den Speisesaal. Zwei der älteren Männer, denen der Schweiß in die Augenbrauen lief, redeten lautstark aufeinander ein, dabei aßen sie unablässig weiter. Dem einen fielen immer wieder Fleischstückchen aus den Mundwinkeln, der andere rieb sich mit der linken Hand ständig die Stirn. Tatjana sah, wie er die Gabel weglegte und nach dem Gewehr hinter ihm fasste. Er zog es von der Lehne und warf es zwischen die noch halb vollen Teller. Ein Mann, der mit dem Rücken zu Tatjana gesessen hatte, schrie auf und sprang von seinem Stuhl hoch, ein anderer brüllte zurück. Stühle kippten nach hinten, und Tatjana bewegte sich erst vom Fleck, als sie die kalte Hand ihrer Kollegin auf dem Oberarm spürte, die sie in die Toilette zog und auf das kleine Fenster deutete, an dessen Knauf man nur rankam, wenn man sich auf den Deckel der Toilette stellte.

Tatjana dachte daran, dass sie die Arbeit brauchte, dass ihre ganze Familie das Geld nötig hatte, dass vielleicht gerade gar nichts Schlimmes passierte, dass sogar der Geruch nach Schnaps und Schweiß und gebratenem Hackfleisch nur halb so schlimm und bestimmt mit Kernseife abzuwaschen war, aber dann fiel ein Schuss, und die Kollegin stand schon auf der Brille der Toilettenschüssel und fingerte an dem Griff des Fensters herum. Auf Tatjana rieselte es mehligen Putz, es stach in den Augen. Sie zog sich hoch.

Sie humpelte von dem Sprung auf den harten Boden, der Fall hatte sich tiefer angefühlt als gehofft, aber immerhin war es nur der erste Stock, und sie waren auf der Wiese gelandet und nicht auf Asphalt oder in einer Baugrube mit abstehenden Planken. Sie und die andere Kellnerin liefen in vorsichtigen Schritten, noch mit der Schürze um die Hüften, ohne Jacke über der dünnen Bluse und den nackten Armen. Die Straße bis zur Kreuzung nahmen sie noch zusammen, dann trennten sie sich ohne ein Wort.

Als Tatjana noch regelmäßig ins Kulturzentrum gegangen und dort in einer Tanztruppe trainiert hatte, kamen ein verdrehtes Knie oder ein verstauchtes Sprunggelenk schon mal vor. Dieser Schmerz war aber anders. Wenn sie mit dem rechten Fuß auftrat, spürte sie einen Stromstoß im Rückenmark. Dennoch setzte sie vorsichtig einen Schritt vor den anderen und bemühte sich um eine möglichst gerade Haltung; sie wollte ihre Eltern nicht erschrecken, wenn sie humpelnd zu Hause ankam, bestimmt war sie zerzaust und schmutzig.

Aber keiner würdigte sie eines Blickes, als sie im Flur stand. Im Spiegel sah sie, dass sich Strähnen aus ihrem Zopf gelöst hatten und die nackten Oberarme in der Oktoberkälte blau angelaufen waren. Sie war ganz blass im Gesicht, und ihr war speiübel, vielleicht vom Schreck, den ihr die Männer eingejagt hatten, oder vom Schmerz in ihrem Fuß. Sie versuchte den Gedanken zu verdrängen, dass sie vielleicht Zeugin einer Schießerei geworden war und womöglich verhört werden würde. Sie würde nicht aussagen, auf keinen Fall. Sie war bei nichts dabei gewesen, hatte nichts gesehen, nichts gehört, sie kannte keine Namen, und das war die Wahrheit. Nur: Wem hat die je etwas genützt?

In der Küche brüllten sich Vater, Mutter und Großmutter gegenseitig an, sie hatte es schon gehört, als sie den Schlüssel ins Schloss gesteckt hatte, aber kurz gehofft, dass es nur der Lärm in ihrem Kopf war, der noch nachhallte. Der Schock vielleicht. Aber dann ging Geschirr zu Bruch, und die lauteste Stimme war eindeutig die ihrer Großmutter. Die Mutter ihrer Mutter war nie eine friedfertige Frau gewesen, sie konnte die Zähne, die ihr noch geblieben waren, fletschen, dass man nicht mehr wagte aufzuschauen, aber dass sie Teller auf den Boden pfefferte, hatte Tatjana noch nie erlebt.

»Deine Mutter will eine gerade abbezahlte Wohnung verkaufen!«, bellte sie ihr entgegen, als sich Tatjana bis zur Küchentür vorwagte. Dann schimpfte sie über ihr vergeudetes Leben in solchen Kraftausdrücken, dass Tatjana nicht wusste, ob sie lachen oder weinen sollte. Die Eltern hatten es ihr also gesagt. Es war schon seit geraumer Zeit beschlossene Sache, aber die Mutter hatte den zu erwartenden Wutausbruch der

Großmutter so lange wie möglich aufschieben wollen, was würde es nützen, verfrüht zu streiten, streiten würde man ja auf jeden Fall, besser, so spät wie möglich damit anfangen.

Tatjanas Großmutter war seit längerem schon schwach auf den Beinen, zum Flohmarkt hinter den Garagen spazierte sie nur noch auf den Unterarm ihrer Enkelin gestützt, mit Gehstock und Wolltuch über den weiß gewordenen Haaren. Wenn sie stehen blieb, um durchzuatmen, sah sie aus wie ein schiefer, leicht schaukelnder Zweig, über den man einen Mantel geworfen hatte. In letzter Zeit erzählte sie immer öfter aus ihrer Kindheit, die Erinnerungen kamen in Schüben und drehten sich um eine diffuse, aber immer gleiche Achse. Sie sprach von brachliegenden Feldern und leeren Wiesen, davon, dass die Bauern ihre Obstbäume gefällt hatten, weil sie die Steuern, die darauf zu entrichten waren, nicht bezahlen konnten, und wie man ihrer Familie das Haus und den Garten weggenommen hatte, wie sich in den Wäldern Menschen zu Rudeln zusammengeschlossen hatten und kleine Kinder jagten. Tatjana versuchte nicht zuzuhören, sie kannte die Schauergeschichten mittlerweile auswendig, aber die Großmutter fand immer neue Bilder für die Hungerleichen, die in den Straßen lagen, weil man keine Gräber ausheben durfte, und die erst verschwanden, wenn der Schnee kam und alle und alles unter sich begrub. Und manchmal fügte sie hinzu: »Nur gut, dass die Parteimitglieder immer fetter wurden, dann hatten die Kannibalen wenigstens etwas davon.« Dabei stieß sie ein heiseres Lachen aus, ihr Blick irrte dann nicht mehr umher, und sie schaute Tatjana mit klaren Augen ins Gesicht.

Aber jetzt schrie die Großmutter ihre Tochter und den Schwiegersohn an, sie ließe sich nicht noch einmal alles nehmen, und warf die Zuckerdose vom Tisch. Die Eltern ignorierten Tatjanas zerrupfte Erscheinung – die zerstörte Frisur, ihr kalkweißes Gesicht – und versuchten stattdessen, sie in den Streit hineinzuziehen, sie sei doch auch für den Umzug nach Kriwoi Rog, sie wolle doch auch weg von hier, wo es nichts anderes für sie zu tun gebe, als besoffenen Banditen den Wodka zu servieren.

Vor einigen Monaten war Tatjanas Cousine Inna aus Dnepropetrowsk gekommen und hatte ihren Eltern diesen Floh ins Ohr gesetzt. Sie sagte, in Mariupol sei doch längst nichts mehr zu holen, bald hätten sie alle keine Arbeit mehr, aber in Kriwoi Rog gäbe es neuerdings florierende Geschäftszweige und die dazugehörenden Spekulanten aus dem Westen. Tatsächlich drohte dem Metallurgischen Kombinat, dem Wahrzeichen Mariupols, der Fabrik, die der gesamten Stadt Arbeit gab, die Schließung. Tatjanas Mutter hatte auf ihrem Ingenieursposten dort schon nichts mehr zu tun, sie kam immer öfter mitten am Tag nach Hause und zuckte die Achseln. Zwar hatte sie noch ein Büro, im dem sie sitzen durfte, aber seit Monaten war ihr kein Lohn mehr gezahlt worden. Tatjanas Vater fuhr seit einiger Zeit schon mit dem Bus in die Türkei, um dort gefälschte Markenkleidung einzukaufen, die er dann auf dem Markt in Polen verscherbelte. Tatjana war mit dem, was sie im *Jalita* erkellnerte, die Einzige, die ein regelmäßiges Einkommen nach Hause brachte.

Inna hatte ihre Arbeit als Ärztin im Städtischen Krankenhaus von Dnepropetrowsk aufgegeben, weil sie behauptete, in der heutigen Zeit lebe jeder Bauarbeiter besser als sie. Sie habe Medizin studiert, weil sie gedacht hatte, damit gingen einflussreiche Kontakte einher, der Beruf bringe Anerkennung, und man wüsste, wohin man sich wenden konnte, wenn einem die Nieren versagten. Aber ihre einzigen Kontakte seien die zu den entzündeten Genitalien ehemaliger Parteimitglieder, die sich heute *Businessmänner* nennen ließen. Und für den Lohn, den es dafür gab, habe sie keine Lust mehr, morgens aufzustehen. Und ob sie einer ihrer Kollegen bei einem Nierenversagen retten würde, darauf würde sie auch nicht mehr vertrauen, könnte ja sein, dass sie gerade nicht genug Bares dabeihätte. Und mit dem Thema Anerkennung wolle sie gar nicht erst anfangen. Also: Planänderung.

Gemeinsam mit ihrem Freund hatte sie alle möglichen Geschäftsideen ausprobiert, bis er ihr das letzte Ersparte abgeluchst hatte und seither nicht mehr auffindbar war. Als sie zu ihrer Tante nach Mariupol reiste, um vorzuschlagen, die angeblich viel zu große Wohnung zu verkaufen und gemeinsam dahin umzuziehen, wo man mit entsprechendem Startkapital ertragreiche Geschäfte machen könnte, hatte sie nur noch eine Uhr in der Farbe von Roséwein um das Handgelenk. Und eine Menge Elan.

Tatjanas Großmutter fluchte und fuchtelte mit einem wertvollen Sammelteller herum. Sie habe ihr ganzes Leben lang gelitten, und jetzt werde sie schon wieder vertrieben, wieder und wieder. Sie hatte ganz rote Augen, es war kaum mehr Weiß übrig, und Tatjana ging wortlos aus der Küche.

Im Bad schaute sie lange in den Spiegel. Ihre Tränensäcke wölbten sich vor, sie sehen aus wie eingelegte Pflaumen, dachte Tatjana, bald bin ich ausgetrocknet und fuchtele auch mit Porzellan herum, und die Haare gehen mir aus. Sie verlagerte ihr Gewicht auf die Seite, die nicht schmerzte, und warf die verdreckte Schürze auf den Hocker neben das Waschbecken. Dann öffnete sie den Unterschrank, der von oben bis unten mit grüner Seife vollgestopft war, holte ein frisches Stück heraus und stieg damit in die Badewanne. Während das Wasser ihr den Nacken verbrühte, fuhr sie mit den Kanten des Seifenbriketts über ihre Beine.

Das letzte Mal, dass sie ein Kompliment bekommen hatte, war, als ihr einer der Gäste im *Jalita* in den Oberschenkel gezwickt hatte, während sie ihm Yuvarlak servierte, und sein Tischnachbar ihn an der Hand gepackt, auf sie gedeutet und feierlich verkündet hatte, sie sehe seiner Schwester ähnlich, sei also unantastbar.

Es war offenbar beschlossene Sache, die Wohnung würde verkauft werden, sonst hätten ihre Eltern es der Großmutter nicht gesagt. Tatjana hatte bis zum Schluss gehofft, es würde anders kommen, sie würde wieder ins Kulturzentrum gehen und die Tanzlehrerin bitten, sie wiederaufzunehmen, sie würde endlich den Hosenanzug für ihre Bewerbung an der örtlichen Modeschule fertignähen, die hatte noch nicht zugemacht. Aber jetzt hatte sie wahrscheinlich auch keine Anstellung mehr, mit der sie das Studium hätte finanzieren können, oder Brot kaufen oder Fleisch.

Sie rutschte tiefer in das viel zu heiße Badewasser. Vielleicht war Innas Idee, einen Spirituosenladen aufzumachen, ja gar nicht verkehrt. Angeblich kamen über den Hafen von Odessa ganze Ladungen an unverdünntem, zertifiziertem Alkohol aus dem Westen ins Land, der höher im Kurs stand als Familienschmuck. Uhren und Ohrringe waren keine Wertgegenstände mehr, echter Whisky dafür schon, und Inna kannte jemanden, der jemanden kannte, über den man an ihn und an anderen Schnaps aus dem Westen herankam, aber eben in Kriwoi Rog und nicht in Mariupol. In Zeiten, in denen man erst mit der Polizei verhandeln musste, damit sie einem erlaubte, ein Geschäft zu eröffnen, dann mit der Steuerbehörde, um an die richtigen Papiere zu kommen, dann wieder mit der Polizei, die einem ab und zu Besuche abstattete, war echter Whisky das beste Begleitgeschenk zu dem Batzen Geld im Umschlag. Manchmal reichte sogar der Alkohol allein, wenn es nicht Spiritus in Saftflaschen mit selbstgebasteltem Aufkleber und unversiegeltem Drehverschluss war, sondern echter Jim Beam, Johnnie Walker oder Jack Daniel's. Mittlerweile wurden keine Geschäfte mehr abgeschlossen ohne Beigabe einer entsprechend teuren Flasche. Außerdem brauchte man für die Lagerung von Alkohol keine Kühl- und Gefriertruhen, die schwer zu beschaffen waren und auch mal ausfielen, wie es neulich in dem Kooperativgeschäft im Wohnblock gegenüber passiert war, so dass die Kunden zurückgekommen waren und dem Betreiber das Gesicht verbeulten, weil sich ihr Kind beinahe mit sauer gewordenem Frischkäse vergiftet hätte. Man brauchte nur Regale, Vitrinen und viel Licht, das die kostbaren Flaschen funkeln lassen würde wie Sterne.

Tatjana lag in der Badewanne und malte sich aus, wie Menschen in ordentlicher Kleidung, vielleicht sogar in Jacketts, die Türklinke zum Laden mit der einen Hand hinunterdrückten, während sie sich mit der anderen die Haare noch glattstrichen, ehe sie Tatjana höflich um eine Flasche Jack Daniel's baten.

Und dann blitzte in Tatjana auch wieder der Gedanke auf, dass sie vielleicht doch auf einer Modeschule studieren könnte, vielleicht sogar in Kiew. Noch war das nicht zu finanzieren, selbst wenn sie bei ihrer Schulfreundin auf dem Klappbett im Flur schliefe. Die hatte sich getraut, in die Großstadt zu ziehen, und teilte sich die Einzimmerwohnung mit drei anderen.

Tatjana war erst ein einziges Mal in Kiew gewesen, als sie auf dem Weg nach Moskau dort umsteigen musste, und außer dem Bahnhofsgebäude von außen, den verdreckten Bahnsteigen und einer Schaffnerin, die sie beim Einsteigen angemotzt hatte, sie solle sich mal ein bisschen beeilen, das sei schließlich kein Bummelzug in die Provinz, hatte sie nichts von der Stadt gesehen. Sie stellte sie sich kleiner als Moskau vor, deutlich kleiner und mit festem Boden, denn Moskau war ihr damals wie ein Abgrund erschienen, in den man früher oder später stürzte. Rolltreppen führten kilometerweit unter die Erde, und die Menschenmenge in den Waggons der Metro riss einem noch die letzten Knöpfe vom Mantel und zerwühlte einem das Haar. Ein solcher Pulk hatte sie damals in den Schlund der Station geschoben, sie konnte die Ärmel, Aktenkoffer, Kopftücher und Rücken unmöglich einzelnen Körpern zuordnen, die Moskauer um sie herum verschwammen zu einem summenden Schwarm, der sie bis zum Bahnsteig beförderte, es war so stickig, dass sie ihren Mantel öffnen musste, in dem sich sofort die vorübereilenden Passanten verfingen. Der Geräuschpegel stieg an wie stärker werdender Regen, niemand schrie oder brüllte, aber es pfiff in Tatjanas Ohren. Sie öffnete den Mund, so weit sie konnte, um den Druck zwischen ihren Schläfen entweichen zu lassen, dann wurde sie von einer Welle Menschen erfasst, und sie hatte nicht das Gefühl, dass sie ihre Beine bewegte, als sie in den Wagen der einfahrenden Metro gespült wurde. Sie konnte nicht sehen, ob die anderen Frauen, mit denen sie zum Vortanzen bei einer neugegründeten Agentur in die Hauptstadt gereist war, in denselben Zug geschoben worden waren, sie konnte kaum den Kopf drehen. Sie versuchte zu atmen, dann fiel ihr die Station ein, an der sie rausmusste, irgendwas mit Dostojewski. Als sie es schließlich wieder ans Tageslicht geschafft hatte und ihre Erscheinung im Glasfenster der Station prüfte, fand sie, dass sie mit dem verschmierten Lidschatten, den fehlenden Knöpfen am Mantel und ihrer Sturmfrisur einem Clown ähnlich sah.

Das war ihre Erinnerung an Moskau, und dann noch der Arbat. Die Fassaden der Häuser entlang der Flanierstraße mussten früher lachs- und pfirsichfarben gestrichen gewesen

sein, aber es hatte sich längst ein grauer Film über sie gelegt. Die dreiarmigen Laternen erinnerten sie an Harlekine,
die mit ihren Puffärmeln gestikulierten, um Einhalt zu ge-
bieten. Die Straßenverkäufer versuchten die Passanten anzuhalten, ein Mädchen ließ sich zeichnen. Allerdings trug es
keine Zöpfe wie auf dem Bild, das gerade entstand, sondern
ein Barett auf offenen Haaren, und es hatte in Wirklichkeit
eine viel größere Nase und lächelte nicht, sondern schaute
ernst und wirkte sehr konzentriert. Tatjana wollte nicht stören und lief vorbei. Ihre Kolleginnen aus der Tanzgruppe
standen in einer Ansammlung von Menschen weiter vorne,
Tatjana hörte ein peitschendes Geräusch, als sie näher kam.
Ein kleingewachsener Mann in beigen Stoffhosen, die mit
einer dicken Kordel über dem Bauchnabel zusammengehalten wurden, tunkte Stofffetzen in einen Plastikeimer mit roter Farbe und schlug damit auf eine Leinwand, als wollte er
sie in Fetzen reißen. Er trug trotz der Kälte kein Hemd, und
die Farbe spritzte auf seinen nackten Oberkörper und in sein
sonnengegerbtes Gesicht. Seine Augen waren schwarz, seine
kurzen Haare standen ab, Tatjana dachte zuerst, dass es ein
Schauspieler sei, der eine Szene aus einem Theaterstück zeigte und sich gleich mit einem Scherz oder einer Verbeugung
zu seinem Publikum wenden würde, aber der Mann stand da
mit angewinkelten Beinen und klatschte und klatschte mit
leerem Blick immer mehr Farbschichten aufeinander.

»Kinderstrumpfhosen«, flüsterte jemand.

Tatjana konnte die Augen nicht von der Leinwand lösen,
auf der sich ein blutiger Fleck bildete, von dem aus Vögel in
alle Richtungen zu schießen schienen.

»Das sind Kinderstrumpfhosen, mit denen er herum-
peitscht. Er tunkt sie in Farbe und schlägt damit um sich.
Was soll das sein? Kunst?«

Tatjana wagte kaum, sich zu bewegen. Sie schaute auf das Stück Stoff, das der Maler in seiner Faust umklammert hielt, es sah aus wie ein ausgewrungener Lappen, dann meinte sie Fersenausstülpungen am Ende des Fetzens zu erkennen und dachte an das Kind von vorhin, das genau solche weißen Baumwollstrumpfhosen anhatte, als es still dasaß, um portraitiert zu werden. Und wie aus dem Nichts überkam Tatjana eine unendliche Wut auf den Zeichner, der die Erscheinung des Mädchens verzerrte, ihr eine kleinere Nase, Zöpfe, ein Lächeln gab. Sie legte den Kopf zurück in den Nacken, damit die Tränen, die ihr in die Augen gestiegen waren, nicht über die Wangen liefen, und starrte in den Himmel.

Von der Moskauer Agentur hatte sie nie wieder etwas gehört, und kurz darauf hatte sie beschlossen, dass es Zeit war, einen Beruf zu ergreifen, der etwas einbrachte. Sie hatte den Plan gefasst, sich an der Modeschule zu bewerben, ihren Ballett-Schritt auf das Pedal der Nähmaschine verlegt und jedes Mal die Kippbewegungen beschleunigt, wenn der Vater und die Großmutter anfingen, sich zu streiten, weil das Geld wieder nicht ausreichte und keiner auf dem Markt mehr die gefälschten Adidas-Klamotten haben wollte, weder in Polen noch hier in Mariupol. Tatjana hatte sich vorgenommen, es mit einem Hosenanzug für ihre Mutter zu versuchen – als Geburtstagsüberraschung und um sich damit für die Schule zu bewerben. Die Wohnung war nicht klein, aber weil alle aufeinanderhockten, konnte man nicht wirklich etwas voreinander verbergen, also stieß sie Warngeräusche aus, wenn ihre Mutter sich näherte, hustete, zischte, versteckte den fliederfarbenen Stoff, so gut es ging, unter dem Nähtisch, und die Mutter gab daraufhin vor, doch in das andere Zimmer gewollt zu haben.

Tatjana stieg aus der Badewanne, und ihr pochendes Fußgelenk versetzte ihr den nächsten Stromschlag. Sie trocknete sich ab, wusch sich die Reste des Make-up aus dem vom Wasserdampf geröteten Gesicht und ging zur Großmutter in die Küche, die jetzt allein und mit verweintem Gesicht dort saß und ihr Kinn auf die geballte Faust stützte. Ihre Wangen hingen schlaff und zogen die Mundwinkel mit nach unten, sie starrte auf den leeren Tisch. Die Scherben waren weggeräumt. Über den grünen Pullover hatte die Großmutter eine graue Strickjacke geworfen, ihr wulstiger Kragen stützte den Nacken, fast alle Haare waren vom Kopftuch bedeckt, nur an den Schläfen schauten ein paar weiße Strähnen hervor. Ihr kleiner Mund stand offen, und das teigfarbene Gesicht mit den riesigen Ohrmuscheln schien endlos. Tatjana holte tief Luft, um ihr zu sagen, dass Streit nicht schlimm sei, dass man streitet, wenn man sich liebt, Streit sei auch eine Art der Umarmung, aber dann legte sie ihren Kopf auf die Schulter der Großmutter und brachte nur heraus, dass alles gut werden würde. Ganz bestimmt. Ganz bestimmt.

Sie habe es so satt, gab die Großmutter zurück. So satt. Ihr ganzes Leben lang scheuche man sie schon von einer Ecke in die andere. Nicht einmal die Erde, in der sie bald begraben werden wird, könne sie sich selbst aussuchen. Dann stand sie auf und ging aus der Küche.

Die Umzugsvorbereitungen traf Tatjanas Mutter im Alleingang. Sie hob jede verstaubte Kristallvase nochmal hoch ins Licht und prüfte, ob man sie nicht weiterschenken konnte. Zu verkaufen gab es nicht viel. Wer sollte schon den neuen Samowar wollen, der noch in der Originalverpackung unter der Spüle stand? Wer sollte an ihm interessiert sein außer Ausländer, die aber gar nicht nach Mariupol fanden, weil sie in Kiew blieben oder in den Süden fuhren. Nach Odessa oder auf die Krim – und angeblich nach Kriwoi Rog, über das Tatjana nur wusste, dass die Deutschen dort einmal einen Film gedreht hatten, aber das war in einer früheren Welt, lange bevor alles zu zerfallen begonnen hatte, vor allem die vielbesungene Völkerfreundschaft.

Auch beim Packen ließ sich ihre Mutter kaum helfen. Sie entrümpelte die Schränke, als suche sie nach Dingen, die lange verschollen waren. Manchmal stutzte sie, setzte sich hin und redete mit einzelnen Stücken, als wären es Kinder. »Was soll ich mit dir machen?«, sagte sie zu einer gestopften Hose. »Warum liegst du da noch ordentlich zusammengefaltet in Plastikfolie?«, fragte sie ihre alte Schuluniform. Sie war immer ein pragmatischer Mensch gewesen, orientierte sich an Kategorien wie ›sinnvoll‹ und ›nützlich‹, aber an Sinnvollem boten die Räume der alten Wohnung wenig, außer den Möbeln eigentlich nichts. Die Gardinen waren schon vergilbt gewesen, als Tatjana noch ein Kind war, und über die Teppichböden, die man irgendwann über das Fischgrätenparkett geklebt hatte, sagte ihre Mutter nur, dass sie froh sei, sie nicht rausreißen zu müssen.

Die Großmutter verkroch sich immer häufiger im anliegenden Park, den die Stadtbewohner neuerdings in ein riesiges Gemüsebeet verwandelten und unter sich aufteilten. Sie rissen die Sträucher heraus, umzäunten das ergatterte Stückchen Land provisorisch mit Ästen, gruben den Rasen um, steckten Pflänzchen in die geharkte Erde und ernteten Gurken, Tomaten und was so wuchs. Die Großmutter blieb den ganzen Tag über weg, sah trotz der schmerzenden Beine und Hüften nach dem Kohl oder nach den Möhren und kehrte erst kurz vor Sonnenuntergang wieder zurück in die Wohnung, in der die Schränke immer leerer und die Kartons im

Flur immer mehr wurden. Wenn sie nicht von allein zurück-
kam, wurde Tatjanas Vater losgeschickt, und wenn auch er
nicht wiederkehrte, dann ging Tatjana die beiden suchen und
fand sie meistens nebeneinander auf einer Bank sitzen, beide
mit vor der Brust verschränkten Armen, den Blick in den
dämmrigen Himmel gerichtet, als erwarteten sie Zugvögel.
Zu ihren Füßen ein Beutel Gemüse.

Tatjana schaute die beiden an wie Ausstellungsstücke, wie
Menschen, die während einer Vulkanexplosion vom Lava-
strom überrascht worden waren und nun für immer als poröse Säulen verharren würden. Sie dachte an ihre Mutter, die
allein den kompletten Haushalt entrümpelte und verpackte,
und fragte sich, ob es nicht besser für ihre Eltern wäre, eine
Tochter wie Inna zu haben, die einfach so zu Verwandten in
eine andere Stadt fuhr und ihnen vorschlug, ihr Hab und Gut
zu verkaufen, weil sie Ideen hatte, wie man sich das Leben
schöner und besser machen konnte, wie man »es richtig an-
packen« müsse, so hatte sie es formuliert. Sie war mit nichts
gekommen als mit einer Reisetasche und einer funkelnden
Uhr ums Handgelenk, dick aufgetragenes Rouge im ganz weißen Gesicht, runde blaue Augen und ein locker geflochtener
Zopf, der ihr um den Hals lag wie der Schwanz einer Katze.
Sie sah aus wie aus einem Märchen. Und wie in einem Märchen sagte sie, sie wisse, wie man die Probleme der Familie löst,
jetzt, wo keiner mehr Arbeit hatte und Menschen anfingen
in ausrangierten Autos zu hausen oder die Parks zu Gemüse-
äckern umpflügten. Eine solche Tochter war etwas wert, nicht
eine wie sie, die aus dem Fenster sprang und den einzigen Job
hinschmiss, den es für sie in dieser Stadt gab, und seither vorsichtig zu der noch nicht eingepackten Nähmaschine schielte.

Inna wusste, was zu tun war: die unnötig große Wohnung
verkaufen, nach Kriwoi Rog ziehen und dort von Import-Ex-

port leben wie die Amerikaner. »Die Menschen wollen sich mit dem Zeug aus dem Westen die Leber ruinieren, nicht mit unserem selbstgebrannten Gift!« Und um ihrer Geschäftsidee Nachdruck zu verleihen, hatte sie ihnen von Bruce Willis erzählt. »Ihr kennt doch diese Schwimmbecken, in denen die Amerikaner in ihren Pornos baden? Genau, diese von unten beleuchteten Pools. Ich habe mir mit meinem damaligen Typen so ein Drecksszeug mit Bruce Willis angeschaut, total krank, wie die es vor der Kamera treiben, also so einen Pool, schon klar, den will jeder haben, und ich sah den Film und dachte, die Amis baden da drin und ficken da drin und machen alles, was sie wollen, und unsereins traut sich einfach nicht. Wir trauen uns das nicht zu, etwas wirklich zu besitzen. Etwas wirklich zu sein. Dabei haben wir sie! Wir haben die Pools! Es ist doch nicht so, dass hier nur Wüste und Fata Morgana ist, oder? Nur schwimmen im Wasser unserer Pools überall Stückchen von Scheiße herum, egal, wo man hinschaut: Scheiße. Aber eigentlich ist man ja im Pool und will schwimmen, nur traut man sich nicht, den Mund aufzumachen, damit da nichts reingerät, und eigentlich traut man sich auch nicht, richtig Luft zu holen und die Arme auszubreiten, weil – na ja, besser man schlägt keine großen Wellen und diese Stückchen Scheiße kommen auf einen zu. Aber ich sage euch: Nein! Was ist das für ein Leben? Sich totstellen in einem Pool und noch nicht mal versuchen, eine Runde zu drehen? Lasst uns eine Runde drehen! Wir können es doch auch!«

Inna hatte einen ganz starren Blick bekommen, sie hatte keinem von ihnen in die Augen gesehen, daran musste Tatjana jetzt denken, und wie sie sich vom Vater immer wieder hatte nachschenken lassen und sich die Lippen mit dem Handrücken abgetrocknet und dabei gelacht hatte. Sie hatte so befreit gelacht, dass man ihr unbedingt hatte glauben wollen. Das Licht der Deckenleuchte spiegelte sich in ihrem blassen, fast weißen Gesicht wie in einer Wahrsagerinnenkugel, wie in einem beleuchteten Globus. Sie schloss ihr Plädoyer mit der Nachricht ab, dass sie schon ein Geschäftslokal gefunden habe, dass *Business*-geeignet wäre, und eine kleinere Wohnung ganz in der Nähe auch, sie würde sich um alles kümmern, in dem rundum verglasten Laden müsste man nur noch die Regale anbringen und eine Kasse aufstellen.

Es war das Bild eines beleuchteten und versifften Pools, das Tatjana einfiel, als Inna ein halbes Jahr später mit blutigem Gesicht in den Spirituosenladen gestolpert kam. Als sie zu sprechen versuchte, wirkte es, als käme ihre Stimme zwar aus ihrem Inneren, aber nicht aus ihrem Mund. Die Lippen bewegten sich, aber sie formten keine Wörter.

Beim Umzug hatte Tatjana die Aufgabe gehabt, die Großmutter mit der Bahn sicher in die neue Stadt zu bringen, das war für die alte Frau bequemer, und im Lkw wäre für sie beide ohnehin kein Platz gewesen. Die Eltern kümmerten sich um alles andere. Dass die neue Wohnung im Erdgeschoss eines Hochhauses lag, beruhigte sie insgeheim. Die Großmutter, die von Tag zu Tag zerrütteter wirkte, könnte von dort aus nicht aus dem Fenster springen, dachte sie manchmal während ihrer Schichten an der Kasse des Spirituosenladens. Die Zweizimmerwohnung war viel zu klein für sie zu viert, aber ohnehin nur zum Schlafen gedacht. Eine vorübergehende Lösung, hieß es, bis sie alle anfangen würden, wie die Amerikaner zu leben. Die beiden Schlafräume, die Küche und der Flur waren schnell vollgestellt, vor allem auch mit den Regalfächern und Stellagen für den Laden und mit Werkzeug, es roch nach Lackfarbe und Leim. Tatjana hatte keine Zeit, sich einzuleben, weil sie gleich für Ladenschichten eingeteilt wurde, und im Grunde war sie froh darüber. Wohnung, Kiosk, Wohnung, Kiosk, man sagte ihr, dass sie hinter der Kasse stehen solle, und sie tat's. Sie kannte den Weg zur Arbeit und den Weg von dort zurück in ihr Bett, das half über die Aufregung, über die Enge der Wohnung und sogar über die Trauer der Großmutter hinweg. Sie vermisste Mariupol, aber sie hätte nicht sagen können, was genau. Etwas fehlte, vielleicht nur die alten Gewohnheiten. Die Straßen mit den Plattenbauten, die sie jeden Tag zur Arbeit entlanglief, hätten auch in Mariupol liegen können, und auch die grimmigen Gesichter unterschieden sich nicht. Da wie dort roch es schlecht, man atmete flach und schaute zu Boden.

Auch im Laden vermied Tatjana den Blickkontakt mit den Kunden, so gut es ging, beim Abrechnen sah sie auf die Kasse und auf ihre Hände. Meist versuchte sie erst beim Schichtwechsel aufzublicken, wenn sie die Stimme ihres Vaters hörte, der die kostbaren Flaschen in der Nacht hütete. Er nahm auch die Lieferungen entgegen, die ebenfalls nachts kamen, woher, sagte man Tatjana nicht, und sie fragte nicht nach. Das Geschäft lief auf Hochtouren. Es hatte sich herumgesprochen, dass der Spirituosenladen vierundzwanzig Stunden am Tag geöffnet hatte, und Inna hatte mit allem recht behalten: Zertifizierter Whisky aus dem Ausland war das Schmieröl bei allen Verhandlungsgesprächen und eine Geldanlage gleichzeitig.

Wenn die Cousine kam, um die Vorratsschränke zu leeren, beachtete sie Tatjana kaum, rief ihr nur manchmal eine Bestellung oder einen Auftrag zu, bevor sie wieder eilig den Laden verließ, aber dieses Mal war es anders. Inna hatte sie eindeutig angesprochen. Tatjana schaute auf. Innas dicker

Zopf lag dort, wo er immer lag – um den Hals –, aber er sah gerupft aus. Sie war noch blasser als sonst, unter ihrem linken Auge breitete sich ein rötlich unterlaufener Fleck aus, und ihre Unterlippe war eingerissen und blutete. Tatjana stürzte auf sie zu, schob ihr einen Hocker hin, Inna sank darauf zusammen und starrte vor sich hin, dann legte sie den Kopf in den Nacken und riss ihn sofort wieder zurück, als würde sie aus dem Schlaf hochschrecken. »Nein, alles gut!«, war das Einzige, was sie sagte.

Sie wehrte Tatjana ab, als die ihr aus dem Mantel helfen wollte, blickte sich im Verkaufsraum um, als sähe sie ihn zum ersten Mal. »Ja, nee, wir kriegen das hin«, war ihre Folgerung aus Überlegungen, die sie nicht ausgesprochen hatte. Tatjana fragte und fragte, versuchte Innas Hände zu streicheln, aber sie wimmelte sie ab wie ein lästiges Tier, und schließlich stand sie auf und ging ohne ein Wort hinaus.

Tatjana rief ihre Eltern an, damit sie in der Stadt nach Inna suchten, dann stellte sie sich in die Tür des Ladens und schaute über die anliegende Straße, vielleicht käme sie ja wieder oder vielleicht lag sie irgendwo auf einer der Bänke mit inneren Blutungen, vielleicht brauchte sie kalte Kompressen und etwas zu trinken. Tatjana dachte an Innas verbeultes Gesicht, das trotz der Blutergüsse kein bisschen an Stolz eingebüßt hatte. Sie fragte sich, woher Inna das nahm, diesen Glauben an etwas Großes, das noch kommen würde. Ihre Cousine war davon überzeugt, dass es für sie eine Zukunft gab, und vielleicht würde sie das am Ende retten, wenn schon alle anderen untergegangen wären.

Inna kehrte an jenem Nachmittag nicht mehr zurück, dafür standen zwei Ausländer im Laden, nicht zum ersten Mal, Tatjana erkannte sie an ihrem ulkigen Russisch. Zumindest der eine sprach ununterbrochen, der andere war still.

Sie schaute auf die Plastikmuschel für das Wechselgeld und dann durch das Glas der Theke auf den Boden darunter und dann noch tiefer und noch tiefer.

Die Schuhsohlen der beiden Männer erzeugten ein Mäusequietschen auf dem Linoleum; Tatjana blickte nicht auf.

»Warum sagen alle in diesem Land: ›Diese Hände haben noch nie geklaut?‹ Als wäre es ein Mantra?«, fragte die Labertasche, sichtlich gut gelaunt.

»Ein was?«

Tatjana hasste seine nasale Stimme und die Art, wie er versuchte, wie ein echter Russe zu klingen. Typen wie er kauften bei ihr beinahe täglich, sie gaben für Alkohol so viel Geld aus, wie Tatjanas Familie für eine Woche zur Verfügung hatte. Meistens spazierten sie in den Laden, als würde er ihnen gehören.

»Wieder Jim Beam?«

»Ja. Und die Schachtel Pralinen da aus der Fenstervitrine.«

Er roch stark nach Parfüm, nicht nach dem Rasierwasser, nach dem mittlerweile fast alle Männer stanken, als hätten sie es aus der Flasche gesoffen; sein Parfüm war süßlich, das fand Tatjana seltsam. Sie bückte sich nach den Pralinen im Schaufenster und hatte plötzlich einen Song im Ohr: *Alain Delon, der spricht Französisch / Alain Delon, Alain Delon, der trinkt kein Eau de Cologne / Alain Delon, Alain Delon trinkt doppelten Bourbon.* Sie summte ihn leise.

Die Labertasche wollte wissen, was sie da singe. Tatjana gab keine Antwort, legte stattdessen die Süßigkeiten auf den Ladentisch, aber der Mann schob die Schachtel wieder über den Tresen in ihre Richtung.

»Die sind für Sie. Sie müssen mehr essen, seit ich hierherkomme, werden Ihre Hüften immer schmaler, ist doch schade!«

Von einer Sekunde auf die andere hatte Tatjana ein Gefühl wie nach einem Kinnhaken, als stünde ihr Kiefer schief. Sie nahm die Pralinen, ging zur Vitrine und verstaute sie wieder zwischen den anderen Schachteln.

»Nein, was machen Sie da? Bringen Sie sie zurück! Seien Sie nicht so.«

Tatjana versuchte, ruhig zu atmen. »Ich brauche keine Pralinen.« Sein Parfüm wehte stoßweise zu ihr herüber, ihr wurde speiübel.

»Lassen Sie sich doch auf die Schokolade einladen! Oder wir trinken in der Cafeteria nebenan einen Tee, und ich verspreche, ich tue Ihnen nichts. Ich höre Ihnen gerne zu, Sie haben so eine erotische Stimme, hat Ihnen das schon jemand gesagt? Vielleicht erzählen Sie mir ein bisschen aus Ihrem Leben?«

Tatjana dachte wieder an Inna, an ihre blutige Unterlippe, wie sie am Vormittag auf dem Hocker zusammengesunken war und sich verschreckt umgeschaut hatte, wie ein Hase. Sie hatte ihr so leidgetan, dass sie dem Schwein, das ihr das angetan hatte, am liebsten mit einer kaputten Whiskyflasche das Gesicht zermatscht hätte. Aber sie würde wahrscheinlich nie erfahren, wer das war. Stattdessen hatte sie diese schmierigen Typen im Laden, von denen der eine meinte, er könnte hier alles kaufen, inklusive ihrer selbst. Sie überlegte, welche Folgen es hätte, wenn sie ihm die Jim-Beam-Flasche, die sie neben die Kasse gestellt hatte, einfach über den unfrisierten Kopf ziehen würde. Es machte sie plötzlich rasend, dass dieser Mensch sich nicht einmal die Haare gekämmt hatte, bevor er grinsend hier hereinspaziert war und mit ihr sprach, als würden sie sich kennen.

»Ihre Hand brennt«, sagte sie ihm so gelassen wie möglich.

»Was?«

Sie zeigte auf seinen Ehering. »Sind Sie nicht deswegen so rot im Gesicht, weil der Ring an Ihrem Finger schon glüht?«

Die Lippen des Mannes wurden ganz schmal, dann sprangen sie auf wie bei einem Fisch. Wahrscheinlich fehlten ihm die russischen Wörter, um etwas zu entgegnen. Er warf ein paar Scheine neben die Plastikmuschel und griff nach dem Hals der Flasche wie nach einer Waffe; kurz war Tatjana nicht sicher, ob sie in Deckung gehen sollte.

»Das ist für die Flasche und dafür, dass du dich vor mir gebückt hast. Mit den Pralinen mach, was du willst«, stotterte er in fehlerhaftem Russisch. Sein Kollege, der stumm in der Ecke gestanden hatte, folgte ihm, als er die Tür aufstieß und draußen anfing, auf Deutsch zu fluchen.

Am nächsten Tag, als Tatjana ihren Vater zur Morgenschicht ablöste, stand ein Blumenstrauß vor der Ladentür. Der Vater hatte ein paar Stunden Schlaf gehabt, »war eine ruhige Nacht, kaum einer da gewesen«, und wusste nichts von der Blechvase auf den Stufen, in denen ein paar rote Rosen steckten, die so dünn und schwächlich waren, dass sich ihre Stängel über den Rand der Vase bogen. Tatjana wollte sie in den Müllcontainer im Hinterhof kippen, aber dann überreichte sie den Strauß ihrem Vater und sagte, er solle Mama eine Freude machen.

Von wem die Blumen waren, begriff Tatjana ein paar Tage später, als der Stumme der beiden Deutschen mit den mäusequietschenden Schuhen einen identischen Strauß in den Laden brachte, statt ihn auf den Stufen davor abzustellen. Nur konnte sie ihm die Rosen nicht abnehmen, weil gerade zwei Männer und eine Frau damit beschäftigt waren, die kleine Büroecke zu verwüsten. Aus den Mappen, die sie aus dem Regal gerissen hatten, lösten sich einzelne Seiten und segelten zu Boden. Tatjana sah den Blättern und ihren Schaukelbewegungen zu und dachte daran, dass es bald richtig Frühling werden und sie ihre Nase in die Sonnenlichtpfützen stecken würde, und dann verflöge die Lustlosigkeit, das Gummigefühl in den Knochen, der Pappgeschmack im Mund, sie würde wieder anfangen zu leben. Bald würden die Kirschen blühen, für die die Gegend hier angeblich bekannt war, dann würde sie in die Natur hinausfahren, Spaziergänge machen, sich endlich die Stadt anschauen.

Die Eindringlinge, zwei Männer und eine Frau, redeten wild durcheinander, Tatjana machte sich nicht die Mühe, genau hinzuhören, das Wesentliche hatte sie ohnehin längst verstanden: Steuerbehörde. Sie behaupteten, Tatjana betreibe ein illegales Geschäft, und Tatjana nahm an, dass sie nicht ganz falschlagen. Sie widersprach nicht, sagte kein Wort, aber bemerkte, dass die drei schlagartig verstummten, als der Ausländer in der Tür stand, einen Strauß Rosen mit hängenden Köpfen in der Hand. Sie tauschten schnelle Blicke, dann sagte der ältere der beiden Männer mit hoher Stimme, dass jetzt wohl alles geklärt sei und man sich nächste Woche melden würde. Die Frau, die auf einem Stuhl hinter der Theke saß, blätterte unbeteiligt in dem Rechnungsbuch, als überprüfe sie nur noch ein letztes Detail, und der jüngere Mann starrte zu dem Fremden hinüber, seine Augen leuchteten, als würde er etwas Verbotenes, etwas Unanständiges betrachten. Er fingerte an seinem schlampigen Krawattenknoten.

Tatjana griff nach einem der Blätter, die auf der Theke gelandet waren, drehte es mit der leeren Seite nach oben und zückte einen Stift.

»Gerne. Wie, sagten Sie nochmal, waren Ihre Namen und die Adresse der Behörde?«

Die Frau auf dem Stuhl stieß einen empörten Schrei aus und erhob sich, der ältere der Männer fasste sie am Arm und zog sie von der Theke weg. Der Deutsche machte langsame Schritte in den Raum, legte die Blumen einzeln neben die Kasse, als wären es Scheine, und sah den dreien abwechselnd ins Gesicht.

»Kann ich Ihnen helfen?«, fragte er auf Englisch. Und fügte dann in einem ruhigen Russisch hinzu: »Bitte weisen Sie sich aus.«

Der Ältere knöpfte seinen Ledermantel zu und griff nach dem Aktenkoffer, der zwischen seinen Füßen stand, seine beiden Kollegen folgten ihm hinaus. Bevor die Tür zuschlug, rief die Frau noch etwas in den Laden hinein, aber das konnte Tatjana im Stampfen ihrer Winterstiefel nicht mehr verstehen. Der Deutsche und sie blieben allein zurück.

Sie hörte ihren Atem, dann hörte sie seinen. Sie dachte kurz an die Kirschen, an schwarze, pralle Früchte, deren Kern man wie eine Patrone durch die Zähne schießen konnte, meterweit. Dann sah sie das Gesicht ihrer Freundin, die nach Kiew gegangen war, fragte sich, ob das Schlafsofa im Flur der Einzimmerwohnung wohl noch frei war, ob sie jetzt sofort, ohne zu packen, einfach gehen, einfach verschwinden könnte. Dann griff sie zum Telefon und wählte Innas Nummer. Die Cousine nahm beinahe sofort ab, hörte sich alles an und fragte nach einer Pause, warum Tatjana meine, sie, Inna, wüsste, was jetzt zu tun sei.

»Weil das alles deine Idee war. Jetzt kannst du die Stücke Scheiße aus dem Pool fischen, ich fress die nicht.«

Sie sah, dass der Deutsche sie musterte, legte auf und bot ihm den Stuhl an, auf dem vorhin noch die angebliche Steuerbeamtin gesessen hatte, holte zwei Gläser aus dem Schrank und eine angebrochene Flasche Johnnie Walker, die sie noch nie angerührt hatte, aber sie wusste, dass ihr Vater sich damit nachts warm hielt. Manchmal traf Tatjana zur Morgenschicht ein und fand ihn mit dem Kopf auf dem Ladentisch, dann gurgelte er leise feuchte Luft in der Kehle, und sie hätte ihn am liebsten mit ihrem Mantel zugedeckt und weiterschlafen lassen. Es roch nach Erde, Holz und ihrem Vater, und ein bisschen nach Heu und Lackfarbe. Die Whiskyreste in seinem Glas funkelten wie Harz, sie kippte sie weg, setzte sich neben ihn und beobachtete, wie er langsam, die Wärme eines anderen Körpers neben sich spürend, die Augen öffnete, erst erstaunt um sich blickte und dann lächelnd gähnte.

Sie selbst hasste Whisky und verzog das Gesicht, als sie sich das Glas an die Lippen hielt, nachdem sie mit dem Deutschen angestoßen hatte. Er schmeckte rau, fast pelzig, ihr Mund fühlte sich an, als wäre er von innen mit Zigarettenasche belegt. Sie saugte die Wangen ein, dann fragte sie den Deutschen nach seinem Namen.

Er nahm einen Schluck, als wäre es Limonade. »Michael.«

Tatjana nickte. »Danke.«

»Kein Problem.« Er richtete sich auf und fuhr sich mit der Hand durch die blonden Haare. »Die kommen wieder.« Er lächelte.

Ist mir auch klar, dachte Tatjana plötzlich gereizt.

»Aber vielleicht komme ich dann auch wieder.«

Tatjana musste von dem Whisky aufstoßen.

»Jeder hat Talente. Mein Talent ist es, immer zur richtigen Zeit am richtigen Ort zu sein. Die Leute sagen, ich bin wie ein Chamäleon. Man übersieht mich leicht, und dann tauche ich überraschend irgendwo auf.«

Ein Chamäleon also. Er sah sogar ein wenig danach aus mit seinen großen, leicht vorstehenden Augen und dem langen Kopf. Aber Tatjana schaute ihn nur kurz an und dann an ihm vorbei durch die verglaste Front nach draußen, wo der Straßenkehrer im Hauseingang gegenüber eingeschlafen war. Er hing schief im Rahmen, und es sah aus, als würde er gleich in den matschigen Schnee zu seinen Füßen sinken, seine Ohrenmütze war ihm übers Gesicht gerutscht. Auf der Bank schräg gegenüber saßen ein paar Jugendliche und zündeten etwas an, das sie mit ihren Unterarmen vor dem Wind schützten; vermutlich machten sie einen Löffel heiß. Eine stämmige Gestalt hastete an ihnen vorbei auf den Laden zu, so schnell, dass sie vor den Stufen beinahe ins Stolpern geriet. Die Idiotin Inna hatte also ihren Vater angerufen.

»Haben sie dir was getan?«, schrie er, als er die Tür aufriss, mit einer Stimme, wie Tatjana sie lange von ihm nicht gehört hatte. Das letzte Mal war er so panisch gewesen, als er sie als Kind versehentlich mit Teewasser verbrüht hatte. Er hatte geweint, als die Krankenschwester ihr mit den Strumpfhosen ein Stück Haut abzog.

Tatjana schenkte Whisky in ihr Glas nach und schob es ihm hin.

»Nein, haben sie nicht. Weil der da war.«

Sie deutete mit dem Kopf auf Michael und war sich unsicher, wie viel Russisch er verstand. »Der hat sich aufgespielt wie ein Gockel, hat sogar Englisch gesprochen.«

Der Vater folgte ihrem Blick zu dem Mann auf dem Hocker, er hatte ihn offenbar übersehen, als er hereingestürmt war. Michaels Augen waren so hellblau, dass sie fast durchsichtig wirkten, sie schimmerten farblos im Licht. Der Vater machte einen Schritt auf ihn zu, er sprang auf, zog seine Jacke gerade und drückte die Hand, die ihm entgegengestreckt wurde.

»Danke.«

»Keine Ursache.«

»Kann ich Ihnen etwas anbieten? Alles, was Sie wollen, geht auf mich.«

»Danke, das ist sehr großzügig.«

Tatjana sah den beiden Männern dabei zu, wie sie anstießen und sich ihre Vornamen und Vatersnamen sagten, während sie sich begutachteten. Michaels mit Fell gefütterte Lederjacke schien neu zu sein, der Rollkragen, der herausschaute, gehörte bestimmt zu einem teuren Pullover. Ihr Vater sah auf die blassen Rosen auf der Theke, deren Stiele aussahen wie dicke Schnürsenkel.

»Na, was ist, haben wir keine Vasen hier, oder warum verwelken die Blumen?« Er versuchte sie mit den Augen aufzumuntern, schmunzelte, sie hatte keine Lust zurückzulächeln. »Na hopp!« Der Vater wechselte die Tonlage, und als sie schließlich mit einem Eimer Wasser wiederkam, hatte er Michael schon zum Abendessen eingeladen.

Der Tisch war von der Wand in die Mitte des Wohnzimmers gerückt und mit einer neuen Decke bespannt worden, die man allerdings kaum sah unter den Schüsseln und Platten voller Roter Beete mit Knoblauch, Pilzkaviar, Wurstsalat, Dillgurken, gefüllten Eiern, Hering mit Zwiebeln, geriebenen Kartoffeln mit Mayonnaise, Rindfleisch in Sahnesoße, eingelegtem Gemüse und Auberginenpüree, unter den Tellern, dem Silberbesteck und den Kristallgläsern. Tatjanas Eltern unterhielten sich darüber, ob das Service auch richtig gewählt war oder ob die Cousine der Großmutter, die aus Lwiw, die auch schon wieder drei Jahre tot war, nicht ein besseres hinterlassen hatte, und wo war es überhaupt, hatte man es nicht mit umgezogen?

Es war der erste Besuch, den sie in der neuen Wohnung bekamen. Tatjana kroch das Gefühl den Hals hoch, dass ihre

Familie zu lange unter sich geblieben war und dabei einen dermaßen eigenartigen Jargon entwickelt hatte, dass ihn Außenstehende, vor allem Ausländer, unmöglich verstehen konnten, selbst wenn sie die russische Sprache beherrschten. Die nicht zu Ende geführten Sätze der Eltern waren voller Anspielungen auf vergangene Zeiten oder auf Filme, die sie gemeinsam, manchmal noch vor Tatjanas Geburt, gesehen hatten, oder auf frühere Berühmtheiten, wie den Sänger, der vor laufenden Fernsehkameras erschossen worden war, als er gerade etwas sagen wollte, was für ihre Eltern von unendlicher Bedeutung war, aber für Tatjana nur hohl klang.

Als Michael zu Besuch kam, hatte Tatjana zum ersten Mal das Gefühl, dass ihre Eltern ihr peinlich waren. Sie versuchte sich vorzustellen, was er durch seine hellblauen Augen sehen würde: bunte Salate in Kristallschüsseln mit ausgefallenem Muster, schwere Gläser mit dunkelroten Kelchen und durchsichtigen Stielen und daneben die einfachen für Wodka, bestimmt würde den ganzen Abend der Fernseher laufen – sie war plötzlich froh, dass in ihrer Familie keiner ein Musikinstrument beherrschte –, und natürlich würde man versuchen, Michael, den Deutschen, zu beeindrucken, und weil es nichts Beeindruckendes über die Familie zu erzählen gab, würde man ihn unterhalten mit Geschichten über die großartige Stadt Mariupol, die man gegen die großartige Stadt Kriwoi Rog eingetauscht hatte.

Tatjana schaute ihren Eltern dabei zu, wie sie die Großmutter beschworen, wenigstens heute, zu diesem besonderen Anlass, ein neues Hauskleid anzuziehen, und dachte, dass das ganze Land wie ihre Familie geworden war: Menschen, die viel zu lange unter sich geblieben waren, versuchten, sich Ausländern verständlich zu machen, und wurden so nur noch mehr zum Echo von Verhältnissen, die nichts mit der

Gegenwart zu tun hatten. Draußen fuhren Menschen West-
autos und trugen elegant geschnittene Anzüge unter gefütterten Lederjacken, sie tranken Whisky und keinen Wodka,
sie hörten amerikanische Popmusik und nicht sowjetische
Barden, die manchmal sinnlos vor der Kamera für Losungen
starben, die niemandem mehr etwas sagten. Aber Inna hatte
recht gehabt mit ihrem Gefühl, dass das Leben ein Swim-
mingpool war, in dem Stücke von Scheiße schwammen, oder
zumindest empfanden es die Leute so und schlossen darum
die Augen, um das, was vor ihnen lag, nicht zu sehen, sondern sich in eine Vergangenheit zurückzudenken und darüber so lange Unwahrheiten zu erzählen, bis sie stimmten.
Immer und immer wieder. Alle hatten sich auf eine Welt geeinigt, die draußen nicht mehr stattfand, und hoben darauf
die Gläser.

Der Abend wurde nicht so schlimm, wie Tatjana befürchtet hatte. Michael unterhielt die gesamte Familie mit seinem
schlechten Russisch, das ihn nicht daran hinderte, ein Loblied auf die Kraft der Provinz zu singen, jeder könne es in
Kiew oder Odessa schaffen, dort läge das Glück auf der Straße, aber genauso schnell könne man auch alles wieder verlieren, denn die Konkurrenz sei groß. Wer hingegen in Kriwoi
Rog zu Geld kam, der sei für immer abgesichert und hätte
seine Ruhe und genau das wolle er: Ruhe und eine Familie.
Er machte eine bedeutungsvolle Pause. Er sei ein einfacher
Mensch und liebe die Peripherie, ihm seien Großstädte sus-
pekt, er wisse, wovon er spreche, er komme aus Berlin und
dort gehe es seit der Wiedervereinigung nur noch laut und
chaotisch zu, einfach nicht auszuhalten, was da jetzt für ein
Gesindel zusammenkomme. Er sei im Baugeschäft tätig, aber
es sei zu schwierig für ihn, die Details zu erklären und welche

Materialien er von da nach dort transportiere, er sei so etwas wie Logistikmanager, nur anders.

Michael trank nicht übermäßig viel, der Vater versuchte nicht, ihn abzufüllen, und hielt sich auch selbst zurück. Sie lachten über Michaels Fehler in der Aussprache, die er gern wiederholte, wenn er sah, dass er damit gut ankam, und schließlich gestand die Großmutter, dass sie aus ihrer Schulzeit noch etwas Deutsch konnte. Michael applaudierte und bat sie, etwas zum Besten zu geben.

Die Großmutter hatte sich überreden lassen, in einem neuen, blassrosa Hauskleid vor den Gast zu treten, sie hatte kein Kopftuch umgebunden, und ihre weißen Strähnen waren ordentlich frisiert. Tatjana kannte keine Fotos von ihr als junger Frau, aber sie war sich sicher: Wäre sie in die heutige Zeit und nicht in den Fünf-Jahres-Plan hineingeboren worden, hätte sie für Hochglanzmagazine posieren können. Weder Tatjana noch ihre Mutter hatten die gerade Nase, die breite Oberlippe und die kantigen Augenbrauen geerbt. Manchmal spürte Tatjana den Impuls, mit dem Zeigefinger über das markante Profil der Großmutter zu fahren, wenn sie am Nachmittag mit nur halb geschlossenen Lidern auf dem Sofa döste. Aber dann hatte sie Angst vor dem leichten Vibrieren ihrer immer noch langen, aber fast durchsichtigen Wimpern, die wie die Beinchen eines panischen Insekts zuckten, und zog ihren Finger zurück.

Die Großmutter wandte sich zu Michael und sagte etwas auf Deutsch. Die ganze Familie drehte sich ruckartig zu ihr. Vor allem ihr Schwiegersohn starrte sie an, als sähe er sie nach langer Zeit zum ersten Mal.

Michael griff nach seinem Glas und gab höflich etwas zurück. Er saß nicht mehr so steif, sein Gesicht war im Lauf des Abends weicher geworden, seine hellblonden Haare verschmolzen fast übergangslos mit den Türen der Anrichte hinter ihm, und die Haut seiner Hände hatte die Farbe der Tischdecke – und die war wie sein Hemd: weiß, knochenweiß, hefeweiß, wolkenweiß, so weiß, als sei nichts darunter, keine Adern und Venen, durch die Blut floss, keine Muskeln, kein Fleisch. Sie glaubte, durch ihn durchgreifen zu können.

Ihre Großmutter holte tief Luft, zögerte kurz und stellte eine Frage. Die beiden wechselten einige Sätze in einer Sprache, die sonst keiner am Tisch verstand. Dann ein Ausruf der Großmutter, fast triumphierend. Es entstand eine Pause, ehe Michael losprustete. Er drückte sich die knochigen Finger auf den Mund und fuchtelte entschuldigend mit der anderen Hand.

Die Großmutter schien gekränkt. »Das war wohl nichts«, murmelte sie auf Russisch und schaute verloren über die halbleeren Kristallgläser.

»Nein, nein, entschuldigen Sie!« Michael wechselte ebenfalls die Sprache. »Ich lache nicht über Sie. Es ist viel besser, wie Sie es gesagt haben. Viel, viel besser! Es trifft es mehr. Wirklich! Sie wissen gar nicht, wie gut es ist! Ich danke Ihnen. Das ist großartig, was Sie da gesagt haben. Ich hoffe, ich sage die Dinge auf Russisch auch so klug wie Sie. Dann sind wir schon fast eine Familie.«

Tatjana beobachtete, wie ihre Großmutter verlegen lächelte, wie ihr Blick über die Salatschüsseln schweifte, wie ihr Vater ein zufriedenes Gesicht machte und ihre Mutter sich mehrmals die Mundwinkel mit der Serviette abtupfte, dann auf ihre Hände sah. Sie schien darauf zu achten, nicht zu laut auszuatmen. Tatjana wollte etwas sagen, etwas darüber, wie sehr sie ihre Großmutter liebte, aber dann dachte sie, dass ein solcher Satz eigenartig klingen würde, so aus dem Nichts heraus. Sie wollte Michael auf der Stelle alles erzählen, was sie über das Leben ihrer Großmutter wusste, aber warum sollte sie mit solchen Geschichten um die Aufmerksamkeit und Zuneigung eines Fremden buhlen, also ließ sie es bleiben.

»Ich will nicht nach Deutschland! Ich will nicht nach Deutschland! Ich will nicht nach Deutschland!« So fingen ihre Treffen immer an, und so endeten sie auch.

Michael lud Tatjana auf einen Kaffee mit Kondensmilch ein, und Tatjana erzählte, wie sehr sie Kriwoi Rog liebte, eine Stadt, die sie nur von ihrem Weg zur Arbeit kannte, der durch Hinterhöfe und entlang von Sechzigerjahrebauten führte, deren Fensterrahmen die ohnehin schon kleinen Scheiben so oft zerteilten, dass es aussah, als läge ein Gitter über der Fassade. Sie sprach von dem Park, der nach der Zeitung *Wahrheit* benannt war und dessen unebene Pfade Steinbrocken säumten, in die junge Menschen ihre Namen ritzten und Jahreszahlen, sie erwähnte die Tretboote, die man am Pavillon hinten im Park ausleihen konnte, um damit ein Stück den Fluss hinunterzugleiten. Sie sprach von der süßlichen Luft, die die Azaleen im Botanischen Garten verströmten, sinnierte sogar über die Milliarden von Jahren alten Schieferfelsen, die bronzefarben aufglühten im letzten wütenden Blick der untergehenden Sonne, und merkte spätestens bei dieser schwülstigen Formulierung, dass sie Wort für Wort das wiedergab, was ihr ein aus der Stadt gebürtiger junger Mann neulich als Geschichte aufgetischt hatte, als er gleich fünf Flaschen White Label erwarb, eine Marke, nach der selten jemand fragte. Er hatte ihr auch erzählt, dass er der Kopf des *Clubs der Fröhlichen und Erfinderischen* war, eines Künstlerkollektivs, mit dem er regelmäßig im Fernsehen auftrat. Der nicht allzu groß geratene Mann im Rollkragenpullover mit den weichen Augen und dem scharfen Mundwerk war also eine Stadtberühmtheit, einer, der alle für sich einnahm, einer, der es gewohnt war, dass man ihm zuhörte.

Als Tatjana erwähnte, dass sie neu zugezogen sei, malte er ihr die Vorzüge seiner Heimatstadt in so prächtigen Farben aus, dass sie kaum merkte, wie er zahlte und ging, das Geld blieb in der Muschel liegen, die blühenden Azaleen standen ihr vor Augen. Sie hatte ihm nachgeschaut und sich gefragt, ob der Hinweis auf den Tretbootverleih und die eingeritzten Namen vielleicht eine Art Einladung gewesen war, aber der Anführer der örtlichen *Fröhlichen und Erfinderischen* war seither nicht wiederaufgetaucht, und Tatjana hatte keine Zeit und keinen Grund, allein hoch in den Park zu laufen.

Jetzt, am Cafétisch, plapperte sie Satz für Satz nach, was der White-Label-Mann ihr erzählt hatte, im Glauben, Michael damit klarzumachen, dass sie sich nicht mit dem Versprechen auf westliche Feinstrumpfhosen würde kaufen und von hier wegbringen lassen. Sie war zufrieden dort, wo sie war, und mit dem, was sie hatte, er sollte erst gar nicht auf mehr als auf das Begleichen der Rechnung für den Kaffee hoffen.

Die Nachricht von der Schwangerschaft fuhr ihr wie scharfe Krallen in die Kniekehlen und riss sie von den Füßen. Sie konnte nicht zu ihrer Schicht im Spirituosenladen, ihr Vater musste übernehmen. Tatjana saß apathisch, mit aneinandergepressten Knien und verschränkten Armen auf dem Sofa im Wohnzimmer, schaute nicht auf vom zerlaufenen Muster des Teppichs unter ihren nackten Zehen, die sich im Zeitlupentempo hoben und senkten, und sah, wie sich die Hausschuhe der Großmutter näherten und wieder entfernten. Wie ein Echo hallte es in ihren Ohren, Mishka … Mishka …, so hat ihre Familie angefangen, Michael zu nennen, seit er bei ihnen zum Abendessen gewesen war und der Vater ihm zum Abschied beide Hände auf die Schultern gelegt hatte.

Eine Abtreibung war keine große Sache, nur hatte sie keine Ahnung, in welche Klinik sie dafür gehen musste. Sie wollte zum Telefon greifen und ihre Freundin anrufen, sie fragen, ob das Klappbett in der Kiewer Einzimmerwohnung noch frei war. Ob sie kommen könnte. Sie dachte an das Studium, an Mutters Hosenanzug, dessen Einzelteile sie in einer Tasche verstaut und nach Kriwoi Rog gebracht hatte in der Hoffnung, dass doch noch etwas werden würde aus ihren Plänen und ihrem Leben; sie schluchzte so heftig, dass sie kaum einen zusammenhängenden Satz hervorbrachte und ihre Mutter sagte: »Das ist nicht dein schlechtes Bauchgefühl, Kind, das sind die Schwangerschaftshormone. Das geht jetzt noch eine ganze Weile so.«

Und Michael, Mishka, der Hellhäutige mit den Sommersprossen bis zu den Ohrläppchen, freute sich wie ein Kind. Er brachte ihr einen weiteren Strauß welker Rosen, er versicherte ihr, dass er doch gar nicht wegwolle aus der Ukraine, sein Leben sei auch hier, bei ihr, er lerne ja auch ihre Sprache – Russisch natürlich, nicht Ukrainisch –, er habe eine Arbeit – sie wusste immer noch nicht, was genau er tat, welche Logistik er eigentlich managte, aber er fuhr einen neuen Wagen und hatte eine eigene Wohnung. Und die Eltern fanden es gut, dass er zehn Jahre älter war und ein *Businessman*. Tatjana war von da an wochenlang dermaßen übel, dass sie sich, jedes Mal wenn ihr jemand zur Schwangerschaft gratulierte, wünschte, sie könnte dem Menschen ins Gesicht brechen.

Im vierten Monat konnte sie nicht mehr Wasser lassen, ihr Herz raste, als würde sie einen Marathon laufen, dabei kam sie kaum die Treppen hoch. Ihre Beine waren an den Gelenken angeschwollen, als bestünden sie aus vollgesogenen Wischlappen. Sie wollte schlafen und kriegte die Augen nicht zu, schaute wie durch Wasser in die Gesichter, die vor ihr auftauchten, fühlte kaum etwas außer den Krämpfen im Unterleib und glaubte, das Wesen in ihrem Bauch wolle durch den Nabel aus ihr heraus. Erst als sie sich im Krankenhaus auf dem kühlen Bezug der Untersuchungsliege wiederfand und die Ärzte ihr eine Nierenentzündung attestierten, ebbte die Stakkato-Atmung etwas ab, weil sie nun zumindest wusste, dass es nicht das Kind in ihr war, das sie auseinanderzureißen versuchte.

Man pumpte sie mit Antibiotika voll, und sie wehrte sich nicht. Sie dachte, vielleicht kommt das Kind dann auch gar nicht. Vielleicht ist alles ein Missverständnis, vielleicht ist es dann vorbei. Alles eine einzige Entzündung, eine Fehldiagnose, die Schwangerschaft eine eingebildete und das Leben nicht ihres. Ihre Mutter saß jeden Tag mit warmer Pilzsuppe an ihrem Bett, richtete Grüße von der Großmutter aus, die sich Sorgen machte und darum jeden Tag zu einem ihrer Heiler im Staatsfernsehen betete, er möge Tatjana aus der Entfernung genesen lassen. Der Vater kam am Wochenende, Michael auch, die Mutter komplimentierte sie bald wieder hinaus, ihre Bewegungen waren schnell und fahrig, sie trug mehr Rouge als sonst, murmelte ständig vor sich hin, was sie zu Hause nie getan hatte, schimpfte, ohne einen Adressaten zu haben, und alles schien sie zu ärgern: die Krankenschwester hätte längst nach Tatjana sehen sollen, die Laken seien wohl seit Wochen nicht gewechselt worden, der Boden klebrig von Gottweißwas, die Medikamente würden nicht rechtzeitig verabreicht und schlügen nicht an. Was sei das für eine Pampe, die sie hier Mittagessen nannten? Sie ging nochmal hinaus in das Schwesternzimmer, um jemanden zu finden, der vielleicht seinen Job machen würde, und kam wieder mit blassen Lippen, ließ sich auf der Matratze neben Tatjanas Füßen nieder, tätschelte ihre Knie und schaute nirgendwohin.

»Ich hatte damals eine Bettnachbarin auf der Geburtsstation, als ich mit dir in den Wehen lag«, fing sie für Tatjana kaum hörbar an zu erzählen. »Die bekam Zwillinge. Die kamen zu früh. Zwei Monate oder so, das ist ja bei Zwillingen nicht unüblich, die waren wohl sehr schwach, aber sie quakten, gaben Laute von sich, ich habe sie gehört, und meine Bettnachbarin ... na die, die hat sie natürlich auch gehört ... und die Schwestern und der Arzt haben beschlossen, die Kinder für tot zu erklären. Beatmungsgeräte und all das Zeug gab es damals nicht, Inkubatoren und wie das alles heißt. Die Schwester hat die Kleinen genommen und sie vor den Augen der Mutter in einen Eimer mit Wasser gelegt und den Deckel zugezogen. Ich war auch im Raum, ich bekam gerade dich. Die Frau im andern Bett schrie die ganze Zeit, die ich dort war, Tag und Nacht, Tag und Nacht, bis sie verstummt ist und man sie weggebracht hat oder ... ich kann mich auch nicht mehr an alles erinnern, nur daran, dass ich meiner Mutter von der Frau und den Zwillingen erzählt habe, als wir beide schon zu Hause waren, und sie winkte nur ab und sagte: Besser im Feld. Besser man bekommt die Kinder im Feld.«

Tatjana wollte nach ihrer Mutter greifen, aber ihre Arme fühlten sich an, als hätte man ihr Blei in die Knochen gefüllt. Bestimmt hatte sie nicht vorgehabt, ihr das alles zu erzählen, ausgerechnet jetzt, als sie mit einer Nierenentzündung und im vierten Monat schwanger im Krankenhaus lag, aber die Geschichte war nun mal raus, und wahrscheinlich war sie der Grund, warum in Tatjana eine Frage hochstieg, auf die sie noch nie gekommen war: »Wie war es für dich, als ich kam?«

Ihre Mutter schaute auf, nicht erschrocken, nicht überrascht, eher abwehrend.

»Es war ein bisschen so wie bei allen.« Man habe sie im Krankenhaus begrüßt mit den üblichen Sätzen: »Bist es wohl gewohnt, die Beine breitzumachen, dann mach sie erst einmal wieder zu, das will hier keiner sehen«, da lag sie schon in den Wehen. Und danach ging alles schnell, sie sah die Hand des Arztes in ihr verschwinden, wurde ohnmächtig und wachte davon auf, dass man ihr ins Gesicht schlug, immer wieder. »Du dumme Sau, wirst uns doch nicht wegsterben! Du hast ein Kind bekommen, dann bleibst du jetzt auch da und kümmerst dich!« Sie hatte grüne und violette Flecken im Gesicht, als sie entlassen wurde. »Ich war froh, als wir zu Hause waren.«

Erst als sich ihre Mutter nach einer Ewigkeit des Schweigens beinahe flüchtig verabschiedete und mit dem Suppentopf unter dem Arm aus dem Zimmer ging, erlaubte sich Tatjana zu weinen. Man kriegte Kinder oder eben nicht. Mehr gab es dazu anscheinend nicht zu sagen.

Auch nachdem sie die Antibiotika wieder abgesetzt hatte, waren ihre Glieder aufgedunsen, Tatjana sah verschwommen, ihr Kopf fühlte sich an, als wäre er aus dickwandigem Glas. Sie war froh, dass Michaels Gebrabbel nur als ein entferntes Zischen zu ihr durchdrang, wenn er am Abend neben ihr lag und über Politik sprach. Darüber, was es bedeutete, dass im gesamten Land gewählt wurde, dass es nun mehr als eine Partei gab und wie sehr es ihn alarmierte, dass die Kommunisten, diese Verbrecher, wieder kandidierten. Wie wichtig es sei, nicht länger dem Vergangenen nachzuhängen, vergangen sei vergangen und spiele keine Rolle mehr, man solle doch zumindest versuchen, nicht mehr wie ein Leibeigener zu leben, sondern auf den eigenen Beinen stehen. Man sei doch seines eigenen Glückes Schmied. Tatjana überlegte, ob sie ihm oder sich ein Kissen aufs Gesicht drücken sollte.

Aber nicht nur Michael, alle schienen Politikexperten zu sein. Seit geraumer Zeit schon, wann hatte sich das eingestellt? Die Menschen hatten etwas gelesen oder wussten etwas, was der andere unbedingt hören sollte. Sie liefen aufeinander zu und erzählten, als reichten sie noch heißes Brot hin und her, sie tuschelten wie Kinder während des Unterrichts. Manchmal aber saßen sie still und mit staunendem Blick nebeneinander auf Bänken in Hinterhöfen und am Straßenrand, dann fühlte sich Tatjana, als ginge sie durch einen Kinosaal, in dem die Zuschauer mit offenem Mund auf die Leinwand starrten.

Das erste Mal hatte sie dieses zwanghafte Reden über Politik, wie ein Tourette, in Moskau erlebt, es war erst einige wenige Jahr her, aber es fühlte sich an, als hätte sich die Szene im Paralleluniversum eines jener Science-Fiction-Bücher abgespielt, die sie als Kind gerne gelesen hatte. In ihren in der Kälte und im Schneematsch des Moskauer Winters zerfallenden Adidas-Schuhen war sie damals an einer kilometerlangen Menschenschlange entlanggelaufen. Nach dem Spaziergang über den Arbat hatte sie sich allein zum ersten amerikanischen Diner der Sowjetunion durchgefragt und war fassungslos, dass eine Warteschlange so unendlich lang sein konnte. In Zweier- und Dreiergrüppchen bildeten Menschen eine Kette, die um den gesamten Block reichte. Wie viele standen da an? Tausend? Zweitausend? Jackenärmel, Handschuhe, Filzgaloschen, Mützen und Schals, Jackenärmel, Schulterpolster, Hüte und Schals, Jackenärmel, Krawatten, Pelzkragen, Schulterpolster, Ledermäntel, Mützen, Jackenärmel, Handschuhe, Filzgaloschen … Tatjana wurde fast schwindelig, sie musste auf den Boden schauen, bis sie vor den Absperrgittern aus Stahl angekommen war, die die Menge in mehrere Reihen vor der Eingangstür teilten. Alle Frauen, die hier anstanden, trugen Pelze und die dazu passende Kopfbedeckung. Alle waren auf hohen Absätzen und geschminkt, als warteten sie auf Einlass in ein prunkvolles Ballgebäude anstatt in einen flachen, einstöckigen Betonbau, von dessen Dach ein leuchtend gelbes M auf einem roten Balken in die Höhe ragte, das aussah wie ein Paar aufgestellte Hundeohren. Tatjana traute sich kaum, mit ihren schmutzigen Schuhen auch nur in die Nähe dieser Frauen zu kommen. Sie schaute auf die aufwendig eingefassten Saphire am Ohrläppchen einer der Wartenden, die es fast schon bis zum Eingang geschafft hatte, und musste sie so lange angestarrt haben, dass diese ihren Kopf drehte und Tatjana anfauchte, was es da zu gucken gäbe.

»Und … ist das Essen gut?«, stammelte Tatjana.

»Das Ende der Schlange ist dort hinten!«, gab die Frau zurück, und dann musterte sie Tatjana abschätzig und setzte nach: »Diese fettigen Kartoffelstreifen in der Papiertüte? Machst du Witze? Aber mein Mann hat sich die gewünscht, und der liegt im Krankenhaus, da muss ich ihm diesen Wunsch doch erfüllen, oder? Ich hab ihm gesagt, dass meine Kartoffelecken tausendmal besser sind, aber er wollte Pommes frites und ein McDonald's-Fähnchen dazu. Was soll man da machen. Ich weiß ja nicht mal, ob er wieder nach Hause kommt.«

Was denn passiert sei, wollte Tatjana wissen, und die Frau gab kurz angebunden zurück, ihr Mann habe die falschen

Leute zur falschen Zeit durch den falschen Bezirk gefahren.
»Die wollten für den Wodka nicht zahlen, verstehst du?«

Sie verstand nicht.

»Bist du vom Mars oder so was?«

»Nein, aus Mariupol.«

Na, dann sei ja alles klar, schimpfte die Frau, zog aber Tatjana, während sie sich einhändig eine Zigarette anzündete, in die Schlange und hakte sich bei ihr unter. Hinter ihnen wurden Beschwerden laut, sie drehte sich mit dem qualmenden Stängel zwischen den Lippen um und keifte so laut in die Menge, dass die Proteste sofort wieder verstummten. »Das ist meine Cousine aus der Provinz, ihr Hurensöhne. Noch ein Wort und es setzt was!«

An diese Frau mit Augen so saphirblau wie ihre Ohrringe und einer Knollennase, die im beißenden Wind wie eine Kirsche leuchtete, erinnerte sich Tatjana jetzt, und daran, dass damals schon alle nur noch ein Thema gehabt hatten: Politik. Diese Frau vor dem McDonald's konnte nicht aufhören, immer wieder aufzuzählen, wer ein Lügner war und wer ein Dieb und wer vollkommen durchgeknallt sei, und sagte zum Schluss: »Was soll ich damit, dass bei uns zum ersten Mal die Verbrecher von der Partei das Ergebnis nicht schon vor der Wahl bis auf die Kommastelle genau festlegen, sondern ich meine Stimme in eine Urne werfen soll für Kandidat Kenne-ich-nicht-Nummer-eins oder Kandidat Will-ich-nicht-kennen-Nummer-zwei, wenn mein Mann halb totgeprügelt im Krankenhaus liegt und ich nicht weiß, ob es ein Morgen gibt und was an diesem Morgen passieren soll?«

»Seltsam, ich weiß noch, wie sie aussah, ich weiß es noch heute.« Tatjana schien in dem wolkenverhangenen Himmel, auf den sie zufuhren, etwas zu erkennen, was sie prüfend fixierte. »Die Welt zerfällt langsamer, wenn ich nicht darüber in der Zeitung lese, hat sie gesagt. Das habe ich von ihr.«

Edi hatte das Bedürfnis, anzuhalten, den Wagen an einem der Rastplätze abzustellen und zu Fuß weiterzugehen, einfach irgendwohin, die umliegenden Hügel hoch. Sich all diese Sehenswürdigkeiten anschauen, auf die die Tafeln entlang der Autobahn hinwiesen: *Porzellanwelten Leuchtenburg*. Genau. *Arche Nebra: Die Himmelsscheibe erleben*. Na also. Man sollte dieses Märchenland erkunden. Das angekündigte Gradierwerk. Die Sole habe Heilwirkung, hieß es. Neben ihr redete Tatjana immer weiter. Dass Edi die Luft anhielt, schien sie nicht zu bemerken.

»Und dann sagte Michael, ich müsse seine Eltern in Berlin kennenlernen, bevor das Kind auf die Welt kommt, außerdem habe er dringend beruflich dort zu tun. Vielleicht hat er mir sogar erklärt, was er da alles zu erledigen hatte, aber ich habe es nicht verstanden, und wahrscheinlich habe ich auch nicht richtig zugehört, ich hatte mich daran gewöhnt, nicht zu verstehen, womit er sein Geld verdiente. Ich war im siebten Monat, mir war alles egal, auch dass er unbedingt mit dem Auto fahren wollte, die ganze Strecke. Er besorgte mir ein Visum und hat noch nicht mal gefragt, ob ich mitkommen will. Siebenundzwanzig Stunden Fahrt? Auf Straßen, wo die Schlaglöcher so groß sind wie Baugruben? Klar, kein Problem. Das bisschen Bauch, das da durchgeruckelt wird, das bisschen Ich.

Von der Reise erinnere ich eigentlich nur mehr, dass der Motor irgendwo in Polen zu rauchen begonnen hat. Wir waren mitten auf einer Landstraße, niemand hielt an, Handys hatten wir damals noch nicht. Ich stand am Straßenrand und sah Michael dabei zu, wie er unter der Kühlerhaube herumwerkelte. Er holte eine Flasche Cola aus dem Wageninneren und kippte sie über dem Motor aus. In einem Auto, das nach verbranntem Zucker roch, schafften wir es bis nach Poznań. Dort saß ich im Büdchen neben der Garage, in der Michael mit dem Mechaniker diskutierte, und schaute ihn mir durch das beschlagene Glas an. Als hätte jemand mit einem Malerpinsel Schmutzwasser über die Fenster gewischt. Ich sah einen Geist. Und der brachte mich nach Deutschland. Hätte ich gewusst, dass ich von dort nicht mehr wegkomme, hätte ich mehr Hosen eingepackt.«

Und während Edi sich noch vorzustellen versuchte, wie verbrannte Cola roch, fragte Tatjana, wann sie endlich eine Zigarettenpause einlegen würden. Außerdem müsse sie aufs Klo.

Edi stieg aus dem Auto und starrte auf die Büsche neben dem Toilettenhäuschen, in denen immer noch ein paar gelbe Blüten hingen. Tatjana hastete davon, lief fast, zündete sich noch im Gehen eine Zigarette an. Die Autobahn rauschte, als würden Flugzeuge direkt neben Edi landen. Auf der anderen Seite des Parkplatzes standen Lkws dicht an dicht wie längliche Perlen einer Kette. An einer der Fahrerkabinen war eine Satellitenschüssel angebracht, der Mensch dort drin verbrachte vermutlich seine Wochenenden damit, auf Raststationen wie dieser auszuharren. Edi überlegte, was ihn im Inneren seines Wagens noch alles auf die vielen leeren Stunden vorbereitete, außer einer Antenne nach Hause.

Im Toilettengebäude wusch sich Edi die Hände über einem Becken aus Stahlblech, das in die Backsteinwand eingelassen war. Das Wasser war so kalt, dass sie glaubte, ihre Finger in zerhacktes Eis zu tauchen, aber es tat gut. In der Blechplatte über dem Wasserhahn spiegelten sich ihre Augen als zwei schwarze Einschusslöcher; ihr Kopf wirkte wie eine Schmiererei. Es roch nach Schwefel. Nach angekokeltem Kaffeesatz. Wie roch verbrannte Cola? Wie bitteres Karamell?

Die Wolken liefen über einen weißen Himmel, sie hatten einen grünen und lila Stich. Die vorbeirasenden Autos erzeugten ein Geräusch, als würden sie über Schlaglöcher fahren, die mit Kieselsteinen gefüllt waren, aber Edi war sich sicher, dass es nur in ihrem Kopf so war. Sie war in Gedanken noch mit Tatjana auf einer Landstraße Richtung Deutschland unterwegs, in einem Auto, in dem es nach verbranntem Zucker roch, sie saß auf dem Rücksitz und starrte auf zwei Hinterköpfe – einen hellblonden hinter dem Steuer und ... – welche Farbe hatten Tatjanas Haare vor zwanzig Jahren gehabt? Auch schon die von Rotbuchen? Stellte Tatjana jetzt mit Chemie her, was zu verbleichen begann?

Der einsam herumstehende Tisch auf der Wiese war klobig, wie aus dunkelbrauner Knete geformt, an ihm lehnte Tatjana und zündete sich die nächste Kippe an. Edi trat auf der Stelle und schüttelte die Gelenke aus, streckte den Rücken, zog den Bauch ein und beugte sich vor.

»Willst du wirklich keine? Ich sag's auch niemandem.« Tatjana hielt ihr die Zigarettenschachtel hin, während Edi mit dem Kopf vornüberhing. Sie schielte hoch. Tatjana ragte kegelförmig in den Himmel, ihre Haare schimmerten vor dem Weiß über ihr und waren dunkler als die lackierten Fingernägel vor Edis Nase, das Gesicht konnte Edi nicht sehen. Sie war nicht bereit, Tatjana zu erklären, dass sie noch fünf Gramm Gras in der Innentasche ihres Rucksacks hatte, an das sie seit geraumer Zeit dachte, aber nicht vorhatte, es mit irgendwem zu teilen.

Sie richtete sich auf, griff zu ihrem Telefon in der Hosentasche, wusste nicht, was damit anfangen, wischte ein paarmal planlos über das Display und steckte es wieder ein. Die

Zigarette zwischen Tatjanas Fingern verbrannte schnell, die Asche krümmte sich wie eine Raupe. Irgendetwas in der Luft fühlte sich klebrig an, vielleicht der Staub von der Straße gemischt mit Regen, der bald kommen würde.

»Ich hör schon auf zu quatschen, du bist ja ganz blass um die Nase.«

Edi hätte Tatjanas Erzählung tatsächlich gerne unterbrochen, aber das ging nicht, weil ... es ging einfach nicht. Ihr Vater sagte gern, wenn er etwas nicht wollte, worauf Edi wiederum hartnäckig bestand: »Das darf nicht sein, weil es nicht sein darf.« Keine Diskussion. Das darf nicht sein, weil es nicht sein darf. Aus und fertig.

Was wusste ihre Mutter von alldem? Vermutlich alles. Die endlosen Gespräche. Und was wusste Tatjanas Tochter? Vermutlich nichts. Was wusste sie selbst von irgendwas? Von ihrer eigenen Mutter, von ihrem Vater? Niemand hatte ihr je etwas dergleichen erzählt, immer wurden nur die Nummern der anderen gewählt, wenn es wirklich um etwas ging.

»Nein. Ich mein ... du musst nicht aufhören. Zu erzählen. Musst du nicht«, brachte sie heraus.

Tatjana blickte Edi nun direkt ins Gesicht, das letzte Mal hatte sie so im Krankenhaus geschaut, als Edi mit dem Strauß Gerbera im Zimmer stand.

»Bist du sicher? Du siehst so verschreckt aus.«

»Ja, ich ...« Edi geriet ins Stocken, dann sah sie Pirosmanis Giraffe auf hell schimmernder Haut vor sich, dieses merkwürdig zusammenhanglose Tier – entstanden aus dem Gedanken, gar nicht erst zu versuchen, die Welt zu sehen, wie sie war. Weil es gar nicht die Möglichkeit dazu gab. Sie wusste nicht, wie sie Tatjana erklären sollte, dass ihre Empfindung zu allem um sie herum bis jetzt genau so gewesen war wie dieses Bild: Sie hörte von Dingen, von Ereignissen, hörte mal dieses, mal jenes, und setzte sie, irgendwelchen Mutmaßungen folgend, zusammen. Hätte sie aber die Begebenheiten zu zeichnen oder zu malen versucht, käme auch eine Giraffe mit kurzem Hals und schwarzen Punkten auf weißem Fell heraus.

Sie gingen zurück zum Auto, rollten an der Lkw-Kette vorbei, die Antennenfühler der Fahrzeuge streckten sich zu ihnen herüber und wackelten. Irgendwann, hinein in die Stille, die sich im Wagen ausgebreitet hatte, als die Straßenschilder schon Jena auswiesen, setzte Tatjana wieder ein, ganz beiläufig, als würde sie sich mit sich selbst unterhalten.

»Ich hatte etwas erwartet. Mehr als das, mehr als dieses Leben hier. Das war mir nicht klar gewesen, schließlich hatte ich immer darauf beharrt, nicht nach Deutschland zu wollen. Aber kaum lief ich durch die Straßen von Berlin, merkte ich, dass ich enttäuscht war. Nicht, weil ich auf buntblinkende Wolkenkratzer oder fliegende Autos gehofft hatte – ich kann auch nicht genau sagen, was ich geglaubt hatte, das ich sehen würde, aber ich erinnere mich daran, dass ich die zerbombte Gedächtniskirche grau und unspektakulär fand, und das Einkaufszentrum gegenüber hätte auch bei uns in Kriwoi Rog stehen können. Genau die gleiche schmutzig weiße Fassade, rechteckige, leere Balkone, eine Terrasse mit Plastiktischen vor einem Springbrunnen, der stillstand. Und ich mit meinen Pusteln am Hals, aufgedunsen, der Bauch drückte meine Brüste links und rechts nach außen, die waren flach und breit wie Pfannen, ich hatte seit Ewigkeiten meine Knie nicht gesehen. Ich schaute aus dem Autofenster, und mir fielen diese verschlossenen Gesichter auf, und plötzlich verstand ich, dass Michaels Wasseraugen hier nicht weiter auffielen, der fehlende Ausdruck in ihnen. Alle schauten so.

Ich hatte meinen Vater vor der Abreise gefragt, warum er meinte, dass dieser Mann, sein Mishka, gut für mich sei, und er hatte gesagt: Schau, wie er denkend dreinblickt. Er sitzt am Tisch und schweigt, und das heißt, er ist klug und denkt mehr, als dass er redet, und den Rest der Zeit läuft er von Arbeitsstelle zu Arbeitsstelle. Was willst du sonst von einem Mann?

Nun war ich auf dem Kurfürstendamm, sah in diese Gesichter, die wie betäubt wirkten, und begriff, dass der zukünftige Vater meines Kindes nicht denkend schaute, sondern unbeteiligt, abwesend, er war nicht bei mir und auch sonst nirgendwo. Mir fiel auf, dass sich niemand beim anderen untergehakt hatte, kaum jemand ging mit einer anderen Person Hand in Hand, die Abstände zwischen den Passanten waren so groß, dass ich nicht hätte sagen können, wer zu wem gehört. Sie trugen auffällig schlichte Klamotten, als wollten sie verbergen, dass sie mehr hatten als der Rest der Welt. Zumindest der Welt, die ich kannte.

Man sagt ja hierzulande gerne ›weniger ist mehr‹, aber was meinen die Menschen damit? Sie schlendern über den Kudamm oder über die Friedrichstraße und steigen über die Obdachlosen, als wären sie Hundehaufen, an denen sie sich nicht schmutzig machen wollen. Das fiel mir am meisten auf, oder es erschreckte mich am meisten, dass es in Deutschland Penner gab, so wie bei uns, vermutlich habe ich geglaubt, es würde sie nur bei uns geben, zerlumpt, mit Zahnlücken und gelben Gesichtern, die ihre leeren Becher den Passanten hinhielten, und diese vorgeblich Nichtreichen schauten nicht einmal zu ihnen hinunter, sie taten so, als hörten und sahen sie nichts. Wenn Leute, die von allem mehr haben: mehr Zeit, mehr Geld, mehr Ruhe im Leben, sagen ›weniger ist mehr‹, was ist das dann anderes, als Leuten wie mir ins Gesicht zu spucken?

›Weniger ist mehr‹ war auch Michaels Wohnung. Es gab fast nichts in den drei Zimmern, die Wände waren kahl und unendlich wie Styroporplatten. Auf der Anrichte kein einziges Foto, kein Teppich auf dem Laminat, kein Plaid auf dem Sofa, die Glastüren der Kommode ohne fettige Fingerabdrücke, keine Halbmonde von Teetassen auf hellen Holzflächen, keine verjährten Zeitschriften im unteren Fach des Fernsehtischs. In der Küche lehnten zwei Plastikstühle zusammengeklappt gegen einen quadratischen Esstisch. Die Regale im Kühlschrank blitzblank, als habe man noch nie etwas auf ihnen abgelegt, die Balkontür klemmte, die Heizkörper wurden nicht richtig warm. Er habe sie lange nicht entlüftet, war Michaels Erklärung, und wann hätte er es auch tun sollen – sein Leben war schließlich in der Ukraine. Aber dann vertat er sich mit den Zimmern, wollte mir das Bad zeigen und riss die Tür zur Abstellkammer auf, in der ein paar leere Regale und ein Eimer mit Putzlappen unter einer nackten Glühbirne standen. In der Dusche gab es kein Shampoo, auf der Ablage neben der Badewanne lagen ein paar Handtücher, die wie neu rochen. Ich weiß nicht mehr, ob ich da schon etwas ahnte.

Ich lag auf dem Futon, beobachtete die Spiegelungen der Sonnenstrahlen in den Fenstern zum Innenhof und überlegte, wie ich mich mit Michaels Eltern verständigen würde, ohne Sprache und mit einer Zunge, die mir heraushing wie einem Hund. Ich atmete im Stakkato die ganze Schwangerschaft durch. Und auf fast alle Fragen, die ich Michael stellte, hatte er ein und dieselbe Antwort: Du bist so süß! Das war bis dahin auch der einzige Satz, den ich auf Deutsch sagen konnte.

Ich hatte angenommen, die Eltern würden uns mit einem Essen begrüßen, wenn wir in der Stadt ankamen, oder gleich am nächsten Tag bei uns vorbeischauen, aber auch nach fast zwei Wochen in Berlin gab es noch immer kein Lebenszeichen von ihnen. Michael machte sein *Business*, ich war den ganzen Tag allein. Wenn ich fragte, wann er wiederkäme oder was er den Tag über vorhatte, gab er zurück, ich sei ›so süß‹. Wenn ich mich nach den Eltern erkundigte, behauptete er, die seien gerade dabei, nach Spandau umzuziehen, und wollten ›die Kinder‹ gerne in der neuen Wohnung empfangen. An dem Tag, an dem wir endlich nach Spandau fahren sollten, hatte ich einen säuerlichen Geschmack im Mund und ein furchtbares Gefühl, aber wie hatte meine Mutter gesagt: Das ist kein schlechtes Bauchgefühl, das du hast, das sind die Hormone.

Ich zog meine beste, meine einzige echte Schwangerschaftshose an, aus Baumwolle mit viel Elastan, in Dunkelblau, ich hatte meine alten Jeans so satt, die ich mir mit Stoffeinsätzen weiter genäht hatte, aus dem Material, aus dem ich einmal – vor ewiger Zeit, vor einem ganzen Leben – meiner Mutter einen Hosenanzug hatte schneidern wollen. Den ganzen Morgen hatte ich mein Gesicht gekühlt, damit die Wangen nicht wie eingelegtes Obst ausschauten, ich schminkte mich und schminkte mich nochmal, und als ich aus dem Bad kam, hing Michael am Telefon, und ich verstand sofort, dass etwas entsetzlich schiefging. Nicht nur jetzt gerade, sondern seit einer ganzen Weile schon, im Grunde von Anfang an.

Er sprach in einem weichen und langsamen Singsang, wie mit einem kleinen Kind; währenddessen griff er sich die ganze Zeit an den Hals, er schwitzte, bekam rote Flecken, die vom Kinn den Hals hinunterwuchsen, bis unter den Kragen seines Hemds. Ich setzte mich ans Fenster, beobachtete, wie seine Augen immer durchsichtiger wurden, und als er auflegte, fragte ich direkt heraus, ob wir ausgeladen worden waren und seine Eltern mich nicht kennenlernen wollten, weil ich eine dumme Ausländerin war, die sich mit ihnen noch nicht mal über das Wetter würde verständigen können.

Er wurde noch blasser, als er eh schon war, und sagte, was er immer sagte: Du bist so süß. Aber dann kam noch ein anderer Satz hinterher: Das waren nicht meine Eltern. Er sprang vom Stuhl auf und sank wieder darauf zusammen, wie ein Stehaufmännchen, bei dem man auf den Knopf im Sockel drückt, damit die Federn und Gummibänder, mit denen es durchzogen ist, die Glieder zappeln lassen. Er sagte: Das war mein Sohn am Telefon.

Wenn man sich verbrennt, ist kurz alles sehr kalt, kennst du das? Erst dann setzt dieser stechende Schmerz ein. Ich versuchte etwas zu sagen, aber seine Worte fühlten sich an wie ein Schlag gegen den Kehlkopf, dann glaubte ich, das Licht im Zimmer ginge aus, aber ich konnte mich irgendwie auf den Beinen halten. Vor ihm auf allen vieren herumzukriechen kam nicht in Frage, auch wenn ich kurz dachte, dass das Laminat bestimmt meine Stirn kühlen würde.

Er ist zehn. Ich bin geschieden, sagte Michael irgendwann.

Ich stand mit geschlossenen Augen an die Wand gelehnt und überlegte, wie ich am schnellsten aus dieser Wohnung hinauskam und weg von diesem bösen Geist. Ich konnte nicht einmal auf die Straße laufen und irgendjemand um Hilfe bitten, ohne ein Wort Deutsch.

Ich war mal allein durch Moskau marschiert, ohne Stadtplan. Ich hatte mich von einer Fremden ins erste McDonald's der Sowjetunion mitnehmen lassen. Ich bin aus Fenstern gesprungen, ich habe die wildesten Verrenkungen auf aus Menschenkörpern gebildeten Sternen vollbracht, bin auf den Füßen gelandet, habe meine Arme ausgebreitet und ins Publikum gestrahlt. Aber jetzt, mit dem riesigen Bauch und den Wasserbeinen, der Taubheit in den Armen und einem Kopf, der sich anfühlte wie verbrüht, ließ ich mich an die Hand nehmen und zu dem nach Plastik riechenden Sofa führen. Ließ mich beruhigen. Ich war mal so mutig, jetzt war ich nur noch schwanger.

Ich wollte, dass er mich wieder nach Hause bringt, so schnell wie möglich, und dafür musste ich ihm vertrauen. Er sagte, er hätte es mir verschwiegen, weil es ihm peinlich war, so früh ein Kind gezeugt zu haben und dann auch noch mit der Falschen – und ich glaubte ihm. Er sagte, er hätte die Frau nur geheiratet, weil sie schwanger geworden war, obwohl sie ihm gesagt hatte, sie würde verhüten, und nach zwei Jahren habe er sich wieder scheiden lassen, weil er sich eine gemeinsame Zukunft mit ihr nicht vorstellen konnte – und ich verstand. Er sagte, er wolle für seinen Sohn da sein, soweit das eben möglich sei – und ich nickte. Ich kannte es ja nur andersrum: Männer schwängerten Frauen und hauten dann ab, mit oder ohne Begründung, und wenn das Kind alt genug war, nicht mehr in die Windel machte und nachts durchschlief, dann kamen die Väter wieder und erklärten ihren Heranwachsenden, dass ihre Mütter ihnen das Leben zur Hölle gemacht, sie aus dem Haus gejagt und den Kontakt untersagt hätten, sonst wären sie doch geblieben und hätte Verantwortung für das eigene Fleisch und Blut übernommen, aber unter diesen Umständen wäre es eben nicht möglich gewesen. All das, was ich von Freundinnen meiner Mutter und meinen eigenen Freundinnen kannte, stand mir vor Augen, als Michael auf mich einredete, und ich beschloss, dass er anders war. Er wollte ein guter Vater für sein erstes Kind sein, also würde er das auch für sein zweites sein. War das nicht ein Grund, ihn zu lieben?

Und dann wieder eine neue Wohnung, wieder kahle Wände, aber die Eltern waren tatsächlich gerade erst eingezogen, ich sah es an den Kartons im Flur, Michael hatte mich also nicht angelogen. Die Möbel waren schon an ihrem Platz, und der Tisch im Esszimmer stand voll mit Salaten und kaltem Aufschnitt, sie hatten sogar ähnlich schwere Kristallgläser wie meine Eltern, ich war erleichtert und hätte gerne zu Hause in Kriwoi Rog angerufen von dem Telefon aus, das ich im Flur hatte stehen sehen, um es meiner Mutter und meinem Vater zu erzählen, ihnen alles zu erzählen, ich hatte seit unserer Abreise keine verwandte Stimme gehört.

Michaels Mutter war so großgewachsen, dass ich zu ihr hochschauen musste. Mit ihrem kerzengeraden Rücken und dem spitz zulaufenden Kopf wirkte sie wie ein Marder auf Hinterbeinen, der geschäftig zwischen Küche und Esszimmer hin- und herlief. Sie beachtete mich kaum, aber auch Michael nicht, sondern schaute konzentriert auf die Schüsseln und Teller und warf uns ein paar Wörter zu, während sie einen Brotkorb an uns vorbeitrug, und Michael übersetzte, dass wir die Schuhe ruhig anlassen sollten. Seinen Vater begrüßte Michael mit Handschlag. Der alte Mann hatte keine Haare auf dem Kopf, sogar die Augenbrauen fehlten ihm, er sah aus wie ein Reptil, aber er redete wenigstens, zumindest mit Michael, er redete ununterbrochen, das wurde zu einem Dauergeräusch im Raum, als würde das Wasser im Heizkörper glucksen.

Weil ich kein Wort verstand, beobachtete ich die Tischdecke, über die manchmal kleine Wellen liefen, wenn Gläser und Teller gerückt wurden, meine Augen folgten den Verzierungen auf dem Silberbesteck und auf Michaels Hemd, das er sich neu gekauft hatte. Es war hellblau und kühlte seinen Teint. Seine Sommersprossen waren ganz blass, wie Schatten auf den Wangen, so genau hatte ich sie noch nie betrachtet. Sein Gesicht wirkte fleischig, obwohl er ganz dünn war und ich nachts seine Rippen spüren konnte, wenn er mich festzuhalten versuchte und ich ihn wegschob, weil mir heiß war mit dem dicken Bauch. Ich dachte daran, wie meine Mutter mir irgendwann vor der Abreise gesagt hatte, es sei nicht die Liebe, die Menschen verbindet, sondern die Einigkeit darüber, was im Leben wichtig sei. Ich solle lernen, ruhig zu atmen, denn das Einzige, was einen zu Fall bringen könne, sei die Schnappatmung. Und die überfiel mich gerade.

Die Stimme von Michaels Mutter setzte ein wie prasselnder Regen, sie deutete immer wieder auf mich. Ich musste dringend zur Toilette, traute mich aber nicht, aufzustehen. Michael wurde lauter, stieß seinen halbvollen Teller beiseite, sprang auf und setzte sich wieder, verfehlte fast den Stuhl. Als ich wie im Reflex nach seinem Arm fasste, spürte ich, wie meine Schwangerschaftshose nass wurde. Ich musste raus und wusste nicht, wo das Bad war. Ich konnte nicht fragen. Ich saß auf einem Stuhl, dessen Polster sich langsam vollsog mit meinem Wasser, und fühlte, wie sich meine Schultern immer höher zu den Ohren schoben. Irgendwann wurde es still, ich wusste nicht, ob sich die Streitenden geeinigt hatten oder ob ich taub geworden war, aber ich erhob mich langsam und schlich hinaus, versuchte, meine Oberschenkel aneinanderzupressen, steuerte durch den Flur auf eine der gegenüberliegenden Türen zu und fand das Badezimmer, setzte mich auf den Wannenrand und starrte auf die nassen Flecken auf meinen Beinen. Michael klopfte, riss die Tür auf, ohne auf meine Antwort zu warten, und ging vor mir auf die Knie. Er half mir aus der nassen Hose, gleich darauf stürmte seine Mutter herein und schrie los. Da hatte ich schon selbst begriffen, dass ich ins Krankenhaus musste.

Ich bat Michael um meine Hose, um nicht im nassen Schlüpfer fahren zu müssen, die Mutter warf mir einen ihrer Bademäntel zu, ich dachte, sie begräbt mich unter einem

Berg Stoff, die erstickt mich gleich, die schnürt den Mantel zu wie einen Sack und wirft mich aus dem Fenster.

Bei der Anmeldung auf der Entbindungsstation blieb Michael auf Abstand, als verströmte ich einen schlechten Geruch oder so etwas. Vor uns stand eine Frau in cremefarbenem Mantel, bestimmt Kamelhaar, flauschig und fest. Sie hielt ihren breitkrempigen ockerfarbenen Hut in der einen Hand, mit der anderen gestikulierte sie über die Theke. Sie war allein, ich dachte, bestimmt besucht sie jemanden, aber dann sah ich die elegante lederne Reisetasche zu ihren Füßen und, als sie sich umdrehte, ihren schwangeren Bauch. Wir blickten uns an, dann wandte sie sich sehr langsam ab und setzte vorsichtig einen Schritt vor den anderen. Sie musste starke Schmerzen haben. Ich fand sie so atemberaubend schön, dass ich die Luft angehalten hatte, und die Atmung kam nicht mehr zurück. Zwei Schwestern schoben mir einen Rollstuhl unter den Hintern, ich verlor Michael vollends aus dem Blick, schlang den Bademantel fester um mich, und die einzige Frage, die ich damals hatte, war nicht: Kann ich je wieder atmen? Oder: Komme ich je wieder nach Hause? Oder: Werde ich jemals auch so einen Kamelhaarmantel haben? Die einzige Frage, die mir das Hirn durchbohrte, war: In welcher Sprache werde ich schreien?

Ich kann dir nicht genau sagen, was passiert ist, nachdem sie mir eine Nadel ins Rückenmark gestoßen hatten. Irgendwann lag Nina auf meiner Brust und schlief. Mir war zum Heulen, aber ich weinte erst los, als uns nicht Michael aus der Entbindungsstation abholte, sondern sein Vater. Da wurde mir klar, was mir eigentlich die ganze Zeit über hätte klar sein müssen. Aber was weiß man schon davon, was man längst weiß. Im Nachhinein ergibt immer alles Sinn. Natürlich hatte ich dem Vater meines Kindes geglaubt, dass er geschieden war, weil ich es glauben wollte. Ich hatte ihm ja auch geglaubt, dass er ein *Businessman* war, weil es mein Vater gesagt hatte, und irgendwo tief in mir drin muss ich auch daran geglaubt haben, dass es für Leute wie mich ein Leben mit einem guten Ausgang gibt, auch wenn ich das nirgendwo gesehen oder erlebt hatte und alles, was bis dahin passiert war, das Gegenteil bewies.

Offenbar war Michael verschwunden, nicht auffindbar. Und seine Eltern wollten mir entweder nicht sagen, wo er sich versteckte, oder wussten es selbst nicht. Ein Chamäleon eben. Er hatte es mir damals ja gesagt, als er die schlappen Rosen auf den Tresen unseres Ladens gelegt hatte: Jeder hat Talente. Mein Talent ist es, immer zur richtigen Zeit am richtigen Ort zu sein. Das hieß auch, er war jetzt nicht zur falschen Zeit am falschen Ort, nämlich bei mir, sondern irgendwo anders, vielleicht bei seiner Ehefrau und seinem Sohn, das konnte doch sein.

Es wurde dunkel, es wurde hell, es war Tag, es war Nacht, ich hätte nicht sagen können, wo ich mich darin befand. Die Maßeinheiten, die mein Leben bestimmten, waren Stillen des Kindes, Wiegen des Kindes, Wickeln des Kindes, Herumtragen des Kindes, wieder stillen, wieder nach ihm sehen. Der Mann, der jetzt der Großvater meines Kindes war, nahm mich irgendwann am Arm, bedeutete mir, Nina allein mit Michaels Mutter zu lassen, und fuhr mich in ein Geschäft, in dem Kinderwagen in allen Größen und Formen die ganze erste Etage füllten. Ich sollte mir einen aussuchen. Wir konnten uns einander kaum verständlich machen, aber wir zeigten auf unterschiedliche Modelle, lachten sogar, probierten sie aus. Ich verkrallte mich in den Griff eines Wagens in Form einer geöffneten hellblauen Muschel, die aussah wie aus einem Kinderbuch. Ich spazierte damit durch die

Gänge, hörte die Räder über das Linoleum quietschen, bog den Oberkörper nach hinten, dehnte mich wie an einer Tanzstange, als bereitete ich mich auf einen Sprung von einem aus Menschenkörpern gebildeten Stern vor, Beine und Arme anziehen, Schultern nach innen falten, wie Flügel vor der Brust zusammenlegen, wird schon. Michaels Vater starrte mich an, die Stellen, wo einmal seine Augenbrauen gewesen sein mussten, fuhren hoch. Er klatschte, ich versuchte eine halbe Pirouette. Meine Beine gehorchten mir kaum, aber das war egal.

Wir zahlten, verfrachteten die hellblaue Muschel auf die Rückbank des Autos, und weil sie so sperrig war, musste ich mit dem Beifahrersitz ganz nach vorne rutschen. Mit unters Kinn geklemmten Knien starrte ich durch die Windschutzscheibe und sah mir Berlin nochmal von Neuem an. Plötzlich überkam mich Lust auf so vieles. Auf Eis und Spaziergänge mit der Kleinen im Kinderwagen entlang der Spree, über die wir gerade fuhren. Vielleicht könnte der Großvater uns beide ab und zu in den Schlossgarten bringen, dachte ich, Charlottenburg schien nicht allzu weit entfernt von Spandau. Dort könnte man mit dem Wagen über die mit Kies bestreuten Gehwege flanieren und sich die seltsamen Gebilde anschauen, zu denen die Hecken und Büsche geschnitten worden waren. Ich stellte mir alles Mögliche vor. Ich fragte mich, ob es in der Umgebung auch Seen gab, an deren Ufer ich die hellblaue Muschel abstellen könnte, um im Schatten daneben zu dösen. Ich würde einen Badeanzug brauchen, aber sonst … Es würde bald Frühling werden, und das hieß, es würde bald Sommer. Ich dachte während dieser Fahrt sogar daran, wieder Tanzunterricht zu nehmen, in Berlin müsste es doch allerhand Kulturhäuser geben.

Als wir zu Hause ankamen, saß Michaels Mutter mit einer verweinten Frau in der Küche, und neben ihr stand ein Kind.

Die Frau war sehr schlank, die blonden Strähnen hatte sie sich hinter die Ohren geklemmt, sie schien zu frieren und umklammerte mit beiden Händen eine Teetasse. Sie schaute mich an, als sei ich eine Täuschung, eine Einbildung. Der Junge neben ihr trug Jeans und ein gelbes Sweatshirt mit dem Aufdruck irgendeines Superhelden, der gerade mit einer Steinschleuder auf mich zielte, die Sommersprossen auf seinen Wangen waren viel deutlicher zu sehen als die von Michael.

Ich stürzte ins Zimmer, in dem meine Tochter schlief. Sie fing sofort an zu weinen, als ich sie hochnahm und auf und ab wiegte, auf und ab.

Tschhhh. Tschhhhh. Tschhhh. Tschhhhh.

Aber vielleicht sagte ich das auch mehr zu mir als zu meinem Kind.

Nina ist … weiß du … Als sie in mir heranwuchs, hatte ich die ganze Zeit gedacht, ich will sie nicht. Aber später wurde mir dann irgendwann klar, dass es andersrum ist: Sie stieß mich ab. Sie ließ mich außen vor. Sie verkapselte sich in sich, als würde sie mich bitten, aus ihrem Leben zu verschwinden, sie nicht anzusprechen, nicht anzuschauen, keine Kommentare zu ihrem Leben abzugeben, nichts. Ich habe sehr lange gebraucht, um zu verstehen, dass sie es ernst meint. Und dass es keinen Sinn hat, mich unentwegt zu fragen, was ich ihr angetan habe. Womit ich sie so verletzt habe. Womit ich das verdient habe. Manchmal ist das so. Man stößt sich ab, dann muss man gehen. Ich habe das nicht ertragen, neben jemandem zu sein, der mich so sehr nicht will. Michael setzte mich einfach aus, wie einen Hund. Und Nina tat es auch. Auf ihre Art.

Wenn man zu den Verlierern seiner Zeit gehört, dann weiß man das lange nicht. Man schreit, dieses und jenes sei eine

Ungerechtigkeit, was bedeutet, dass man an Gerechtigkeit glaubt. Und dass sich die Dinge ändern werden. Dass man irgendwann kein Verlierer mehr ist. Und wenn man doch einer bleibt, dann hört man wenigstens irgendwann auf, sich dafür zu schämen.

He, was machst du? Hast du vor, die Ausfahrt zu verpassen?«

PIROSMANIS GIRAFFE

Ihre Mutter küsste sie erst auf beide Wangen, dann auf die Stirn dicht unter dem Haaransatz, und plötzlich hatte Edi Angst, dass sich ihr Geruch verändert haben könnte, durch das Bleichmittel oder als Reaktion auf den Fettgestank im Schnellimbiss vorhin, über die Monate, die sie sich nicht gesehen, über die Jahre, die sie sich nicht wirklich in den Arm genommen hatten. Sie wartete darauf, dass ihre Mutter etwas sagte, ihre Kleidung beanstandete, über ihre verspätete Ankunft schimpfte, aber sie fuhr ihr nur durch die weißblonden Haare, nahm ihr die Jacke ab und zog sie aus dem Flur.

Tatjana streifte noch ihre Stiefel ab, und Daniel rief aus der Küche: »Ich hoffe, ihr habt keinen Hunger, es gibt nämlich nichts!« Und nach einer effektvollen Pause: »Außer Quarkklöße, aber die sind von vorgestern.« Er war schmal und blass, die Haare lichteten sich, Edi sah die gerötete Kopfhaut an den abstehenden Ohren, aber er strahlte. Natürlich würde er sich nicht anmerken lassen, dass ihr letztes Gespräch aus der Kurve geflogen war und sie grußlos aufgelegt hatte. Nichts an diesem schmächtigen Mann machte einen bedrohlichen Eindruck. Er hatte manchmal schräge Ansichten, ja, aber wer hatte die nicht. Er schaute die falschen Fernsehkanäle, aber die anderen waren auf Deutsch. Sie hatte damals in den Hörer schreien wollen: »Du hast doch keine Ahnung, auf welchem Planeten du lebst!« Aber wie sagt man das einem Vater, der außer sich vor Sorge schon seit Jahren schlecht schlief und ab und zu in den Hörer stotterte, im Fernsehen hätten sie berichtet, dass Südländer minderjährige Mädchen verschleppten, in Gruppen würden sie Frauen umzingeln und über sie herfallen, sie solle aufpassen, um Himmels willen, vielleicht sei das mit Berlin keine so gute Idee. Jetzt stand sie ihm seit längerem wieder gegenüber, sie waren gleich klein, so um die 1 Meter 60, beide mit hilflos herunterhängenden Armen. Sie waren einander nicht mehr böse, warum auch.

Alles stand an seinem Platz, hier änderte sich nie etwas. Der mit einer Stoffdecke überzogene ovale Tisch war an die Wand gerückt, der Kühlschrank hatte seinen brummenden Tinnitus, der Fernseher daneben in der Ecke, eingeschaltet, zeigte stumme Gesprächsrunden. Edi kannte keines der Gesichter. Irgendwer hatte einmal geschrieben, die dauerlaufenden Fernsehgeräte des Ostens seien Ewige Feuer; sie dienten nicht zur Unterhaltung der Lebenden, sondern zur Erinnerung an das, was vorbei war. Ein echtes Einmachglas war der Fernseher ihrer Eltern, man sah eine Zeit in Salzlake, verzerrt hinter trübem Glas. Über das damals angeblich von sogenannten Südländern verschleppte Mädchen war mit Sicherheit auch auf einem der hier laufenden Kanäle berichtet worden. Ein Kind, das sich bei einem Freund versteckte, weil es Angst hatte, nach Hause zu gehen. Aber weder Edi noch ihre Berliner Tageszeitung, die den gesamten Fall rekonstruiert hatte – die GPS-Daten des Mobiltelefons, medizinische Untersuchungsberichte, Selbstaussagen des Mädchens und des Freundes, bei dem es Zuflucht gesucht hatte –, konnten etwas daran ändern, dass ihre Eltern gerne Sender schauten, auf denen von Vergewaltigung und Vergeltung die Rede war.

Das gestickte Bild eines schwarzen Katers, der in einem Rosenbusch saß, grinste Edi von der Seite an, hinten im Flur polterte es, dann drängte sich eine Frau mit einem Handfeger und einer Zeitung an ihnen vorbei in die Küche.

»Lass, Anna, ich mach das schon, du musst nicht …«

Ihre Mutter wandte sich der Frau zu, die jetzt mit schnellen Bewegungen den Boden in der Küche auffegte. Sie schaute nicht hoch, aber murmelte ein »Hallo«, während sie Staubmäuse und abgeschnittene Haare auf die ausgebreiteten Blätter kehrte. Es mussten die ihrer Mutter sein, bei ihrem Vater gab es nicht mehr viel abzuschneiden.

Edi fiel der Scheiterhaufen aus zusammengebundenen Zeitungsstapeln ein, der auf dem Treppenabsatz vor dem Hauseingang errichtet worden war, und sie fragte sich, ob in den Haushalten hier Zeitungen ausschließlich zum Dreckaufsammeln und zum Einwickeln von Fisch- und Gemüseabfällen verwendet wurden und was es wohl für einen Eindruck hinterließe, zu erklären, ihr Beruf sei es, für ebensolche Blätter zu schreiben. Aber wahrscheinlich kümmerte es sowieso keinen.

Die untersetzte Frau, die ihre Mutter vorhin Anna genannt hatte, knüllte gerade die Zeitung zusammen und stopfte sie geräuschvoll in den Mülleimer.

Edi blickte wieder zu ihrer Mutter. Lenas Stirn war angespannt, sie hatte die Schultern nach vorne gerollt, die Lippen zwei gerade Striche. Noch trug sie kein Make-up, bis die Party losging, hatten sie noch ein paar Stunden Zeit, aber sie war jetzt schon nervös, das sah Edi an ihrem unruhig wippenden Fuß. Tatjana marschierte an ihr vorbei und griff mit den Fingern nach einem Quarkkloß.

»Ich habe einen Wahnsinnshunger, sind die Syrniki hier alles, was wir haben? Wo sind die Salate und die Torten?«

»Kennst du den Witz mit dem sterbenden Moische, Tatjanush?« Ihr Vater sprach immer in Witzen, immer. Als hätte er sonst keinen Wortschatz, erklärte er sich alles, was um ihn herum geschah, mit dem, was Moische gerade widerfuhr, oder damit, dass es die Juden nie wirklich aus der Wüste herausgeschafft hätten, sie irrten dort immer noch herum, und das sei der Grund für alles, was irgendwo schiefging in der Welt.

»Welchen von den vielen? Bei euch stirbt doch in jedem zweiten Witz entweder ein Moische oder ein Schmuel.«

»Den mit den Latkes.«

»Ich weiß noch nicht mal, was das ist, Latkes.«

»Moische liegt im Sterben, ja?«

»Mhmm.« Tatjana nickte, während die Rosinen zwischen ihren Zähnen ein Gummisohlengeräusch erzeugten.

»Und er weiß, es sind seine letzten Tage, ach, Stunden, vielleicht gar Minuten. Seine ganze Familie ist angereist, die Kinder, die Kindeskinder, die ganze Mischpoche. Die teilen schon mal das Erbe auf, während seine Frau für alle kocht. Und Moische liegt da, und einer der Urenkel wuselt zu seinen Füßen herum und summt vor sich hin, und Moische riecht die Latkes, ganz frisch zubereitet, die Zwiebeln, das heiße Fett und –«

»Aber was ist Latkes?« Tatjana war bei ihrem zweiten Quarkkloß.

»Kartoffelpuffer. Lass mich erzählen. Also: Moische riecht diese leckeren Latkes, die Kartoffelpuffer, und stellt sich vor, wie Sarah, seine Frau –«

»Und die heißt auch noch Sarah?!«

»… wie seine Frau Sarah selbsteingemachtes Apfelmus aus dem Einweckglas darübergießt, Mus aus Früchten, die sie mit eigenen Händen gepflückt hat, und seine Augen werden feucht und seine Kehle sowieso, zum ersten Mal, seit er sich in sein Sterbebett gelegt hat, will er etwas: Er will die Latkes! Mindestens einen will er probieren, bevor er den Löffel abgibt. Also ruft er nach seinem Urenkel, der zu seinen Füßen spielt, und sagt: Ruben – unterbrich mich nicht, ja, der heißt so –, Ruben, geh in die Küche und sag der Uroma, sie möge mir so einen Kartoffelpuffer bringen. Ich habe einen solchen Hunger danach. Der Junge läuft raus, und Moische weint schon vor Glück bei der Vorstellung an seine letzten Latkes, aber sein Enkel kommt mit leeren Händen wieder: Die Uroma hat gesagt, die Latkes sind für später, für danach!«

Tatjana gab sich Mühe zu lachen. Das Peinlichste an ihrem Vater war, fand Edi, dass er immer so stolz die Nasenflügel aufblähte, wenn er einen seiner Witze erzählte, als wäre er ein Teenager, dem ein Mädchen zum ersten Mal erlaubt hatte, sie unter der Bluse anzufassen.

»Also, das gute Essen ist für danach, es wird gleich in den Saal der Gemeinde geliefert, Anna bringt es direkt dorthin, der Kühlschrank hier ist leer. Aber die Syrniki hab ich selbst gemacht, die sind gut, auch wenn Lena sich weigert, sie zu essen, weil sie angeblich so aufgeregt ist. Seit Tagen fastet die wie eine Gläubige und behauptet, es seien die Nerven.«

Die Polterfrau rief aus dem Flur, man sähe sich später in der Gemeinde, dann fiel die Tür mit einem Klatschgeräusch zu.

»Gemeinde? Konvertieren wir heute Abend alle zum Judentum?« Der Zucker färbte Tatjanas Wangen rot.

»Seit wann hast du etwas dagegen, dass wir dort feiern, du Antisemit?« Daniel wartete Tatjanas Antwort nicht ab. »Anna hat jetzt übrigens eine Stelle in dem Frisörsalon, in dem du gearbeitet hast, bevor du weggezogen bist. Habt ihr euch nie kennengelernt? Die hatte das Café im Uniklinikum, ehe die Leitung beschlossen hat, eine riesige Kantine anzubauen. Ich war mal drin in dem Neubau, wollte mal schauen, ich muss sagen, das haben sie schon schön gemacht. Mit langen Tischen und schicken Lampen, die einem über der Glatze pendeln. Ziemlich eindrucksvoll, und es passen natürlich mehr Mitarbeiter rein. Also musste Anna ihr ›Babuschkas Kuchen‹

zumachen. Aber sie kocht und backt natürlich immer noch, vor der Arbeit im Salon, nach der Arbeit, am Wochenende. Sie richtet heute die gesamte Feier aus, es kommen an die vierzig Leute, vielleicht fünfzig.«

»Oder niemand kommt.«

Selbst wenn Lena lächelte, zeigten ihre Mundwinkel geradewegs zu den Ohrläppchen, nie nach oben. Ihr nervös wippender Fuß brachte die Gläser auf dem Tisch zum Klirren, und kurz dachte Edi, es sei ihre Mutter und nicht Tatjana, die das Nähen an der Maschine gelernt hatte. Um das Bild loszuwerden, schüttelte sie den Kopf, kein Wunder, dass sie die beiden Frauen verwechselte, wenn sie sich an kaum etwas erinnerte aus ihrer Kindheit, abgesehen von eingeschweißten Schmelzkäsequadraten und im Schwesternzimmer verbrachten Nächten, und niemand in ihrer Familie je etwas Gehaltvolles preisgegeben hatte. Immer nur Witze.

Edi verschluckte sich an dem Wasser, das sie gierig in sich hineingeschüttet hatte. Noch hustend brachte sie ein paar Satzfetzen heraus. »Ich gehe mal nach Großvater schauen.« Der Großvater schlief, hieß es. »Dann gehe ich mal ein bisschen raus. Mich kurz strecken nach der Fahrt. Braucht ihr mich noch für was? Soll ich noch was besorgen?«

»Komm bald wieder, ich will dich fragen, was ich heute Abend anziehen soll«, rief ihr Lena hinterher, da hatte Edi die Tür schon fast hinter sich zugezogen. Im Treppenhaus lief sie die Stufen nicht hinunter, sondern hoch ins oberste Geschoss. Dort klappte sie die Leiter aus und öffnete die Luke zum Dach. Sie nahm sich vor, Tatjana mal auf dieses Dach mitzunehmen, das versprach sie sich, während sie hinauskletterte.

Der Himmel war ein kalter Hund, in fetten Schichten lag er über den umliegenden Hügeln. *Porzellanwelten Leuchten-*

burg, Arche Nebra, Himmelswege. Von hier oben sah man den kantigen Turm von Schloss Binderburg, zumindest glaubte Edi, dass es Schloss Binderburg war, sie hatte in all der Zeit, die sie in Lobeda damit verbracht hatte, den anderen beim Wegziehen zuzuschauen, kein Interesse gehabt, dorthin hochzufahren. Das Märchenland. Das hier war nicht Florida, oder vielleicht doch, aber nicht die Version mit Orangenbäumen vor Häusern mit weißgestrichener Veranda, sondern eher die Variante Highway-Motel, dessen Dauerbewohnerinnen vom Manager wegen der schuldig gebliebenen Monatsmiete vor die Tür gesetzt wurden und die dann aus Wut das Managerbüro demolierten und alle Scheiben einschlugen.

Die Fenster hier in der Umgebung waren allerdings komplett unversehrt. Mittlerweile waren auch die Fassaden renoviert und neue Wohnblöcke errichtet worden. Die in Gelb und Grün gehaltenen Hauswände wirkten wie aus einem Malbuch und mit Buntstiften frühlingshaft eingefärbt. *Herzwurzeln heben die Platten des Bürgersteigs an, schicken Münzen ins Gullyglück,* hatte Edi in einem Gedichtband gelesen, den man ihr in der Redaktion in die Hand gedrückt hatte. Sie könne ja mal versuchen, etwas darüber zu schreiben. Etwas über DDR-Formsteinsysteme, das Dekor des Ostens, als richtete die Haut der Plattenbauten ihre Stacheln auf, das gab es hier auch, eine schmale, fensterlose Wand am Nebengebäude zierten Pyramidenspitzen. Alles war aufgehübscht worden, kein Vergleich zu den Zeiten, als ihr Vater sie am Handgelenk so eilig durch die Höfe gezogen hatte, dass ihre Füße in den Herzwurzeln des Bürgersteigs hängen geblieben waren. Sie drehte sich einmal im Kreis. Die Balkone, die die Häuser hochwuchsen, wirkten wie leere Schubladen, die man vergessen hatte zuzuschieben. Von hier heroben fiel ihr auch der tiefergelegte BMW wieder auf mit der Lackierung aus pinkfarbenen und silbernen Rauten. Auf seiner Heckscheibe prangte das Konterfei eines Adlers, »Deutsches Gut« stand in Frakturschrift darüber. Das Auto parkte seit Jahren schon vor der ordentlich eingezäunten Müllinsel. Es war schon immer da, dachte Edi, und es würde vermutlich auch bleiben.

In der Hosentasche spürte sie ein metallenes Plättchen, zog es heraus, betrachtete das 20-Cent-Stück und legte es sich auf den ausgestreckten Zeigefinger der rechten Hand. Die Säulen des Brandenburger Tors glänzten nicht in dem fahlen Licht, als Edi es in die Luft schnipste. »Wünsch dir was«, forderte Edi sich selbst auf. »Was denn?« »Na, wünsch dir was! Man wirft doch Geldstücke ins Wasser, um sich etwas zu wünschen, der Hof ist dein Ozean, wünsch dir was!« »Ich habe keine Wünsche.« »Das ist nicht wahr.« »Ich habe keine Wünsche.« »Quatsch, du hast viel zu viele!« »Ich habe keine Lust, mir etwas zu wünschen. Es tut weh, Dinge zu wollen, die nie kommen werden.« »Du steckst bis zu den Ohren voll mit Müll, weißt du das?«

»Du denkst nicht ans Runterspringen, oder?« Grischas Stimme riss Edi aus ihrem Streit mit sich selbst. Er schien schon eine Weile neben der Dachkante außerhalb ihres Blickfelds gesessen und sie beobachtet zu haben. Auch jetzt stand er nicht auf, behielt seine Arme um die Knie geschlungen. Die Finger der einen Hand drückten in das weiche Blech einer Coca-Cola-Dose. Edis erster Gedanke war, sie ihm abzunehmen und auf irgendeine Weise anzuzünden, sich den Geruch in die Nase steigen zu lassen und zu verstehen, was Tatjana damals, schwanger und durchgeschüttelt von der Fahrt über die schlechten Straßen, gerochen haben könnte. Was sie gespürt haben könnte. Edi ging ein paar Schritte auf Grischa zu.

»Doch, klar denk ich ans Runterspringen, man denkt automatisch daran, wenn man so nah am Rand steht.«

»Na ja, manche eben nicht. Manche gehen einfach einen Schritt zurück.« Er nahm einen Schluck. Die Brause zischte in der Dose.

»Bereit für die Party?«

Er sprach »Party« aus, als imitiere er einen russischen Akzent, den Schauspieler in Vorabendserien benutzten, wenn sie zwielichtige Typen darstellten. Edi schaute über die Landschaft, dann wieder auf ihren Kinderfreund mit seinem Kindergesicht. Grischa war ein paar Jahre älter als sie, aber es war, als wäre er nie erwachsen geworden, derselbe picklige Vollmond mit der breiten Nase, derselbe Mittelscheitel darüber, der früher einmal peinlich gewesen war. Jetzt liefen in Berlin-Mitte alle so rum, aber das konnte Grischa nicht wissen, er war noch nie in der Hauptstadt gewesen, und wenn doch, hatte er Edi nicht Bescheid gesagt. Grischa würde nicht nach Berlin gehen, für ihn gab es dort nichts. Edi würde auch nicht darauf wetten, dass es für sie das Richtige war, aber es hatte einen klaren Vorteil: Zu Berlin gab es keine Nachfragen. Berlin war wie ein Schild, das besagte: »Alle Richtungen«. Es ging überallhin. Eine Startlandebahn für jene, die noch tanken mussten.

»Was ist?«, fragte Grischa. »Du schaust verstört, das muss die Freude sein, wieder zu Hause zu sein.«

»Eine unfassbare Freude, so viel Freude, dass mir die Luft wegbleibt.«

Einmal, mit kaum elf oder zwölf, war Edi von zu Hause weggerannt, in die anliegenden Felder, dann in die Hügel. Als das Trommeln im Brustkorb zu schmerzen begann, setzte sie sich unter einen Baum, schlief ein und wurde von verblüfften Joggern geweckt. Ihre neonfarbenen Jacken reflektierten das Licht, das durch die Kronen drang. Sie fragten sie, was denn los sei mit ihr, wo sie zu Hause sei, und sie kriegte den Mund nicht auf, er war wie zugeschweißt. Zu Hause, das war hier, darum war sie damals weggerannt, weil das ihr Zuhause war, und darum atmete sie jetzt flacher.

»Was ist Annas Problem, weißt du das? Die aus der Gemeinde.«

»Die Gemeinde-Anna ist dein Problem? Was hat sie angestellt?«

»Ich habe nicht gesagt, sie ist mein Problem, aber die hat was gegen mich. Die hat mich fast umgerannt, und hallo gesagt hat sie so, als würde ich ihr etwas schulden.«

»Ja, oder sie hat nichts gegen dich, sondern nur einen schlechten Tag?«

Edi wollte sich hinhocken, damit Grischa nicht mehr so klein wirkte, wie ein verschnürtes Bündel, aber sie rührte sich nicht.

»Vielleicht bist nicht du der Grund, warum Leute sauer sind oder traurig oder was auch immer. Vielleicht können sie auch unabhängig von dir Gefühle haben.«

»Bist du unter die Philosophen gegangen, und ich weiß nichts davon? Bist du jetzt Studi?«

»Ich hab mich eingeschrieben, ja. Zwar nicht für Philosophie, aber ich hab jetzt eine Krankenversicherung und kann ermäßigt Bahn fahren.«

»Schön für dich.«

»Anna hat ihren Sohn verloren.«

Edis Brustkorb fühlte sich an wie die Blechdose in Grischas Hand, die er immer weiter zusammendrückte.

»Also, er lebt noch. Aber er ist an den Krieg verloren. Der kämpft irgendwo im Donbass. Vielleicht ist er auch schon erschossen worden. Kann alles sein.«

»Auf welcher Seite kämpft er?«, war alles, was Edi nach einer Pause einfiel.

»Ich habe keine Ahnung.«

»Ist er ein Watnik?«

»Woher soll ich das wissen.«

»Aber ist er Russe oder Ukrainer?«

»Ich sag doch, dass ich's nicht weiß.«

Edi überlegte, ob sie Annas Sohn je getroffen haben könnte. Sie hatte unweigerlich das Bild von einem blassen, rothaarigen Mann mit mattem Blick und breiten Schultern vor Augen, in grünbrauner, improvisierter Uniform, ein Gewehr in der Hand, Patronen- und Messertasche am Gürtel; das Abziehbild eines jener jungen Männer, die man aus Onlineportalen kannte und deren Lebensgeschichte manchmal, selten, die Rubrik »Menschen« füllte.

»Das ist wahrscheinlich das Schlimmste, das eigene Kind zu verlieren.«

Edi musste an den Abend denken, als Grischa ihr von Rüzgars Abtreibung erzählt hatte, und hatte nicht den Mut zu fragen, ob sie noch zusammen waren, aber sie vermutete keinen glücklichen Ausgang. Dann dachte sie, dass Grischa der Einzige weit und breit war, dem sie von Leeza erzählen könnte, sie holte schon Luft, aber dann brachte sie kein Wort heraus. Vielleicht später. Grischa war endlich aufgestanden, er spielte mit der Cola-Dose. Ein feiner Strich dunkles Lila klebte am Rand seiner Oberlippe; mit den dichten langen Wimpern und der geröteten Haut wirkte er wie halb abgeschminkt. Endlich umarmten sie sich.

»Bei dir alles gut?«

»Klar.«

»Alles beim Alten?«

»Sicher.«

»Und bei deiner Mutter auch?«

»Besser geht es nicht.«

»Lange nicht gesehen.«

»Kann man wohl sagen.«

»Und du studierst jetzt?«

»Ich gehe eher ins Kino mit dem Studentenausweis, aber das funktioniert gut.«

»Kino ist toll.«

»Ja.«

»Kino ist gut.«

Sie starrten in die Landschaft, witzelten über *Himmelswege*, die überall, nur nicht hier waren, warfen sich Halbsätze zu, Edi fragte Namen ab, die eine Gemeinsamkeit ausmachten, die meisten waren weg, verschwunden, ein paar seien geblieben, aber der Kontakt war abgebrochen, also auch verschwunden, so wie es halt immer laufe. Plötzlich fiel Edi auf, dass Grischas Stimme viel älter klang, als sie es in Erinnerung hatte, das war die einzige Veränderung an ihm. Wenn sie ihn nur hörte, aber nicht anschaute, würde sie ihn vermutlich nicht mehr erkennen. Vielleicht ein gutes Zeichen. Sie wollte sich schon von ihm verabschieden, aber etwas hielt sie zurück.

»Sag mal …« Wie fragt man, wenn man nicht genau weiß, wonach man fragen will? »Hast du mal … redest du mit deiner Mutter, also, hat sie dir mal was von der Ausreise erzählt oder so? Sprecht ihr da manchmal darüber? Wie es so war? Also wie es für sie war? Und so.«

Grischa sah sie an und wirkte belustigt.

»Was ist los mit dir? Wirst du emo, weil du mal wieder nach Hause gekommen bist?«

»Nee, nee, ich frag nur für die Arbeit. Recherche. Denkrecherche.«

»Klar.« Grischa schaute über die Plattenbauten, die wie zufällig ausgestreut um sie herum lagen.

»Meine Klassenlehrerin ist mal verprügelt worden vor der gesamten Klasse. Das habe ich nicht selbst erlebt, da war meine Mutter schon dabei, die Ausreisepapiere zusammenzutragen, und ich war nicht in der Schule gewesen. Aber meine Mutter erzählte, dass zwei Kerle in meine Schule gekommen waren und auf Larissa Wladimirowna eingeprügelt haben, bis sie nicht mehr stehen konnte. Es hieß, einer der Schüler, dessen Eltern ziemlich Schotter hatten, habe sich zu Hause über die Lehrerin beschwert. Die Schläger, die die Eltern engagiert hatten, hätten die sich am Boden krümmende Frau als ›Kommunistenfotze‹ beschimpft. Ich weiß nicht, warum meine Mutter mir das in allen Details erzählt hat. Immer und immer wieder. Hat sie echt beschäftigt. Ich glaube, das war so etwas. Sie hat versucht zu erklären, warum man wegmuss. Also wir.«

»Wahrscheinlich.«

»Ja … Larissa Wladimirowna war meine Lehrerin in so ziemlich jedem Fach, ich hab die öfter gesehen als meine eigene Mutter. Ich weiß noch, ich muss in der Ersten gewesen sein, später waren wir ja schon weg, ich sehe aber noch, wie die Tür vom Klassenraum aufgeht und ein paar Typen in Uniform an der Schwelle stehen, und in diesem Moment ist Larissa Wladimirowna sehr weiß im Gesicht geworden, ich kann mich nicht erinnern, dass sie aufgeschrien hätte, aber dann kippte sie nach vorne auf das Lehrerpult, und ich erinnere mich noch an das Geräusch, wie sie mit dem Kopf aufschlug, oder vielleicht bilde ich mir das ein, aber ich weiß mit Sicherheit, dass ihr die Brille von der Nase flog, die landete nämlich vor meinen Füßen. Ich musste damals immer in der ersten Reihe sitzen, weil die Lehrer mich im Blick behalten wollten. Mama erklärte mir dann später zu Hause, dass der Sohn von Larissa Wladimirowna im Tschetschenienkrieg gefallen ist, deshalb waren die Soldaten in der Schule aufgetaucht. Und dass wir weggehen, damit sie nicht auch irgendwann Besuch bekommt von Männern in Uniformen.«

»Das konnte deine Mutter damals nicht wissen, dass es einen zweiten Tschetschenienkrieg geben wird.«

»Wenn nicht gegen Tschetschenien, dann eben gegen jemand anderen. Dagestan, Ossetien, Transnistrien, Ukraine. Macht es einen Unterschied, wo man abgeknallt wird?«

»Aber die Söhne gehen trotzdem, auch von hier.« Edi schaute zu Grischa hinüber, er hatte ganz kleine Pupillen. Dann machte er ein paar Schritte zur Kante hin, sah über die mit Graulicht gefluteten Hügel und wechselte plötzlich die Tonlage.

»Und du bist jetzt mit Tatjana oder wie?«

Die Frage traf sie wie ein Blechdeckel an den Ohren, sie wollte auflachen, war aber zu überrascht dafür.

»Hab euch aus dem Auto steigen sehen. Du sahst durch aus. Bist richtig geschwankt.«

Edi wollte einen Scherz machen, aber auf die Schnelle fiel ihr keiner ein, sie war nicht wie ihr Vater, der für alle Lebenslagen den passenden Spruch parat hatte.

»Sehr witzig«, murmelte sie in Grischas Richtung.

Tatjana hat mir etwas erzählt, was mit mir zu tun hat, und ich weiß nicht wie, hätte sie gerne gesagt, aber stattdessen schaute sie in den Hof hinunter wie in ein tiefes Gewässer. Die Münze mit dem Brandenburger Tor lag irgendwo unten auf dem Grund des Hofbeckens, ihr fiel immer noch kein Wunsch ein. Und Grischa nach seinen Wünschen zu fragen, wäre albern.

Vielleicht konnte sie ja ihren Großvater nach seinen Wünschen fragen, in seinem Alter fiel es ihm bestimmt leicht, konkrete Dinge zu benennen: Gesundheit. Gutes Wetter. Dass die Kinder und Enkel Arbeit haben.

Sie roch Mottenkugeln und Lavendel, als sie die Tür zum Schlafzimmer von Roman Iljitsch vorsichtig einen Spalt breit öffnete. Er lag in der Stellung eines gebackenen Fischs auf dem Rücken, mit an den Seiten angelegten Flossen, und war anscheinend gerade dabei, aufzuwachen. »Roman Iljitsch schläft in letzter Zeit viel«, hatte ihr Vater ihr nachgerufen, vielleicht um sie aufzuhalten oder zu warnen. Edi hatte ihren Großvater nur einige wenige Male gesehen, seit er vor zwei Jahren aus Horliwka nach Deutschland geflohen war. Ihre Mutter hatte ihn in Frankfurt abgeholt, nach Jena gefahren, er hatte sich auf das Bett im Gästezimmer gelegt und schien sich seitdem kaum von dort wegbewegt zu haben. Zumindest hatte er in derselben Stellung im selben Zimmer gelegen, als Edi ihm nach seiner Ankunft Tee gebracht und die Kissen gerichtet hatte, während er von seiner Reise erzählte, auf die Ukrainer, die ihn nicht hatten über die Grenze lassen wollen, schimpfte, und ausgerechnet auf den russischen Präsidenten und seine vermeintlich lebensrettende Suppenküche ein Loblied sang. Edi tat so, als höre sie nichts davon, und es passte ihr gut, dass Roman Iljitsch irgendwann anfing zu behaupten, sein Hörgerät sei für Telefonate nicht geeignet.

Ihr Großvater gab ein Geräusch von sich, als wecke ihn ein Albtraum.

»Verzeih, verzeih, Großvater«, flüsterte Edi. »Ich wollte nicht …«

Roman Iljitsch lächelte und tastete nach seiner Brille auf der vergilbten weißen Ablage neben seinem Bett, von der Edi wusste, dass es kein Nachttischchen war, sondern eine schon lange nicht in Betrieb befindliche Mini-Waschmaschine. Warum man das hässliche Ding nicht schon längst entsorgt und dem alten Mann ein ordentliches Möbelstück hingestellt hatte, blieb Edi ein Rätsel.

Ihr Großvater blinzelte hinter den dicken Gläsern, dann fror sein Lächeln langsam ein.

»Editotschka! Was ist das auf deinem Kopf?«

»Ach das. Das sind Haare.«

»Soso. Haare.« Als schleiften Steine über seine Stimmbänder. Er richtete sich auf. »Lass dich anschauen.« Er blickte in ihre Richtung, aber gleichzeitig schien er abgelenkt, als wäre noch jemand im Raum, den nur er sehen konnte und den er um Mitzeugenschaft oder Verständnis bat.

»Und warum isst du nicht mehr? Ist das jetzt verboten? Weißt du, sie haben mich ja fast ausgehungert. Zweimal im Leben haben sie mich fast ausgehungert, einmal am Anfang und einmal am Ende. Ich werde nie verstehen, wie ihr jungen Leute freiwillig so mager herumlaufen könnt. Man muss ja Angst haben, dass du einem wegfliegst, und dann, was mache ich dann ohne dich, hm?«

Er wirkte selbst wie ein Strichmännchen, an dem man viel zu weite und aus Papier ausgeschnittene Hosen mit umgeknickten Laschen befestigt hatte.

»Wie geht es Mama?«

»Das wollte ich dich fragen.« Sie lächelten sich an.

Edi war sich sicher, dass sie zumindest die fleischigen Ohrläppchen von ihm geerbt hatte. Vielleicht würde sie im Alter so aussehen wie er, das wäre jedenfalls ein viel erfreulicheres Erbe als die vor sich hin verstaubende Eigentumswohnung bei Donezk, in einem Gebiet, das innerhalb ihrer Lebenszeit vermutlich nicht mehr bewohnbar sein würde, und all die dazugehörenden Ich-wäre-fast-verhungert-Geschichten.

»Ich glaube, Lena ist nervös.«

»Ich glaube, sie freut sich.«

»Na, dann machen wir ihr auch eine Freude. Schreibst du gerade einen interessanten Artikel?«

Edi nickte vorsichtig. Und bevor Roman Iljitsch ein weiteres Kapitel seiner Memoiren vor ihr ausbreiten konnte, schob sie hinterher: »Über Florida.«

»Florida? Das ist schön. Was gibt's denn da?«

»Alligatoren.«

Der Großvater hievte seine Strichmännchenbeine von der Matratze, nahm einen Schluck Wasser aus dem kalkbesprenkelten Glas auf der Waschmaschine, atmete aus, als trinke er zum ersten Mal im Leben, und steckte die Füße in Hausschuhe mit geblümten Zehentaschen.

»Alligatoren, ja? Na, die gibt es hier auch. Die Freunde deiner Mutter, sag ich dir, die sind ein einziges Terrariumvolk.«

»Ich geh mal nach ihr schauen, und du wachst in Ruhe auf. Komm einfach zu uns in die Küche, oder soll ich dir was bringen?«

Der Großvater schien sich wieder an die unsichtbare Person im Raum zu wenden.

»Hast du alles?«

Roman Iljitsch schaute verblüfft zu seiner Enkelin.

»O ja. Ich habe alles. Ich habe zu viel. Bleib doch, und ich teile es mit dir? Warum bleibst du nicht einfach hier? Es wird nicht weniger aufregend als in Florida, das verspreche ich dir. Wir haben auch Alligatoren. Wir haben alles, was du willst.«

Sie hatte ihre Mutter schon lange nicht mehr in Unterwäsche gesehen, sie war nicht darauf vorbereitet und versuchte, den Berg Kleider auf dem Stuhl zu fixieren.

»Das oder das?« Lena hielt ein schwarzes Kleid mit transparenten Ärmeln in die Luft und einen Hosenanzug in Smaragdgrün. »Oder auch ...«, sie zeigte immer weiter Röcke, Blusen, Boleros, riss die Türen des Schranks auf, warf Hosen auf das Bett, auf dem Edi im Schneidersitz saß. Sie gab keine Ratschläge, wartete ab, bis ihre Mutter sich selbst entschied, dann würde sie nicken und den Daumen in die Luft strecken.

Anna hatte ihrer Mutter das Gesicht mit einem Pagenschnitt eingerahmt und die Haare blondiert, es sah merkwürdig aus, als sei Lena sechzehn. Auch ihre Bewegungen, ihre Gesten waren die eines jungen Mädchens, nur die Krähenfüße rund um die Augen passten nicht ganz ins Bild. Sie plapperte vor sich hin, und im selben plappernden Ton fragte sie auch nach dem Einbruch in Edis Wohnung und ob es normal sei in Berlin, die Tür aufzubrechen und dann nichts mitzunehmen. Und ob es dann wiederum normal sei, nichts zu unternehmen, den Einbruch nicht zu melden, sondern seelenruhig sein Leben weiterzuleben, ob das *deutsch* sei oder eher *berlinerisch*, dass man glaube, man könne alles auf die leichte Schulter nehmen, man müsse die Dinge nicht so an sich ranlassen. Einfach so.

Sie schien immer noch erbost, dass die Einbrecher anscheinend nichts von dem, was ihre Tochter besaß, für wertvoll genug gehalten hatten, um es zu stehlen. »Nicht mal die Uhr, die ich dir zum Abitur geschenkt habe, die war von deiner Großmutter, weißt du?« Ihre Mutter schlüpfte in eine Strumpfhose, die beim Aufrollen elektrisch knisterte. Der Anblick ihrer Schenkel, Hüftknochen, Brüste drückte auf Edis Augen, sie kniff sie zusammen und fuhr sich mit beiden Händen übers Gesicht. Noch mit geschlossenen Lidern sah sie die blauen Wurmadern in Lenas Kniebeuge. Den Körper ihrer Mutter zu sehen bedeutete, zu sehen, dass ihre Mutter ein Mensch war, dass sie lebte und alterte und irgendwann sterben würde, und das – vor allem das Letzte, das mit dem

Sterben – kam nicht in Frage. Die Falten der Gardine zeichneten einen Schatten an die Wand, der einer Herzschlagkurve glich.

»Mama, ich muss dir etwa sagen: Tatjana ist krank. Sie lag auf der neurologischen Station, darum hat es so lange gedauert, sie zu erreichen.«

Plötzlich war alles still, nur die Matratze unter ihr knarzte leise. Ihre Mutter starrte sie an. Edi erzählte das Wenige, was sie wusste: Verdacht auf MS, Verdacht auf NMOSD, CT, MRT, XY, YZ, keine klaren Prognosen. Und: »Sie will nicht, dass es irgendwer weiß, vor allem Nina nicht, krass, oder?« Sie habe Tatjana Diskretion geschworen, aber sie finde, dass die beste Freundin es wissen sollte.

»Ihr habt so viel zusammen durchgemacht, oder nicht?« Jetzt sag doch was dazu. Den letzten Satz sprach sie nicht aus. Auch nicht: Sag endlich irgendetwas, was von Bedeutung ist!

Lenas Bein geriet wieder in die Pedal-Bewegung, ein mit Nylon überzogenes, rundes Knie, uneben, mit Dellen als wären kleine Luftpolster unter der Haut, wippte auf und ab. »Ich bin nicht nur ihre beste Freundin, ich bin auch Ärztin, die muss mir das doch sagen! Neurologie war mal mein Fachbereich, ich kann vielleicht was tun.«

In deinem letzten Leben warst du eine Ärztin, dachte Edi, jetzt bist du Krankenschwester. Und was für eine Neurologie?

Lena sprang in eine Sporthose und zog sich ein T-Shirt über, aber ehe sie aus dem Zimmer rennen konnte, stand Edi in der Tür: »Nein, nicht … das muss sie dir selber erzählen. Ich habe es versprochen – bitte! Und was ist eigentlich mit Nina? Ich finde, sie muss das wissen. Ihre Diagnose hin oder her, sie ist immer noch ein erwachsener Mensch. Das ist nicht in Ordnung, dass eine Frau allein im Krankenhaus liegt, und die Einzige, die sie besucht, bin ich, wir kennen uns kaum, ich wusste noch nicht mal, welche Blumen sie mag.«

Ihre Mutter blickte sie an, als sähe sie ihre Tochter zum ersten Mal, seit sie Edi bei ihrer Ankunft im Flur geküsst hatte. So hatte sie sie selten angeschaut, das letzte Mal, als sie Edi vor Jahren übers Wochenende in Berlin besucht hatte, sie waren durch die Straßen rund um *Clärchens Ballhaus* gelaufen und hatten über die Designerklamotten in den Schaufenstern gelacht, bis Lena an einer der Hausfassaden den Schriftzug SOLDATEN SIND MÖRDER entdeckte, die Arme im Gehen verschränkte und meinte, sie fände es falsch, so etwas zu behaupten, denn irgendjemand müsse einen schließlich verteidigen und, ja, Töten sei nicht richtig, aber sie, Lena, würde ihre Familie auch mit einer Waffe beschützen, und wenn es nötig wäre, würde sie für ihr Kind töten. Alles würde sie tun. Alles. Und weil ihr darauf nichts Besseres einfiel oder weil sie ihre Mutter provozieren und ihr weh tun wollte, sagte Edi: »Das glaube ich dir nicht.«

Sie stritten sich noch die nächsten zwei Tage. Die Wohnung war klein, und ihre Mutter weigerte sich von da an, diese zu verlassen, sie lief wie an einer Schnur gezogen von der Küche in den Wohnraum, saugte mit ausladenden Bewegungen Staub, lief wieder zurück und schrubbte mehrmals die Regalböden im Kühlschrank. Edi hatte befürchtet, dass ihr vom gesamten Besuch dieses Bild am längsten in Erinnerung bleiben würde.

»Erwachsener Mensch ... Erwachsener Mensch ... Wenn Tatjana es mir heute nicht erzählt, dann frage ich sie morgen.«

»Ja, ist gut. Aber wo ist Nina? Sie lebt doch hier, kann man sie nicht mal anrufen?«

»Na, du weißt doch selbst, wie es ist, wenn Mütter ihre Töchter anrufen. Wenn sie überhaupt mal rangehen, bringt das nichts als Streit. Ich habe sie eingeladen, Nina. Sie hat mir ausrichten lassen, dass sie von uns allen nichts wissen will. Lass uns über etwas anderes reden.« Ihre Mutter wandte sich wieder dem Kleiderberg auf dem Bett zu. »Woran arbeitest du gerade?«

Edi hielt ihrer Mutter ratlos den smaragdgrünen Hosenanzug entgegen. Er passe gut zu ihren glamourösen Haaren und den grauen Augen sowieso, und Lena drehte sich damit vor dem Spiegel und schob sich goldene Stecker in die Ohrläppchen, »die sind von deiner Großmutter, ich wünschte, du hättest sie kennengelernt«. Sie erwähnte ihre Mutter in letzter Zeit öfter, als Leerstelle, als jemanden, der jetzt hätte hier sein sollen, es aber nicht war. Dann fragte sie noch einmal, worüber Edi denn schrieb, und wie damals, als sie um *Clärchens Ballhaus* streunten, über die Schaufenster staunten und ihre Mutter die Bemerkung über die beschriebene Fassade des besetzten Hauses machte, zog sich etwas in Edis Brust zusammen, und sie sagte, ohne es sich vorgenommen zu haben, einfach weil sie es in dieser Sekunde nicht aushalten konnte, dass alle ihre Gespräche dann abbrachen, wenn es anfing, um etwas zu gehen: »Über den Donbass. Ich möchte eine Dienstreise dorthin machen und über die russischen Söldner schreiben. Ich bin mit einer NGO in Kontakt.«

Lenas Aufschrei war bestimmt in der ganzen Wohnung zu hören. Edi hatte den Eindruck, ihre Mutter werde durchsichtig, dann fuhr sie herum und schaute Edi an, als könne sie es nicht fassen, dass der Mensch, der vor ihr stand, ihre Tochter war.

»Das tust du nicht.« Sie dehnte jedes Wort, schlug Edi jede einzelne Silbe wie mit einem Hammer entgegen, wiederholte den Satz noch einmal, kämpfte sichtlich darum, nicht laut zu werden. »Ich bringe dich eigenhändig um, verstanden? Wenn du vorhast, dir etwas anzutun, dann sag Bescheid, und ich verkürze das Elend. Hast du gehört?«

So kannte Edi ihre Mutter. Zumindest hatte sie sie so in Erinnerung. Sie konnte mit einer wütenden Frau viel mehr anfangen als mit der, die sie vorhin im Flur auf die Stirn geküsst und zitternd wie ein Kaninchen am Küchentisch gesessen hatte. Ihre Mutter hatte eine kraftvolle Stimme, mit bemerkenswerten Ausschlägen nach oben und unten. Edi legte nach.

»Ja, ich habe mich, ehrlich gesagt, noch nicht entschieden. Ukraine, oder vielleicht Tschetschenien. Es hängt ohnehin alles zusammen. Die Perestroika, der Zerfall und die Kriege seither. Ich muss das doch verstehen, ich bin doch Journalistin, ich muss an den Ort des Geschehens reisen.«

»Dir ist langweilig, oder? Du suchst nach einem Abenteuer? Schau dich doch an, wie du aussiehst, du schaffst es dort noch nicht einmal unversehrt vor die Tür! Willst du, dass sie dich mitten auf der Straße mit einem Stein erschlagen? Ich kann das für dich gleich hier erledigen, dann sparst du dir das Ticket.«

»Ich …« Edi hätte gerne weitergesprochen, aber dazu kam es nicht mehr, so laut brüllte ihre Mutter los und so verzweifelt. Eine Menge Sätze platzten aus ihr heraus, sie war ins Russische gewechselt, Edi kam nicht mit. Ihr Vater eilte herbei, wollte die Arme um seine Frau legen, aber Lena übergoss ihn mit Flüchen, wofür, verstand Edi nicht. Ihre Mutter gestikulierte wild, als versuche sie, einen Geist zu vertreiben, dann setzte sie sich stumm aufs Bett, starrte mit grauem Gesicht auf den smaragdgrünen Hosenanzug in ihren Händen, nieste mehrmals, ganz leise, wie es Kinder tun, und musste davon weinen.

Edi wollte weg. Ab aufs Dach oder ins Auto und dann nicht zurück nach Berlin, sondern gleich über den Ozean. Irgendwohin, wo es kein Netz gab, wo man sie nicht orten konnte. Doch anstatt ihren Vater beiseitezuschieben, durch den Flur zu rennen, nach ihrer Tasche zu greifen und die Tür aufzustoßen, Tür nach Tür nach Tür nach Tür, und nicht zurückzublicken, schaute sie in Daniels betretenes Gesicht und bat ihn hinauszugehen. Er tat es, ohne ein Wort zu sagen, ohne Frage und ohne Ermunterung und ohne jedes Geräusch. Er verschwand. Und Edi kniete sich neben ihre Mutter auf den Boden.

»Tut mir leid, Mama.«

Lena schaute nicht auf.

»Tut mir leid, ich wollte dich nicht erschrecken. Ich weiß nicht, warum ich so Zeug rede, ich weiß doch selbst nicht, was ich mache … die Sache ist, ich kann diese Fragen, was ich tue, woran ich arbeite, wofür mein Leben gut ist, nicht so beantworten wie ihr alle, die ihr Berufe habt, für die man keinen Beipackzettel braucht. Alle zwei Monate schickt man mich von einem Ressort der Zeitung in das andere, und ich soll Dienste erledigen, die sonst keiner machen will. Mal einen Newsletter schreiben und dann in den Zoo fahren, weil ein Pinguin geboren wurde. Darüber schreibe ich dann eine Meldung, und ich hasse es. Ich laber doch nur rum. Nimm dir mich doch nicht so zu Herzen.«

Der Laut, den Lena ausstieß, hätte auch ein Fauchen sein können, aber Edi wusste, dass sie abfällig lachte.

»Pinguine oder der Krieg in der Ukraine. Genau. Dir ist es egal. Für dich sind das einfach nur Namen, irgendwelche Orte. Tschetschenien, Donbass, der Zoo. Ganz gleich, was passiert, es passiert nicht dir. Es sind die Leben der anderen, über die du dich lustig machst.« Lange atmete sie nur ein, und während des Ausatmens nahm sie Edis Kopf in beide Hände. »Könntest du zumindest heute so tun, als wärst du ein normaler Mensch?« Sie stand auf und ging aus dem Zimmer.

Edi kletterte auf die viel zu weiche, federnde Matratze und zog Arme und Beine an. Plötzlich spürte sie die Autofahrt, jeden Kilometer, als wäre sie die ganze Strecke gelaufen. Der Burger von der Raststätte stieß ihr auf und alles, was Tatjana erzählt hatte. Sie roch irgendetwas, weder Flieder noch Mottenkugeln, es roch eher verbrannt, auch schwefelig, und sie hatte das Gefühl, dass sie sich nie wieder würde aufrappeln können, die Wimpern klebten aneinander, und eine leise, schwere Hand schaltete hinter der Stirn das Licht aus.

In ihrem Traum stand Edi mitten in der Siedlung. Sie war zum ersten Mal hier, konnte aber mit Sicherheit sagen, dass dort hinten, hinter den Häusern mit Dächern wie aufgerissene Storchenschnäbel, der Fluss lag. Vor ihr breitete sich eine Landschaft von Kleingärten aus wie ausgeleierte Rechtecke, in ihrem eigenen Garten türmte sich ein Berg Sägespäne, höher als sie und höher als die Hütte, aus der sie herausgetreten war. Die Haselnussbäume hatte man verschont, sie reckten ihre nackten Kronen in den ausgebleichten Himmel, aber die Eichen waren gefällt und zu Kleinholz verarbeitet worden, nun wehrten sie sich und setzten sich selbst in Brand. Edi sog den Geruch ein.

Ihre Filzstiefel versanken im Schnee, während sie versuchte vorwärts zu kommen. Sie neigte sich wie bei Gegenwind, streckte die Arme in der feuchtkalten Luft, zog an einem unsichtbaren Seil, zog sich wie aus einem Sumpf nach vorne, hielt vor dem lodernden Berg Sägespäne an und starrte auf die Rauchschwaden.

349

Dann warf sie sich auf den Berg und trat und trat, schlug um sich, als kämpfe sie gegen Wellen an, dann wie gegen ein Tier, dann gegen sich selbst. Sie strampelte, spürte das Feuer ihre Hosen versengen, schlug sich auf die Glieder und schwamm und schwamm das gesamte Sägemehl flach, das sich jetzt wie ein See über das Grundstück ergoss. Das Land sah aus, als wüchse ihm ein rauhaariger Pelz. Sie richtete sich auf, hechelte mehr, als dass sie Luft einatmete. Die umliegenden Grundstücke waren tief verschneit, ganz weiß, und schienen seltsam ruhig, schliefen sie? Schliefen alle, während der Boden unter ihren Füßen pochte? Aus ihm drang ein Geräusch wie ein Stöhnen durch Finger, die einem auf die Lippen gepresst wurden.

Als Edi die Augen aufschlug, war es noch hell, sie hatte kein Gefühl dafür, wo sie war und wie lange sie geschlafen hatte. Sie fuhr hoch, stürzte in den Flur hinaus. Ihre Eltern und der Großvater waren gerade dabei, aus der Tür zu gehen. Sie wirkten elegant, ihre Mutter hatte sich bei ihrem Vater untergehakt, sie blickten zu ihr zurück. Edi hatte Mühe, den Ausdruck in ihren Gesichtern zu erkennen. Sie bedeutete ihnen mit einem Handzeichen, das sie nachkomme.

»Ich ziehe mir nur ein anderes Hemd an, ich bin verschwitzt, ich bin gleich da!«

Die Mutigen unter den Kindern, die meisten älter als Edi, standen draußen vor dem Eingang zum Hochhaus und rauchten. Alle anderen saßen brav im Saal oder ließen sich durch die Räume scheuchen. Die Eltern priesen ihren besonders gut gelungenen Nachwuchs an: »… hat ein Jahr in der Schule übersprungen!«, »… hat sich gerade für Medizin eingeschrieben!«, »… spielt jede freie Minute Klavier. Wenn ich mal Kopfschmerzen habe, rufe ich ihn an, er kommt, setzt sich ans Instrument und spielt den ganzen Abend. Nur für mich. Herrlich!«.

Edi merkte, dass sie in der Menge nach Grischa suchte, auch wenn sie wusste, dass er nicht eingeladen war, und selbst wenn er es wäre, würde er lieber mit seiner Mutter Serien schauen, den dressierten Kater kraulen oder in seinem Zehn-Quadratmeter-Kabuff Spiele zocken. Und sie war froh, dass Leeza das alles nicht mitansehen musste.

Anna drängte sich mit einem Tablett voller Sektgläser an Edi vorbei, sie trug einen aprikotfarbenen Pullover, seine Pailletten glänzten, aber sie hatte denselben ermatteten Gesichtsausdruck wie heute Nachmittag, und Edi nahm sich vor, sie später, wenn die Feier am Laufen war und man freier reden konnte, nach ihrem Sohn zu fragen. Irgendwie. Irgendwie musste es doch möglich sein, hier auch echte Gespräche zu führen. Es musste möglich sein, mehr als nur die Attrappen von Sätzen auszutauschen.

Ein Grüppchen am Buffet diskutierte lautstark, wie man Forshmak korrekt zubereitet – »Natürlich gehört da grüner Apfel rein, was denn sonst?!« –, stritt über die Qualität des Gestopften Hühnerhalses – »Die Köchin hat vergessen, in die Pastete die Haut des Huhns hineinzuschnibbeln, darum schmeckt das nach gar nichts!« – und kam auf Grundsätzlicheres zu sprechen: »Nein, der schmeckt nach nichts, weil in Deutschland alles nach nichts schmeckt!« »Ja, aber hier wächst ja auch nichts außer Kartoffeln und Kohl, alles muss man importieren!« »Ich habe neulich in der Delikatessenabteilung zufällig Salo gefunden, und was stand auf der Verpackung? *Italienische Spezialität*! Ich hätte fast ins Regal gebissen vor Empörung, seit wann ist denn Salo eine italienische Spezialität?!« »Willst du, dass sie schreiben, Salo sei ein ukrainisches Nationalgericht?!« »Ja!« »Das kauft dann doch kein Mensch! Bei Italien denken alle an Dolce Vita und bei Ukraine an Tschernobyl.« »Dafür muss man wissen, dass Tschernobyl in der Ukraine liegt, auch das ist nicht immer der Fall!« »Blödsinn, so schlimm ist es auch wieder nicht!« »Wenn ich's dir doch sage!« Edi ging rasch weiter, bevor das Grüppchen sie in die Unterhaltung mit hineinziehen konnte.

Der große Raum und die Küche hatten sich rasch gefüllt, die Gäste waren pünktlich, also noch vor Edi, eingetroffen, trugen Schüsseln und Flaschen hin und her, jemand bat lautstark um Hilfe beim Öffnen einer großen Flasche Krimsekt. »Champagner! Das ist wie flüssiges Geld trinken!« Edi streckte die Hand danach aus, aber man verscheuchte sie mit einer wedelnden Geste: »Das soll lieber ein Mann machen.«

Sie suchte nach einer Verwendung für sich selbst, aber keiner wollte ihr dabei helfen. Ihre Eltern wirkten euphorisch, Daniel trug einen Anzug, der ihm etwas zu eng war. Wann hatte ihr Vater einen Bauch angesetzt? Es juckte Edi in den Fingern, seinen Kragen zu richten. Lena strahlte im smaragdgrünen Hosenanzug, lächelte in alle Richtungen, nickte und nickte und umarmte, küsste, »Was, das ist für mich? Du bist verrückt!«, »Wow, nein, das wäre doch nicht – «, »Genau das, was ich wollte!«.

Die gerafften Vorhänge, der halbdunkle Saal, in dem die tadellos weißen Tischdecken wie Glühwürmchen phosphoreszierten, die Teller und Gläser für die vier, fünf, sechs Gänge – Salate, Suppe, kalte Vorspeise, warme Vorspeise, Hauptgang, Dessert und dann wieder von vorne –, bald würden Leute aufstehen und nette Dinge sagen und dann ihr Glas heben. Leute würde singen und etwas auf dem Klavier klimpern, eine alte Gitarre war in den Ständer auf der kleinen

Bühne geklemmt. Nur die Sketche würden heute ausbleiben, die hatte ihre Mutter explizit verboten. »Ich will tanzen mit euch. Nur Musik!«, hatte Edi sie rufen gehört. »Keine Mätzchen, keine Anekdoten, keine Politik!«

Edi hatte keine Rede vorbereitet und auch kein Geschenk dabei. Ihr Vater hatte sie im Sommer angerufen und vorgeschlagen, Lena zum Geburtstag eine Kreuzfahrt zu schenken, eine Unternehmung zu dritt, »wir, die Familie«, nur ein paar Tage, keine ganze Woche, das sei viel zu teuer. Edi sagte, nur über ihre Leiche. Daniel sagte, damit würde sie ihrer Mutter wirklich eine Freude bereiten, Edi sagte, die Kreuzfahrtschiffe verpesten die Ozeane und seien mit ihrer Protzigkeit und ihrer Rücksichtslosigkeit maßgeblich an der Zerstörung der Welt beteiligt. Wenn es nach ihr ginge, würde man diese Kähne noch in den Häfen, wo sie gebaut wurden, versenken, während ihre Investoren an Bord teuren Wein entkorkten. Daniel sagte, es gehe ausnahmsweise mal nicht um Edis Meinung und darum, was sie sich wünsche, sondern um ihre Mutter, die zu einem besonderen Anlass ein extravagantes Geschenk verdiene. Es endete damit, dass Edi mit leeren Händen auf der Geburtstagsfeier ihrer Mutter stand und dringend eine Beschäftigung für sich suchte.

Onkel Waleri nahm sie in den Schwitzkasten, er war kein leiblicher Onkel, aber er bestand darauf, als Familienmitglied behandelt zu werden; auf eine Art taten das alle hier, wenn sie einen an sich drückten und mit herzlich gemeinten Floskeln um sich warfen. Vielleicht waren einige tatsächlich verwandt oder verschwägert, jedenfalls ähnelten sie einander in ihren Gesten, wenn sie die Geschenke überreichten und die Glückwünsche aussprachen, und wie sie alle an denselben Stellen über Dinge lachten, die Edi ein Rätsel waren.

Daniel hatte ihr einmal zu erklären versucht, dass es früher einfacher war mit dem Witze-Erzählen, weil alle denselben Kanon hatten, alle nur eine Version von Welt: »Du musstest sie noch nicht einmal wirklich erzählen, du musstest nur sagen, ›Witz 23 bis 25!‹, und alle wussten Bescheid und haben gelacht.« Edi hatte ihren Vater damals ratlos angeschaut, sie wusste, dass er gerade einen Witz zu machen versucht hatte, aber sie verstand ihn nicht.

Onkel Waleri entließ sie aus dem Schwitzkasten und hielt ihr seinen vollen Teller unter die Nase. »Denk mal, Edita, das sind beschnittene Pelmeni! Beschnittene! Schon mal gesehen? Ganz koscher!« Die Knöpfe seines Hemdes waren beständig in Bewegung, als wuselten darunter kleine Tiere umher. »Mund auf!« Er ließ seine Gabel mit der aufgespießten Teigtasche vor ihrer Nase kreisen.

»Nein, danke. Die sind mit Fleisch.« Edi schob ihn von sich weg, so weit es ging.

»Na toll.« Er lachte, rückte wieder an Edi heran. »Die Besserwisser aus Berlin sind da. Immer diese Besserwisser. Weißt du, wie das damals bei uns war? Da hast du danke gesagt, dass du etwas zu essen gekriegt hast, und zu allem anderen hattest du das Recht, ins Taschentuch zu schweigen.« Er ließ die Gabel sinken. Edi konnte auf Russisch nicht parieren, also begnügte sie sich damit, ungeduldig zu schauen. Die Besserwisserin hatte nichts zu erwidern, der Onkel spürte das.

»Na, sag mal, wie ist es so bei euch in der Hauptstadt? Schickes Auto, große Wohnung? Businessmänner, die dich mit Klunkern behängen? Bist du auch weit genug entfernt von dem ganzen Gesindel, das bei euch gestrandet ist? Sollen wir dich abholen kommen? Wir kommen! Mit der gesamten Artillerie! Wir vermissen dich doch! Du müsstest mal deine Mutter sehen, wie sie schaut, wenn sie von dir spricht. Ganz verloren. Du bist doch ihr einziges Kind, das kommt davon, wenn man nicht genug von euch in die Welt setzt. Futsch und weg seid ihr, schneller, als wir gucken können.«

Edi wusste wenig über Waleri, nur, dass er Lehrer in einer Realschule war, er unterrichtete Sport und noch irgendetwas. Angeblich hatte er einen guten Ruf, ließ die Schüler viel im Freien toben und verteidigte sie auch mal gegen wutentbrannte Eltern, weil die Noten für die Versetzung nicht reichten, aber diese Geschichten kannte Edi nur vom Hörensagen. Heute Abend hatte er schon ordentlich einen sitzen, dabei war er erst bei den Vorspeisen.

»Geht es dir gut? Was ich dich fragen will ist: Bist du glücklich?«

Edi öffnete den Mund und schloss ihn wieder. Waleri ließ nur kleine Pausen zwischen den Wörtern, kaute aber immer weiter. Er schmatzte.

»Berlin, Berlin! Du weißt, wie man bei uns sagt: Solltest du ertrinken, komm mir nicht nach Hause! Entweder du schaffst es in der Hauptstadt oder eben nicht. Dann brauchst du auch nicht zurückzukommen und zu jammern. So ist es nun mal. Sag mir, Editusch, sag mir wirklich – was hast du da oben bei dieser versifften Mischpoche verloren, wenn deine Eltern hier allein sind, hm? Was? Hast du jemanden dort? Was ist denn das für einer? Oder ist die Arbeit so interessant? Bezahlen sie so gut? Oder magst du uns einfach nicht? Stinken wir? Warum bist du nicht bei uns hier, in der Nähe, wo man auf dich aufpassen könnte und du auch auf uns. Wir werden ja nicht gesünder mit den Jahren, und die Jungen ziehen weg, das ist nicht richtig so, findest du das richtig?« Er steckte sich den nächsten Happen in den Mund, kaute. Es war ihm ernst. »Ich finde es nicht richtig. Stell dir mal vor, wenn deinen Eltern etwas passiert, wenn die einen Unfall haben. Wie lange brauchst du aus deinem Berlin hierher, hm? Du bist noch nicht mal auf der Autobahn, da verrecken die uns schon.«

Edi schüttelte den Kopf, als wollte sie Schutt loswerden, der gerade über ihr ausgeladen wurde. Ihren Eltern würde nichts passieren. Es würde absolut nichts passieren. Was sollte sein? Sie waren stark, sie hatten sich. Und der Großvater war schon so oft fast verhungert oder beinahe erschossen worden, eher würde die Erde aus der Umlaufbahn kippen, als dass der Großvater einem abspringt. Nein, es würde keine Notfälle geben, der einzige permanente Notfall, den es gab, war die emotionale Erpressung, die hier zum guten Ton einer jeden Unterhaltung gehörte.

»Und Sie?«

»Was ich?«

»Sind Sie glücklich?«

Jetzt, als seine Gesichtsmuskeln kurz zur Ruhe kamen und nur noch die nacktschneckenartigen Tränensäcke ein wenig zitterten, mochte ihn Edi für einen Moment. Seine hohe Stirn, die vielen Muttermale, ein paar Bartstoppeln auf den runden Backen, die Arme hilflos ausgestreckt, die Finger gespreizt, als würde er das Licht, das von den Lampen auf die kleine Tanzfläche fiel, durchsieben. Nur in der einen Hand wackelte die Gabel mit dem Stück Pelmeni, aber er fing sich schnell wieder.

»Glück … weiß ich nicht. Aber ich finde nicht, dass wir stinken. Ich finde, uns gebührt genauso viel Respekt wie allen anderen auch. Ich finde nicht, dass man uns zurücklassen sollte.«

Edi senkte den Kopf und spielte am Tischtuch herum, als habe sie sich gerade eine Brille abgenommen, um sie zu putzen.

»»Manchmal gelangt man genau dort an die Kante, wo sie abbricht.‹« Sie schaute wieder auf, die Nacktschnecken in seinem Gesicht zuckten.

»Was?«

»Hab ich mal in einem Buch gelesen.«

»Sag nochmal.«

»»Manchmal gelangt man genau dort an die Kante, wo sie abbricht.‹«

»Der Besserwisser wieder. Was denn für ein Buch?«

»Über den Krieg im Donbass.« Noch während sie es aussprach, war ihr klar: Das war ein Fehler.

»Über welche Seite?«, schoss es aus Waleri heraus.

»Wie, über welche Seite?« Edi versuchte, Zeit zu gewinnen. Zeit zu gewinnen wozu? Das Gespräch war verloren.

»Na, auf welcher Seite steht der Held der Geschichte? Auf welcher Seite steht der Autor, der sie geschrieben hat?«

Edi biss sich in das Innenfleisch der Wange, täuschte vor, zu überlegen.

»Das weiß ich nicht genau. Das ist nicht eindeutig. Für keine, wahrscheinlich.«

»Das gibt es nicht. So etwas geht nicht.«

»Warum soll das nicht gehen?«

»Na, weil das nicht geht. So kann man nicht schreiben. So kann man nicht leben, und so kann man nicht schreiben. Das wird der Autor deines Buches wissen. Wenn es ein guter Autor ist.« Waleri rümpfte die Nase. »Ist es einer von dort aus der Gegend oder so ein Demokrat aus dem Westen, der keine Ahnung hat, worüber er das Maul aufmacht?«

»Er ist von dort«, murmelte sich Edi in den Hemdkragen.

»Aha. Dann weiß er es. Und du solltest es dir auch merken: Man muss sich für eine Seite entscheiden. Sonst ist es Soße, was man schreibt, sonst ist es Dreck.«

Betrunkene Erwachsene klingen wie Halbwüchsige, die die Sätze ihrer Eltern nachplappern, dachte Edi. Sie übernehmen Meinungen, bis sie sie wirklich haben. Erwachsene sind Kinder, die sich einfach nichts mehr sagen lassen.

»Du weißt, auf welcher Seite du stehst, oder? Du weißt, welches Blut durch deine Adern fließt, richtig?«

Edi atmete. Mehr gab es nicht zu tun. Atmen. Von hinten nach vorne das Alphabet durchgehen, die Muttermale zählen.

»Dasselbe wie durch meine. Wir sind vom selben Blut«, legte Waleri nach.

Lass uns jetzt nicht einander die Adern öffnen, um das zu überprüfen, hätte Edi gerne entgegnet, aber ihr fehlte der Wortschatz, um das auf Russisch sagen zu können.

Sie konnte nicht vor und nicht zurück, stattdessen sah sie eine eigenartige Bewegung vor dem Fenster, das Waleris Körper zur Hälfte verdeckte. Die Jüdische Gemeinde hatte ihre Räume im zweiten Stock des Hochhauses, es konnten nur Teile der Baumkrone sein, die sich im Wind bewegten, aber was sie sah, wirkte so lebendig wie etwas von einem Tier, zwei abstehende Ohren vielleicht, Hasenohren, die ein Victory-Zeichen bildeten und ihr zuwinkten. Edi blinzelte. Sie hatte nichts getrunken, ihr letzter Joint lag lange zurück, sie presste die Augen zusammen, bis es schmerzte und Lichtkristalle auf sie zugeflogen kamen, dann öffnete sie die Lider wieder und sah ein oval geschnittenes Auge, so groß wie ihr halbes Gesicht. Es stand schräg, ein ganz weißer Augapfel mit schwarzer Pupille, fragend, fast schon alarmiert, schaute sie durch das geschlossene Fenster an. Keine Wimpern.

Edi hatte als Kind Dinosaurier geliebt, sie hatte einen Dinoteppich besessen, auf dem sie von einem Tier mit langen Krallen zum anderen mit aufgestelltem, spitzem Kamm gerobbt war und sich alle Details einzuprägen versucht hatte. Manchmal, wenn sie draußen auf der Wiese gelegen und die Wolken beobachtet hatte, glaubte sie einen T-Rex oder einen Flugsaurier zu entdecken, begriff, wie klein sie selbst war, und erschrak so sehr, dass sie nach Hause rennen und zur Beruhigung den ganzen Nachmittag in Comics blättern musste. Aber das Vieh hier vor dem Haus war kein Dino, sein Blick war zu sanft, und für einen Brachiosaurus war der zweite Stock zu niedrig, es sei denn, er beugte sich gerade zu ihr herunter, aber noch nicht mal auf ihrem Teppich aus Kindertagen hatten die Echsen Hasenohren gehabt.

Edi ließ Onkel Waleri stehen und trat ans Fenster. Die Haut rund um das Auge des Tieres war gräulich, sie schien wie mit schwarzer Kreide oder Ruß beschmiert. Das Auge tauchte unter, und zwei kurze Hörner wurden sichtbar, hart wie ein V aus abstehenden Zweigen zwischen kurzen, spitzen, weißen Ohren. Edi legte die Hand auf den Fenstergriff, drückte ihn hinunter, das Tier schien nicht zu erschrecken, wiegte nur gemächlich den Kopf hin und her. Edi sah mehr von dem weißen Fell mit schwarzen Punkten, aber bevor sie den Flügel vollends öffnen konnte, schrie jemand hinter ihr los, dann stimmten andere ein, Lärm breitete sich aus. Edi hielt die Luft an und drehte sich um. Eine Frau lief mit einer Ziehharmonika durch den Raum, gefolgt von mehreren anderen, die sangen, als würden ihnen Blumensträuße aus dem Brustkorb wachsen. Die Gäste klatschten und pfiffen, drehten sich, Edi erkannte Tatjana in der Menge. Ihre roten Haare waren kunstvoll getürmt, sie trug etwas Dunkles. Edi hatte sie seit der Ankunft nicht mehr gesehen, sie wollte auf sie zu, aber Tatjana schaute an ihr vorbei, schaute durch sie hindurch in den Raum hinein, griff nach einem Teller und bewegte sich in die entgegengesetzte Richtung.

Es fühlte sich an wie ein Stich, Edi blickte wieder zum Fenster, suchte das Auge der weißen Giraffe, aber es war nicht mehr da. In der Dämmerung waren nur die Kanten und Linien der Plattenbauten zu sehen, dazwischen die Grünflächen, auf einer hatte sich ein Grüppchen Jugendlicher versammelt, Rauch stieg auf von einer Stelle, die sie mit ihren Körpern verdeckten. Über alldem ein lila-blau zerlaufener Himmel, als hätte man ihn nachlässig gebatikt.

Edi beugte sich über die Fensterbank hinaus, roch sehr deutlich die sich abkühlende Luft, aber nichts von einem Feuer. Sie dachte an Tatjana und wie sie ihr Gesicht abgewendet hatte. Sie hatte weggeschaut, als seien sie Fremde. Das Grüppchen rückte dichter zusammen, noch mehr Rauch stieg auf, aber Edi konnte nicht sehen, was sie verbrannten. Vielleicht die Zeitungsbündel.

Ein paar klimpernde Töne waren zu hören, jemand machte sich am Klavier schon mal die Finger warm, die runden Tische hatten sich gefüllt, volle Teller rotierten. Ein erster Trinkspruch: »Auf Lena! Man sagt, die Jugend ist ein Makel, der vergeht. Lasst uns darauf trinken, dass der Makel bleibt und dass wir alle, ganz gleich, wie viel Zeit verstreicht, so aussehen wie du, Lenotschka. Auf dich!« Ein zweiter Trinkspruch: »Auf dass uns so viel Unglück beschert ist, wie Tropfen in unseren Gläsern zurückbleiben.« Dritter Trinkspruch: »Wisst ihr noch, wie ein Verehrer seiner Angebeteten drei Karten fürs Kino schenkte? Und sie fragte ihn erstaunt: Warum denn drei? Und er: Na, für deinen Vater, für deine Mutter und für deinen Bruder. Dass sie mal ausgehen. Lasst uns trinken auf die einfallsreichen Geschenke!«

Edi war unschlüssig, ob sie auch das Glas heben sollte. Es schien egal, niemand beachtete sie. Es ging nicht darum, dass sie am Geschehen teilnahm, das hatte sie schon verstanden, sie musste lediglich anwesend sein, das reichte. Du bist kein Trophäen-Kind, sagte Edi leise zu sich selbst. Niemand wird mit dir angeben und dich herumreichen. Entspann dich.

Sie linste wieder zum Fenster, in der Hoffnung, das wimpernlose Auge wäre wieder da.

An einem der Tische sah sie ihren Großvater sitzen, er hatte den Kopf in die Hand gestützt, als fiele er ihm gleich ab, aber er wirkte fröhlich, wippte mit den Füßen, hatte ein frisches Hemd an, und seine Hose war gebügelt. Vor ihm stand ein volles Kristallglas mit einer sprudelnden Flüssigkeit. Edi zog sich einen Stuhl heran.

»Alles gut, Großvater? Kann ich dir etwas bringen?«

»Deda. Du hast immer Deda gesagt.«

»Deda.«

Er strahlte sie an. »Ich muss aber zugeben, dass ich daran schuld war. Bei meinem ersten Besuch bei euch in der Wohnung in Dnepropetrowsk saß ich die ganze Zeit an deinem Bettchen und habe gesagt: ›Sag Deda! Sag Deda! Sag Deda!‹, und irgendwann hast du es getan. Du warst ein artiges Kind. Bist es immer noch. Bist 'ne Gute.«

Irgendetwas kratzte Edi im Hals, sie griff nach dem vollen Glas und nahm einen großen Schluck, als sei es Wasser, verschluckte sich, keuchte und prustete den Sekt über die frischgebügelte Hose des Großvaters. Er hob langsam die Hand und klopfte ihr in kleinen, wie durch Watte gedämpften Bewegungen auf jene Stelle am Rücken, an die er von seinem Stuhl aus heranreichte.

»Du hast so gehustet damals. So gehustet. Ich war nicht da, aber ich habe es durchs Telefon gehört, als Lena mich anrief, bevor ihr ins Krankenhaus seid. Du warst noch kein Jahr alt. ›Sie würgt richtig, Papa, ich weiß nicht, was ich tun soll‹, und dann verschwand sie mit dir für Tage in der Intensivstation, und nur Daniel rief ab und zu an und sagte, dass du am Leben bist, mehr wusste ich nicht. Was haben wir uns da alle für Sorgen gemacht.«

Edi unterdrückte den anhaltenden Hustenreiz und das Brennen des Alkohols in der Nase. Sie hatte gedacht, wenn ihr Großvater in dieser Krimsekt-Stimmung war, würde er bestimmt vom Donbass sprechen, von den kalten, feuchten Räumen und darüber, dass es die eigenen Leute gewesen waren, die ihnen das Gas zum Heizen mitten im Winter abgestellt hatten. Davon, dass die Russen ihnen zu essen gegeben haben, als die ganze Welt dabei zuschaute, wie die Menschen dort ausgehungert wurden, sie schauten ja immer noch zu, auch drei Jahre nach Kriegsausbruch glotzten die noch und zuckten mit den Schultern. Der Großvater erzählte gern, dass er nach seiner Einreise seinen ukrainischen Pass zerfetzt hätte, und Edi fragte sich immer wieder, ob es tatsächlich so einfach war, ein gummiertes Büchlein in Stücke zu reißen, aber es konnte doch sein, alles konnte sein. Diese Geschichte kannte Edi allerdings noch nicht. Der Großvater stimmte keine der alten Leiern an, er sprach von etwas völlig anderem.

»Auch als du wieder raus warst aus der Klinik, hat dich deine Mutter die ganze Zeit auf dem Arm getragen. Weil du liegend ersticken würdest, meinte sie. Denk dir, sie hat dich einfach nicht in dein Bettchen gelegt, ist im Zimmer auf und ab, mit dir auf dem Arm, man musste dein Köpfchen halten, sie hat dich an sich gedrückt und wollte dich nicht loslassen. Dass du ihr nicht gehst. Und als klar war, dass du es schaffen wirst, habe ich zu Lena gesagt: Das heißt, unsere Kleine wird alles packen. Sie ist robust, niemand kann ihr irgendwas. Kinder, die dem Tod ganz am Anfang davongelaufen sind, die laufen ihm noch hundert Jahre später davon, du musst dir nie wieder Sorgen um sie machen, die kannst du ab jetzt rausschicken in die Welt. Sie macht sich natürlich trotzdem verrückt, aber so sind Mütter nun mal, du musst ihr das verzeihen. Sie ist ausgelaugt. Es ist schwer, weißt du? Hör einfach nicht hin, wenn sie Sachen sagt, die dir blöd vorkommen. Das ist eine der wichtigsten Eigenschaften beim Erwachsenwerden: weghören können.«

Edi spürte ein Zittern, als breitete sich ein See in ihr aus, über dem ein Gewitter aufzog. Sie sah ihre Mutter als junge Frau vor sich – so wie sie sie von Fotos kannte –, einen Säugling an die Brust gedrückt, das Köpfchen in einer Hand wie einen Apfel, sah sie im Zimmer auf und ab gehen und leise flüstern. Tschhhh. Tschhhhh. Tschhhh. Edi hatte nichts von dieser Krankheit gewusst, sie hatte nicht gewusst, dass ihre Mutter sie herumgetragen hatte, bis sie sicher war, »dass sie ihr nicht geht«. Was war das für eine Krankheit? Warum hatte ihr nie jemand etwas gesagt? Warum sprach keiner mit ihr?

Sie entschuldigte sich bei ihrem Großvater mit dem Vorwand, etwas zu essen zu holen. Er küsste ihr den Handrücken und tätschelte ihn. Sie taumelte weg, als hätten sich ihre Füße im Tischtuch verheddert.

Tatjanas bronzeroter Kopf tauchte zwischen ein paar anderen auf, sie lächelte nervös, in ihren Augen lag ein Anflug von Panik, und Edi fragte sich, was passieren würde, wenn sie jetzt einen Anfall erlitt und vor der versammelten Partygesellschaft umkippte, was, wenn sie diese Spasmen bekam, nach Luft schnappte, vollends erblindete, wer von all den Leuten hier wusste, dass sie auf einem Auge bereits kaum etwas sah, und wer von ihnen könnte ihr im Notfall beistehen? Es waren zwar ein paar mit medizinischer Ausbildung im Raum, aber keiner hier war noch nüchtern. Sie selbst hatte alles, was sie im Erste-Hilfe-Kurs für ihre Führerscheinprüfung gelernt hatte, wieder vergessen, sie wusste nur noch, dass man einen Motorradhelm nicht von einem angebrochenen Genick ziehen durfte. Tatsächlich sah Tatjanas Gesicht ein wenig aus wie nach einem Autounfall, als könne sie nicht aufhören, auf das Unheil zu starren. Und plötzlich verstand Edi. Der Gedanke schlug ihr wie eine Welle gegen den Kopf: Nina. Tatjana suchte in der Menge nach ihrer Tochter. Deswegen war sie so verloren, zerstreut und abwesend, weil sie gehofft hatte, dass sie ihr Kind heute Abend hier treffen würde.

Edi hatte Nina seit Jahren nicht gesehen, sie wusste nicht, wo sie wohnte, aber sie nahm sich vor, sie ausfindig zu machen, gleich morgen, und sie so lange zu schütteln, bis sie zur Vernunft kam.

Edi setzte sich neben Tatjana, goss ihr, sich selbst und allen anderen am Tisch ein, einige prosteten ihr zu: »Ohne Trinksprüche trinken nur die Alkoholiker!« Manche von den Gästen hatten Gesichter, als hätten sie zu lange misstrauisch geschaut, und irgendwann war das ihre natürliche Mimik geworden. Sie sprachen von der Arbeit, von Reisen und dem Fernsehprogramm. Gerade unterhielten sie sich über eine Serie, in der ein einfacher Lehrer aus Kiew wegen seiner Ehrlichkeit, Beharrlichkeit und Selbstlosigkeit zum ukrainischen Präsidenten gewählt wird. Ab dem Moment, als er diese verantwortungsvolle Stelle bekleidet, wird es kompliziert für den jungen Mann, weil Politik Politik ist und Politik immer kompliziert zu sein scheint, aber der Held meistert auch diese Schwierigkeiten, alles meistert er, denn er ist reinen Herzens, und am Ende gewinnen die Guten, und die Bösen sind leicht an ihren schlechtsitzenden Anzügen und dem pöbelhaften Benehmen zu erkennen. Man konnte es kaum erwarten, wie die zweite Staffel ausgehen würde.

»Und ich kenne ihn!«, rief Tatjana aus. »Den Hauptdarsteller. Ich kenne ihn persönlich! Ihr werdet es nicht glauben, aber ich habe ihm damals in Kriwoi Rog Whisky verkauft!« Lachen und Gejohle wurden laut am Tisch, man fragte nach, wie diese Bekanntschaft wohl zustande gekommen sein möge. »Na, der war doch damals der Kapitän des Teams der regionalen *Fröhlichen und Erfinderischen*! Der hat bei mir Whisky gekauft, er mochte eine ganz ausgefallene Sorte, *White Label*, das weiß ich noch genau! Er trug immer Rollkragenpullover, genau solche, wie er sie jetzt im Fernsehen trägt, und er erzählte mir vom Tretbootfahren, lud mich auf einen Spaziergang im Park ein. Ich hab ihm noch schöne Augen gemacht, aber geworden ist aus alldem dann doch nichts. Der war schon immer so, ein ganz Einfacher, ein Normaler, Netter. Jetzt ist er ein Star. Ein Serien-Präsident.«

»Hättest du ihm bloß noch schönere Augen gemacht, Tatjana!«

»Und wärt ihr mal ordentlich spazieren gegangen, dann wärst du jetzt Serien-First-Lady!«

»Dann müsstest du jetzt nicht allein Tretboot fahren.«

»Na, du bist halt eine Solistin, das ist ja heutzutage Mode.«

»Hast du die Suche aufgegeben?«

»Oder gibt es irgendwen? Hast du jemanden?«

Tatjanas Gesicht bewegte sich keinen Millimeter, die Maske, die sie sich geschminkt hatte, verrutschte kein Stück. Sie lächelte auch nicht, sie schien kurz ganz starr, und in dieser Sekunde rief Edi: »Ja! Sie hat mich!«

Die Messer, Gabeln und Gläser froren einen Moment lang ein in der Luft, dann lachte man wieder gelöst auf und tätschelte Edis Wangen. »Die Kleine!« »Ist sie nicht putzig?« Tatjana schaute sie nicht an, sie griff nach ihrem Glas, trank in hastigen Schlucken, tat so, als beobachte sie die tanzende

Menge vor dem Klavier. Hüften wackelten, Fäuste flogen in die Luft, Liedtexte wurden mitgesungen.

»Nein, im Ernst«, protestierte Edi.

Dieses Mal nicht. Dieses Mal würde sie nicht zulassen, dass man sie wegen ihrer Stupsnase und der schlechten Sprachkenntnisse nicht wie eine Erwachsene behandelte.

»Sie hat mich. Was gibt es da zu lachen?«

»Aber, Editotschka, eine Freundin ist nicht dasselbe wie ein Mann.«

»Ach so, und warum?« Edi war es egal, dass sie zu laut sprach.

»Weil ein Mann, egal was ist, die Matratze neben dir warm hält, während Freunde kommen und gehen.«

»Du bist noch jung, du wirst das noch verstehen.«

Tatjana starrte immer noch zu den Tanzenden hinüber, sie war ganz blass, mit Sicherheit hatte sie Schmerzen, die sie sich nicht anmerken lassen wollte.

»Tatjana? Willst du mit mir tanzen?« Edi schaute sie herausfordernd an. »Komm mit, komm mit mir mit. Wir hauen ab hier. Komm, wir gehen, wir müssen hier nicht sein, du musst hier nicht sein. Du musst dir das nicht anhören.«

Tatjanas Blicke waren wie Nadeln, die ihr die Lippen vernähten, sie schwieg, aber in Edis Kopf flüsterte es unbeirrt weiter: Ich fahr dich in die Berge, zu den *Himmelswegen*, wir schauen über das Tal und kiffen uns die Birne zu. Ich habe noch eine Decke hinten im Auto, wir können im Wagen übernachten, und wenn die Sonne aufgeht, gehen wir dein Kind suchen, oder ich suche es. Oder wir fahren einfach weg, an den Strand, ans Meer, irgendwohin, wo es im Oktober noch warm ist. Es ist so vieles möglich, wenn man dieses Fest verlässt …

Tatjana legte die Hand in den Nacken der Frau neben

ihr, flüsterte ihr etwas zu, die beiden erhoben sich und verschwanden Richtung Flur, die Handtaschen an den Bauch gedrückt. Die Zurückgebliebenen vergruben ihr Besteck im Huhn in Aspik. Am Tisch war es jetzt ganz still. Edi wartete, hörte auf das Summen in ihrem Brustkorb. Kurz fand sie die Vorstellung eines Schwarms Mücken witzig, der ihr durch die Haut wollte, sie kicherte lautlos vor sich hin und dachte, dass sie zu einer Figur aus einem sowjetischen Film geworden war, alles lief nach den Regeln einer allseits bekannten Silvesterkomödie: Man buhlte um jemanden, der einen nicht wollte, also aß und trank man zu viel, benahm sich daneben und jaulte selbstmitleidig den Mond an. Sie schenkte sich nach und nahm große Schlucke.

Edi steuerte auf den Tisch zu, an dem ihre Eltern und ein paar andere saßen. Gerade machte sich dort Aufregung breit, jemand schrie, Allan Tschumak, der große *Extrasens* der Nation, sei tot, sie lasen von ihren Telefonen ab, der Arzt, Philosoph und Autor des Bestsellers *Für die, die an Wunder glauben* sei heute, am neunten Oktober zweitausendsiebzehn, im Alter von dreiundachtzig Jahren im Kreis der Familie dahingeschieden. Die Freunde ihrer Eltern fielen einander ins Wort. »Ich dachte, Wunderheiler sterben nicht!« »Vor allem sagen die hier in der Meldung nicht, woran er verreckt ist! Warum hat er sich nicht selbst geheilt?« »Was hat der Geld gescheffelt mit seiner Massenhypnose!« »Nee, nee, der hat Geld gescheffelt mit unserer Massenpsychose!« »Wisst ihr noch, wie er immer empfahl, ein Foto von ihm an die schmerzende Stelle zu halten? Hab ich direkt gemacht. Ein klassischer Fall von ›Küss mir den Arsch!‹«

Salzgurken und mit Butter bestrichenes Kümmelbrot wurden herumgereicht. Lena strahlte, als Edi an den Tisch herantrat.

»Komm her, meine Tschetschenin, komm zu uns! Setz dich!«

Edi ließ sich umarmen und auf einen Stuhl ziehen. Sie wollte den Mund aufmachen und etwas fragen, aber der Anblick des glücklichen, angetrunkenen Gesichts ihrer Mutter brachte alle Gedanken zum Schmelzen. Also sagte sie nichts, goss sich etwas Hochprozentiges ein und kippte es hinunter. Ohne Trinkspruch.

»Dieses Kind hier will nach Tschetschenien reisen, was sagt ihr dazu, Leute?«

Allgemeine Entrüstung machte sich breit, jemand lachte.

»Warum das denn? Hast du ein Bedürfnis nach wilden Tieren?«, rief eine Freundin ihrer Mutter, jemand anderer prustete los.

»Ehrlich, Edita, warum willst du dahin, sind dir die Wilden in deinem Berlin nicht genug? Traut man sich dort überhaupt noch auf die Straße, als Frau?«

Lenas Stimme klang viel zu hoch, als sie sagte: »Vielleicht will sie zurück zu den Ursprüngen.«

»Wie, zu den Ursprüngen?« »Sie sind halt Vieh allesamt! Eingeborene!« »Ja, die führen sich auf, als seien sie gerade vom Baum gefallen. Aber Edita doch nicht!«

»Nein«, stimmte Daniel mit ein, »aber sie ist einfach noch nicht fertiggebacken, wisst ihr.« Die Runde nickte, einige seufzten zustimmend. »Sie ist mit ihren fünfundzwanzig noch zu jung, sie weiß noch nicht, was sie will. Wir waren in ihrem Alter schon richtige Menschen, erwachsen, mit Kind und Kegel, aber hier sind die Kinder mit vierzig noch Hosenscheißer. Sie bekommt ja auch noch Kindergeld. Kennt ihr den: Ein Rabbi und ein Pope und einer von denen, wie heißen sie – Pfaffen, Pastor –, unterhalten sich, wann das menschliche Leben beginnt. Der Pope sagt natürlich: ab der

Befruchtung der Eizelle. Der Pastor widerspricht und sagt, na ja, das ist schon etwas streng, ich würde sagen, ab der Geburt. Und der Rabbi winkt ab: Ich bitt' euch! Das menschliche Leben beginnt, wenn die Kinder aus dem Haus sind!« Er wartete auf die Lacher. Dann atmete er aus und fuhr Edita in die Haare, als wollte er sie an den Spitzen wie eine Karotte aus der Erde ziehen. »Aus dem Haus ist sie schon vor so langer Zeit, aber wir warten immer noch darauf, dass das Leben beginnt.«

Und weil keiner am Tisch etwas erwiderte, weil alle mit Kauen und Denken beschäftigt waren, setzte er nach: »Sie braucht noch ein bisschen, wisst ihr. Das Herz ist wie der Motor eines Lada, der muss auch erst mal warmlaufen. Die Fahrt geht nicht von jetzt auf gleich …« Er brach abrupt ab.

Edi sah ihren Vater lange an, dachte an den Nachmittag, als sie die Tür zu ihrem Kinderzimmer so oft zuschlug, dass das eingelassene Glas zersprang und nur noch ein paar Zacken aus dem Rahmen herausstachen, sie dachte an ihren rasenden Puls, an das Rauschen in den Ohren, an Daniels bleiches Gesicht. So wie jetzt. Wie bleich er war. Armer Papa.

Edi beugte sich vor und küsste ihren Vater auf die Wange. »Ich gehe jetzt.«

»Wie, du gehst jetzt?«

Lena schaute noch nicht einmal erschrocken, ihr Blick war nur glasig. Edi erhob sich. Menschen können an Einsamkeit sterben, dachte sie. Selbst wenn ein Mann neben einem die Matratze warm hält, können sie das.

Sie stand unschlüssig zwischen den Tischen, spürte den Alkohol in ihrem Blut, griff nach einer Flasche Coca-Cola, fasste sie am Hals und ging langsam durch den Saal, die Blicke der Gäste platzten wie Farbbälle auf ihrem Körper. Sie sah Anna, die gerade aus der Küche kam, machte ein paar

Schritte auf sie zu, kehrte dann wortlos um, stieß eine Tür auf, dann die nächste, dann noch eine, Tür nach Tür nach Tür nach Tür, lief ins Treppenhaus, dann die Stufen hinunter, in den Hof, an die kühle Luft.

Es war dunkel, das Lila hatte sich aus dem gebatikten Himmel herausgewaschen und war einer Handvoll Sterne gewichen. Die Jugendlichen standen immer noch um die improvisierte Feuerstelle herum. Edi schob sich an ihnen vorbei, überhörte die Kommentare, was sie hier zu suchen habe. Jemand schubste sie, sie geriet kurz aus dem Gleichgewicht, aber blieb auf den Beinen und drängte sich durch zu dem Haufen brennendem Zeitungspapier. Irgendwer sagte, sie solle hier verschwinden, die spinne doch, sich hier einfach dazuzustellen, die habe sie wohl nicht alle … – Edi ignorierte alles, die Stimmen, die Hände auf ihren Schultern, das Raunen, jemand schubste sie nochmal. War ihr egal.

Sie öffnete den Verschluss der Flasche, kippte die Cola ins Feuer, hörte die Flüssigkeit wie einen Waldgeist aufzischen, dann roch es bitter und ein wenig salzig. Die Jugendlichen schrien auf. Sie beachtete sie immer noch nicht. Gleich würde sie losfahren.

Ich bin gleich weg.

NINA   Mein Leben lang hat man mir zu beweisen versucht, dass ich in nichts gut bin außer vielleicht in Physik. Meine Diagnose kam zu spät, als dass sie mich vor dem Höllengang durch das Schulsystem bewahrt hätte. Ich landete nur zufällig bei einer Ärztin, die mich an eine Kollegin überwies, die mich an Spezialisten weiterreichte, die mich wiederum auf die Liege eines MRT legten. Als ich auf der ausgestreckten Zunge in den Schlund des Geräts gefahren wurde, wusste ich es schon. Das Nachgespräch mit der Ärztin hätte ich eigentlich gar nicht mehr gebraucht. Trotzdem war es nützlich, ein paar medizinisch begründete Erklärungen zu bekommen, warum ich nicht mit vielen Menschen in einem Raum sein kann, ohne dass mir vor Anspannung die Kniescheiben hochschießen und mein Kiefer aus dem Gelenk springt.

Wenn ich zu viel auf einmal sehe, überlasten meine Scanner, dann starre ich Türklinken an, und es geht. Der Krampf in meinem Kiefer ist das erste Zeichen, ich kriege dann den Mund nicht mehr auf. Leider sehe ich, wenn ich schlafe, wohl auch zu viele Bilder, denn beim Aufwachen sind meine

Zähne oft ineinander verhakt, als wäre ich ein Beilfisch. Ich spüre, wie die Krampfknötchen die Muskelstränge in meinem Nacken rauf- und runterlaufen, bis in die Schultern, sie stechen richtig zu, wie bösartige Viecher. Wenn sich die Verkrampfung zu lösen beginnt, macht sich ein heulendes Geräusch in mir breit, wie das Rauschen der Lüftung meines Rechners.

Ich habe alles, was ich brauche, auf dem Tisch neben der Tastatur griffbereit, auch Essen. Den Kühlschrank taut Anna hin und wieder ab, wenn sie vorbeikommt, um nach dem Rechten zu sehen. »Wofür hast du ihn, wenn der leer vor sich hin brummt?«, fragte sie neulich, und ich zitierte meinen Lieblingsblogger: »Kühlschränke sind der beste Schutz vor Feuer, vor Erdbeben, vor fast allem.« Im Notfall sind sie ein Panic Room. Man sollte eine solche Schutzhöhle nicht einfach so aufgeben. Sie zuckte mit den Achseln, aber ich bildete mir ein, sie lächelte auch.

Erst dachte ich, meine Mutter schickt sie, und wollte sie nicht reinlassen, aber sie schaut nicht prüfend in die Ecken, überbringt auch keine Grüße aus der Hauptstadt. Sie hilft mir beim Aufräumen, schmeißt die Schimmel ansetzenden Tassen in den Geschirrspüler, reißt die Fenster auf, fragt mich, ob wir die Bettwäsche abziehen sollen. Sie spricht meistens im Wir, und wir tun dann beide so, als würde ich nicht verstehen, was sie damit bezweckt.

Anna hat einen Sohn, der in den Krieg gezogen ist, ohne ihr ein Wort zu sagen, darum muss ich das Geballer auf meinem Rechner ausstellen, wenn sie da ist. Der Sohn schickt ihr ab und zu kurze Videos aufs Handy, in denen er erzählt, dass er sie liebt. Die zeigt sie mir dann. Meistens ist das Bild verschwommen, und ich frage mich, ob er das absichtlich macht, damit man nicht sieht, dass er Verletzungen hat, oder ob er stoned ist von dem Zeug, das sie sich da reinziehen, und nicht merkt, dass er nicht deutlich zu sehen ist. Aber Anna freut sich. Ihr ist das egal. Mütter sehen, was sie sehen wollen. Meine hat auch nicht gemerkt, was mit mir los ist, weil sie beschlossen hatte, etwas anderes zu sehen als das, was da war.

Jahrelang kam ich völlig fertig von der Schule, weil ich dort wie in einem pumpenden Bienenschwarm von Informationen saß. Also biss ich die Zähne zusammen und schaute auf die Tischfläche vor mir. Da kannte ich den Trick mit dem Türklinken-Anstarren noch nicht. Dass mir nicht wohl unter den Mitschülern war, haben sie anscheinend gerochen. Als ich in die Oberstufe kam, hing da ein selbstgebasteltes Plakat: VERPISS DICH, DU PSYCHO. Die Lehrerin fand nicht das Plakat das Problem, sondern meine düstere Visage, man könnte glatt Angst kriegen, wenn man mich anschaut. Kann sein, dass es übertrieben war, ein Messer zu zücken, aber ich bin auf niemanden damit los, habe nur die Klinge in das Plakat gerammt, und spätestens seit dem Gespräch mit der Rektorin, zu dem sie meine Mutter mitten am Tag aus dem Friseursalon geholt haben, war klar, dass ich keine Hochschulreife machen werde.

Kurz hat es gutgetan, als die Ärzte mir diagnostizierten, dass ich im Hirn anders verkabelt bin. Zuerst. Und dann wurde zwischen meiner Mutter und mir alles wie immer, das war das eigentlich Bittere, dass wir zurückfielen in den Reigen von wechselseitigen Enttäuschungen, in der Hinsicht änderte sich nichts.

Von dem ärztlichen Attest hatte sie sich erhofft, dass ich bei der Jobsuche eine besondere Unterstützung bekommen würde, aber ich ließ meine Termine beim Arbeitsamt verfallen, öffnete die Umschläge mit den auszufüllenden Betreuungsanträgen nicht, setzte meine AKG K 701 auf die Ohren und zockte. Mein Leben fand schon statt, niemand brauchte zu kommen und mir dabei zu helfen.

Ich habe neulich im Netz einen sowjetischen Film gesehen, er muss in den Kinos gewesen sein, noch bevor meine Mutter geboren wurde. Der handelt von einem Menschen, der Kiemen und eine Lunge hat und weder lange im Hafen herumspazieren kann, noch im Meer richtig heimisch wird, logischerweise halten ihn alle für schräg. Ich hatte schon die Finger auf der Tastatur, um meiner Mutter den Link zu schicken mit dem Betreff: So fühlt es sich an. Aber dann ließ ich es bleiben, weil ich vermutete, dass es nichts bringt. Außerdem, wenn man so lange nicht miteinander spricht, ist so eine E-Mail das falsche Zeichen. Nicht, dass sie denkt, ich will mit ihr über das schuppige Kostüm des Amphibienmenschen sprechen. Ich will auch nicht, dass sie weiß, dass ich Filme recherchiere, die sie als Kind gesehen haben könnte. Dass ich immer an sie denke. Jeden Tag.

Bei unserem letzten Telefonat sagte sie, es gäbe keinen Grund, sein Leben wegzuschmeißen, und ich versuchte gar nicht erst, ihr verständlich zu machen, dass das, was ich habe, keine Wegwerfoption ist, sondern eine Entscheidung, die ich mit klarem Kopf treffe, denn das ist alles, was ich habe: meinen klaren Kopf. Ich konnte hören, wie sie am anderen Ende der Leitung etwas gegen die Wand donnerte. Sie war schon eine Zeitlang weg aus Jena, und ich weigerte mich zum tausendsten Mal, ihr »in meine Geburtsstadt« nachzuziehen, wo dieser hässliche Fernsehturm dem ewiggrauen Himmel eine Spritze setzt.

Im gleichen Gespräch behauptete sie über das Land, aus dem sie kommt, man könne es mit dem Verstand nicht begreifen. Ich wusste schon, dass wir nicht dasselbe meinen, aber ich dachte, vielleicht können wir uns in dem Punkt treffen, dass es kein festlegbares oder berechenbares Verhältnis von Ursache und Wirkung gibt, sondern immer nur eine Palette an Möglichkeiten, wie sich die Dinge zueinander verhalten. Physik ist da hilfreich, also habe ich gesagt, dass sich die Sowjetzeit eher mit der Heisenberg'schen Unschärferelation erklären lässt als mit Politik oder Geschichte oder mit ihren Gefühlen: Je näher man eine Eigenschaft des Quantenobjekts bestimmen kann, desto ungewisser werden die anderen. Man sieht nie ein vollständiges Bild, und das ist das Wichtigste an der Heisenberg'schen Entdeckung: dass es nie eine fassbare Wirklichkeit gibt. Nur den Wunsch, dass sich etwas als Ganzes begreifen und benennen lässt. Das wäre dann Einstein. Aber nicht mal der konnte Heisenbergs Theorie widerlegen.

Sie sagte, ich soll aufhören, ihr in die Seele zu spucken, und legte auf.

Ich kann mich nicht erklären. Ich versuche nicht, ihr wehzutun, aber sie kann es nicht anders sehen. Sie ist mir nicht egal, ich weiß nicht, warum sie beschlossen hat, dass es nur sie etwas angeht, wenn sie stirbt.

Und nur deswegen habe ich Edi die Tür aufgemacht, als sie am Tag nach Tante Lenas Geburtstag bei mir aufgetaucht ist. Weil Edi etwas wusste. Sie hat mich wach geklingelt, ich habe den Summer gedrückt. Wir standen voreinander im Flur und starrten uns an. Sie blinzelte, als hätte sie Mücken in den Augen.

Wir sind zusammen groß geworden, wir schauen in die andere rein bis auf die Knochen. Wir sind füreinander MRTs. Uns ist nur nicht klar, was wir mit dem, was wir sehen, anfangen sollen. Dass ich in ihren Stramplern herumgekrochen bin, heißt ja nicht, dass wir befreundet waren. Ich weiß noch, wie ich aufgeholt und sie dann überholt habe, in Länge und

375

Breite. Sie war schon immer klein, und sie ist es geblieben. Jungs aus meiner Klasse haben Edi im Schulhof herumgeschoben, als wäre sie ein Stuhl, der ihnen im Weg stand, dabei waren wir drei Jahre jünger als sie.

Ich sagte, sie könne die Schuhe anbehalten, und zeigte aufs Sofa. Sie hatte keine blauen Flecken im Gesicht, frisch sah sie aber auch nicht aus. Mit ihrer kreideweißen Haut, die nahtlos in die kurzen, gebleichten Haare überging, erinnerte sie mich an den Amphibienmenschen. Ihr Gesicht wirkte angestrengt, als ziehe sie jemand am Schopf zurück oder als halte sie es gegen einen stetigen Strom Wasser.

Edi schaute, als müsste sie sich erst mal orientieren. Sie hatte erst vor ein paar Stunden am selben Platz gesessen, aber vielleicht stand sie da noch unter Schock. Eigentlich ist es eine ruhige Nachbarschaft, ungewöhnlich, dass ausgerechnet hier etwas passiert. Klar haben wir Glatzen in der Stadt, die mit abgebrochenen Tischbeinen durch die Gegend ziehen – wer hat sie nicht –, aber in unserer Siedlung hab ich die noch nie gesehen, und dass die Kids von hier auf jemanden einprügeln, ist noch nicht vorgekommen, seit ich da bin.

Wir schwiegen eine Weile.

»Die sind einfach so auf dich losgegangen?«

»Ich habe ihr Feuer gelöscht.«

Sie nickte langsam, wie in Zeitlupe.

»Du meintest gestern, du hättest Giraffen gesehen«, versuchte ich es noch einmal anders.

»Eine. Eine weiße, mit schwarzen Punkten wie ein Dalmatiner.«

Als Edi letzte Nacht im Dreck gelegen hat und von wilden Tieren sprach, dachte ich, sie macht sich über uns lustig. Aber nichts dergleichen.

»Hast wohl ein bisschen zu viel von Onkel Lews Selbstgebranntem gekippt? Das Zeug kann einem ganz schön die Nervenleitungen durcheinanderbringen.«

»Mir bringt anderes Zeug die Nervenleitung durcheinander.«

Das war ziemlich offensichtlich.

»Die ganze Zeit versuche ich, von hier loszukommen, abzuhauen, und dann lande ich doch wieder hier.« Sie klang, als würden wir zusammenwohnen, und sie wollte mir sagen, dass sie vorhat, auszuziehen und ein neues Leben zu beginnen.

»Es hält dich doch keiner auf, oder?«

»Ich wollte eigentlich nach Florida, auswandern.«

Vielleicht war die auch dauerhigh. Giraffen. Florida. Die komischen Haare.

»Und was gibt es in Florida?«

Sie meinte, genau dasselbe habe ihr Großvater auch gefragt.

Ich kenne ihren Großvater, der schlurft manchmal den Spazierweg zu dem Waldstück hoch, setzt sich auf das Bänkchen bei der Lichtung, redet mit sich selbst, auch spät am Abend habe ich ihn dort mal angetroffen. Einmal hat er gesungen. Ich dachte, so traurig wie das klingt, kann es nur das russische Geburtstagslied sein, das russische Geburtstagslied ist ja im Grunde ein halber Trauermarsch, und vielleicht war heute sein Jubiläum. Als ich näher kam, hörte ich: »Tag des Sieges! Tag des Sieges!« Es klang, als riefe er einen Hund, der nicht gehorchen wollte.

»Und was hast du deinem Großvater gesagt, was es in Florida gibt?«

»Alles außer euch.«

Sie hatte ein verletztes Lachen, schon als Kind hatte sie das gehabt. Aber sie hat gern gelacht und gern geredet, früher.

Genuschelt hat sie auch, und ihre Eltern haben sie oft angeherrscht, »Sprich deutlich! Sprich langsamer!« Sie hat zu viel gleichzeitig zu sagen versucht. Heute sah sie aus wie ein Hologramm, ruckelig wegen instabiler Verbindung.

Ich griff reflexartig nach den Chicken Wings auf dem Tisch und bot ihr auch welche an. Sie schüttelte den Kopf, aber sah mir dabei zu, wie ich mir die Finger ableckte.

»In meine Wohnung ist eingebrochen worden, kurz bevor ich hierhergefahren bin. Aber sie haben nichts mitgenommen, nichts.«

Sie erzählte vom kaputten Schloss, dass es aber sonst keine Veränderung gab. »Nur das Klo …«, sie musste wieder lachen. »Ist das seltsam? Dass mich das irritiert?«

»Dass nichts weggekommen ist?«

»Dass es anscheinend nichts bei mir gibt, was sich mitzunehmen lohnt.«

Als ich begriff, dass sie gekommen war, um sich vor Zeugen leidzutun, bereute ich, sie nicht gleich abgewimmelt zu haben.

»Ich habe dann Gorbatschow bestellt, damit er das Schloss repariert. So hat deine Mutter den Handwerker genannt wegen seines europaförmigen Mals auf der Glatze. Er hatte einen Tanga an. Als er sich zum Werkzeugkasten hinunterbeugte, sah man seinen Slip aus der Hose rutschen, rot und mit Spitze. Berlin, du bist so wunderbar!«

Sie war also so eng mit meiner Mutter, dass sie zusammen Gorbatschow dabei zuschauten, wie er sich in Spitzenunterwäsche vor ihnen bückte. Ich wusste noch nicht einmal, dass sie überhaupt Kontakt hatten.

»Tatjana hat so Schübe, Verdacht auf NMO. Weißt du, was das ist?«

Das war ihr so selbstverständlich über die Lippen gekommen, wie mich gleich danach zu fragen, ob ich kiffe, und als ich verneinte, sich einen Joint zu bauen.

»Der Körper greift sich selber an, man kann blind werden, gelähmt, eine Menge anderer Sachen auch, wenn es richtig blöd läuft, kann man daran sterben.« Ihr Gesicht war so glatt, dass ich meinte, meines spiegele sich darin, also wiegte ich meinen Kopf ein wenig nach links und rechts, widerstand dem Drang, mich vor den Rechner zu setzen und NMO in die Suchmaschine zu tippen. Später.

»Wusstest du das?«, setzte sie nach.

»Das mit der Krankheit?«

»Nein, das mit dem BMW, den sie sich kaufen will. Natürlich das mit der Krankheit, was denn sonst?«

»Bist du gekommen, weil sie dich darum gebeten hat?«

Das wäre vielleicht ja schön gewesen, aber sie schüttelte den Kopf und schlug die Beine übereinander.

»Du warst so oft bei uns, all diese Nachmittage, du hast manchmal sogar spätabends geklingelt, da war es schon dunkel draußen, und Mama ließ dich herein, und ihr habt in der Küche gesessen, oder du hast allein in der Küche gesessen, wir haben uns nie wirklich unterhalten, und ich weiß bis heute nicht, wo du geschlafen hast, wenn du über Nacht geblieben bist. Ich versuchte schon damals, so wenig wie möglich von alldem hier mitzubekommen, damit es leichter sein würde zu gehen. Mir war schon mit zwölf klar, dass ich wegwill, so weit wie nur möglich. Aber schau: Ich gehe dann doch nicht. Ich komme immer wieder hierher zurück. Ich komme nicht von der Stelle.«

Mir fiel der Ciguapa-Traum ein, ich schielte zu ihren Füßen, ob sie nach hinten verdreht waren. Für kurz war ich davon überzeugt, dass es so sein müsste, aber ihre Adidas waren unverdächtig, der eine Fuß hing wurzellos in der Luft.

»Ich sah dich gestern im Hof und dann hier in deiner Wohnung, da dachte ich, vielleicht …«

»Was dachtest du vielleicht?«

Ich beobachtete meine Kniescheiben, wartete darauf, dass sie anfangen würden zu hüpfen. Aber das taten sie nicht. Nur das Schleifgeräusch des Stoffs ihrer Hosen fing an, mir das Gehirn zu zersägen. Sie rauchte, ich schaute ihr zu. Beobachtete, wie die unsichtbare Hand, die sie am Schopf nach hinten zog, lockerließ und sich ihr Gesicht entspannte.

»Weißt du, du kannst immer noch nach Florida«, meinte ich irgendwann.

Sie sah mich überrascht an, den Fischmund vorgewölbt, als hätte ich etwas unendlich Dummes gesagt.

»Ja, ich weiß. Ich weiß nur nicht, mit wem.«

Es war ziemlich klar, dass sie niemanden hatte, aber sie wollte, dass man fragt, also fragte ich. Worauf sie meinte, sie sei in eine Türsteherin verliebt, aber die ließe sie nicht rein. Sehr witzig.

Und dann murmelte sie sich vor die Nase, ähnlich wie ihr Großvater auf der Bank bei der Lichtung: »Ich lese grad ein Buch, ich habe es dabei, wenn du möchtest. Da drin stehen so Sätzen wie: ›Nimm mich, heißt auch immer, nimm mich mit meiner Kindheit.‹ Das habe ich mir gemerkt, weil … Ich habe keine Lust, irgendwem irgendetwas über mich zu erzählen. Es gibt zu viel, was ich erklären müsste. Zu viele Unbekannte in der Gleichung oder so. Eine Gleichung, die ich selber nicht gelöst kriege.«

Dann fragte sie zurück, ob ich mit jemandem bin. Völlig unnötig, dafür kannten wir uns viel zu lange, außerdem hatte ihr meine Mutter bestimmt schon x-mal ihr Leid über das misslungene Kind geklagt. Es kann niemand neben mir sein. Und ich will auch niemanden.

Ich schaute sie an. Ich traute ihr zu, dass sie mich gleich einladen wird, mit ihr in die USA abzuhauen.

Einsamkeit gibt es wohl immer im Plural. Wenn du einsam bist, ist neben dir auch jemand einsam, aber man kommt trotzdem nicht zusammen, es geht einfach nicht.

Edis Joint war ausgegangen. Daran, wie die Kuppe ihres Daumens immer wieder über das Zündrädchen des Feuerzeugs fuhr, merkte ich, wie nervös sie sein musste, krrrkrrr, krrkkrrrr, dann, endlich, ein dünnes Flämmchen.

Der Grasgeruch füllte den Raum. Ich ging zum Fenster und wollte es öffnen, dann fiel ich beinahe rückwärts. Da war ein schwarzes Auge, das mich wimpernlos anstarrte, zwei Hörner, Ohren und Nüstern. Eine flaumige weiße Stirn drückte gegen das Glas zwischen ihr und uns.

Danke für die Polyphonie: Toni Morrison, Anne Carson, Maria Stepanova, Serhij Zhadan, Polina Barskova, Masha Gessen, Oksana Sabushko, Junot Díaz, Laureen Groff, Eugeniusz Tkaczyszyn-Dycki, Maya Angelou, Lutz Seiler, Esther Kinsky, Tommy Orange, Marion Poschmann, Benjamín Labatut, Valerij Tarsys

Dieses Buch ist voll der Stimmen, Einwände und Ratschläge von: Nadja, Vita, Natascha, Lena, Wera, Sabine, Ilona, Andrii, Necati, Kirill, Emre, Nadine, Sivan, Mareike, Marie, Karin, Yoko, Martina, DP.

Danke für jeden Gedanken!

Und hier ist die Sache mit dem Dank an DP: Du sagtest mir, als mein Manuskript noch einen ganz anderen Titel trug (einen albernen, ich wusste das damals schon), als der Sound des Textes nicht stimmte, die Dramaturgie der Kapitel verrutscht war und ich überhaupt nicht wusste, was ich erzählen wollte: »Du musst dir dich selber zumuten.« Auf eine Art klang das wie eine Paraphrase von Ingeborg Bachmann.

Ich schrieb mir diesen Satz auf das imaginäre Deckblatt einer Version des Romans, die du nie zu Gesicht bekommen hattest. Ich schaue bis heute noch darauf. Das tue ich ab jetzt für immer.

Vermutlich gibt es eine angemessene Form des Danks dafür, aber ich habe sie bis jetzt nicht finden können – und ich konnte dich nicht danach fragen –, also bin ich immer noch auf der Suche danach.